顾颉刚 殷履安 抗战家书

顾潮 整理

中华书局

图书在版编目(CIP)数据

顾颉刚殷履安抗战家书/顾潮整理. —北京:中华书局,2023.5
ISBN 978-7-101-16188-5

Ⅰ.顾… Ⅱ.顾… Ⅲ.书信集-中国-现代 Ⅳ.I266.5

中国国家版本馆 CIP 数据核字(2023)第 070564 号

书　　　名	顾颉刚殷履安抗战家书
整 理 者	顾　潮
责任编辑	朱兆虎　郭惠灵
责任印制	管　斌
出版发行	中华书局
	(北京市丰台区太平桥西里 38 号　100073)
	http://www.zhbc.com.cn
	E-mail:zhbc@zhbc.com.cn
印　　　刷	三河市宏达印刷有限公司
版　　　次	2023 年 5 月第 1 版
	2023 年 5 月第 1 次印刷
规　　　格	开本/920×1250 毫米　1/32
	印张 16¾　插页 8　字数 400 千字
印　　　数	1-6000 册
国际书号	ISBN 978-7-101-16188-5
定　　　价	88.00 元

1935年8月于北平成府蒋家胡同寓所

左起：顾自珍、潘承圭、顾诵苏、殷履安、顾诵诗、顾颉刚、顾廷龙

1937 年 4 月 17 日于北平中山公园

1920 年 8 月于苏州

1934 年 5 月 29 日与顾自明（左二）、顾自珍（左一）于北平成府蒋家胡同寓所

履安：

我这几天心乱极了。本想到杭州做许多工作，但现在一了未做。实在，自辛亥革命以外，五次运动外，再没有像这次的战争给我以到了剥我的。现在我到、拉吾根，但也没招除了时的新报陈香来杭的。杭州报国忽也到一丢，此海如雷注香报，但接续不详细。此蹄息手写的时局真动像人的闷。

罄闻、伯详、松舲诸人都住在闸北，而这次军飞机炸毁闸北医房三分之二，他们生命之在之，家中、挡失、均不知如何。听说通讯，闻上海尊孰岁乡交通且断，邮政局又向军所借，各任和他们通讯。现已画得有岁，许他设待打联仁修写。

人的麻烦，大家以为是得了的，也去这几年中发见了。所以一個人只怕无志，不怕无能力。我只想在我手中作成一部中國通史，收治與中國的故用，我願也为这样成功的一日！

我想把我搜集到的材料，编一部，姚立方先生邀书出以表彰之意，辅于日内出向惧蓮，能在啥益社内刊印出。这一次来抗霜省了數月，又獲見这样大的威慨，然等不虚此行，殊以自慰。

茫茫藏书甚多，約有十間屋子。昨天君子一天，仍看完，权今天远项去。今天看不完，明天

顾颉刚致殷履安书，1932 年 5 月 2 日

此間一切如常　況昆九等常去賦化人多醒沒有

拿去東西馮先生要年卅木回城去此帳由張先丞

生處討了朱士嘉處去也辦巳送去三十本

你倆居此沒喉嚨無謀優路少我了淨在蘇行此後

就好嗎甚念

我卅八等常常辰刈抗沒到嗎我的耳朵沒有

去治李大夫件我天天打氣沒試行一月再去看協和

十之單巳由他簽字撤會計課一

火車不知如何旦通你辦卑期回來嗎

三大人禱神　教去年見時琨健多多祝你

不安

一月卅一日　痰颿海

大學歷史學系用箋

殷履安致顧頡剛書，1932年1月31日

殷履安致顾颉刚书，1932 年 4 月 17 日

双

按行你走苏發来一電你至今後有接到一麦行
真便如行筆記你走苏收去中晄走宁吃壙我行
推測十三早晨是先生四年十三早晨先聚了
此後生～你快云會新苏的你行一定要的记是
去得慢一麦平行蘇平要一日多约人住一总呢
此兩一月事不好本懷依蒡如是全人挂揆不来
不進人人覓得向得很此大事都不留的他拉了
坐麦南子报寄這乱好时椮你他来宿的他拉了
生感又大事地多老遵去～的事董不来取
第二次亚去老不知御錄而层起陪銘柯进城
傻麦遇一次我從麦去遇三天纵有光车三次住
麻煩得很全人柏去

颉刚，今天陈先生来，带到的信，知道一项。
胡天岸药女士进城，失眠药，和防空洞证，
的话其常给你读待，快一些到。两天来没
到十余封信，边疆学会于六月一日上午九时
假重庆过街楼民泉教育馆开会，任映苍
著昨天小凉山夷匪考察研究有四十五篇条
言等来目睹，他向边疆学会有无出版可
能，超有已到成都，他势在那边做事因
未接到你的信，尚未决定，然其侄也告你他大约
可以不来了。王冰洋来信，他已左三川省训练
团做事，刚去三个月，不便即辞，又身体不好，
不顾政治，社会诸他太太都好，他举出好
光荣理由他也去位，全先生、谭其骧月
底与妙峰回边疆义他不到重庆来知你见
暑尽了，徐信多无甚紧要，竖才你回来再
看也还一子，闲会二十无事，希望
回来为要。
履安
五月廿七

弟贤阻说我不
肯罢。未誊完。

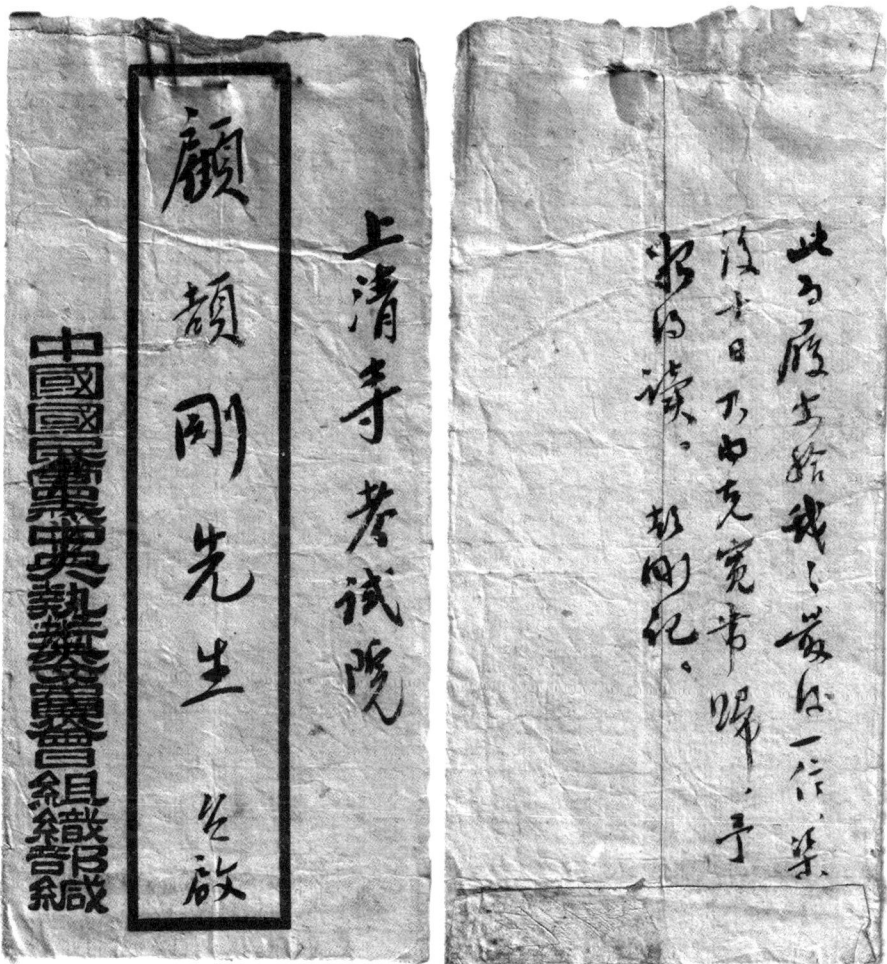

顧頡剛先生 台啟

上清寺考試院

此为履生給我之最後一信，後廿日不幸逝世。每一展讀，甚為悲痛。履安紀。

殷履安致顾颉刚最后一书，信封正、背面

履安吾妻金铭

履安吾妻自四姑母处书来云所有书画皆欲付之，令以精盒之深，无不注而藏焉。今但以物致诸友，凡所割文妻盒焉，并思履安於几砚之际挥我之颂，威物以惊人知我延在找之情有如此寓镜盒之书贶，有思金盒有调情态无爱远方遂如心扇我以温词如此朝花信我猜得之性长悟间泽及和逸遇我之中不以遗适迎醉惨忆劝我之精神省颠倒妄圆寓美卷之其其特续绸於相屋之情哉

阃之其夏特续绸於相屋之情哉
此为予籍業北京大学而作其時我在民国八年之十三年
据稿若在北京弁揭此五八佳抗戰山东省公记中州五

顾颉文稿

年予尝平心先之不饶恶之既三载矣今则此盒已不知所向人善於作其词尚致怅因守出之作永记往日之情好
一九五一年十月二十日新闻记於上海寓舍

顾颉刚赠殷履安墨盒铭，1919 年 12 月作，1951 年书

前　言

　　这册《顾颉刚殷履安抗战家书》，收录的主要是父亲与殷氏母亲（履安）在1932年淞沪抗战以及1937年至1943年全面抗战期间的书信。

　　1932年1月，在北平燕京大学任教的父亲借学校放寒假之机，去杭州看望祖父，恰逢发生"一·二八事变"，日军侵略上海，十九路军奋起反抗，展开淞沪抗战。当时因交通阻隔，时局不稳，父亲遂滞留杭州数月。在此期间父亲致殷氏母亲的信已收入《顾颉刚全集》，此次将母亲的复信编入《家书》，可以将当年的情况更完整地呈现给世人。

　　1937年"七七事变"之前数年，父亲除了在燕京大学、北京大学、北平研究院任职，同时还创办禹贡学会和通俗读物编刊社，由于在通俗读物中宣传抗日，久为日人所忌惮。事变发生后日人占领北平，父亲为避日人追捕，遂于7月21日只身离北平，先应傅作义邀请去绥远布置通俗读物社的工作，继而南返家乡苏州。依父亲当时安排，家属"暂留北平，如予必不能回平，再全家南迁"（是年7月21日日记）。不久父亲又应管理中英庚款董事会邀，赴甘肃、青海考察西北教育；一年后应云南大学邀，赴昆明任教；再越一年又应齐鲁大学邀，赴成都主持国学研究所；以后又应朱家骅邀，去重庆编辑《文史杂志》。在这动荡的岁月中，他与家人聚少离多，其间他致家人的书信绝大部分已无存，而殷氏母亲致父亲的信却得以幸存，给后人留下了抗战期间的珍贵史料。

殷氏母亲毕业于甪直镇吴县第五高等小学，自1919年5月与父亲结婚后，始终以全部精力奉献给父亲以及家中所有人。从母亲的信中，我们可以看到：平日里她为父亲抄写文稿和资料、编写藏书目录；她替父亲管理家务，父亲收入有限而用途过多，幸有母亲勤俭持家，解除父亲的后顾之忧。当"一·二八事变"和"八一三事变"战火突发之际，由于未能及时接到父亲的音讯，母亲心急如焚，寝食难安。"七七事变"后，没有了父亲的收入，北平一家人的生活全靠母亲平日所节省积攒的钱辛苦支撑；禹贡学会和通俗读物社诸多善后事宜，也须母亲操劳。当时，远在西北的父亲失眠痼疾发作，母亲为之忧虑痛苦，亟欲前往陪伴；然而一年前从杭州来北平养老的祖父已是风烛残年，如何安置老人更让母亲费尽心思。还有父亲的藏书和文稿书信等大量资料的保管，母亲幸得起潜公（顾廷龙）等人相助，在全家离北平之前得以解决。以后母亲赴昆明与父亲团聚，数月后即遭逢祖父在苏州病逝，她又代替不能去沦陷区的父亲东归处理后事，路途险阻，舟车劳顿，摧垮了她瘦弱的身体。即使缠绵病榻，母亲仍为家人操心；当时大后方物资供应紧张，物价飞涨，母亲不忍心动用祖父辛苦积攒的存款，对于自己治病和调养仍尽量节俭，直至1943年5月在重庆逝世，实为战争的间接牺牲者，令人痛惜！

母亲不仅关爱家人，而且善待父亲的同事和朋友，从她的信中，可以反映出学界同人在国难当头之际如何支援军队抗战，在战火中如何流离转徙、艰难谋生。父母与钱宾四（穆）先生一家往来密切，母亲信中时时提及钱先生一家，尤其是战乱岁月中的相互关照，通过母亲的文字更加显现出来。钱先生在《师友杂忆》中称赞父亲"待人情厚，宾至如归"，"夫人贤德，尤所少见"。尽管我与殷氏母亲素未谋面，但仔细聆听母亲信中的诉说，对她的贤德有了深切的感受，怎能不为之动容、震撼、肃然起敬！

这册家书中还有我的两位姐姐与父母的往还通信四十通，从中所反映的亲情亦令人感动，两位姐姐的生母（吴征兰）早年病逝，殷氏母亲作为继母，待她们有如己出，正如钱先生在《师友杂忆》中所言："其两女乃前妻所出，而母女相处，慈孝之情，亦逾寻常。"

本书编排以父母通信时间为序，两位姐姐与父母的通信附于其后。并对部分重要事件、书信背景以及人物关系，做了简易注释，以备读者参考。

顾　潮

2023年1月

目　录

见总是纷歧。惟有这一次是一致的。这是民族复兴的一个征兆。)

（我现在胆子小得多了，觉得处处是问题，每踟蹰不敢下笔。谚
云："学了三年，天下去得。再学三年，寸步难行。"）

你检出文稿的，照此点检，放书箱内，能搬则搬，不能搬则亦有
准备。）

一九三四年

（大同有四师军队，就有一千六百以上的娼妓。可见一师兵附带有四五百个妓女。）

一九三七年

平而无所顾忌了。)

（龙叔母说他们家内自事变后有人逃至上海，来信说他石子街的房子没有受炸，那么我家与他们毗连，也没有炸坏了，不过东西差不多抢去，这是在意料之中的。）

（我知道你是傻人，喜欢傻干，在平时你和这班人很投契，当他们
　　是好人，到甘后必和他们尽心做事，结果不讨好，排挤你，而你
　　还未知道，有何值得呢?）

一九三九年

（我们若长此跑来跑去，势必要闹亏空，我意这次去成都后，无论如何不再别跑了。）

（事完务请早归，因折子放在身边不好，如有警报更是麻烦，换时你最好同自珍去。）

一九四一年

（以前你曾说"胡先生无病当有病，你有病当无病"。这确是我初病时的心理。）

一九四二年

一九四三年

附　录

殷履安致顾自珍书

（我此次来上海，因为各方面的事跑来跑去，没有功夫游玩，仅去看了电影三回。日来上海物价日涨，较去年涨得多了，白相也白相不起。）

殷履安致顾自明书

顾自明来书

顾自珍来书

一九三二年

第一通　　1932年1月23日

履安：

　　那天你们送我上车之后，你们总要以为这次车是很空的了。那知一到天津，又挤得水洩不通，上客人是在窗子里上的，放小解也有在窗子上放的。大约其故有二：（一）从东三省被逐回来的山东人，（二）由天津回家过年的山东人。到了济南之后，方始松动。虽比不上去年的受压迫，但要是你乘坐了这次车，你也一定受不住了。所以，你以后乘车，还是爽快坐二等，别想省钱坐三等。三等是我坐的。

　　在车中听着不断的咳嗽声和吐痰声，真觉得中国人害肺病者之多与民族前途的危险。你不看见我的斜对面坐着一个痨病鬼吗？这人去死期已不远，却很努力地散播着他的痨种。咳嗽是不停的，吐痰是几分钟一回的。我真有些怕，怕不要传染了倒不是玩的。每逢车役扫一回地，灰尘扬起，或有人踏了他的痰，在我面前走过，我立刻有"草木皆兵"之感。好容易他在德州下车了。不幸到济南时又有一个痨病鬼上来，依然坐他的原位，害得我担惊受吓，直到浦口。

　　我在车上的食物，只买了两毛钱的面包，夹着你为我煮的鸡子、牛肉同吃，吃得不为不饱，可是你为我豫备的东西到现在还剩有一半。谢谢你，为我端整得这样丰富。

　　车到蚌埠，才知道天在下雨。到了浦口，地下泥泞之至，一问脚夫，方知已下雨四五天了。我们在北方久住的人，真想不到冬天有下雨这回事，所以雨具一概未带。那知到了今天，尤其是在南京，简直使人跨步不得，到处要乞灵于人力车了，一双棉靴也踏湿了。

到南京后，还是住在中正街交通旅馆，取其地点适中而房价便宜，很大的一间只一元四毛而已。慕愚、祚莒、仲川、崇年都见过了，午饭是慕愚请我的，夜饭是仲川请我的。慕愚幸未被裁，然因政费困难，各机关均有减少成数的倾向。尤其是祚莒，薪入既少，若再打折，实在连个人的生活也维持不下了。

明天，仲川要借一辆汽车给我，以便于短时间内会得许多朋友。

两夜没有好睡，今夜归来，灯下作此，不克多写了。馀言到苏州后再告。

颉刚。廿一、一、廿三。

是时父亲在北平燕京大学、北京大学任教，藉寒假之机自赴杭州探望祖父，顺路先至南京、苏州、上海等地。

慕愚：即谭惕吾（1902—1997）。曾用名有湘风、慕愚、健常，湖南长沙人。北京大学毕业，为父亲友人，是时在南京政府部门任职。

祚莒：谢祚莒。北京大学毕业，为父亲友人，是时在南京政府部门任职。

仲川：蒋仲川（1890—1954）。父亲苏州中学同学，为黄埔军校第一期生，是时在南京军政部任职。

崇年：蒋崇年。父亲苏州中学同学，是时在南京军政部任职。

第二通　1932年1月25日

履安：

　　前夜一信，谅览及。我今天到苏州了，下车时想起中央饭店尚未住过，就雇车到中央饭店。房间每天一元二角，床是铜的。履安，我告你，我真寒酸，还没有睡过铜床呢！恰巧今天有一家在这里办喜事，闹得很。对面张小全剪刀铺又是周年纪念，唤了几个军乐队在楼上吹，更闹了。

　　前昨两日是小雨，今日是大雨，我一点没有御雨的东西，所以今天虽到苏州而未出门。好在理东西分派人家的事也很多，今天就专做这件事了。

　　红箱子压得真可怜，折转处都裂了。锁钮也脱了，锁是系在麻绳上。明天拿去修理，不知可以将就运到杭州否？

　　明天一天拜客送物，我想包一辆人力车。万里的母亲开吊也恰巧是明天，可往一吊。后天到家里检查钥匙画轴。就于后天下午去上海了。日本人在上海闹，不知伯祥等要迁家否？

　　南方天气确比北方暖，我穿了大氅实在不适宜。我伤风很重，喉咙也哑了，像冯先生。这是我生平的第一次，不知何日会好，很烦闷。不过我受了风寒立刻表出，倒也不至像郑楚生一般的没法医。我想明日上午到医处一诊。

　　这次在南京碰见黄振玉，他离芜湖已一年了，这几个月中担任中央饭店经理。但因他们年底不拆花红，已辞职了。他住在谢女士家的间壁，四间房子月租三十五元，小孩女五个，男二个，至少用二百元一月，如此赋闲也不是办法。闻顾孟馀允为他荐事。他对我说："承你在北平赎出的东西，又送到芜湖的典当里去了。对不起你，现在还不出！"他的境遇也着实可怜！

仰之也见了，他和沙女士、曹女士同居在大石桥宁兴里，不和谢女士同居了。他想到广东中山大学去，因为安徽大学也欠薪了。

志希也见了，他住在玄武湖边大树根五号，是他的太太家里造的，租与他，每月九十元，也不见怎样宽展。要是给我住，还不够呢。志希夫人头发也留长了，和平伯夫人一样长。志希有个三妹，在中央党部做事，也住在一起。

昨天所以到了许多地方，为的是仲川借与我一辆汽车，因此我先去看谢女士，请她领我到各处去。后来我送她回家后，我再到了几个地方。她租一间房子，月费十五元。用一个老妈烧饭吃，伙食和工钱大约须二十元。加上零用，一个月至少五十元。然而北平的寓所开支至少六十元，就是薪水月月拿足，也是一个不够，何况现在要欠要打折呢。所以她昨天要请我吃夜饭，我坚决拒绝。我对她说："顾太太送你的东西，也决不要你答送的。"曹恢先，由中央党部派到武汉去了，因此珍珠桥十八号外屋租给一家邱姓，也是北大同学。

昨天志希有事，不能请我吃饭，而我今日要走，所以他们昨夜送来罐头四包，蜜橘两篓。慕愚昨天也送来大蜜橘一篓，大苹果一篓，又其父彬夔先生亦送桂圆一盒，荔枝一盒。适值我不在家，未能退回。昨夜回寓后，她也未来，今晨我匆匆走了，只得带走了。因此今天我手里拿的东西太多了，下苏州站时费了大功夫始得挤出。慕愚的境遇固然比祚茝宽展，但现在这般时候还要多费，甚使我心不安。

你喉头涂了药后，耳朵好些否？本星期望再去续诊，不要怕麻烦。诊费单，李大夫肯签字否？

这次在津浦车中见浦镇一带田都浸在水里，今天在京沪车中见南京至镇江一带亦是这样，想见长江流域去年灾情之重。

南京一年不见，建设的成绩很好，再过数年可比上北京了。你下次南旋，应当到那边看看。志希夫人、振玉夫人都记挂你，望你去住。

馀俟到沪时再告。祝你健康！

颉刚。廿一、一、廿五。

万里：陈万里（1892—1969），名鹏，字万里，以字行，江苏苏州人。父亲北京大学、厦门大学同人。

伯祥：王伯祥（1890—1975），名钟麒，字伯祥，以字行，早年号臻郊，江苏苏州人。父亲苏州同窗好友，是时在沪任职。

冯先生：冯世五，字续昌，禹贡学会事务员，父亲助手，是时亦住蒋家胡同顾宅。

郑楚生：郑国材，何定生友人。1931年病急性肺炎去世。

黄振玉：黄坚，与父亲为厦门大学同事。

顾孟馀（1888—1973）：名兆熊，字孟馀，以字行，浙江上虞人。留学德国。后任北京大学经济学教授、北京大学教务长、中央大学校长等职。

仰之：程憬（1903—1950），安徽绩溪人。清华国学研究院毕业。与父亲为厦门中山大学同事，是时在中央大学任职。

沙女士：沙应若，程憬夫人。

志希、志希夫人：即罗家伦（1897—1969）、张维桢夫妇。罗家伦，字志希，浙江绍兴人。与父亲乃北京大学同学。

平伯夫人：俞平伯之妻许宝驯。俞平伯（1900—1990），名铭衡，字平伯，以字行，浙江德清人。父亲北京大学同学。

曹恢先（1900—1950）：号立斋，湖南耒阳人。黄埔军校第六期生，曾在国民党军队、警察署等部任要职。

第三通　1932年1月28日

颉刚：

　　我盼了你好几天的到信，但到今天还没有接到，真令我念极了！你于廿一号下午动身，计算廿三号晨可以到宁，若一到就发信，则廿六号一定有信来，不，间一天发，则昨天也该有信来；何以到了今天，仍未接到？因为你是勤写信的，没有信来，真使我寝食不安。到信不来，更加不安。你忙，为什么不发一明片吗？不知道你忙于何事吗？念极！

　　你走后有王锐、李一非的信，是托你荐事，周作人、元胎收到《古史辨》的谢信，馀外有一些书报。

　　我的耳朵，本星期没有去看，李大夫叫我打气后一个月再去看如何。挂号费十元，由李大夫签字，已交会计课，一半或全数发还，现尚不知道。

　　自明于星期一一人进城，我阻止不了。但她到校后，已有电话来说，今午乘燕大汽车午时回家。大约不会走掉的，因她已认识路了。（今午已回来了。）

　　此信到杭，谅你早到二三天了。舅姑大人健好否？和孙长大否？均念。一路到宁到苏到沪，景象如何？

　　此间一切平安，乞勿念。

　　求你快快来信，免我远念。

一月廿八。履安。

李一非（1905—？）：字仲九，河北大名人。后为通俗读物编刊社同人。

周作人（1885—1967）：原名櫆寿，字星杓，号知堂，浙江绍兴人。曾任北京大学、燕京大学教授。

元胎：容肇祖（1897—1994），原名念祖，字元胎，广东东莞人。先后任厦门大学、中山大学教职，均与父亲同事。

自明：顾自明，幼名康嫒。幼年因病致聋哑，是时在北平聋哑学校就读。

舅姑：苏州儿媳对公婆的称呼。

和孙：顾德辉，父亲堂弟诚安次子，过继为父亲嗣子。幼名和生，亦称和孙、和官。是时随祖父在杭州生活。

第四通　1932年1月30日

履安:

　　我再不写信给你，你一定要发急了，为的是上海中日军开火，我真幸运，前天下午三时就趁沪杭车来杭了。我这次到上海，本想住两天，但那天上海形势非常紧张，华界迁居者多极了，弄得宝山路车马拥挤不通，甚至有两个女子从车马堆里共提一只箱子到租界的，沙袋也堆在道中，我想不如早走为妙，就于伯祥们宴我毕事后，赶上车站了。到杭已九时，父亲已睡。昨日中午得到上海信息，知道前夜八时，日军欲以武力接防闸北，义勇军和商团拒之，十九路军亦帮助义勇军，遂于天通庵路、虬江路附近开火了。打到昨晨，还未停。日军飞机被打落一架。这次的事，从上海治安说当然以不打为宜，但从民族生存立场说，则不打在良心上实在说不过去。日本要求封闭《民国日报》，要求封闭抗日会，中国都屈服了，屈服得也够了。但他们还要进一步，要求中国军队退出上海，由他们来接防，则实在太岂有此理。如此不抵抗，再成什么国家。所不幸的，就是闸北被牺牲，不知伯祥、圣陶们恐怖到怎样了?（天通庵路即在圣陶家的后面。）现在杭州车只通松江，此信或者要从运河小轮递到苏州，再转到北平了。

　　此间都好。父亲气急不剧。运使仍由周骏彦兼摄。现在中枢无主，财长亦随孙科而辞，故一时不至有变动。

　　大家都记挂你的耳朵，不知现在好些没有?

　　大绸已问过又曾弟，他说不要白的可以买灰色的，半匹约十七八元，可做两件襦或三件旗袍（无里襟的）。杭州天气颇暖，现在我穿骆驼绒裰。家中仍过阴历年，明夜祭神。

和官已读到《诗经》第四册。学校里读新法书，回家读老法书，弄得"驼子跌筋斗，两头弗着实"，所以学校的分数颇低，而老书也前读后忘记。

姑母在杭，龙喜弟已在金华结婚，新夫人是银行专科毕业的，亏他有本领钓得。他任建德县电话局主任。全喜弟在湖州候差。

杭州的朋友我还未看过。昨天到了万律师家去，送万、邵二家的赠物（两个瓶已照你所说的添了）。他们两家现已迁到马坡巷五号。丁家自己住在厢房内，将正屋租出，可增收入五十元。他们实在已破产，故常有债户来索账。有了四五万元的遗产，不善经营，堕落得这样快，真可怕。

此信因要早入你目，使你定心，故发快信。关于苏州、上海之所见闻，过一日再告。

你们都安好吗？你进城就医过吗？

如津浦路不阻，则你接此信后来一覆信，未始不可见。赵先生的书如未寄出，请他改寄上海长沙路二百十号亚东图书馆编译所余昌之先生收，不要寄伯祥处了。

颉刚。廿一、一、三十。

此函中所谓"上海中日军开火"，即指"一·二八事变"，又称"一·二八淞沪抗战"，是"九·一八事变"后，日本图谋我国富庶地区蓄意发动的侵略事件。1932年1月28日夜，日本海军陆战队分三路突袭我国上海闸北，我国民革命军第十九路军在总指挥蒋光鼐、军长蔡廷锴指挥下奋起抵抗，日军四次换帅，死伤近万，未能得手。后日军偷袭浏河登陆，十九路军被迫退守。3月3日，欧美主导的国际联盟组织决议中日两国停战，至5月5日，在英国驻上海总领馆签订了《上海停战协定》。《上海停战协定》规定：一、南京国民政府取缔全中国抗日运动。二、第十九路军换防调离上海。三、南

京国民政府同意浦东等若干地区不驻扎中国军队。

圣陶：叶圣陶（1894—1988），名绍钧，字圣陶，以字行，江苏苏州人。与父亲私塾、小学、中学俱为同窗好友，是时在沪任职。

又曾弟：张又曾，字松林。曾祖母侄孙，父亲之表弟，替祖父管理苏州家务。

龙喜弟：吴立则，父亲姑母之三子。

全喜弟：吴立栻，父亲姑母之四子。

第五通　　1932年1月31日

颉刚：

　　接到廿三号由宁发信，知道你已安抵宁垣了，心中一慰。车上如此之挤，真上车时意想不到的，以后你还是坐二等车罢。廿八号接了宁信，卅日就发见沪上大暴动讯，我心中揣想不定，不知你究于何日赴苏，计算日子，廿八夜正在上海，而今日接到苏信，知道你廿七日下午赴沪，那么廿八夜正在上海了。我正日夜提心吊胆你住租界抑住闸北，据多人猜想，你决不会在严重时期住在闸北，现在火车两方面均断，那么你住在租界，不过多住几天，决无危险。（你钱带得不多，住在租界日久能有借处吗？伯祥书款想未还你。）又有一猜想，你在苏州先知消息就停留不去，或者到了上海一听消息不好就转车赴杭（廿七八日还来得及，因车未停），那是最幸事了。但我打电话去问宾四夫人（她廿七日动身），有无不好消息，她说没有。我想是日你一定动身了。再胡怀琛来一信，系廿七发，信中并未提及沪事。则未发难前沪上没有紧张，你廿八日事未干完决不到杭，如此我又想你在上海了。苏信言到沪后再给我信，看一二号来信决定你的行止了。但是这几日中我心真难受极了，我又想打电报，但不知打于何处是好，所以写这快信，但不知火车断又要于何日可到。现在我惟一的希望，就是盼你一二号来信说已经不赴沪而径赴杭了，那么日夜的悬念就可释然了。倘你在沪，则二大人亦将念之不堪了。

　　这次沪事起于猝然，而手段如此毒辣，你的朋友住闸北很多，鲁弟与午姑母也住此，不知惊慌到怎样？他们搬家吗？火源有的要波及吗？

闻今天报要三四十架飞机大攻，这地人民将何得了呢？希望能停战，则损失已不小了。

这几日来信均无重要的。今天陈通伯夫妇来看你，他说十天后就要赴汉的。

此间一切如常，就是九号常去贼，但人多醒，没有拿去东西。冯先生要年卅才回城。书社帐由张先生去讨了。朱士嘉处《古史辨》已送去三十本。

你伤风以致喉哑，谅系路上着了凉，在苏诊治后就好吗？甚念。

我廿八号曾寄一信到杭，收到吗？我的耳朵没有去治，李大夫叫我天天打气，试行一月再去看。协和十元单已由他签字缴会计课了。

火车不知何日通，你能准期回来吗？

二大人福体较去年见时强健多少？祝你

平安。

　　　　　　　　　　　　　　　　　　　一月卅一日夜。履安。

宾四夫人：钱穆之妻张一贯（1901—1978），苏州人。是时由苏州返北平。钱穆（1895—1990），字宾四。江苏无锡人。是时在北京大学任教。

胡怀琛（1886—1938）：字寄尘，安徽泾县人。是时在上海任职。

鲁弟：顾诚安（1901—1962），名诵济，号诚安。父亲堂弟，父亲之叔顾松年（子蟠）之子。是时在沪银行公会任职。

午姑母：张广仲之妻。

朱士嘉（1905—1989）：字蓉江，江苏无锡人。是时在燕京大学研究院即将毕业。

陈通伯：陈西滢（1896—1970），原名源，字通伯，笔名西滢，江苏无锡人。在北京大学任教时与父亲相稔，是时在武汉大学任教。

第六通　　1932年2月1日

履安：

　　我这几天心乱极了。本想到杭后做许多工作，但现在一事未做。实在，自辛亥革命、五四运动外，再没有像这次的战事给我以剧烈之刺戟的。现在我刻刻想看报，但上海报除了《时事新报》没有来杭的，杭州报固然也得到一些上海的电话电报，但终嫌不详细。此瞬息千变的时局真够使人纳闷。

　　圣陶、伯祥、振铎诸人都住在闸北，而这次日军飞机炸毁闸北民房三分之二，他们生命之存亡，家中之损失，均不知如何。欲与通讯，则上海华租界之交通且断，邮政局又为日军所占，无法和他们通讯。现已函致鲁弟，请他设法打听仁馀里、景云里均被焚否。望你接到此函时，即到振铎家中去一问，上海有无信息，振铎等均安好否？我想，振铎只要逃出，总有电报给他的夫人的。你务必去一询！

　　日人逼我至此地步，除了与他决一死战外更无办法。人民就是受了大损失，只要与国家有利，亦是值得。现在美国军队亦已在沪与日军冲突，战区之扩大直指顾间事。苏、杭离沪甚近，或将同受糜烂。我此次南下，何时北归，何路北归，均不能说。如杭州亦罹浩劫，父大人等逃到富阳或诸暨去，则我亦只得随侍而行，你只得请冯先生或起潜叔照顾了。如日军因愤恨美国助我而来北平捣乱，到燕大来掷炸弹，则你自以迁入城内两王家为宜。我的书籍不必管它，至多只要把我的笔记（在我平常写字的一间书架顶上）带走好了。在此大时代中，我们的牺牲算得了什么！

如果过了阴历年，上海道路可通，我自当于阴历正月初十前回平。

请你不要害怕，我来追述些苏沪的见闻罢！

你的母亲久未来苏，薇嫂则去而复来。她和蒋家合租调丰巷五十六号，房屋颇好。绥达们都上学去了，未见。你送的东西已留在薇嫂处。

家里，都开门看了一下，只有新书房霉得利害，书上帖上都有厚厚的一层。其它诸处尚好，我们房里依然和去冬所见一样。我因还苏日期太短，且这几天天气不好，故亦未能将新书房中东西取出一晒。至方厅后的两木柜，霉的只有头一层，不如想像中的损失。

毛姨母，同我讲讲哭了。因为外祖母故去之后，章、毛两姨丈及龄祥弟都咽不下汪家，以为他们独吞了周家的田产，抱不平，其实只是吃醋而已。他们只知道有福同享，而不知道有难同当，外祖母病了一年半，除了汪家人侍奉外再有什么人帮忙的！因此，毛姨母说了几句公平话，却给毛姨丈奚落了许久。士慧弟，在那时取得的四百元，到现在已用尽了，而且在又曾弟处透支了三个月的干薪了。这种人除了自杀之外更有何法！

叔父，做公债生意，亏累甚多。每次写给鲁弟信，总是愁穷，并要他荐事。大概他的好运已过尽了。鲁弟家现在三男二女，其幼男（德泰）之貌酷似和官。鲁弟在银行公会，代理秘书长，月薪可有二百元。惟酬应多且大，仍不能有馀存。我到沪时将行李放在一小客栈里，即送东西到鲁弟处。弟妇留我住，我即与冬官同榻。是夜鲁弟至十二时许始归，我已睡着了。他在会中办事，地位较高，不能不打牌了。

张姑丈依然故我，不知何以支持，实堪诧怪。他们两家同居，鲁弟有五个小孩，午姑母有三个，红妹有二个，闹得不像样子。来杭后又见简香弟所抚育之汪氏女和春，与和官同学同嬉，可爱之甚，恨不能带她来平，陪陪你。

要告你的话还多，但急于出去看报了，暂止于此。你和二女有暇，望各来信。

颉刚。廿一、二、一。

振铎：郑振铎（1898—1958），字西谛，福建长乐人，生于浙江永嘉。与父亲为商务印书馆同人，朴社同人。是时在燕京大学任教。振铎夫人：高君箴（1901—1985），字蕴华，福建长乐人。

起潜叔：顾廷龙（1904—1998），字起潜，江苏苏州人。父亲族叔。是时在燕京大学研究院即将毕业。

一九三二年　17

第七通　　1932年2月2日

履安：

我自别你后，在南京发一信，在苏州发一信，在杭州发二信，都收到吗？鲁弟自廿九日发一快信给父亲，到今天才到，已是五天了。上海寄杭州的快信要五天，则北平与杭州间的平信要多少时候呢？所以，我想，我们还是多写信，不管它是快是慢，或到或失，总是消息比较灵通些。我别你已近两星期了，为什么不接到你一封信呢？

我在此心里烦躁得很。为国家计，希望用倾国的兵力和日本打一下，事件的扩大正是我们的祈求。但为自己计，校中已开学了，上海的交通断了，杭州离上海近，事件一扩大，杭州必不能安全，届时如父母要避难，我岂忍不顾，我到底逗遛在这儿好呢，还是不顾危险而北行呢？这是颇费踌躇的事。

今天报载日本派兵两万到上海，豫备大举；又派舰队到长江各口岸扰乱。我自杭州出来，一要过上海，二要过南京，父亲觉得危险，劝我缓作计较。我真不知我们要在何时相见？

校中功课，我想请宾四代理，你道如何？我燕大的课三小时，拟给他八十元，你道好吗？我在此间，吃了父亲的，简直可以不用钱。过沪时，伯祥还我七十元，现在手头尚有九十馀元。省省的用，可以支持半年。但此间银行因上海罢市，金融不能周转，已宣布停止兑现，则钞票价值说不定要跌落，也算是为国家而牺牲。你接着此信后，可往宾四处一商，如他肯的，则他可于星期二来，住在我家；星期三到清华上课；星期四返城。如此，他每月可有一百四十元之现金收入，尚可支持其家计。如要我多给些，我也可以，请你斟酌。北京大学，大约战事一起也不会开学了。

如果如此，则我在杭州不妨住至半年。如全家要到浙东逃难，我也可以随往。我在此间，固然不及北平家中的书籍多且适用，但人事甚少，可以专事工作，所得亦足偿所失。

履安，你不记得，我濒行的几天曾说，"只怕我去得来不得"。这时所怕，是津浦路因内战而断，哪知现在的应验竟在京沪路上！

日来上海逃难来杭的已有二万人，车上挤极了，人都是在窗中出入的。如南市一打，则上海南站亦将步北站之后尘，而此间与上海的交通遂将断绝了，闻今天是大战之期，说不定此信已不能给你入目。

鲁弟信上说，他接苏州长途电话，其岳母病势垂危，嘱他们还苏。但上海到苏州的路已断，他们竟不能走。在此十分紧张之际，偏遇着这生离死别的悲剧，可叹。

傅先生，我在苏沪都打听了，她是给小帮的土匪卖给大帮的土匪了。起初索价二万五千元，现在连赎处也不知道了。有人说她已投河死，有人说她已做了押寨夫人。与她同绑去的尚有女教员，则已放。伯祥说，她性情高傲，欢喜说硬话，因此使土匪疑为有钱人，故独独留下，亦未可知。

正月初八，为前婶母二十周年，在苏州做。这时如平苏道路尚通，请你寄去一份礼。叔父做公债生意大亏本，父大人造女厅，他只拿出一百元，近来又反向父大人借了一千元，可见其穷。你们都安好吗？甚念。

颉刚。廿一、二、二。

致赵先生一函请转交。《燕京学报》第十期如出版，即寄来一册。

傅先生：傅仲德（女士），与殷氏母亲相稔，为太湖土匪所绑，投水而死。

赵先生：赵贞信（1902—1989），字肖甫，浙江富阳人。是时助父亲整理古籍。亦通
中医，家人有病时常请其开方。

第八通　1932年2月4日

履安：

　　日待你的信息而不得，因写这第六封信。

　　昨天是上海大战之期，但今天杭州报上说两军没有移动阵线，只是打沉一只日舰，打落一架飞机而已。然而却有一好消息，就是日本内乱起了，大约是共产党乘本国兵力空虚的时候起事了。要是天皇能够赶掉，那么日本军阀自然同归消灭了。至于上海方面，英美均将以武力制止战争，或者事件已不至扩大。今日下午得到消息，说上海开市了。或者你看到此信之后不多天，我就回北平了。

　　杭州一方面收受上海的避难者，一方面又收受南京的避难者，每天约有一万人来，把旅馆都住满了。杭州已施行戒严，过年不许放爆竹。市面尚好，就是停止兑现之后，换现洋不容易。

　　我这四天来埋头编《东壁遗书》，尚未完全弄好，这件事本来只豫备一两天的，哪知一弄又须一星期，可见事情是没有一件容易的。

　　我家于阴历廿四过年，姑丈家于廿七过年。他们都邀我打牌。我手气虽不好，输得也不多，第一次输七角，第二次输四角，碰的是"一元划"。我还是去年年底在这里打过的呢。

　　我在这里，父母亲都备菜买点与我吃，吃的实在太饱了。只有一样不惯，茶水总是带着腥味的。我的嘴已经在燕京中喝高了，久喝沙滤的玉泉水的，如何可以下咽呢。所以一个人的生活千万不能过得太好，像我这样随便的人也会上瘾的，别人更不消说了。

　　今年此间冬至未下雨，所以这几天常下雨，且下雪。今晨雪甚大，但未积起。我极少上街，所以虽没有皮鞋也不觉不便。

南京政府迁都洛阳，我真为慕愚发愁。她寓中有父母，有妹子，有侄子，她自己如到洛阳去，怎生把这些人安置呢？祚菑是单身，事好办，但是她身体不好，吃得惯洛阳的苦吗？再说洛阳房屋太少，能容得下一个政府的人员吗？若谓可以建筑，那是远水不救近火的。

圣陶、伯祥、振铎处，我去信后杳无覆信，不知他们究安全否？此间许多人都没有接到上海信，就是姑母也未接到重九弟的信。大约就是有信，也积搁在局里或邮筒里。我来此七天，未接一信，真闷得慌。

我们均安，勿念。你们都好吗？

颉刚。廿一、二、四。

重九弟：吴立模，字秋白。父亲姑母之长子。

第九通　　1932年2月6日

履安：

　　我已经写了这第八封信了，而你一封信也没有到，我真有些气了。是你不写呢，还是给邮局迟延呢？

　　上海中日交战，只有中国胜，每天看报，总是击沉铁舰，打落飞机，歼灭敌军；但日本还是要增兵。以前打仗的是海军陆战队，现在要运陆军来了。今日报上说上海各国领事限日本军于今日下午三时退出租界，否则以武力对付，固然是一件痛快的事，但日本除了租界之外还可打仗，看来上海的事短时期内是不会解决的。父亲不要我北行，为的是怕我经沪宁津时要遇危险。我自己不肯北行，为的是怕战事扩大，杭州不保，届时势必避难他处，不忍舍父亲而去。所以今天已寄了希白一信，托他与煨莲、宾四一商，我课请宾四代半年，薪金由我的薪金内扣八十元，星期二来郊住我家，星期四还城，我的书籍由他取用。我想，我月薪三百六十元，除去储蓄及救国费三十元，宾四薪八十元，尚有二百五十元，以二百元归你，五十元归我，这半年总可度过。我住在父亲处，如母亲不快，则我便迁至西湖上。履安，这是我们为国为家无可奈何的痛苦，你我忍受了吧！你不要怨我对你无情，只因我侍父亲之日已短，而和你过日子的时候正长，你我之间只能牺牲一点了。北平如危急，你即可迁至王姨母处及以中家。北平，我们的亲友多，希白、起潜叔、绍虞、以中、容女士、王姨母、冯先生，都可以照顾你的。只要你平时将重要物品四面分存些，临时一走可无大碍。北平城中，住的有关系的人太多，必不至像闸北一般的受害。至燕京大学，或将因日本和美国冲突而迁怒及之，反不妙也。

我写这信，我决定在校请假半年了。就是时局平靖，道路可通，我固回平，但依然不任课，为的是数年积搁的工作可借此一清理了。今在杭州，结束《东壁遗书》及作中央研究院一文、《燕京学报》一文。如回平，则修改去年所作报告，再替《学报》做一篇文字。这几件事情就够半年的工作了。收入虽少些，但还去几篇文债，也可使梦魂为安。时局虽乱，但我读书作文总是定心的。

陈伯母已逝世，鲁弟夫妇竟不能归。

昨天为大除夕，今日为元旦，我打了两次牌，都是和父亲同打的，借此引引老人家的欢喜。好在输赢不大，二千文或一元一底而已。

杭州已戒严。每天从沪南站来的有一万人，从南京来的亦有千馀人。南京到杭州有长途汽车，本来票价六十元，后以人多涨至一百廿元，今则涨至二百廿元了。别地方的人视杭州为安乐窝，而我则颇有燕巢于幕之感。现在杭州客栈利市三倍。家家客满，比春天进香时还要挤。

家中收到的信件，请你开一摘要来，我可作覆。原信不必寄来。

你到协和医院去医过吗？家中均好吗？为念。

颉刚。廿一、二、六。

煨莲：洪业（1893—1980），名正继，字鹿岑，号煨莲，福建闽侯人。哈佛燕京学社创办人，是时任燕京大学教授，兼研究院文科主任。

希白：容庚（1894—1983），原名肇庚，字希白，号颂斋，广东东莞人。是时任燕京大学教授，《燕京学报》主编。

郭绍虞（1893—1984），名希汾，字绍虞，江苏苏州人。是时在燕京大学任教。

以中：王庸（1900—1956），江苏无锡人。清华国学研究院毕业。是时任北平图书馆编纂委员兼舆图部主任。殷氏母亲侄女殷绥贞之夫。

王姨母：父亲之七姨周秀清，适王家，亦称七姨母。

容女士：密司容，Miss容，容小姐，八爱，即容媛（1899—1996），容庚、容肇祖之妹，广东东莞人。是时在燕京大学哈佛燕京学社任职。

第一〇通　1932年2月7日

履安：

昨信写好未发，即接你廿八日信，均悉。我到宁后，于廿四日午即发一信，为什么到廿八还不到呢？你廿八日的信，到今天才寄到，已历十一天了。路途之隔绝，即此可知。

今天看报，吴淞炮台似乎打得不妙。要塞司令邓振铨甚有功，而忽然易以谭启秀，说不定邓氏已战死了。日本以全力图我，而我方之援军乃不至，可为一叹。

今日报上又载列强限令日本将其军队于十一日前退出中国境，此事未必能实现。如能因其不实现而引起世界第二次大战，中国固不幸，日本亦完了。

此间均安好。打牌，掷洋，掷状元筹，依然新年风味。我虽从兴，但终觉强为欢笑，无解于中心之郁伊。

我的身体尚好。夜眠不服催眠药。但晨三四时总要醒一小时许。大便亦不如在平之通利。夜饭前必饮酒，将来我的酒量一定好了不少。饭依然两碗，或两碗半。伤风尚未愈。近日雨雪瀌瀌，天气酷寒而无火炉，令我不惯。

李一非君处，请你写一信去，回答他，我不在家。

颉刚。廿一、二、七。

第一一通 1932年2月8日

履安：

今天接到你六号下午二时发来的无线电，虽已隔了两天，总算不慢；但你在二号所发的电则至今没有到。一个电报历六日而犹不到，可谓慢之甚矣。

这还不奇怪。所希有的，我在南京廿三号所发的信，看你电中语气似乎尚未接到，从南京到北京只须两天路程的，一信竟延迟了半月，这是想不出的奇迹。

在这些方面，都可见近日邮电的难通。邮电尚如此，人们的旅行当然更苦了，更延迟了。

我给你的信，从我的日记上看来，廿三号平信一通（南京），廿五号平信一通（苏州），三十号快信一通（杭州，以下同），二月一号平信一通，二号平信一通，四号平信一通，六号平信一通，七号平信一通（即附六号信内）。你说我"勤写信"，我实在未尝懒呵！

我们居于现在的中国而犹衣食无忧，总算是最幸运的人了。在这战事中受这一点分离思念的痛苦，真可说是分所当然。倘连这点痛苦而犹不受，那么我们真是天上人了！我们该做天上人吗？

但是我对于你的当心我，记挂我，我总是感激的。只有你，才对于我这样关怀。你的好意，我必然报答你。但望你安于爱国的义命，减少对我的思念。

此间均安，只是父大人以近日天冷，仍感气急，昨宵又以痰涌不得安眠。此间冬温而春寒，以不生火之故，即我也手足冰冷。继母嘴上利害，无一人一事足当其心目，而对于护卫父亲则颇不周至。化痰诸药，父亲不吃，她亦不授。今天我说了，方才取出一丸。至于生火之事，既需耗费，当然无从说起。父亲说一句话，她总用训责的口气答之，呼斥与仆人一例。我在旁观看，想起了你的待我，更增我忧俪之情。

我今天接你电后，即覆一电。不过给来庚送到电报局去了，没有发无线电，不知何时可到。发报的时刻是八号十二时卅五分。我请你和宾四接洽代课，不知结果如何？

此信无重要事，所以发快信者，因希望早些到，使你得到些安慰，虽然明知在现在时候快信也快不到那里去。

颉刚。廿一、二、八。

来庚：来根。祖父之仆人。

第一二通　1932年2月10日

履安：

前日一电一快信，谅已悉。

来此十馀日，今日始放晴，阳光照眼，精神为之一爽。希望我方之将士精神比我更爽快。

日来此间报纸多载我方胜利消息，每天日军必死伤一二千人。虽未知果确与否，但观吴淞、闸北阵地不摇，则中国之不败固显然。日以全力图我，开头说四小时即能占领上海者，今则历二三百小时，死伤万人（日方公布为三千人）而犹不得占领，可见中国人之确能战斗。以前不知谁说了一句"中国的子弹只够打五小时"，于是大家就觉得军械的不足。孙中山又说了一句"日本要想亡中国，几天之内就可把中国亡掉"，于是大家又觉得日本武力之可惊，必非中国所可抵抗。济南五三惨案、沈阳九一八惨案，莫非此种心理所造成。听说此次沪变，实由于下级军官之不肯退让。当冲突既起之后，蔡廷锴尚接得政府命令，令其退后四十里。他想，这道命令如果一宣布，军心必致涣散，必致被日本打得一败涂地，所以传知将士，说政府有命令，令我们加紧抵抗。于是有这十馀日来的胜利，而日本之纸老虎亦被我拆穿，中华民族之自信力得确立矣。这是我们民族和国家之生死关头，而十九路军实为起死回生之一针。这是值得我们国民家家口祝的。

吴淞要塞司令邓振铨之易为谭启秀，我们初疑邓之战死。那知消息传来真是丢脸，邓是给日本人以日金十万元买下来的，他拿了钱逃到嘉兴，已被当地军队截获枪毙了。在这时候还要做卖国的事，真该死！前几天所以有吴淞炮台已失之说，即因此故。

但有一件事是相类而极痛快的。当日本发动之初，曾以二百万元饵杜月笙，请其遣派徒党扰乱华界。杜氏佯应之，及起事，又诈说，二百万不足，请再给二百万。日人不应，彼即翻脸，即以此款组织义勇军，抵抗日本。日本受军队与义勇军之夹攻，败得更快了。上海流氓本来很多，常有绑票及剥衣服之事，现在则此辈悉做了义勇军，地方治安反而安谧了。予同常说，上海地方是民族意识极发达的地方，是死得最后的一处地方，观此益信。我们用传统观念来看杜月笙，本来只是一个流氓头，但用民族观念来看，则他真是一个英雄，值得我们的敬仰。

此次抵抗日本，父亲、母亲、姑母这班老辈也无不赞成，可见民气之盛。履安，你的意见怎样？我们不能直接卫国，凡可出力的地方总要出力。如燕大方面派捐，希望你写得多些。因为如果亡国，钱多亦无用也。

杭州近状安好。日看战报，万众胪欢。所怕者，日本在上海不能得手，或者舍而之他。如他们陆军打松江，海军到乍浦，则杭州立刻受其振撼，吾家亦将作逃难的准备。浙东山岭重重，交通不便，必无危险，但又累得你记挂耳。我在此每日作工甚多，心甚安定。只是你们远在天涯，不愁你的受实害而愁你的担虚惊。但望你勉自镇定，少思虑，多工作，则我心亦宁谧矣。

颉刚。廿一、二、十。

第一三通　1932年2月10日

颉刚：

现在以上海战事，来信真慢极了，你卅号的快信于七号下午方接到，一号的平信于今天上午接到。得悉舅大人今冬气急不剧，姑大人安康，甚慰。

此次中日军开火，连日阅报，闸北及吴淞糜烂不堪了，日本人竟敢在各国互处的上海开炮，他们的军阀真骄横极了。现经调停无效，不知战事要于何时结束，可闷。连日阅报，我军大胜，中国军人也有吐气的一天的，希望坚持到底。

振铎有电报致他的夫人，他的书籍预先搬开，家人亦迁到租界亲戚家，所损失的就笨重的家具。伯祥及圣陶此间没有消息，因振铎夫人常住在姊处，有信来我也不知道。伯祥等在事起后仓惶逃走，东西一定不能拿，则损失太大了；又商务书馆被焚，已宣告停业，倘虽逃得性命，一家七八口以后何以为生呢？为之忧虑。

你这次幸气真大，否则住在租界，来得去不得，真焦急了。我于卅一号接到你自苏发信，云于廿七到申，我见了真急，所以于一号晚就发电至杭，但等了四天又无覆电，据多人猜想，你因有信来，故不覆电。但我等不及你信来，于六号又发一电，七号下午就接你的快信了，知已到杭，我心方始安定。这一星期真令我日夜不安，过年也无兴了。

津浦车仍通，闻京沪车可通至苏州，你如以道路不通，迟缓些来也好，免得道路拥挤及危险。燕大教员有张君劢及刘廷芳夫妇在申，现也不能归。闻密司容说，振铎有电至校，即日来平。但连日吴淞战事剧烈，轮船多停，恐也不能来了。外埠路阻，给你的信少极了。

二月薪又要扣捐慰十九路军，多少随便，我拟问郭家如何。

此间安好如常，过年景象不坏。

履安上。十号下午。

张君劢（1887—1969）：原名嘉森，字士林，号立斋，江苏宝山人。是时任燕京大学
　教授。

刘廷芳（1891—1947）：字亶生，浙江温州人。是时任燕京大学教授。

郭家：郭绍虞家。

第一四通　1932年2月11日

颉刚：

昨天给你的一信是平信，大约要十天可到。我于一号发出快信后，就打给你二个电报，冬电不知为何今天退回了。我知道你快来信，又走得慢，所以一号发信后从未再发，直到昨天又寄给你一信，你要怪我吗？今天接到电和信，知道因路阻不能来，拟请宾四代课。我已先与朱士嘉商量，他说现在南下的人多未来，在最近两星期可由注册课出一布告请假，以后如再不能来，乃请人代可也，因此缺课并不是私事，是意料不到的事。你以为如何？至于宾四方面，我明天进城，先同他说起一声，问他肯不肯。不过阅报北大想开学，蒋梦麟与财长商筹款，不知做得到否？如北大开课，则代课时间要冲突否？你路阻不能来，请耐性住几天，不要冒险出来呵。起潜叔说京杭汽车道及苏杭轮船路可通，不知道有匪劫吗？

你来的信多收到。平苏路通周年礼我寄去四元。

《东壁遗书》，赵先生年底来说已于廿六号寄去一半，计算日期，尚未递到。他还在城内，不知已退回来否？

《学报》第十期已出版，今寄上一册。

傅先生如此不幸，真可悲。

起潜叔说王克思在杭遇见你。他已来平。张君劢也由申回来了。振铎、廷芳尚未来。

上海的事已经有两星期，英美调停无效，不知要于何时结束！可怜我们中国，吴淞与闸北变成一片焦土，人民不知死了多少，牺牲太大，要恢复元气恐不易了。所幸连日战况，我军阵线未动，日军死伤亦不少，尚能出一口气。我想事情不致扩大，苏杭可免遭及，不知津报载的靠得住否？日内杭地紧张否？甚念！此间安静如常，仅今天报载北平日兵武装于前门游行，不识何故？如有消息，我当见机行事，请勿念。

　　大绸买灰色的半匹也好，白色的夏天好穿吗？面上有花纹吗？钱馀多则买，不多就勿买，因不急用。

　　你忘在崇年那边的剃刀昨天已寄来了。

履安上。十一日夜。

鲁弟不住在闸北，现住在何处？（信封背面）

蒋梦麟（1886—1964）：原名梦熊，字兆贤，号孟邻，浙江馀姚人。是时任北京大学校长。

王克思：即王克私（Phlip de Vargas），瑞士学者，是时在燕京大学教授神学和史学。

第一五通　1932年2月12日

履安：

　　刚才接到你卅一号的信，还是快信，已经隔了十二天了。那么，我到杭后于卅号所发的信，大概也要昨天才到了。我八号所发的电，是什么日子到的？

　　我于廿七号下午赴沪，而廿八号下午即已离沪，直至廿九号中午始在杭州得到沪变的消息，可谓幸运。早知你提心吊胆至如此，那么我到杭之日直应打一电报给你。

　　你的冬电至今未到，大概失掉了。

　　伯祥的钱是还我的。我现在手头甚宽裕，可勿念。只是伯祥自己太苦，当廿八夜变作时，不知他携妻抱子慌乱到怎样，东西带出多少。我写了几封信给圣陶、伯祥、振铎，但都没有覆信，不知他们如何，住在那里。我只经过上海，且以住在租界为多，比较无危险，你尚吓得这样，则振铎夫人要吓得怎样呢？你可常到她那边去，安慰安慰她，且打听打听沪友的消息。

　　鲁弟与午姑母住在上海新闸路福康里六百廿五号半，你可写信去问候。新闸路属公共租界，比较安全，只怕流弹而已。我于沪变起后也去一信，至今未接覆信，不知其为心绪不好呢，抑邮政太慢，还够不到覆信的日子呢？沪杭虽近，依然像天涯似的，这是想不到的事。陈伯母死后，婿女均不能往，真不巧之至。

　　今日报载日本人又在北平挑衅。他们屡次打败，犹要如此，真厚脸。此间秩序安好，偶有日机来侦察。好在省中亦有飞机，可以驱之。

母亲日在整理重要物件，豫备逃难。但看现在情势，我军理直气壮，足以御敌，不至任其深入内地；所怕者他们来抛炸弹作小扰乱耳。

我伤风虽未痊愈，但已经减多多。喉哑，到沪时已痊愈了。我是到陈钦溙处诊治的，药至今未吃完。

你是否天天到李大夫处打气，还是自己打气？试行多日，觉得好些吗？念念。

我每夜饮酒约半斤，可作催眠之剂。虽不能一睡到天亮（半夜总醒一小时），但每夜可睡六七小时，是亦足够了。所苦的，此间无毛厕，在小马子上颇不惯，因此有些便秘耳。

父亲对我说："现在我家别无问题，成问题的就是康媛的亲事。应亟为物色女婿，使她终身有所依靠。最好是贫家之子，我们给他三四千金，使其得以自立。这笔款子，你拿不出，我可拿出。"因此，我看吴春晗君人颇诚实，又笃学，而需经济的帮助甚亟，不知他要康媛，康媛要他否？似可请冯先生一询他，再由你一询康媛。如果有几分近情，则今年暑假可招其住在我家，与康媛试作朋友。如吴君不成，则赵肖甫君何如？此二人皆诚实，可信其不至弃置；若谭其骧、朱士嘉诸君，虽知其无妻，亦知其需用钱，然不敢作此想也。

《关中金石文字存逸考》，前买来为呈父大人，乃忘记带来。书在中间靠门第一架之中层，请你检出，挂号寄来。

起潜叔天天来我家否？天如暖和，仍可到书房作功夫。

我昨天写煨莲一信，说，我在燕校有三种职务，一史学系教书，二图书馆购书，三研究所研究。现在第一项托宾四代理，似可不算请假。代期拟先定两月，至春假止；如东南战事不止，则至暑假止。第二项我正在杭接洽崔止园藏书，有工作做。第三项我豫备在此半年中专研究《吕氏春秋》及《淮南子》二书，亦有工作做。并请他即寄回信给我。

如果校中允我如此，则此半年中我可得一较自由之身，成绩一定不弱。履安，你肯让我杭作久居吗？

　　致希白信，请转交。

颉刚。廿一、二、十二。

吴春晗：吴晗（1909—1969），原名春晗，字辰伯，浙江义乌人。来北平求学之初得到
　　父亲帮助，是时在清华大学就学。自明姐因病聋哑，祖父和父亲为其考虑亲事。
谭其骧（1911—1992）：字季龙，浙江嘉善人。是时在燕京大学研究院肄业。

第一六通　1932年2月14日

履安：

前日的信到否？为念。

日来日方增兵而仍失利，杭报谓其颇有软化之势。如今日我方能打一大胜仗，或不难促沪案的解决。闻人言，八十八师到苏州后，有一部分哗变，抢了逃到太湖去。此事果实，则苏州人受一大惊慌了。杭州甚安，这几天不闻有日机开来，亦不闻有便衣队被捕。惟上海日军表示将攻南市，故南市逃难来杭者极多。

鲁弟今日有快信到，尚是八日发的，已历七日了。上海天天有车开杭而快信要费七天功夫，想是租界铁栅门不是天天开的缘故。信上说："寓次近麦根路等处，时有日机掷弹，虚惊饱受，恐怖万状，举家皇皇，正有不知死所之慨。如谓避难，亦只有杭州一路可通。如此男女累坠，逃难小岂易事。"实在，他们还是第一次听到炮声，看到炸弹呢。

前数日天气晴和，曾同又曾、简香游黄龙洞、南星桥等处。一念战区人民，我们真是天上人了。西湖上游人虽多，但买物者甚少。我们到国货陈列所，真是门可罗雀。可见大家是"黄连树底下操琴，苦中作乐"耳。

父大人每逢星期，总是和我坐了车到外边吃点心。今晨吃的是三元坊奎元馆的黄鱼面。

和官性好嬉戏，自己总不想到学校功课。顽皮万状，且喜"夹嘴舌"，殊无厚重之相。天性如此，恐易堕落。昨天给我打了一顿。父亲费了大力教他读《诗经》，实际上是前读后忘记，和不读一样。拿他一比我的二女，当然是康、艮们好了。

康媛亲事之说，你看了觉得如何？她自己觉得如何？看父亲意，似"入赘"亦无不可。

万里已来过。他现任省立医院院长。民政厅曾委他为新登县长，他不就。

定生为我编的《元杂剧选》，怕已给日本人烧了。不知打的一份样子在振铎处否？振铎如回平，你可一询。

宾四已来代课否？学生方面如何？均以为念。欠薪补发既无望，此后薪金亦殊无发放可能，不知锡永们如何度日？

我在此间，友人处多未去过，故钟敬文等尚未知我来，借此得些闲暇，亦好。

刘大白先生于昨日在杭寓逝世，非常可惜。

颉刚。廿一、二、十四。

简香：吴立范，父亲姑母之次子。

定生：何定生（1911—1970），广东揭阳人。父亲中山大学学生。

锡永：商承祚（1902—1991），字锡永，号驽刚，广东番禺人。父亲中山大学同人，是时在清华大学、北京大学任教。

钟敬文（1903—2002）：原名谭宗，广东汕尾人。父亲中山大学同人，同父亲一起组织民俗学会。是时在杭州浙江大学任教。

刘大白（1880—1932）：原名金庆棪，后改姓刘，名靖裔，字大白，浙江绍兴人。在复旦大学、上海大学任教期间，与父亲书信讨论《诗经·静女》（见《古史辨》第三册）。

第一七通　　1932年2月16日

履安：

我现在差不多间一天给你一封信。在现在邮信阻滞的时候，恐怕要一次到几封信，而一星期只到一次信。

你是那一天接到我到杭的信的？昨日接圣陶信，悉我二月一号发出的信，直到十号方始看见。上海尚如此，则我于一月三十日寄你的信，恐怕也是很迟的了。

圣陶全家已于日军发难前迁至租界，故人尚未伤，惟空手逃出，什么东西都没有。现寄居在法租界刘海粟家。

伯祥无信来。据圣陶说，他和小孩也是当日逃出的。但其夫人则当日没有走。第二天，伯祥去接她，在飞机炸弹间走了七八小时始达租界，受的惊吓不小。

振铎，闻圣陶云，已于九号乘船北行。想日来已平安到家。他的祖母们，都来了吗？你如看见他，为我问好。

鲁弟，父大人嘱我写一信去，教他把家眷送杭，可将和官一室腾出给他们住。未知肯否？

看报纸，上海战事我军甚胜利。但政府方面已有讲和消息。为我们目前自身计，当然讲和好。但为国家计，亦为将来之自身计，则我军既可打，当然和他们打下去，打得他们不支而后已的好。眼前的牺牲是看得见的，战胜的利益是说不尽的。我宁可在此担惊受吓，不愿永永做弱国之民。

杭州安谧。为恐日机的来袭，城墙上已架起高射炮。西湖里停了六架水上飞机。夜十二时后戒严。爆竹也许放，但早六时前，晚六时后则不许放。因此，民间倒不甚紧张。因为大家没有看见过飞机，所以大家到湖边上看，小艇子做了不少生意，因每人船钱只铜元六枚也。

前日星期，又曾请我们游湖，到的地方是康庄（康有为的园，现已由市政府充公），西湖博物院。康庄在里西湖一小山上，原是"蕉石鸣琴"的一景。房子不多，只六七间，但风景颇不差。西湖博物院是博览会后创办的，内分社会文化部及自然科学部，陈列的东西颇不少，尤以动物标本为多。晚间，又曾请我们到旗下天香楼吃饭，是一个生意颇好的京馆。这一次他用去约七元，在现在减薪潮流中，费他这些钱，我颇不安，但继母还嫌他叫菜不多呢。

减薪办法，听说省主席及委员局长等七十元，科长六十元，科员五十元。盐务方面尚未实行，但恐不免。

有一件要事你勿忘记，就是潘博山祖母的礼。他们开吊虽尚有一月，但此信到平恐已需十天，由平寄苏或需六七天，要赶快办了。我请你把来讣交赵先生作一挽联或诔文，请起潜叔写之。如赵先生不便，不知起潜叔肯做否？乞一商。

我在此编辑《东壁遗书》甚定心，可勿念。你们如何？康媛想已到校矣。

颉刚。廿一、二、十六。

第一八通　1932年2月16日

颉刚：

连接三信，读悉。我于昨晚回家，代课事已与钱先生商量，但北大开课时间冲突，闻钱先生已有信给你述明一切矣。学校方面，朱士嘉与主任商量，最好有人代，但问他有相当人否，他也说没有。探朱君口气，如以路阻不来，尚可商量；如有别事则不好说，现在要等洪先生如何再定。我以为，有人代课则迟一些来不怕，找不到人则旷课，学校恐有说话，因为南下的人已次第回来了（振铎我还没有去看他），别人路好走，你为何不来呢？京杭汽车路已于十二日恢复，你能由此路回来吗？或者由杭至苏轮船可乘，京沪车可通苏州，行李就不要带了。

这几次来的信快一些了，快信仅五六天，慢信只七八天，想路可通一些了。

我这次与自珍进城，王姨丈请我们看戏看电影吃饭，我太不好意思了，本想请还他，因自珍要开课，他廿号就返青岛了。他们八弟患白喉，很危险，住协和，现尚未出院，但危险期已过。

舅大人因天寒又患气急，现平复否？甚念。

我于二号致快函叔舅，于前天接到回信，他云苏州平安，仅金融奇紧。鲁弟住在租界，无危险。我初以为鲁弟迁往闸北，闻沪变心中颇急。

慰劳十九路军捐我问郭家仅捐十二元，我也照样。来信叫我多捐，只好等下次再说。

此间一切平安，勿念。自明于廿号开学。张妈已去，仅李妈一人，新妈还未雇到。

如两路可通而有土匪，你只得缓一些来，校课由他们想法好了。

十六日午。履安。

王姨丈：王应伟（硕辅、硕甫），父亲之七姨丈，是时在青岛观象台任职。
八弟：王大瑜。
叔舅：顾松年，父亲之叔父，鲁叔之父。
自珍：顾自珍，幼名艮男。

第一九通　1932年2月18日

履安：

你寄我的十号平信，十一号快信，都于这两日收到了，在现在的时候总算不慢。我到杭后没有即发一个电报，害你们记挂了十天，真是我的思想不周密处。

宾四处接洽结果如何？我在此，并非不能来，不过在良心上觉得不顾父亲而行是不安而已。现在日本陆军来援者已有二三万人，而中国之援军乃不至，仅任十九路军孤军支撑，前途之胜负固未可说。万一力竭，则杭州自必吃紧。说变就变，届时只得随侍出走。在如此情形之下，我若掉臂而行，我心固不能安，即父亲之心亦何尝能安乎！

至于北行的路，我约计之有四。由杭乘火车到嘉兴，由嘉兴乘轮至苏州（或由杭直接乘轮至苏州），更由火车来平，一也。由京杭国道乘汽车到南京，更由火车来平，二也。自杭乘火车至宁波，由宁波搭轮到天津而至北平，三也。报载天津局面甚紧张，如不由天津行，则到南京后乘江轮至汉口，转平汉路到平，四也。

北平安好，闻之为慰。

大绸，买半匹约十七八元。又曾说买白色的好，将来可以刷染，夏天亦可穿。又曾去年曾以廉价买得湖色的一匹，价廿八元，上面的花纹是云纹。你如要的，他可以让给我半匹。乞来信说明。

振铎想已到校，你见过否？崇年是否已迁洛阳？慕愚、祚茝有信来吗？亦迁去吗？洛阳弹丸之地，如何容得下一个国都？我想必有一大部分人仍留南京或住在郑州的。

北大开学，倒出我意料。我已写信给余让之，请他为我请假。好在我不支薪水，不必请代馆。

赵先生寄的书，能取回否？如在乱中失去，大是可惜。《学报》至今未到。想以印刷品缓递了。

王克私在杭遇见我，奇甚。我却没遇见他。我到杭后，除又曾等约游外不轻出门，似无遇见我的机会。

前天又曾等邀游虎跑，夹道乔木高耸，泉声淙淙迎人，风景极好。你下次来杭，不可不游。水清极了。我久不饮清水茶，得此一解渴，极快。在虎跑遇一僧，他说："这次中国不能不作长时期之抵抗。如中国抵抗而胜，则日本就完了。所以日本一定要出死力和中国打。"想不到深山中的和尚也如此同仇敌忾。我生四十年，所见政治革命，种族革命，文化革命多矣，国人意见总是纷歧。惟有这一次是一致的。这是民族复兴的一个征兆。只要大家觉悟自己的责任，起来切实干一下，则中兴事业必非无望。昔人所谓"多难兴邦"，此其时矣。校中来捐十九路军慰劳金，你可多写些，不必看郭家的样。

昨日经训堂书铺主人朱菊人来，说我较前数年气色好了，且胖些。记过沪时伯祥亦有此语。我日来患牙痛，牙龈肿涨，想是内热所致。你身体怎样？为念。

颉刚。廿一、二、十八。

余让之：余逊（1905—1974），字让之，湖南常德人。北京大学毕业后留校任职。

第二〇通　1932年2月20日

履安：

这几天父亲每日下午发热，但不肯请假。饭量比前差些，酒亦减少。热到半夜而退。上午精神尚好。实在这几天春寒料峭，容易感受风寒之故。母亲别地方凶煞，惟独对于这些地方满不在乎，不强为延医，亦不强其请假，令我在旁看不过去。我自想，我何幸而遇你呢？如果娶的也是母亲一流人物，简直使我无生人之趣了。

我的牙痛已愈，但右颊的肿未全消。昨晚睡得很少，今日精神颇不舒服。睡得何以少？只为多作了《东壁遗书》序。昨天一天写了三千馀字，比前几天之但作整理功夫的当然用心些，而失眠症竟又发了。神经如此衰弱，真可恨。从今日起，每天写二千字为限。只要准能写二千字，成绩已可观了。

日本已下哀的美敦书与蔡廷锴军长，大战在即。现在我们除了与他们拚命外更无出路，希望十九路军继续获得全胜。

苏州，日飞机去了两次，且开机关枪，虽未伤人，民众的恐惧不知怎样了。日本人欺侮我们更甚，才可逼得民众不倚赖政府，不倚赖国联，而起来自卫。

前天，万德懿先生邀我游灵隐，包一汽车，来回价四元，尚不贵。我和德懿及其女正纯直跑至北高峰，为湖上诸峰最高者；又曾及严剑侯君则跑不上矣。

我的身体适宜于活动而不适于研究，但我的职业和志愿则与之背道而驰，可恨。昨天睡得一不好，今天就索然寡兴了。

赵澄一、二月工作酬金三十元，如他来，请付与。又河南博物馆豫约所拓碑帖，大概已寄全。豫约价六十元，我只付三十元。如希白来取，亦请付与。

刘大白先生明日公祭，我已送四元奠仪。如有讣来，不必更寄。

过苏时，二姨母问起"假头"，请即在市场购一个寄之。

颉刚。廿一、二、廿。

哀的美敦书：英语ultimatum音译，"最后通牒"之意。

赵澄：赵巨渊，燕京大学学生。是时助父亲整理《史记》。

第二一通　　1932年2月21日

颉刚：

五天来没有接到你信，甚念，想一定是忙于工作，因日来信件递投很快了。

代课事钱先生经数次商量，已答覆没有暇时兼了。现在请别人代，不知找到否？闻密司容说，洪先生已有信给你了，他与你如何说法，我不得而知。（顷容先生来电话，已请得姓唐的代课，一点钟廿元。你既不上课，在杭一定要做一些研究工作，《学报》文必须做了，否则说不过去的。）

东莞袁洪铭来信，他说有崔东壁夫人成孺人《二徐集》手抄本一册，需用可誊抄一份寄来。黎光明来信，他在成都大学担任历史教授，暑假他要来平。罗香林已由海道赴粤，与协和医科教授同往（外国人）。建功来信。

数天阅报，屡说要大战，但今日战果我方仍保原线，经各方调停无效。若照此下去，相持至于何时呢？淞沪闸北居民流离失所，真苦不胜言矣。振铎回来已有一星期，闻说伯祥带小孩当夜就走至陈乃乾家，他的夫人于明晨始去，圣陶逃至刘海粟家，他们东西均未搬走，不知现在留得一些否？苏杭一带闻尚有飞机翱翔，不是投弹，系侦探后方情形，但人民见之一定心怕，不识确否？日来杭地如何，甚念。

此间一切如常，惟近日有些别方面谣言（今天电杆木上反动标语很多）。我家住在近校，不得不害怕，恐放火波及耳。（紧急时我当进城暂避，请勿念。）刘太太对郭太太说，外国银行可存皮箱。你的笔记我看就四套子，馀外稿子等放在何处呢？可告我，以便整理，于紧急时装箱存入银行比较妥当。以外书籍太多，只得随之，可惜终是可惜，但是没法可拿耳。

我的耳朵昨天又进城去看一次，据说除打气外没有别法，他嘱我叫校医间天一打，以后可以见效的。

中日在沪如此相持，你要于何日可以回来吗？你的棉衣夹衣以后要否由邮寄你？钱够用吗？请告我。

顷接十四号信，同时也接到叔舅来信，系十七日发，并未提及兵变事，想系谣传。康亲事她自己不很满意，我也不以为然，不必急急提及。

望你时时通信。

履安。二月廿一日。

唐：唐兰（1901—1979），字立庵、立厂，浙江嘉兴人。1932年春，代父亲授《尚书》于北京大学及燕京大学。

黎光明（1900—1946）：字劲修，四川成都人。中山大学毕业，父亲在该校任教时之学生。

罗香林（1906—1978）：字元一，广东兴宁人。1926—1932年先后于清华大学历史系及研究院肄业。是时受燕京大学洪煨莲和父亲之托，至华南调查人种。

建功：魏建功（1901—1980），字国光、益三，江苏如皋人。是时在北京大学任教。

陈乃乾（1896—1971）：名乾，字乃乾，以字行，浙江海宁人。朴社成员。是时在上海大东书局任职，并在持志学院、国民大学任教，后参与开明书店工作。

刘太太：蒋家胡同邻居。

郭太太：郭绍虞夫人张方行。

第二二通　　1932年2月23日

履安：

昨日因失眠，作函时精神不好，有许多话未能告你。今日补写些如下：

圣陶来信，说伯祥夫人曾冒险归家一次，家里所有好些的衣服都没有了（想是江北人取去的），书籍尚无恙，但搬不走，亦只得听之。以伯祥的境地，实不能久赋闲。请你对绍虞说，能否替他设法？如无史学系课，即文学系课亦可。圣陶则因开明书店未受大损失，薪水仍可照拿，故不急急。

父大人一连五天，下午发热，至天明而凉。今日请运司中俞君诊治，说是风寒，开了一个方。日来饭量不好，胃口亦差。据父大人说，是继母喜吃隔夜菜，把胃口弄倒的。

我现在决定，每日上午作文，下午写信看书，晚间休息。如试行后不致激起失眠，则一二旬后《东壁遗书》可全部脱稿了。

我的文格，带来太少，请你接到此函时即寄"颉刚札记"格纸三百张来。

杭馀查验局真没有事。又曾、简香、自琛，空闲得只在院子中踱来踱去，或与小孩们玩耍。据又曾说，一年来往公文只七百馀件，平均一日得两件，又多例行公事。我想，我的个人信札，一年就不止写七百馀封。若朋友们来一封答一封，恐怕要比他们的公事加几倍了。可是他们的经费也实在少。一个局长，四个局员，八个场警，再加上房租及办公费等，一个月只有二百八十元，还抵不到我一个人的薪水。所以我想，社会上待我已不薄，我自应当以一个人做十几个人的事。如果我的身体支持得起的，我的工作真不知要多出多少。

崇年有信来，已迁至洛阳办公。祚茝亦有信来，她仍留在南京。她很可怜，家用须寄五六十元，自己在南京用亦至少须四十馀元，这就非她薪金九十元可够了。然而现在只发维持费，叫她如何顾家呢？如她不顾家，她的母与妹何以为生呢？我很想替她另谋一事，但在现在的情形中，又如何谋得来！你若有暇，可去一信慰之（她住珍珠桥十八号，振玉即住十七号）。

振玉已在内政部任庶务科科长，不久或将改入铁道部。但在现今减俸的局面中，依然无法敷衍他的家计。振玉夫人讲及介泉夫人，犹有馀怒。她对祚茝说："顾太太真可怜，不知和潘家同居两年是怎样过下来的。"他们对于川岛，也恨之刺骨。他们告我："川岛在杭时，所有一些积蓄，全给他的共产党的老弟偷了。他们一到北京，就欠薪了。"这不是他们的幸灾乐祸，只是恶人得报应，大家觉得痛快。

日本军队在上海闹，盐泽司令时打了几次小败仗，野村司令时打了一次大败仗。现在的司令是埴田了，看他能得胜利不能？马坡巷法政学堂有无线电，常在照墙上公布电讯，我一天要去看两次。自从辛亥革命后，没有对于时局如此关心的。我过上海时，鲁弟告我，银行公会会议，主张屈服。但现在全国商界联合会打出的"宁为玉碎，勿为瓦全"的电报，是银行公会中林康侯发出的。可见只有战争才能慑服强敌，只有战争才能激动民气。更证之国际联盟之助中国说话，又可见只有战争才能唤起同情。往常只有怕牺牲，肯忍辱，现在我们的观念应当改变了。如果有人来写十九路军的捐，或上海难民的捐，请你多写些，因为我们报国只有这一条路。

近日报上常载南方人士打给张学良的电报，请他恢复失地，未知已进行否？如他一动，怕天津的日本兵就打到北平来。那时如日美关系未恶化，则还以住在校内为宜。如蒋家胡同有危险，则燕东园之容宅，燕南园之洪宅、吴宅，均可避也。

宾四来书，谓以北大开课不能来代。但我的课在下午，而他的课在上午，并不冲突。望你再一劝驾。如他必不能，未知刘子植、刘盼遂二位何如？盼遂本在清华教《尚书》研究，请他来代恰好。请你与希白、煨莲一商，如谓可行，嘱芸圻转达可也。又唐立厂（即你在锡永处见到的长胡子），他正以沈阳不守，赋闲无事，而他亦教过《尚书》。亦请你问问希白，请他代课好否？必有代课之人，我始可安心居此也。

以上数纸，还是前天所写，因事搁置。今晨接你十六日快信，均悉。煨莲、希白处，刻又写一快信去，即把上述三人推荐代课而请他们决定之。

父大人寒热已退，饭量尚未复原。

北平的学校都开了吗？江苏省立诸校均停了。浙江，则虽开学而不开课，学生尚不交费。

今天报载昨日我军大胜，敌死亡三千馀人，虹口已为我军夺得。惟日军继续增援，今明两日将到五万人，说不定再出什么花样。

代课事定，请打一电报给我。

颉刚。廿一、二、廿三晨。

川岛：章廷谦（1901—1981），字矛尘，笔名川岛，浙江绍兴人。父亲北京大学、厦门大学同人。

自琛：许自琛，苏州亲戚。

介泉夫人：潘家洵之妻贝开珍。潘家洵（1896—1989），字介泉，江苏苏州人。父亲之北京大学同学、同事，并同宿大石作胡同寓所。

刘子植：刘节（1901—1977），原名翰香，字子植，浙江永嘉人。1926年入清华国学研究院，后任燕京大学教职。是时在北平图书馆任职。

刘盼遂（1896—1966）：名铭志，字盼遂，河南信阳人。是时任清华大学教职。

芸圻：侯堮（1902—?），字芸圻，安徽无为人。清华大学研究院毕业，是时任燕京大学教职。

第二三通　　1932年2月26日

履安：

我们本想日本人一定要到杭州来捣乱的，今天果来了。大约是上午七时吧，来了十五只飞机到笕桥投弹，炸飞机场及兵营，闻伤了数十人。下午，日机竟到杭州城中了，中国飞机起而逐之，未掷弹，可是街上行人一时逃得不了了。看苏州，日飞机连去了四天，则明后日当继续来。马坡巷距车站太近，确是有些可怕。但现在大家还没有说搬家，亦且听之。好在杭州的交通是四通八达的，要逃总可有地方。

你在报上见了这种消息，一定很挂念我们。但挂念了也无益处，还是听其自然吧！

我自当常写信给你。但今天听火车下来的旅客说，一路火车走，日机永在上面追，旅客们致裹了棉被以防之；车开足了速率，过嘉兴等站也没有停。说不定沪杭路的交通要给他们毁坏了。此路如断，说不定我给你的信要延搁更多的日子。请你不要怕，因为如遭祸殃，一定有电报给你的，如无电报，则我们平安可知。

在此严重时期中，我们受一点小小的痛苦算不得一回事。我在此甚定心，早晚工作依然如故。希望你也能如此。北平如有急难，煨莲、希白们已允帮助你们。

我自规定工作后，已终日不得空闲。上午是作《东壁遗书》序，下午是写信、看报，伴和官读书。夜里是饮酒，我现在已有三杯（中杯）的量了。夜饭过后，不到一小时就睡了。我们大约下午九时半睡，上午七时起。失眠症偶然发，不剧烈。

我提出了三个代课人，已选定其一而邀请了吗？

你如无事做，可向振铎、希白借小说看，他们两家的小说够你看三五年。

颉刚。廿一、二、廿六。

第二四通　1932年2月27日

履安：

顷接二月廿一日快信，均悉。你们在北平也甚恐慌，闻之为念。

我的重要物件，计如下：

1. 在书架上的笔记四匣，你已看到。

2. 在中间大抽屉桌中屉内有近年笔记八册。

3. 在"颉刚藏书"的书箱第一行第一只内有先祖廉军公手迹若干，第三行第一只之下层有孟姜女稿（请用纸包好）若干。

4. 在写字间之北壁，冯先生为我所买之抽屉柜内有不少稿件。其旁之黑漆抽屉箱内亦有些稿本。又在写字间之座位后面之书架末层有"五德考"、"太一考"、"三统考"等数匣，俱是手稿，亦当取出。"太一考"，可将匣子除去，用高丽纸包好双挂号寄来，以便为《燕京学报》作文。

5. 在东耳房打边一间之东壁有讲义稿及通史稿三箱。

6. 就在这一间之东北角书架顶上有我们初婚时通信数匣，亦可留作纪念。旁有几匣，是文稿。

7. 也在这一间之西壁黑漆书箱内，有些在报纸上发表的文字，粘在报纸册上的，亦可取出。

又中间"颉刚藏书"箱之末层抽屉内有徐文珊所钞《史记注》若干套。

又马子间之书架（刘朝阳的）上有冯先生钞的《史记》，及别人的稿件，亦可带出。

至于重要的书，可请起潜叔一检。有一部《礼纬含文嘉》是少见的；有一部批校本明刻《山海经》，有一本张穆稿本《顾亭林年谱》，均在写字间之"颉刚藏书"箱内。

如要存放箱内，匣子均可去掉，以免多占地方，惟请改用纸包，包面写明何物，以便将来寻检。

如存放外国银行，请索取收条，此条给王以中君或煨莲看一下。

你进城，似以住在绥真家为宜，因裱褙胡同内日本住家及商店甚多，恐变成虹口第二也。绥真那边，机关不多，或可免惊扰，惟较冷落耳。

此间昨日日飞机，上午来了十五只，下午来了十一只。以是人心皇皇，大家过江而逃。吾们一宅内，丁家已迁至灵隐附近之庄子内，别家尚未迁。龙喜弟昨日有长途电话来，请姑丈母往建德去，但他们尚未说去。父大人因办公关系，说不迁。好在今日飞机未来，或可从此镇定耳（海盐又有日舰停泊，县长昨来省告急。闻已派兵前往防堵）。

请唐兰先生代课，甚合我意。北大的课，今日寄梦麟先生函，亦请他代；惟他不该尽义务，所以我请校长给予讲师薪金。好在月只四十元，谅能照办。

洪先生来信，嘱我安心在杭事亲，读书，作文。《学报》的文章一定做。好在此间生活颇有节制（如晚间一定吃酒不作事，星期日亦一定到外玩耍等），身体当不致过疲。只要日本人不大来侵扰，我的身体又不致太坏，每天能写一二千字，积了数月自然有成绩出来的。

我的薪金，我想作下列的支配：

一、唐先生代课　　　　　六十元

二、储蓄及救国等费　　　五十元

三、每月寄我　　　　　　五十元

四、归你支配　　　　　　二百元

你赞成吗？如赞成，来信不必提及，免为外人所知。

我的单夹棉衣服，请你寄来。现在手头尚有五十元，可以支持一月，从三月份领薪后寄我好了。

你耳经医治疗，觉得好些吗？甚念。

冯先生工作如何？如无工作，可请他为我编一书目。

起潜叔仍每天来否？冯先生编的书目，请他校正。

颉刚。廿一、二、廿七。

绥真：殷绥贞（绥真），殷氏母亲侄女，王庸（以中）之妻。

第二五通　　1932年2月27日

颉刚：

前天接到六号及十二号的二信，真奇怪，这两信竟迟延到这许多日子；更奇的，反比十号及十四号的信慢了，可见现时的邮局不上轨道。

十四号信上说康嫒的亲事，我因未见到你十二号信，还以为是聋校的金先生，所以我覆信答的如此。但吴春晗与赵肖甫二人，他们未必会肯。因为吴君在大学快毕业，自立就在眼前，不会贪我的三四千元。再赵君曾对我说过，他不要本乡的女子，现在要拣漂亮一些，有一些学问的了。在现在时代，婚姻自由，他们决不肯贪一些钱而将就订婚的，不比从前父母强逼订了没有法子。我以为康嫒最好不嫁，如贫穷的子给他钱而得自立，时代新法道德观念看得轻，将来说不定要丢掉她，徒多一番苦痛。有数千元而给她自己保存以养老，这是最好的办法。不知你以为如何？

《关中金石文字考》已挂号寄上。

《元杂剧选》有没有样子，我已去振铎处问过，但他往学校，我对他夫人说的，至今没有覆音。

我的耳朵又往协和医一回，他说除打气外没有办法，可叫校医去打。但日来我的耳仍旧如此，医生说我的耳完全聋是不会的。

代课请的是唐兰，星期四已去上一堂，你编的讲义他拿去看，月薪照学校规矩，一点钟廿元，三小时只六十元。学生方面欢迎否还未知，但此人我见过，太落拓形象，我猜不会得很好的。

七姨母来一信，陆仲殷要托你探询昆弟二人，姓周名太乙次戊，前在盐务学校毕业，现就杭州盐务署职；前说及陆姓二位小姐亲事，不知现在定亲已否？如未，想托你为介绍人。我以为你探听是可以的，介绍人不能代为的。

此间日来平安，谣言略少。家中已雇用王妈，系乡下人。我本想你不在平，可以不用，但家内人太少，多一人比较胆大一些。你意如何？

来信摘要开列于下：蒋廷黻收到你的《古史辨》，谢谢，并提起刘朝阳事，他说要暑假前设法，能否也说不定。王姨丈说刘君观象台有一百廿元，青岛大学有六十元，如此很好了。吴世昌要叫你为《火把》作文。郝昺衡收到你的序文，谢谢。大名姚谕要讨《针馀吟稿》等抄本书。馀外有一些杂志报纸。伏生学费缉熙已寄来。

赵澄昨天来调《史记》一套，薪三十元要给他否？班书阁自己到书房取去他的稿子几本，十元钱还未还我们。

起潜叔天天来我家作工夫，因天还寒，仍在客厅。徐文珊标点本陆续寄来，冯先生抄。我仍抄片子，抄得慢，还有许多。

你在杭不要买书了，时局不靖，买了弃之可惜，带了麻烦。

你便秘睡眠如何？甚念。

抗日会捐下月起要扣百分之十。

二月廿七日。履安。

附

> 径启者：刘大白先生不幸于本月十三日以痼疾逝世。先生生前耽心著述，不治生产，身后萧然，其丧葬体先生遗意，概从俭薄，需费尚微，而所遗一子四女，长者及笄，幼才九岁，教养之责，惟赖先生知友负之。
>
> 台端与先生曾有雅故，谅荷同情，如蒙赐赙，请即易仪物为现

金，随附条掷寄，俾集有成数，诸遗孤教养有资，生者之责尽，死者之心慰矣。谨此奉陈，诸维照察。

刘大白先生治丧善后委员会启

（杭州市钱塘路九号）

月　　日

兹致赠

刘大白先生赙仪　　　　　圆正。此致

刘大白先生治丧善后委员会

（签名）　月　　日

蒋廷黻（1895—1965）：字绶章，湖南邵阳人。是时在清华大学任教。

刘朝阳（1901—1975）：浙江义乌人。厦门大学毕业。是时在青岛观象台任职。

吴世昌（1908—1986）：字子臧，浙江海宁人。燕京大学学生。

郝昺衡：郝立权（1895—1978），字昺衡，江苏建湖人。北京大学毕业。父亲在厦门大学任教时之同事。是时父亲为其《陆士衡诗注》一书作序。

伏生：吴树德，吴缉熙之子，是时在北平聋哑学校就读。

缉熙：吴维清（1893—1936），字缉熙，江苏苏州人。父亲友人。在北京大学任教时与父亲同住大石作寓所，是时在武汉大学任教。其父吴子祥乃父亲读私塾时老师。

徐文珊（1900—1998）：字贡珍，河北遵化人。燕京大学学生。是时助父亲整理《史记》。

班书阁（1897—1973）：字晓三，河南杞县人。燕京大学学生。

第二六通　1932年3月1日

履安：

　　三日前所发快函，谅览及。

　　北平现状如何？迁家者多否？我的东西，如分装两箱，可将一箱寄以中处，盖两处放开较为妥当也。

　　此间日飞机曾来数次，但均向笕桥飞机场掷弹而不扰城中，与苏州情形相似，现在城中秩序如常，望勿念。

　　览报，悉中日两方有接受调停之说，则上海战事可停。如东南可以无事，则我当早返。但几篇文债恐又不能还清矣（我身上有四篇必做的文：一《崔东壁遗书》序，一《燕京学报》文，一《史学年报》文，一蔡先生六十五岁纪念集文。这四篇文字至少须费两月功夫，多则三四个月）。

　　自定了工作时间之后，几无暇晷可得。盖夜中一喝酒，则只能早眠，什么事情都不能做。下午四时后常有书贾来，且须看和官读书，亦不得暇。四时前则须出去散步，或写各处信件，仍无整段时间。所可尽力工作者，惟上午耳。现每天七时起身，八点起作工，直至十二时，每天可得足四小时之工作。

　　下午所以要出去散步者，只为怕失眠。这是非常灵验的：一天不出门，夜眠只四五小时。出去一走，便得七小时。看健康的面上，不得不出去。

　　酒本来是喝绍兴。后因积存他人送下的葡萄酒有几瓶，而父母均不要喝，就由我喝了。每夜喝两中杯，依然满面泂红。故上半夜之睡眠可不成问题。

履安，我何尝不想早回来，在此间冰清清的，何如在你跟前热络络的。只是父亲既不放心我走，我也不放心杭州的治安，又是为几篇文债逼了几年，一回北平实无法做，故不得不忍心离开你耳。你要恨我吗？

龙喜弟因知杭州有日机投弹，屡次打长途电话来接姑丈姑母去。他们已于今早动身，当晚可到。

姑母今年十月六十生辰。二姨母与姑母同年，只是不肯告我月日。你可到七姨母处一问。

闻湖北共党甚炽，武汉人已准备逃难。不知缉熙、通伯们如何？通伯的丈人故世了。看《申报》上的广告，他老人家有三个儿子，八个女儿，而通伯夫人是第六个。他是死在广州的。潘博山祖母的礼，寄出了吗？

请你到西耳房东间的窗下黑漆书箱内取出梁任公的《要籍解题及其读法》，又写字间之转柜内取出清华讲义梁任公的《古书真伪及其年代》，挂号寄来。因其中或有关于崔东壁的评论，可辑入《东壁遗书》也。又请你在《中国名人大辞典》里，钞出"崔应榴"一条寄我。如不会查，可请起潜叔查。又订好的札记本，在正房西壁的"颉刚藏书"箱第一行第二只里，亦请寄我两册。

此间近日天气甚好，想北平亦然。你务必与绥真及容女士同游数次，俾得一洗胸间愁闷。你不必爱惜钱，你要爱惜你的身体。

你钞名人生卒片快钞完了吗？冯先生钞《史记》何如？赵澄曾来取钱吗？如未来，可请冯先生送去。赵惠人处，似亦当付些钱。

父大人痰嗽仍剧。你可再到同仁堂买些丸药寄来。除了上次所寄之外，我想总还有别的花样。

《古史辨》销路怎样？景山门市如何？

匆此，即问安好。

颉刚。廿一、三、一。

我为《东壁遗书》事，写了三封信与赵先生，但他一封信也没有
来，不知何故。一月廿六寄的书，究竟取回了吗？望切实一询。

附：

[剪报]

汽车夫为国牺牲

驾敌车驶落浦江

军火敌军同沉江底

―――――――――――――

马迪公司修理部同人罢工

拒绝修理敌车赴前方效力

本地人胡阿毛，年四十一，向在前副邮务长秦云笙处为开车，
解雇后现在南市救火会为开车。前日午后，至虹口百老汇路探望亲
友，行至中虹桥附近，被日守兵拦住，搜获开车执照一纸，知胡素
谙驾驶，遂拖至汇山码头司令部。拘禁至昨晨，有日兵四人，押令
胡至附近，有预停之卡车一辆，满装子弹军火，迫胡驾驶至公大纱
厂。胡无奈，只得佯为允许，开足速率，由日兵四人押解。讵阿毛
仇日心切，夙有牺牲报国之心，故驶至目的地，故意横转车头，直
驶浦滩，因车行极速，一霎时连车入浦，一时浪花四溅，人车均无
踪影。据阿毛友人云，阿毛家尚有年迈老母，家境颇为萧条云。

敌军屡遭惨败，死伤山积，所有运尸回国，及一切输送，急
需车辆。闻曾以重价向各洋商购置，然为数亦微，不敷应用。其所
有损坏之车辆甚多，意欲向各洋商饵以重金，招人为其修理。马迪

一九三二年　　63

汽车修理部职工同人，闻而大愤，虽以所居地位，为洋人管理，且乃饭碗问题，未能随意动作，但爱国热诚，终难压抑。故已集合同人，决议要求厂主，拒绝修理敌人一切车辆，不达目的，决不复工。其爱国之心，至堪嘉许。并闻该职工同人自罢工后，一致往我军后方办事处，投效为修车义务工作云。吾国工友，为人轻视久矣，倘人人能如该修理部职工之热诚爱国，尽国民一份子义务，有钱出钱，无钱出力，则敌人殊不足畏也。

此事真可歌可泣，足见我们中华民族是不会亡的。因津报或未载，特剪寄沪报奉览。此后如有捐款，望多写些。

蔡先生：蔡元培（1868—1940），号孑民，浙江绍兴人。是时任中央大学校长。

通伯夫人：陈西滢之妻凌书华（1900—1990），祖籍广东番禺，生于北京。其父凌福彭与康有为同榜进士。

赵惠人：赵宗彝，海淀学校校长。是时助父亲整理资料。

第二七通　1932年3月4日

履安：

这几天我读《吕氏春秋》甚专心，一看日记已三天没给你信，故破戒在夜中作此。

你廿七日的信已于今日接到。《关中金石文字考》已于前日接到。父大人正将此书点读。他真点得快，一天点一本，真使我望尘莫及。此数年中，父大人读书不少，很多大部书是一气点完的。即此，亦见运署公事之不忙。

今天又接肖甫来书，知道你在二月初旬，因不得我信，涕泣不止，形更瘦削，闻之感愧交并。当时我真想不到你会急得这样子的。如能想到，我早打电报给你了。我深信世界上真爱我的只有一你，一父亲。我这次留杭不行，就是报答父亲的爱。至于你的爱，报答的日子长着呢。希望你不要因寂寞而抑郁，常到城里去玩玩。只要身体好，我们将来的快乐多着呢。

闸北退兵，固然使人叹惜，但能支持三十馀日，已是一大成绩，是八十馀年来对外的第一次大成绩呵。抗日会要扣薪百分之十，我甚愿意。我们不能自去当兵，自然应当助些军饷。

你嘱我勿买书，我自当听从。我自来杭州后，常有书估来。我如果舍得买书，早已花费数百元了；现在我只用了二三十元。其中有些书，是豫备送与父大人的。此间的书，比北京到底便宜。有许多必备的书，价钱便宜的，我还想买，不过替他们当说明不付现款，俟端节及秋节再说。我想，你自本月起寄我月五十元，即当以此为限。

赵澄的钱，付至去年十二月。自今年一月至六月（他暑假毕业），须两月付三十元。这名义上虽是给他一人，实际也连徐文珊的工作在内。有了他们二人和冯先生的工作，《史记》才有出版的希望。

姚谕要讨还书，可嘱肖甫寄去。书都在他那里。请你即请冯先生打一电话去。

此间天气已热。棉衣如尚未寄，请勿寄。因骆驼绒襺可抵棉襕，照今日下午天气，已大可穿夹衣也。鞋袜已在此间买了。

新用的女仆得用否？瞎子小狗怎样了？小黑想仍喜出外玩。此间有二猫，一纯黑，一玳瑁。

扬庭叔祖，我已荐他到奉化县去。章君畴看我的面上，答应了。

陆仲殷所问的，父亲已另写一片，附寄。父亲说，官人甚好，知其未结婚，但不知已否订婚。现在到两淮盐运使署去了。

望你常常来信。祝你安好。

颉刚。廿一、三、四。

扬庭叔祖：后亦写作扬廷。

章君畴：章骏，父亲苏州中学同学。时任奉化县县长。

第二八通　1932年3月5日

履安：

昨夜写好了这封信，今天早起，到法政学堂门前一看无线电报告，又到长明寺一看《民国日报》，知道昨日我军大胜，克复真茹、闸北，并毙敌一大将（非白川即菱刈），快甚。归来无心读书，因加作此函。

杭州装置无线电的地方甚多，每得报告即写贴墙上。离我家最近的，是马坡巷内的法政学堂，即浙江自治专修学校，稍远则有大方伯的浙江图书馆及广济医院。每逢紧急时，我每天要去看几次。同时站立而观者辄有十馀人至数十人。《民国日报》，我家虽定，但须上午九时送来，而墙上则于七时已贴出，故我们亦常赶到那边去看。杭州的民众似乎比苏州人为热烈，故有买小菜的人提了竹篮而站立读报的。我每见他们，即觉得中国是不会亡的。

杭州虽屡有日机飞来，也曾掷弹，但他们的注意点全在笕桥，因那边有兵营及飞机场，他们飞到城内时，总是很高，大约是怕城墙上的高射炮瞄准。他们从未在城内投过一个弹，请你释念。

苏州比杭州为吃紧，因为日军的目的要取南京，而苏州是必经之路。看其兵渐进至昆山、常熟、江阴可知。苏州人不知惊慌到怎样。我觉他们醉生梦死，受些刺激也好。有一次日机飞到苏州时，在车坊与我机战。你家在苏州、昆山之间，未知能不受惊慌否。

民国以来，日本频频挑拨我们内战，固然使得我们分裂和贫乏，但我们的军队则确有了战斗的经验了，所以能作坚强的抵抗，而把日军屡屡打败。这也是一种意外的收获。

将来的局势不知怎样。我深愿其扩大。因为我们如能支持到半年，日本就会起革命了，朝鲜、台湾就光复了，东三省也可收回了。如果激起第二次世界大战，则日本即亡国了。我们应当忍一时的痛苦以取得将来的幸福。

自明想已到校。自珍去年考试成绩如何？是否仍得第一？分数多少？希望她为爱国而更加勤奋。和官学校里，每人每日捐铜元一枚。北平也这样吗？

夹衣望即寄来，此间寒暑表已到华氏五十馀度了！

颉刚。廿一、三、五。

第二九通　　1932年3月4日

颉刚：

十六、十八、廿信三封均接读悉。

潘博山祖母开吊礼汇去现洋四元，托起潜叔代为写信，说明不能寄挽联的缘故，他们开吊日期系三月六号，寄去也过了日子，所以我就汇了钱，你说好吗？

大绸湖色的不要，可以买半匹白的，不要花纹的，因为可以做你的衣服，夏天也能穿的。如钱不方便，不要买了，因为在现在时局可以不买。

赵先生寄的书，他去邮局查，他们说不递到一定退回来，但至今还未退来。

星期日振铎夫人邀我游玉泉山，我见振铎，问他"元剧稿"，他说还没有寄去，那么倒得不被烧去了。

赵澄薪已送去。二姨母要假头，七姨母已送给她，装在瓶子里，她还没有看见了。慕愚、祚茝均没有信来。

王伯祥的股款你写信嘱何殿英寄去，但景山没有钱，问我如何，我刚取到二月薪，就代付八十元，再由景山出二十元，已于前天汇出。

谢云声来信，收到《古史辨》，并要你的照片。黄仲琴也收到《古史辨》，并云中大自邹鲁长校，沈鹏飞及刘奇峰等均已他去了。闻野鹤寄来文稿一束，已交希白，他在江湾家的书已焚去，心中很懊丧。

星期一我与密司容、起潜叔等游卧佛寺，下午去的，我骑驴，很好玩。俟天暖拟再游西山，可惜没有你领导。

唐兰代课二月份交他十五元。

慰捐十九路军，绍虞、希白等各捐五十元，我因存钱不多，没有认捐。

上星期六飞机掷弹笕桥，虽离你们寓远，谅亦受惊不小。昨天见报，我军被日军夹攻，已退守南翔，则苏杭一定吃紧，此间空气亦为紧张。但今晨闻得学校装的无线电报告，已包围日军收复失地，闻之大快！足见我军奋勇杀敌，可敬可佩！日军再要反攻，恐不易了。校内日来暴动谣言特盛，闻之寒心。但闻了得胜仗，则不会动手了。

我有一些首饰及皮衣，拟寄存在花旗银行，皮衣每件二元，首饰和你一部分稿纸（不能全拿）装一小箱寄去（因不能装大箱寄存），每年五元，用郭太太名存入（因她有存款），没有存款不寄。明天进城存去。大箱可存六国饭店，每月五元，倘时局紧张再行存入书籍，如可保兵险火险，我想替你保。你以为如何？

写到这儿，接到廿三号信，你日来失眠，甚念。请你不要多做文，自己节制自己罢。父大人已好，甚慰。

伯祥事，郭太太说绍虞已代设法，不知能成事实否？

北平学校仅北大开课，馀外没有希望。

辛树帜来信，在京任教部编纂处主任，附寄何观洲《牂柯江考》一文，托你介绍一相当刊物发表。

文格三百张寄上。

天暖你衣服不够，不要我寄，可做一件布的夹袍棉袍，因家中的多是绸的，布只要一毛多一尺的就好了。如要寄，可来信告我。钱不够用，我可汇你。

三月四日。履安。

何殿英：何寿甲，任朴社经理。该社是父亲和友人集资所办，景山书社是该社营业部，受时局影响，销售欠佳。王伯祥在沪因逃难亟需用钱，欲取出在朴社的股款，而书社无钱，故殷氏母亲代付。

谢云声（1900—1967）：福建南安人。父亲在厦门大学任教时相识，后考入广州中山大学，从父亲研究民俗学。

黄仲琴（1884—1942）：黄嵩年，字仲琴，广东潮安人。父亲在中山大学任教时之同事。

闻野鹤：闻宥（1901—1985），字在宥，号野鹤，江苏松江人。父亲友人。是时在中山大学任职。

辛树帜（1894—1977）：湖南临澧人。父亲在中山大学任教时之同事。函中所言何观洲《牂柯江考》一文是年由父亲编入《燕京学报》第十二期。

第三〇通　1932年3月8日

履安：

　　我那天很快乐地写给你一封信，哪知这只是杭州方面的鼓吹，不独闸北未克复，即白川亦未死。现在太仓、昆山一带，两军相峙，消息沉闷，不知将来胜负究如何也。

　　日军到苏州乱丢炸弹，闻前日有八十馀枚之多，并北街亦波及。城中居民不知吓得怎样，损失了多少。你可打一电话问问碧澄（清华秘书处），接到家信没有，一家平安否？

　　又曾和许自琛得了这个消息，非常恐慌。昨天到拱宸桥准备搭轮回家，又以轮船运兵，白跑了一趟。今日他们趁早班火车到嘉兴，再转乘小轮了。又曾想把他的妻女到杭州，住简香处（因姑丈母到了建德，空了一间房）。自琛则想把家迁入城中，因西汇这地方太危险也。

　　现在十九路军已退至昆山，司令部设在真仪。这几天，日飞机一定去得不少。那边离你的家不远，说不定也要遭殃。昨天《时报》上载用直被抢，但《申报》却更正了，说是外跨塘被抢。

　　这一次是江南的浩劫，自从太平天国以后所未有之浩劫。江阴、常熟、青浦、黄渡、嘉定、娄塘等处都给糜烂了。你可问问吴文藻先生，他们那边有信息来否，他家里平安否？

　　现在中央已任命蒋介石为军事委员会长，如果他再无具体的表示，我们民众都要弃绝他了。前天宁波同乡会有电诘责他甚不客气，他的同乡都如此，他真要众叛亲离了。

　　杭州近状安谧。空中虽常有飞机声，但日来未闻下弹，想是本国飞机。现在沪宁路一带大感危险，沪杭路则究竟在后方，不致太受压迫，望你释念。

我在此身体甚好。每天七时起身，饭量两碗半。大便间日一下。睡眠得七小时。总算是很平安的。近日读书甚勤，《吕氏春秋》第一遍已读完了，可以着手作《学报》文了。

叔父一家在苏，父大人已促之来杭。照我想，他们是不会来的，一来迁家不易，婶母又从未出过门，二来此间有继母在，他们何苦来受她的气。

说到继母，真可恨可叹可怜。我来了月馀，已换了四个女仆。一到楼上，总听得她骂人，不是骂女仆就是骂男仆，否则骂和官或父亲，所不骂者我耳。一讲话，总是说人不是。任何事，在我们眼光里不成问题的，不足以引起是非之心的，但一到她的眼光里则立刻见出错处来，在甲面前说乙不好，在乙面前又说甲不好。就是万律师的老太太，和她结拜姊妹的，也是给她看出恶意来了。偏偏和官不挣气，要夹嘴舌给她听，使她更信别人对她是都是有恶意的，证实了她的恶的推测。她真和孟真相似，一方面是骄慢，任何人都不在眼下；一方面是猜疑，感到任何人都要害她：以至亲人不亲，好友不友。

因此，使我觉得接父母来平的一个意思不得不考虑了。现在父大人不能辞职，时局又乱，固然说不到。就是将来，我想也只能请他们来玩半年一年而决不能作久居之计，否则我和你必将成为不孝的子媳。说一年，实在已经是太多了。

我现在早上起身后，除了吃饭和大便是不上楼的，所以也不甚受她的累。她曾因我的袜和裤都打补钉，屡次说："这只像赚二三十元人的衣服。某人某人是不肯着补的衣服的。"我只答她："我的心不在衣服上。"她的阶级观念非常深，而我则绝无此念。我不想把自己装成了一个贵族。

请你把《中国社会研究》一册寄来，记得是在东耳房东壁的书架上。我的单夹衣服已寄出否？

叔父处，你也当写一信去问候。他们虽是有意侵陵我们，但当此危急存亡之际，这一点同情心总是要给他们的。

祝你安好。望你常写信来。

颉刚。廿一、三、八。

碧澄：吴碧澄，吴氏母亲（征兰）之弟。

吴文藻（1901—1985）：江苏江阴人。是时任燕京大学社会系教授。

孟真：傅斯年（1896—1950），字孟真，山东聊城人。父亲北京大学同学，中山大学、北京大学等校同事。

第三一通　1932年3月10日

颉刚：

廿三、廿六两信均接到。

前几天捷报传来，此间人民喜欢非常，及至报纸证实非真，则百度的热度竟降至零度了。日来日兵仍继续前进，苏州非常吃紧。今天起潜叔接到苏州三号发信，谣言虚惊甚多，秩序还甚平静，紧急时他们想逃至木渎，不知日内如何？杭州阅报情形还佳，没有苏州吃紧，因此次退兵沿京沪线。这次中日在沪开战，日方援军续到，我军没有增援，以致退兵，相持一月，如此结果甚是痛心。现在国联斡旋调停，我方一定吃亏，中国人自己不争气，要靠别人帮忙是不可以的。

战事如能结束，你能早一些回来吗？

明日校中开抗日阵亡将士大会，我替你送一个花圈，因为省得托人做挽联，又要写。

这几天校内空气好一些，人心亦不甚恐慌，不知内幕如何？

你的笔记四匣及我的首饰、皮衣三件已于星期一进城存入花旗银行，收条在我处，名是郭太太的，因她有存款故。（皮衣存入东交民巷卫生皮衣店内，因花旗大箱不寄。）

顷接快信，读悉。你的文稿太多，恐不能多存，因箱子太大不能，俟理时再说罢。

燕大研究所出的《碑传集补》，闵尔昌辑的，送来一部，是你买的吗？

书籍，打听保兵险是不肯的，保火险是可以的，但北平火灾很少，是无容保的。你的书在乱世真觉得为难。

编书目要如何编法，请详告。

衣服和钱当遵嘱寄你，上信我叫你做棉夹袍，不要做了。

恒慕义寄来报纸、《古史辨自序》四册。

三月十日。履安。

恒慕义：Arthur W. Hummel（1884—1975），美国国会图书馆中文部主任，将《古史辨第一册自序》译为英文，1931年出版。

第三二通　1932年3月11日

履安：

你已经七天没有信来了，甚使我思念。不知你有事呢，还是没有话说呢？我酷望春衣寄来，也竟不至。平杭交通虽只五六日，亦大费人盼望。

我日来睡眠不佳，大概因工作稍多之故。前二日以天雨未出，每夜只五小时耳。昨日到新民路、寿安路走了一趟，即得眠六时半。效验如此之灵，使我不敢不听命。惟江南天气，二月本是"神鬼天"，恐能出去的日子甚少耳。此来，雨伞、雨衣、皮鞋都未带，也不愿花钱买，所以一下雨就不能出去了。

杭州近日平静，惟店铺都无生意，至有"开店不如拉东洋车"之叹，盖拉车则每天必有现钱收入也。

又曾三天前走嘉兴转苏州，乃到嘉兴后亦无船到苏，即乘轮到平望，歇宿一夜，再赴苏州。昨接其平望来书，谓苏人逃至南浔去的颇多，闻城中尚安；昆山一带逃难至苏州者甚多，故市面反好些。

你们的视之，不知怎样了？昆山县长既逃到甪直，则昆山之有一点家产的人当然亦要逃出的。去年田租，尚未寄与父亲，所以继母又向我说话。我说："能有别人代收，最好。"她就无话了。

昨接何殿英信，悉伯祥朴社股款八十元已寄去，并将向你索还。我去信本说，朴社能收回最好，否则我可担任。今竟如此，则社中之枯窘可知矣。你得到这消息，或者要不快。但伯祥现处极困难之境，朋友帮忙亦是情理中事，何况这钱原是他自己的。二来呢，朴社的权既已集中于我，我的股份增加些亦是应该的。请你不要责我罢！

你在家太寂寞，我想还是接绥真来玩几天罢。香山、卧佛寺、碧云寺、玉泉山、颐和园，她都未去过。你一来应当请请她，二来也应当在这不冷不热的时期中游散一下。游侣则冯先生与起潜叔均可。上列诸处，起潜叔除玉泉、颐和园外也都未到。

我前天夜里，梦回家来。我握了你的手说："我今天早上还没有想走，到中午方始决定回来的。当时想不到一走就不能回来，现在也想不到一回来就回来了。"我就到书房里去看人家寄我的信和印刷品。哪知尚未看了多少，就张眼了。枕上思之，大可玩味。中午想走，下午即到，坐飞机也没有这样快呢！

唉，去年访古，到了廿馀处，历了五十馀天，似乎很长了。哪知这次一别，也是五十馀天了，而归来之期尚不可知。日本一方面在上海增兵，一方面将以舟山群岛为根据地，杭州受其威迫，直是情理中事。父大人既不能乞休，连迁家也不肯，叫我不顾而走也如何说得出。你在北平虽平安，但东北之叛逆一加讨伐，日人也必到北平来扰乱后方，届时社会秩序如何也正难说。我们真正的握手不知要到哪一日呢。言念及此，惨然不欢。但我们民族非决死不能重兴，我们为将来的希望计，对于眼前的痛苦是只得忍受的呵！

希望你自己珍重，少吃零物，多事游散，把身体弄好，一方面可以做许多间接报国的工作，一方面亦可得将来的家庭幸福，补现在的损失。履安，你务必听我的话！

前函忘将父大人写的一纸寄你，今补寄。

请你打一电话与容女士，请她寄《燕京学报》稿纸二百页来，以便誊写。

我在此，无人帮我钞写，甚是苦事。青仓住客栈中，正无事做，其楷书亦好，但其脾气太坏，我实不敢请教。他前天开口向我借钱，我并非不愿应，但一次应了势必续续要求，将使我无以为继，故只得不应。这个人是没有办法的。

　　祝你们安好。

颉刚。廿一、三、十一。

视之：殷履祥，殷氏母亲之兄。

青仑：周青仑，父亲表弟。此时正无业。

第三三通　1932年3月13日

履安：

前天寄信后，不到两小时，就接到你三月四日的信，欣悉游了玉泉，又游卧佛寺，且骑驴去。我一向为你忧虑的，是你不好运动，又无兴趣，以至身体日衰。现在你幸而有了几个朋友，得游春郊，实在是很好的事。你能骑驴，请多骑。北平可游之处，另纸开出，请你交与起潜叔，分排日程，一一览之。

我为你们想，你们可以组织一个团体，这一团体中的人物，为起潜叔、振铎夫妇、刘小姐、容女士、以中夫妇及你，自珍能同去亦好。如较困难之处，可请冯先生伴去。你们能有这样一个团体，包管这半年中是不寂寞了。你能这样活动，包管你的健康得大增进。至于费用，千万不必吝惜，总比吃药来得实惠。

从前介泉曾说："顾太太其实是很活泼的，可惜不曾发展。"履安，现在是到了你的发展的机会了，北平的朋友这样多，请勿辜负了这春天罢。

日本飞机屡到杭州，在城内只开过一次机关枪，伤了一个七岁的小孩。如战事继续扩大，此地当然危险，现在则和平声浪甚高也。父母均无迁意。

伯祥来信，其家完全烧完，圣陶家则在日军战线之内，江北人不敢去纵火，故犹得保留。伯祥托我买的七十元的书，恐怕还未看呢。我也有书给他借用的，约十部，现在也完了。他保留的我寄给他的信，有不少我的史料，也成了灰烬了。日本人固可恨，江北人尤可恶。

我的单夹衣服是要你寄的。但不必多寄，够替换就好了。我的书籍，如保险，至少须保一万元，因为我买来时虽廉，现在的市价则已抬高甚多，且有许多已买不到，有许多是有批的，花上许多心血也。火险与兵险能否一气保？我前在上海保火险，单子上说明兵火是不赔的。现在是否须保双重险，还是只要保兵险？保险之后，请将保单给煨莲或士嘉一看。

我离开了你，只有旅行，还可够睡眠的时间。一作文，则即无法使旧病不发。现在又曾、自琛一归，此间仅一简香，不能同他同游，只能一个人在城内走走，不能甚劳。虽则下午做事甚少，仍不能睡得好。这是无可如何的。若在从前时候，纳一妾亦无不可，但现在则不能作此想了。

格纸已收到。大绸当缓购。

《大公报·文学副刊》上有评论《古史辨》的文字吗？

颉刚。廿一、三、十三。

第三四通　1932年3月14日

颉刚：

前昨两日接到一号、四五号信两封，一号的信反于昨天收到。

上海反攻得胜，我们也同你一样欢喜，岂知是假的，真上它的当。日来人心比较差一点了。

上星期五学校开的追悼反日烈士大会，大礼堂挤满一堂，熊希龄演说，声泪俱下，学生哭得也多。我没有去，是起潜叔对我说的。

上星期二在郭宅开苏州同乡会，系起潜叔同瞿子陵发起的。本来计算有三十左右人，在此时局开会恐惹人疑惑，故没有发通知，大家以所认识的邀来，想亦有二十光景人，郭家备了茶点。但结果到了九人，连我与郭氏夫妇共十二人，可见苏州人没有团结力。他们拟定苏州报以灵通消息，以郭宅为总枢。

十号寄上棉袍一件（咖啡色线春的）、同色哔叽夹袍一件、灰色单袍一件（哔叽的）、竹布长衫两件、白布短衫一件（因你处已有一件）、白布裤子两条、灰色哔叽裤子一条。另外《太一考》双挂号寄上。想此信到时物件也可到了。

你来快信叫我理好书籍，我看现在局势缓和，可无大碍，故尚未动手，免得多此一举。北平这几天刮大风，室内生了火，温度还只达五十度，比了杭州差得太远。书房不生火更冷，所以冯先生编书目也未动手。如何编法，你来信告明，省得几番工作。他抄的《史记》再有一本，不知徐文珊标点完了没有？我抄的卡片还有一半，因我不赶快抄，所以这样慢。

赵澄钱已付去三十元，赵惠人没有送过东西来，要给钱给他多少？《古史辨》受时局关系，没有上次的好，问冯先生，现在还存七百本左右。

二姨母生日是八月内什么日子，我听过七姨母说，已忘了。你今年四十岁，生日一天如在杭州，他们一定要同你闹，你最好请他们不要，免得大家花钱。三月十八和五月廿二系竹妹和太姑十周年，你可各送四元，定衣箱锡箔，你以为如何？如东南无事，能早回来最盼。

胡阿毛事《大公报》也有，下等社会能有此人，真可敬！

昨天顾冶冲请我和艮男吃午饭，因大风未去，绥贞也未去。

昨天报载杭州有日机一架飞入市内，用机关枪扫射，伤一女孩，确否？

"崔应榴，海盐人，诸生，有《吾亦庐稿》"，就是这几句。

札记及梁任公的《读法》及《年代》付邮寄上。化痰丸买妥即寄。

三月十四日。履安。

熊希龄（1870—1937）：字秉三，号双清居士，湖南湘西人。曾任北洋政府第四任国务总理。熊希龄时任"国民救国会"指导委员，并组织"卫国阵亡将士遗族抚育会"，处理抗日军队后方各种善后事宜。

瞿子陵：瞿润缗，江苏苏州人。燕京大学研究院学生。

竹妹：父亲之妹。太姑：父亲之祖母。二人均于1922年病逝。

第三五通　1932年3月15日

履安：

这几天因停战，无甚刺戟精神者。又曾、自琛已来，又曾挈其一妻一女（小的）一子，自琛挈其一子。他们来时，幸早走一天，又幸而趁了苏州平望班，更转船到嘉兴。若他们于前日趁了苏州嘉兴班，就被抢了。父大人有一熟人，即是乘这班船的，他在苏州，兑去金器得四千元，统被抢了。不但行装被抢，闻绑去的人也很多。又曾说，王驾六、宋铭勋，都于避难时被劫（不是这班船）。盖这班人本以富名，伺者必多，当他们挟其细软而行，哪肯放过呢！

不过，我觉得这班富而不仁，富而不事的人，应当有这种惩罚，否则他们太便宜了。

昨日报载，北平狂风，气候降至华氏表廿二度，未知你们受寒否？你们还好，一班穷人早已因春暖而将寒衣付质库了，将如何！此间前日也大雪。春雪积至一寸许，水缸里也浮了一层冰，这是想不到的。久不穿的皮衣，又上了身了。和官感寒，发烧了。

昨天挽了许曜生（自琛之子，年九岁）到街上散步，乃与钟敬文君相遇，因到他的屋里坐了一下。这是此次到杭后第一次到友人家。他现在并不与陈丽华女士住在一起，但陈女士亦在杭州，住的地方离他也近。蒋径三君也住在附近。不知他们三人相遇，将何以为情？

敬文说："许多人都希望你治社会学，用了社会学的观点以治古史，必可有大创获。这乃是研究古史的一种方法，不可不有。"这话是好话，我也很愿意做，但是我的时间在哪里呢？现在受了战争之赐，方得在杭州读书作文，但是这也不过还债而已，而且也不是长久之计。一回北平，人事都来了，欲读一册书而不可得了。敬文说："你可以请一年假。"这话说得何其轻易，请了一年假，生活费从哪里来？父亲虽有钱，但在现今的情势之下，我哪里可以用。我如果用了，我以后在家庭中的地位就低落了，又要度十年前的生活了。

因为有这样的牢骚，所以夜里就得一梦。梦见平伯请我吃饭，对我说："你的身体并不强壮，而别人责望你的这样多，如何得了呢？"但他又说："再过五年十年，别人落伍了，你就出头了。"这种梦话就是我的心话。我想，我要打好学问根柢，至少须作四件事：其一，把汉以前古籍统统读一遍；其二，英文日文能看书；其三，略涉猎文字音韵学；其四，略涉猎社会学。可是要做到这四事，至少要有五六年功夫不作他事而专为之。在现在的情势之下，哪能容我如此呢？我自问已算幸运了，数年之间，爬到教员的第一层，在大学教授中，总算是最自由的，最接近于研究的，然而形格势禁尚如此，此所以中国大学林立，而学术之进步阒然无闻也。

前天到简香处听留声片，听到《珍珠塔》方卿到尼庵中见娘一段，不禁泪下。我的泪本来是矜贵的，心中无论如何不快，总流不下来。可是我的同情心太强，别人的哭常能引起我的哭。就记忆中想起数事：小香水作《拾万金》，一也。汪笑侬作《铁冠图》，二也。蔡威廉（子民先生之女）哭其母，三也。沈友佩表姑哭我的祖母，四也。曹盘小姐哭其母，五也。你进城时，望你买数张新片，伴伴寂寞。

致起潜叔一函，乞转交。

颉刚。廿一、三、十五。

蒋径三（1899—1936）：名棨，字径三，以字行，浙江临海人。父亲中山大学同人。时为上海商务印书馆编辑。

第三六通　　1932年3月17日

履安：

　　昨接三月十日来信，读悉。北平仍冷吗？当这几天大冷的时候，火炉必已拆掉了，能支持否？杭州近日渐暖，我已穿驼绒裲了。

　　兵险既不能保，保了火险又恐遭了兵乱他们不肯赔，还不如听天由命，不保了吧。我想书籍编目时可请起潜叔将善本理出些，另放一处，如有警变，即行迁移，或分置在他处，免得一齐被毁。

　　因此，我想，时局定后，城中一定要去找一所房屋，一来备父母出来，二来我们的东西亦可分开放些。至于看守，我想或者请冯先生的家住在外院，如前数年碧澄之住在大石作一样，则我们自己可不用人。每星期进城住住，倒也换换空气。

　　听又曾说，苏州这几天，乡下的搬到城里去，城里的搬到乡下去。所以然者何？乡下觉得没有保障，城里恐怕逃不出。但我觉得还是城里好。因为城里究竟住家多，关系大，非死守必不至打到城里，非打到城里必不至秩序大乱也。即如我们在此，日机常常飞来，但心中不是惊惧者，以在城内也。若在乡下，则不但怕日本人，亦怕本国兵；不但怕兵，亦怕匪矣。我们住在蒋家胡同有数可畏：离西苑近，兵出入多，一也。西直门外小道本有劫匪，秩序混乱时彼辈必乘机到村镇中闹，二也。美日甚有破裂之可能，如以兵戎相见，则燕大必为日机之目标，三也。所以依我想，还是迁到城里的好。竹庵叔祖一家要迁到木渎，大不佳，那边离太湖只二十八里，以年来湖匪之多，而木渎为肥肉所聚，军队一移防则即刻来矣。我想，还是请起潜叔劝阻的好。

叔父不肯迁来。来书云："苏州现在情形恐慌异常，为一家生命计，固宜先行出走，然房屋物件亦半生心血所构成，平日相依为命，再加人心不古，我朝以行，家即夕以破。年来景况已形拮据，如仅留此身而身以外一无所有，则此后之生活恐更难以图存。踌躇至再，觉走则先趋绝路，不走则或可苟延残喘。儿女辈已一致抱决死之心。万一不幸，家中食井即我等结束之所。现在兄弟父子各人所处地位不同，际此大难临头，惟有各自为谋，望勿以我为念。以我观察，或尚不致到此一日，并望暂为放心。"话说到这样决绝，我倒颇佩服他的镇定。作事是应当如此的，否则回惶无主，踌躇而莫知所措，此青仑之所以破家也。

　　吴岳母和五小姐要住在我家新屋，叔父来函询问，父大人已去函应允之。大约因八旗会馆驻有军队，为敌机所注意之故。但此事父亲似未告继母，故不听见她提起。如果给她知道，又必骂一场也。（其实，何止骂一场！）

　　提起继母，现在又有几个人给她做骂材了。其一，是万老太太，她为了儿子做律师，国难中生意清淡，不识趣的向她借钱，而且开口四百元，是一个吓人的数目，所以常被她骂为"老虔婆"。其一，是新开弄李太太，是从前的房东，她荐了一个女仆来，不幸我的继母失了二十元钞票，咬定是她偷的，因而迁怒及于李太太，常骂她为"婊子□"。所以称她为婊子者，因她已是李先生之第二位夫人也。真可怜，自我来此，太太们来往的，除了姑母外，只有这两位，而这两位已给她骂得体无完肤了。女仆，这四五天又易了三个了。像她这样的仔细和郑重，而竟会失掉二十元，岂非奇事。

　　我把扬廷叔祖荐与章君畴，我去信时告他道，"走上海则径捷而省钱，走杭州则迂回而费钱"，这固然是实情，但我还有一个意思，是不愿他到我们寓里来，省得给继母讨厌。不知为什么，他昨天竟取道杭州，到我们寓里来了，而且连铺盖也带来的，不好意思推他到客栈里去。我知道要继母留饭又要使她不快的，所以就请他游西湖，在旗营吃了夜饭。同他回寓之后，继母避开不见。清元弟开来路程单说要上午六时起身，她也不叫厨房备点，连洗脸水也不豫备。我只得把热水壶里的水倒给他，勉强洗过；至于点心，那时街上尚没有卖的，只得任他了。我送他到江头，回来后，继母对我冷笑道："这种人也配送呢！"又说："我所以不见他，为的是怕他下次过杭州时向我噜苏。"我说："这人穷虽穷，硬倒硬。叔父说他从不向人借钱呢！"

如果我还像从前的孩子气，我真忍不住了。现在则天真已凿破，只付之一笑或一叹而已！我觉得这个人倒着实值得给心理学家和生理学家研究的。

我当然愿意早回来，尤其在看见继母的时候。但甚望能写好数篇文字而后归。近日国联调查团来后，颇有停战的可能了。

你来信说捷报传来，旋又证实非真，使热度降至零下。事实是这样的：十九路军在浏河确打了一个大胜仗，就想赶回闸北，守原阵线，即以浏河交给上官云相军队。哪知他们不但守不住，且在昆山大抢，十九路军闻讯赶回，就给日军打败了。上官氏住在苏州，伸手要钱，苏州人恨得欲食其肉。这种事是报纸上不敢载的。

《碑传集补》是研究所送我的。编书目只要写书名，撰人，卷数，册数及版本。如果看不出，则即缺着，让我自补。文格再请你寄三百纸来。

祝你们安好！

颉刚。廿一、三、十七。

竹庵叔祖：顾元昌（1884—1943），起潜公之父。

第三七通　　1932年3月18日

颉刚：

十六日接到八日信，读悉。

叔舅姑和松林兄嫂到杭么？阅报见由苏至嘉兴轮十三日被劫，现在火车不通，坐小轮很危险，所以在乱世人民真没有办法，逃与不逃均觉困难。

昨天闻起潜叔说，沈勤庐接到家信，他家以十九路军住在城内，恐有危险，已全家避往租界，仅留老太爷看家，雇一船价值三百元，可云贵矣！那么日军已进逼苏边了，苏州人不知急得怎样？起潜叔有一旬没有接到家信，不知他们要迁否？《大公报》上还没有见到我军还苏州，日军如此进逼，局势不和也不战，弄得民心惶惶，奈何，奈何！

《中国社会研究》，我在东耳房找，没有；又在写字间找，也没有，不知你放在那儿？丸药现买得一种停喘丸，一毛钱一丸，问同仁堂他们说好，看试服如何。

王伯祥的事，闻绍虞说，清华与燕京均无望，振铎下学期燕京独请，清华拟请圣陶替振铎，以圣陶开明的位置让给伯祥，不知开明与伯祥方面如何？谅绍虞已有信告你了。现在时局不靖，各大学多关门，有开门的也是欠薪，所以弄得谋事的人无有位置了，燕京、清华想来的人不知有多少。唐兰已往北大代课。

我告诉你一件可惜的事，我们的小黑狗突于昨日午十一时半死去了，不是病死，是中的毒，隔夜还吃大半盆食，晚饭时我还给它吃东西，昨晨见它吐了好几回，我还以为吃坏，过一些时就好了，岂知一刹那竭叫二声就死去了，吐出系绿色水浆，死后舌与唇均黑，一定是别人给的毒物，生病不会这样快的。这狗真活泼又伶俐，养了差不多二年，一旦骤然死去，我真难过惨然下泪了。现在为难的，我家人少，黑夜觉得更怕了。瞎子小狗白天见了生人也不嗷，夜里更不要说了。拟再捉一个中国狗，但要等待会看家，又要费几月，如和议能成，希望你早些回来。

这狗现在埋在后园，因为一免别人剥它皮，二免外人注目，蹈九号时的覆辙。坑由冯先生与李妈挖的。

这几天朋友给你的信真少，前几天收到修中诚的一封信，他在战区接收难民事宜，又谢谢你的《古史辨》。

用直自沪战后没有来过一封信，我去了二信，他们真懒笔，令我生气。叔父处我已去信了，鲁弟也回我一封信。

日来调查团在沪斡旋和平，不知能有希望否？看日方还是增援，结果难测。杭州常有日机侦察，市府已提出抗议，现在少来否？

你上午作文，下午游玩写信，能自节制，甚慰。

我的耳朵自打气后闻表声略晰，不过低声说话仍是难闻。

北平天气还要生火，杭州如何？

三月十八日。履安。

沈勤庐：沈维钧（1902—1971），号勤庐，江苏苏州人。1929年在苏州中学任教时与父亲相识。是时在北平与燕大郑德坤合著《中国明器》（《燕京学报》专号之一），1933年出版。

修中诚（1883—1956）：英国教士，汉学家。

第三八通　　1932年3月19日

履安：

　　我请求你，从此以后，你也两天给我一封信吧。因为我一天不接到你信，就觉得少了一件东西似的。请你不管有事无事，多少写些给我。

　　我实告你，这一星期中，我的睡眠颇不好。但这不是我的贪多做工作，只是我的身体不挣气。当又曾未回接家眷时，过几天我们就游一次西湖。那时倒不觉得什么，就是有时失眠，五小时的睡眠总是有的。自从他走了，我一人独出，一天走一个城门，杭州有十个城门，都给我走到了。论理，应当睡得好，然而不然。这事我想起来大约有两种原因。第一，一个人散步，无人谈话，或者神经仍不免紧张。第二，我的走路正和我的写字一样，太欢喜快速。几人走路，别人慢行，我也只得跟了慢；到一个人走路时就越走越快，自己也遏不住了。这样的走路，依然是兴奋剂而非平安散。

　　我来了之后，睡得最不好的一夜，是扬廷叔祖来的那天。那天下午，我已一人出清波门，游钱王祠，进涌金门了。他来了之后，我们又到公园、西泠桥、里湖走了一圈子。论理，这天的运动也尽够了。但那夜十时睡了，上午一时半就醒了，从此到五时起身没有闭眼。这或者也有一种原因，为了他要六时起程，父大人对我说："那时恐怕什么人都没有起来呢！"我说："我起来好了。"大约就为要招呼他的缘故，竟提早醒了。

　　送他到江头之后，写给你信时，可怜我的手足同冰一般冷，精神疲倦得如在五里雾中。但是我居然还写了好几张信笺，谅你看信时也看不出我的疲倦吧？因此，我到庆馀堂买了半斤天王补心丹，每天吃几次，或者可以有效。

总括一句，我实在离不开你。离开了你，我是不能做事的。

可是我的兴致确是超绝的，无论如何身体痛苦，我还是一个精神蓬勃的人，对于工作的趣味丝毫不曾打折扣。我总觉得光明在前，现在的黑暗是会得消灭的。这种信仰，我自己也说不出所以然的理由来，只觉得必须如此信仰而已。前几天在街上走，看见一家裱画铺内贴着一联，道，"能受天磨真好汉，不招人忌是庸才"，颇使我高兴。我受的"天磨"与"人忌"实在够了，换了别人早已灰心了，但是我的精神还是青年的精神，时时想做大事业，这不够奇怪吗？

韩文公云："我年未四十，而视茫茫，而发苍苍，而齿牙动摇。"我也完全如是。牙齿又在痛了，吃物很不便，因为痛的正是右面的盘牙。此外，则是伤风，这是天时寒燠刻刻变的缘故。北平既如此奇冷了一回，不知你们也都伤风吗？

前天既道遇了敬文，所以他请我今晚在花市路吃饭了。在现在减薪欠薪的时候，我实在不忍破人的钞。

九姨母已病两月馀。今日朱姨丈有信来，谓日必气塞，火升，头眩，腹胀，未能平卧，并少熟睡，日啜糜粥，精神大耗，看来病势不轻。信中说用直自卫甚严，尚称安谧，但恐迁延时日，社会经济难以维持耳。

这几天表面停战，而日方运兵运械，积极备战如故。恐国联调查团一走，大战即爆发了。如果如此，势非引起世界大战不可。我固受伤，彼亦无幸。本来穷兵黩武应在国力富足、民生安定时作的，现在日本自己这样穷乏，国内左倾者甚多，而世界上尽其敌人，如此而又耀武扬威，徒然自取灭亡。想来天皇的寿命只有此一二年了。观他们在上海如此打败仗，近日东三省又敌不过义勇军，锦州、新城一一克复，这种纸糊老虎还摆什么架子！

中国经此一役，元气大伤。上海方面失业者数十万人。苏杭的织工亦以绸缎生意不佳而停工，牵连到养蚕，今年也不能养了。这一方面，失业的又不知有多少。我们不接近民众，到街上走走，似乎还是锦簇花团，不减平时风景。倘使身为穷民，不知现在是怎样的跳脚了。所以这种时势，实为共产党造机会。照这样下去，国民党固完，我们这班中流阶级也完了。将来的大恐怖，不知要把我们卷到哪里去呢？

听说十九路军打了一个月仗，眼睛也红了，耳朵也聋了，势固不能不退。希望大战再起时，张发奎的军队能赶到。至上官云相之类，只配在苏州客栈里吸鸦片耳。

葛毅卿君到北平否？如你不知，可打电话到张兆瑾君处一问，他究竟在哪里。

颉刚。廿一、三、十九。

朱姨丈：朱蕴若。

葛毅卿（1906—1977）：江苏无锡人。中山大学毕业。

张兆瑾（1908—2003）：浙江江山人。时为清华大学地学系学生。

第三九通 1932年3月21日

履安：

你又是好几天不给我信了，你的笔头为什么这样懒呢？我自服天王补心丹后，颇有效验，每夜可睡七八小时，即半夜醒后亦得续眠，这是很可喜的一件事。牙痛，今日已稍愈了。伤风亦较愈。均望勿念。一间都安好。惟许曜生（自琛子）来后出痧子，幸今已"回"了。

杭州，日飞机几乎天天来，大抵是为侦察运兵。昨日在笕桥又开机关枪，伤民妇一人。报载停战会议，两方意见已差近，或可成功。但日本人是最不讲信用的，说不定调查团一走立刻会翻脸。那时苏州固险，杭州亦险，以其为交通之枢纽，夺了杭州可以绝南方援兵之道也。

昨天星期日，一家到西湖，杨柳完全发青，新得可爱。未知北平如何？如已转暖，望你坐了人力车进城一次，一赏路旁的春色。

自珍性情，颇近于诗，近日有新作否？如有，望寄我一览。

昨日报上有中国银行二十年度营业报告一篇，是甚要的史料。今剪寄给你。你如有暇，望为我钞一遍。如无暇，请你贴在本子上。我看你的性情近于经济学，这方面的常识也可努力获得些。

颉刚。廿一、三、廿一。

写到日子，才想起我和你别了整两月了！

第四〇通　1932年3月21日

颉刚：

　　十一、十三两信均接，读悉。你因多作文又往往失眠，真令我非常悬念，你的神经衰弱就是因为多作文的缘故，但是你性喜研究，奈何！致于你离开了我，失眠更剧，这亦是无奈何的事！你的家庭人少，又是南北分居，多时的分离我亦十分寂寞。你说在从前可以娶一个妾，在现在则不能。倘现在可以，我宁成全你而牺牲我了。然而现在法律娶妾仍未能禁止，你不妨娶一个罢。一笑。

　　中山大学寄来《教育研究》二次，共卅本，又《社会丛刊》五本，是不是托卖的，乞告我。

　　碑帖三十元已付容先生。

　　赵先生借的钱已还，路费也还，共六十元。路费是不是卅元？

　　甪直又无信来，他们真懒笔。昆山田租，如姑大人不愿意可请别人收。这处的田，好年也不容易收，不好年更难收了。祥哥不应当不给一个信，可见他没有责任心，令我生气。我意可请朱姨丈代收，如何？

　　你来信叫我组织一个游团，我们已组织了（容女士、起潜叔、瞿子陵、吴伯龙及我），昨天又加入容太太及广东同乡四人，游香山。晨间出发，饭由我备。下午他们几人游卧佛寺，我们五人再游八大处，可惜找到了四处庙，走不动了，他们也跟我下去，回家已六点多。我们五个人讲好，车钱小费饭钱照相费（因瞿子陵会）总算后再摊派，昨天结算一人共化二元三毛七分。现在天气出去还冷，起潜叔因赶做毕业论文没有暇，要过三、四星期方能同游，届时再照你的单子去游。绥贞有孕了，我邀她，她不去了。振铎夫人走不动，更不如我，他们同吉祥胡同人不熟，所以没有去叫加入团体。兹附寄照片一张，是上回游的纪念，人太小看不真。有一张我同密司容骑驴照的，可惜坏了。今次照的还没有洗，下次附寄。

《副刊》上没有见到评论《古史辨》文，想来大家无心学问了。

七姨母来电话，周姓昆弟二人，陆仲殷要托舅大人打听他们订婚没有，如未，拟托舅大人作正式介绍人。但陆姓的小姐我见过，是不时髦而粗气的，坤宅愿意，不知乾宅如何？七姨母的八弟弟白喉已好，两肺有烂，现住院还没有回。

《史记集解》你放在哪儿？图书馆中来催二次。

今天为止我与你分别已二个月了，我非常希望你快快回来，不知时局要作弄我们吗？可恨！

领薪后，钱即寄给你，勿念。祝你安睡。

　　　　　　　　　　　　　　　　履安。三月廿一日。

祥哥：殷履祥。

第四一通　1932年3月23日

履安：

那天发信后，即接你十四日信，均悉。你寄给我的书籍等已到，但衣服则未到。想以包裹，故留滞也。

北平近日天气如何？如已转暖，望你多出游玩。

我今天和又曾、简香出清泰门，走了二十馀里到七堡，沿途均植竹竿，不知其几千万枝。又至彭埠、明月桥、叶家埭等处，则桑树又满目。浙中富庶，于兹可见。所恨者，现在我国之农产品总敌不过他国之工艺品耳。

闻宋代的杭州城，较今偏西。现在清泰门外，当时即是海塘（钱塘江之塘）。前年在清泰门外设立自来水厂，掘出当时木桩无数（我在西湖博物馆见之）。故今日我们所到之处，从前均在海里。所见之田，均为沙田。今日我们走了二十馀里，尚未见钱塘江，则沙田之数目真可惊了。

这几天我的睡眠颇好，想来是吃了补心丹的效验，故仍每日服两次。伤风已好，牙痛亦渐愈，望你勿念。

你近日身体如何？饭量如何？前为思念我而瘦，现已肥了些吗？月经何如？仍服药否？均以为念。

竹妹及祖母之十周年，当照你所说办理。我在此间，包饭每月三元五角，此外添菜买点，为我多花之费每月当有十五元左右。请你买些东西寄与继母，抵我的饭食。否则说不定她心里要不快乐的。

赵惠人如不来取，可不给他，待我归后再说，因他在图书馆服务已有薪水也。赵澄处，请于四月底再送三十元。

赵肖甫寄沪书籍，已由伯祥取到，送至亚东图书馆矣。他搜集到的新材料，亦收到。稍缓当覆之。

冯先生既有《史记》可钞，即不必编书目，待《史记》钞完再讲。

奉宽的弟钞的东西，在写字间之"颉刚藏书"箱的最下一层内，请检出，交冯先生送至北河沿北大第三院学生张福庆君处。

又写字间之茶几（朝阳的）下层，有《尚书学讲义讨论之二——九族问题》五百张，请每页数廿五份交与士嘉，每页数五十二份请冯先生交与余逊，又检一份送与张福庆。馀者留下。

我曾请绥真到我家住几天，和你一块儿玩玩，她来了吗？你高兴骑驴子，何妨与她一块骑骑。大成坊就有驴，雇了之后到香山、玉泉去，路是很好走的。

我今天在七堡走一独木桥，心慌得很，扶了又曾的马褂走过去。我每和人游玩，总觉得自己的兴致比人总好，而胆量则比人总小，这是我的毕生恨事。你则恰在我的反面。你第一次骑驴，就不慌张。如你肯借容女士的自行车学习，也必学得成的，我只望你兴致增高而已。

日机几乎天天到杭州，但城中则只开过一二次机关枪，伤人只一次，即是你所说的，他们的目的是侦察运兵。现在和议似成僵局，说不定这信到时，安定、黄渡间已在作战了。只要牺牲得值得，即牺牲多些也不必可惜。

今夜父母要与我到城站上馆子吃去。为了这事，继母又与父亲闹了几回，因父亲不愿在国难期中上馆子，而继母则必强之也。

自珍，望常给我信，请转告。她的背肯常挺挺吗？

因快要去吃夜饭了，匆匆写了这信。欲说的话尚多，明后日再告吧。

颉刚。廿一、三、廿三。

奉宽（1876—1943）：字仲严，号远鹤，蒙古旗人。冠姓改名鲍汴，在北平研究院工作，兼任北京大学和燕京大学教职。所著《妙峰山琐记》由父亲编入中山大学"民俗丛书"。

张福庆（1906—1933）：字季善，河南郑县人。北京大学学生。

第四二通　1932年3月24—25日

履安：

我这次动身时，带了信笺约百张。来杭后带的信笺用毕，陆续购用，每次买二百张，到现在已是第三次了。以每纸平均二百字计算，我已写了十万字了。其中，大约三分之一是写给你的。我自己觉得，说话的本领太低而写信的本领太大，你道是吗？

昨天究竟没有到城站吃夜饭，只叫了五样菜（吐司黄鱼、炒虾仁、鸡绒菜花、笋丝炒里肌、薄饼）在家里吃。继母一定要我多吃，而不让和官多吃，说不是为他叫的菜。我想，南北珍味，我吃得也多了，何尝希罕这一点菜，我也不是贪吃的人呵！

父大人不知何故，近颇受人攻击，有人在省政府告他，说以干儿子任督销局长，得贿数十万。这真是梦谈。干儿子，是哪一个呢？数十万，在哪里呢？若真有此数，不但父亲不必做事，连我也不必做事了。所以现在时候，真使好人不能做事。煨莲去年曾告我，他在美国时，听人说，顾颉刚为中山大学购书，价钱极贵，办公费开了一万元，而无报销。这真是梦也没有做到的。天地间自有一班专造谣言的人，使得爱名誉的人没有容身之地。父大人极想辞职，无如运使不许。奈何奈何！

自浏河成为战区，浙盐不能销至江苏，遂使苏人有淡食之虞。现在改在江阴捆运，故叔父已由锡到江阴，住盐栈内。今日来信云："盐少，各掣所抢运。且河道窄迫，运行殊艰。运船又因封差，召集不易。大约须守候多日，方可捆到一二。家中，已知照弟媳（婶母），无论如何恐慌，不可妄动。"这种地方，颇见叔父勇敢。家中仅婶母弟妹在，万一战事复起，京沪路断，不知要吓得怎样呢？你可去信问候。

我此间无人帮同钞写，大感不便。向父大人言之，以为可交青仑，孰知付了他三千馀字，直到一星期方送来，还是去逼出来的。谚云："做了三年叫化，皇帝也不想做。"青仑是懒散得像叫化一般了（奉宽的老弟，和他一样）。今天他来，说："客栈中房间太黑，日间不好写，必点灯后方可写，而夜中又精神不好，所以写得慢。"现在他要换一明亮些的房间，说是客栈要算账，要借钱。又曾借给他两元，我借给他一元。

他去年分到的外祖母遗产四百元，全用光了。在又曾处拿干修，每月廿元，已预支到五月份了。今年再不会有四百元的意外之财，不知将如何度过。闻民国十七年，父大人共替他荐了八个事，有的不去，有的去了几天就出来。最长久的是在某处的烟酒公卖局，月薪五十元，做了一个月，请了三个月假，再去时他的职位已有人了。局长给他一个驻杭办事员的名义，送了他四个月的干修。从此再得不到这种好事了。父大人气极，现在就是运司里有空额出来也不敢把他补上了。这一对夫妇除了自杀以外，更没有办法可想。

和官作的文字，寄给你看看。他程度既差，心又太野，父大人竭力教他，终无补益。我倒爱自琛的儿子，端重岐嶷，将来定胜乃父。又爱简香的义女和春，聪明伶俐。上学不过一年，写的字已比和官好了。这个女孩，你见了也是爱的：乌黑的眼珠，结实的筋肉，停匀的身段，安详的态度，再过十馀年，我们就看她出风头了。

我甚念你们，请你和自珍到照相馆摄一影寄来。如到城中摄，则招康媛加上。也使父大人看看你们的近来状貌。

你来信说我的稿件以时局缓和未理，但我觉得这种时局是说变就变的，还是整理的好。北方固较南方安靖，但东北军队悉在平津一带，欠饷已多，万一溃裂，则海淀成府首当其冲。我家外表太好，又为交通孔道，必久已为人属目。加以巷口的人力车夫等于上海之江北人，万一有事，兵未来而他们已来，亦恐无幸理。所以我写给你的单子，还是请你照着装在大箱里，分寄王姨母及以中两家。如此，则我在此可安心。至你们自身，如风声不好，当然迁入城中，不必管家私。好在我年纪不大，就使失去，将来依旧可以复得。如事起仓卒，不能逃入城中，则以逃至燕南园煨莲、文藻两家为宜。以其在学校之内，且与外人杂居，较可得保障也。履安，请你务必听我！

听说苏州城外正掘濠沟，因此一般人愈加恐慌，迁者不绝。一只小轮，常常拖至三十只船。拖不动，分几次拖，拖了十只到一处，回头再拖十只。因此，苏州到上海要费数倍的时间。有人不耐烦，单雇一船走，价二百六十元。履安，不知我们再过京沪路，进苏州城时，那边的景色是怎样了？

如果战事起，杭州当然也危险。好在此间是路路通的，又城墙已拆，当然不至像苏州那般恐慌。所虑者，邮政停滞，使我给你的信延搁在邮局里，累你盼望耳。

颉刚。廿一、三、廿四—廿五。

第四三通　　1932年3月26日

颉刚：

十五、十七、十九三信均接到。你连日失眠，闻之甚念。你的病实在起初时用脑过度，又是年数太久，以致到了后来一用思虑就引起了。你与我同在一起时，作文过多也要失眠的，不过我与你在睡前讲一讲话，比较好一些。所以为你身体关系，实在不宜做研究工作，但是你是不肯的。现在欲做的四篇文做了多少？要于何时可毕？

一人游玩是没有意思的，你走路快，性急，二人谈谈话慢慢走，变换一种思虑，所以夜间可以见效。

日来和议，日方态度强硬，竟要开辟租界，我方不允，战事一定再开，日方增军运械，他的不和可知，但再战则长江一带势必糜烂，奈何！战事延长到于何时，我与你晤面不知要于何时，思之闷甚！最近三四年中，你我分离没有如此之久的，真使我又寂寞又悬念。唉，这多是日本人赐的，你离平时真想不到一别要如此之久呢！

你给郑德坤的信已在《火把》上发表了。格纸三百张昨日寄出。

北平天气今年暖得晚，我们在三四天内方出火，炉子还未拆去。前几天狂风，冷比冬令好得多，这是报纸过甚其事。现在还穿皮衣，今天又生火了。

小香水新年中在广和楼演《别母乱箭》（我见的报纸上），倘你在北平谅一定要去看的，我因艮男开学，急回成府，未去，现在大约不在平吧。

振铎的书未被烧去，他拟于春假赴申，统行搬来，家内屋小，暂放清华图书馆。他的书很多，一笔运费是不小的。

冯先生近日替起潜叔赶抄论文（约五万馀字），因限四月十号缴卷，编目不能著手。《史记》徐文珊又寄来一本，大约再有本半没有抄好，不知徐君再有没有。

我们这次游玩的照六张糟极，一张都没有好的，人模糊看不见；密司容因瞿子陵照得不好，特请她的同乡照，结果也是一样，可惜，否则可以附寄一张给你了。

图书馆来催二次，《史记集解》、《长安志》、《周礼正义》、《观自得斋丛书》、《周礼》、《陈氏丛书》告我放于何处，以便去还。

薪水星期一去领，钱当即寄你。抗日会仍扣百分之四，未扣百分之十，因有多数人反对作罢。

三月廿六日。履安。

郑德坤（1907—2001）：福建厦门人。燕京大学毕业，是时留校任教。

第四四通　1932年3月27日

履安：

接十八日来信，骇悉小黑狗被毒，这真是不幸的事。不知它死了之后，曾有贼来否？即此可见住在乡下之可怕。彼眈眈于我家前后左右之窃贼，一到乱世即将作明目张胆之强徒矣。所以我总想搬到城里去。希望父大人能辞职，那么我们搬家就有话说了。

我既留南，小狗又死，你自然太无安慰了。你望我早归，我何尝不想。我那里愿意离开了亲密的你而在父母处"做客人"。只为父亲既爱我，而时局甚有危机，不忍舍他而去。又是身上有四篇文债——《东壁遗书》序，《燕京学报》、《史学年报》文，蔡先生纪念集文——回北平便无法做，只得在此逗遛。

所可慰你的，是自服了天王补心丹之后，十天来睡眠安好，短则六小时半，长则八小时，半夜醒后亦能再睡，为想不到之功效。不知是否胡庆馀堂的丸药特别灵验？如果是的，我很想买些月经药给你。

这十天来既经工作顺利，应当将《燕京学报》一文作毕。可是我真像造房子的工人，永是"摸摸一工，摸摸一工"。还有一样不便，是没有人在旁边帮同钞写。不由得使我想你，感谢你的恩惠。

吴春晗君今天来一封快信，要我为《清华周刊》写一篇文字。我哪有这种功夫！忆及今年之初曾写《九族问题》一文，编入《尚书学讲义》内，可以给他印入。请你于接此函时即到书房里检出一份（朝阳茶几下层），请冯先生送与他。

你寄的衣服，到今天还未到，可见包裹之迟延。昨天天气极热，我已向父大人借一哔叽夹衫穿了。今天又冷，仍穿驼绒褕了。北平仍生火否？

前数天，日机天天来侦察。昨日以国联调查团来杭，故未至。听说这几天军队移防实在不少，惟昼匿夜动，故日机亦侦查不到什么。

议和甚不顺利，恐战事必复作。有人从苏州来，道及迁家者至多，且有沿城挖战壕，每一城门守兵七百名之说。若然，则战事再起时，苏州即首当其冲了；杭州则只怕其投弹。

有一轶事足以告你。王赓之被日方所捕，及其为政府所拘，想来你在报纸上已见到。他是陆小曼之前夫，听说这次的事亦与小曼有关。缘小曼在沪，与三井洋行之经理相识。此次战起，日人欲得浏河一带详细地图而不得，由三井经理串通小曼，利诱王赓，故假作被捕而将此地图搜去。事为十九路军所知，报与政府，故日方释出之后又被政府捕去也。如审判属实，当无生理。小曼既以贪得中人酬金而杀其后夫，又以卖国而杀其前夫，可谓人中妖孽。

又闻商务书馆系保美国兵险，故战事起后即悬美国旗，但日方不管。当飞机投弹时，恐其损坏过大，故派人在屋顶扬美国旗。哪知屋顶上扬一下，飞机上就投一下，以致完全遭殃。故美国之恨日方，不下于中国人。

又闻战事初起时，日人扬言可于四小时内收拾中国军队。其后不成，租界当局欲加制止，日方乃与之订立条件，战事延长一小时，即赔一万元之损失。结果中国抵抗三十馀天，日方照约应赔七百馀万。故今之不肯撤兵，即以自己花的本钱太大之故。

今晨父大人和我到西园吃虾肉面，我抽暇到万里家去了一次。万里说，浙江省政府，在这五个月中只拿到一个月的四分之一的薪俸，如何度日。浙江本来是富庶的，只为担负了中央的行政费，弄得一寒至此。

伯祥近为开明编国文教科书。他的文笔不如圣陶，不知开明中要他接编《中学生》否？现在无赫赫之誉者简直不容易找事，奈何奈何。

《中国社会研究》，大约是放在冯先生为我所买的抽屉柜上层格子内（在写字间之纱窗后），请你一找。如时局不能和平，则请你寄我。

我到现在，钱真用完了。不知这一星期内能收到你的汇款否？如尚不能，只得向又曾先借十元。

昨日夏廷棫君来，他是接到赵先生信而知我在此的。他邀我于之江大学放春假时往游富阳、桐庐。但那时能去与否尚未定，一来是文章未必能做好，二来则时局正不知何如也。

你耳朵略好，闻之至慰。但望你不要愁闷，多事游散。我如果可以早回来，一定早回来的。

我每间一天（至多间二天）必给你一信，请你点一下，有没有给邮局遗失的？

颉刚。廿一、三、廿七。

王赓（1895—1942）：字受庆，江苏无锡人。毕业于美国西点军校。1921年与陆小曼结婚，1925年离婚。

陆小曼（1903—1965）：名眉，江苏常州人。画家。1926年与徐志摩结婚。

廷棫：夏定域（1902—1979），原名廷棫，字朴山，浙江富阳人。与父亲为中山大学同人。是时在杭州之江大学附中任教。

第四五通　1932年3月28日

颉刚：

前日寄上一信，谅接到。《太一考》和衣服照数收到吗？

日来失眠如何？牙痛好否？安眠药有吗啡，请不要多服。酒每晚仍吃吗？均念。你的身体比强壮的人不及，比瘦弱的人实在好得多，就是失眠症不能脱根，真讨厌；我惟一的希望你只得少思虑多运动，以免少发为要。

前天张福庆来，送给我们一蒲包米，说是凤凰台米，他们家乡是出名的。他问我取稿子，我不知道放在哪儿，他大约二三星期后要回家了，下学期来不来还不一定，因身体有病。

密司谢昨天也来一信，问你回来没有，并谢我给她东西。信封系教育部，日戳是否南京看不清，不知她到洛阳去否？日内拟覆信寄珍珠桥去。密司谭到洛阳去没有？

起潜叔暑假毕业，我问他湖南去不去，他说雅理大学没有回信，据郭先生说大约要请教会中人了，那么他下学期想别路了。现在大学毕业人多，再加失业人多，谋事真不易，如在欠薪的学校谋一位置也很困难。生活程度如此之高，而生活之出路如此之难，可怕！

李妈生病，叫一替工什么多不懂，只好将就几天。新用的王妈很得手。小狗还没有讨到。

五十元由邮汇上，乞检收。这几天因银行放春假，薪还未取，大约要月底可以寄你。

写到这儿，接到你廿一号信，欣悉服天王补心丹后可得好睡，甚慰。请求你一方面服药调理，一方面要节制自己，不要多作工，失眠就发也见轻了。

你说我懒笔，我自己觉得三四天或四五天写给你一信已很勤，因为你希望得我的信心切，所以说我懒。

中日再战，你们似以早走为要，因为和议不成，战局必大，杭州必不安，还是暂避为是。如好叔之摆定主见，不是人人所能的。

今午潘博山致起潜叔信，说苏州六城周围均挖战壕，人心惶惶，他们均拟迁至租界，以免困在城中。又闻说有许多苏州人逃在北平，不打伪国，谅北平可以无事。如南方时局十分危急，你与父母也来北平好吗?

此间天仍冷，常刮风，树木多没有青，还不是逛山的日子，可见南北天气相差太远。

中国银行报告我替你贴起来，因为抄很费时日的。

月初学校里吊死一个学生，是周诒春的长子，死因不明，多人说为的是愤世自殉，有人说为的是父亲不喜欢他，不是为恋爱。

三月廿八日。履安。

密司谢：谢祚茝。

密司谭：谭惕吾。

好叔：父亲之叔。

周诒春（1883—1958）：字寄梅，安徽休宁人。中美文化教育基金保管委员会常务董事，曾任清华大学校长。

第四六通　　1932年3月29—30日

履安：

昨接廿一日信，欣悉你们又游香山及八大处。你是不是骑驴去的？寄我的照片，好像是在碧云寺摄的，对吗？这四个人中，你和容女士是看得出来的，你最清楚。

我在家时，你常讨厌我，说愿意一个人回苏州去住，现在来信屡说寂寞，那么你已自供了从前的话是矫情了。但是，我也骗了你一下。我说娶妾，原是向你开玩笑的。你竟说"宁成全你而牺牲我"了。履安，我谢谢你的好意，只是我也是自愿牺牲的一个人呵！

从前男子不负贞操的责任，现在潮流改变，觉得这个责任是双方对等的。除了一班落伍的，或胡闹的人外，是不能不守着这新道德了。你说法律未禁止，这倒是小事，犯法的人是多得很的。我受这时代的裁制，并不受之于法律而受之于良心呵！

自你嫁了我，至今十三年了。你始终不曾向我变过态度，始终用了你的全副精神和气力在我身上。你本来国文很好的，现在写来的信别字很多了。本来身体很坚实的，现在则衰弱多了。在这种地方，足以证明你确是把自己牺牲了。我呢，受你的帮助确不少。为孟真诸人所艳称的做我书记，不必说。希白们说的会做菜，七姨母们说的节俭（二姨母告我的），也不必说。我最感激你的，是你没有虚荣心，不教我入政界。前数年，国民革命初成时，我的师友们何等得意，那时我要得一官容易得很。假使你存些势利之见，要你的夫婿登上政治舞台以为自己的光宠，朝晚在闺房中强聒，我也未必不会心头一软，滑到了那边去。可是你始终无一言及此，使得我还能独善其身，专心学问。这件事看似平常，其实正不容易。我们二人，至少在这"淡泊"上面是有共鸣的心弦了！

因此，使我感到，我将来的学问事业如能成功，由于我的努力者一半，而由于你的辅助者亦一半。你既如此待我，我何忍不如此待你。所以纳妾之事，不但自己不想，就是父母要为我做时我也不要。不但父母为我干时我不要，就是你为我干时我也不要。如果要了，我就是一个负心人了！

我既是一个人，哪能无性欲。离开了你两月多，身体上哪会没有冲动。可是我这种痛苦是受得起的。同居张家（住在大厅楼上）有二女，长约十七八，次约十三四，其状颇冶荡，常到我们庭院中及账房中闲谈游玩，有时竟在我的书房窗上来窥探。又曾们都同她们谈话戏笑，我则从未与之一言。这不是我摆道学家的面孔，实因这种没受教育而又沾染时髦习气的女子，她们的意识和我差得太远，我和她们简直生在两个世界。我之不好狎娼，也是这个缘故：她们的世界里不容有我，我的世界里也不容有她们的。所以就说要纳妾，这样的女子我是不要的，我要的女子是决不肯作妾的。

我之喜欢接近女学生，当然因为她们的意识和我比较接近。可是我既不愿对你作薄幸郎，也不愿对她们作轻薄儿，所以无论如何相熟的人，始终站在友谊的界线上。说我没有中心爱悦的人，那自然是矫情。但惟其爱她，所以更不愿害她。社会上一班人，常苛责于女子而宽恕于男子（不仅男子，女子的心理亦是如此），我一时的不慎或竟剥夺她终身的快乐。我看见一条毛虫，尚不忍踏死它（此间庭院中种了豆和菜，故常有毛虫当路），何况去害一个人，更何况去害一个可爱的女子。因此，我立定主意，决不随便一点，宁可使对方笑我的痴呆或叹我的怯懦。

上面一番话，是我对于你的忠实的自白。我自知不是一个无欲的人，但我自信我的责任心和同情心可以禁制我的欲念。我不是服从外界的道德和法律，乃是服从我内在的良心。我只愿为别人而牺牲自己，不愿为自己而牺牲别人。所以，履安，我的痛苦已是忍惯了的，我决不辜负你对我的好意。

你寄给我的衣服，已到了。寄这一信时，就去取了。

赵先生的路费是廿八元许。

中山大学的《教育研究》和《社会丛刊》，都是给景山代销的，请你交给冯先生。并请景山书社去一信，嘱他们以后直接寄书社，不要经我转手，以免耽搁。

我前天到庆馀堂，问他们要一丸药目录，他们说没有。我在牌子上看了几种可以给你服食的药，但当时未钞出，现在只记得"调经种子丸"一种，你要吗？你听见了绥贞怀孕，不羡慕吗？

周家昆弟，父亲只知道而已，并不怎样熟。而且他们不在杭州，介绍亲事也不便，打听也不便。我是热心为人撮合的，父大人并不如此，我想不如回绝了罢！

《史记集解》，不是我借的，是赵澄借的，请冯先生去通知他一下好了。

我已向又曾借了十元，你寄的钱想来四月二三号间可到，当可足用。我现在结算账目，我住在此，房钱饭钱都不花，买书钱在外，一月亦须四十元。以我之省，而犹如此，可见现在时代生活不易。要是我自己无账目，我也不能自信的。

现在我的大便不秘结了，每日早上通一次。这也是很好的，只是坐马子讨厌。饭量，或两碗，或两碗半。酒量，可三中杯，脸亦不致很红了。

　　杭州天气真奇怪，皮衣、棉衣、夹衣，刻刻换。今天阴寒，穿了驼绒�还觉得冷。

　　知《火把》上已将我与德坤的信登出，望你为我钞一份，把原报寄我一览。

颉刚。廿一、三、廿九—三十。

第四七通　　1932年3月30日

颉刚：

今天银行开门，薪取出，汇奉五十元，乞检收。如不够化，可再寄上。因本月份没有特多开支，我钱用不完，一定可以给你一些。上月份因康、艮学费及伯祥借，除用外，度没有馀多了。

今日接到叔舅来信，以浏河失守，掣运所移至江阴，已前往办事。那么家内人少，更形害怕了。他问起你有没有回来。

陈绳夫来一信，云及《管子集注》要先登出版广告中，将来要交朴社印行。

冯道初的信附奉，此人我没有听你说起过。

学校中四月三四号要旅行南口明陵，饭食车资每人二元五角，价钱真便宜，但是我不愿意去。因两天要逛许多地方，一定很累，我又是走不动的，跟着大众势所不能。起潜叔以脚心有些肿，并且赶做论文，也不去了。他接到苏州信，他们全家及姑母一家均走南京往上海租界住了，如此人多，逃去也不是易事。苏州局面想一定很严重。杭州日来如何？（他们都劝我去，密司容也去，自珍也要去，我亦报名去了。起潜叔别人亦说有机会不能不去，他也去了。容先生夫妇均去。）

和议形势恐成僵局，战端再开，你要于何日可回平呢？一别好久，我真闷极了。

听密司容说，《燕京学报》提早出版，现在就等你一文，一星期后你文可以寄来，是吗？那么为你还文债起见，我不敢望你早归了。

　　　　　　　　　　　　　　　　　三月三十日。履安。

陈绳夫：陈准（1900—1941），字绳甫（又作绳夫），号褒殷，浙江瑞安人。时任浙江瑞安县通俗图书馆图书部主任。是时父亲为其所著《管子集注》作序。

第四八通　1932年4月1日

履安：

昨天接到你寄我的文格三百张。《观自得斋丛书》及《陈氏丛书》，在写字间内靠纱窗之书架下层，可检还。《史记集解》是赵澄借的，《周礼》、《周礼正义》、《长安志》，是朱士嘉用我的名借的，可请冯先生告他们送还，或由冯先生取出送图书馆。

这几天的时局沉闷得很，好像酝酿暴风雨的样子。上月两军交战时，人民虽感到很大的痛苦，但精神是旺健的，现在则痛苦依然而精神则衰靡了。于此，不能不恨政府的不振作，使可用的民气在不知不觉中消磨了。

我请你把我的著作稿装箱分存两王家，你已办吗？北平实非安乐土，我们不能不谨慎一点。

昨天我到浙江大学答访储皖峰，并晤石声汉、钱琢如两位。他们的薪水已欠了四个月，但犹勉强开学。听说安徽大学和武汉大学都未开学。仰之已到北平，他到过我们家里吗？

本月下旬，为我生日。我深恐他们要和我做生日，届时拟作绍兴、宁波之游，到章君畴处住几天。希望四月份的用费早些寄来（四月十二号后即寄），俾得过了竹妹的十周年即走。能多寄我廿元，尤感。

叔父来信，说已回苏州。并云："现在后方为筑壕工作，致人民恐慌万状。所有唯亭、外跨塘一带乡民多数逃至城中，而城内居民多数逃至乡间，此往彼来，不堪其扰。现在苏城虽屡吃紧，秩序极其安稳，可以放心。"你的信，他也接到了。

听又曾说，耀曾的衣店，平时每天可做百馀元生意，开销每天十元。现在则每天只做十馀元生意而开销仍须十元，开一天赔一天本。因此，想起景山书社，亏得局面小，在这般时局中还站得住。请你向他们取现金簿看一下，近日每天能做多少钱生意，赔本否，写一个大概给我。仍可由冯先生每星期带来一次，由你签字发还。批发账，亦请看一下。

昨天径三来，他住在景云里，书籍未失，衣服则好的已被抢去，约损失四五百元。并谓商务书馆将来恢复，旧人决将不用，以其有工会，难使唤，趁此机会可彻底改组也。以此，可见振铎、圣陶的运气好。予同，现已到温州第十中学教书。愈之，我到上海时听说他犯伤寒病，后来听说好了。但昨闻径三言，他病后贪吃，吃伤回病，竟有病死之说。如其是确的，则真大可惜了！你见振铎时，可问问他，有此事否？

此间寒燠不常，我的两脚脚跟都生冻疡了，春疡是要烂的，奈何！

你们一切安好否？狗已讨得否？如讨来，切不可放它出门，应和吕家一样的养。贼，想来未来过。

颉刚。廿一、四、一。

储皖峰（1896—1942）：字逸安，安徽潜山人。清华大学研究院毕业。是时任浙江大学教职。

石声汉（1907—1971）：湖南湘潭人，生于云南昆明。父亲中山大学同人。是时任浙江大学教职。

钱琢如：钱宝琮（1892—1974），字琢如，浙江嘉兴人。是时任浙江大学教职。

予同：周予同（1898—1981）。浙江瑞安人。父亲商务印书馆同人，朴社同人。

愈之：胡愈之（1896—1986）。浙江上虞人。父亲商务印书馆同人，朴社同人。

第四九通　1932年4月3日

颉刚：

廿三、廿五两信均接到，读悉，你连日好睡，闻之甚快。

上信我告你要赴南口，但学校今天出发而我没有去成，自珍因月经来不能去，起潜叔因论文必于十号缴卷，票已买而退去，密司容以去过也不去，我则因无熟人且虑爬山不行、二天太累，所以欲去而不去了。好在学校年年去，彼处人少，去恐有匪劫，非随团体去不可。竞进掌柜要游房山，有人告他此处有匪，他遂中止了。现在时局不靖，连游山玩景多不能，可叹。

你胆子小是不错，连捉一个小虫都不敢，我确比你大。说起了骑驴，那天我方出校友门马路，驴就快跑，把我跌下，幸驴夫抱住，未曾落地。后与吴伯龙换一驴，仍敢骑，并且跑得快，我并不因跌下而气馁，一直骑至卧佛寺。回来起潜叔见我太累，他替我骑至青龙桥，仍由我骑归。上次游八大处，系坐洋车，因东门外一个驴都没有。下次出游我仍拟骑驴，虽累然觉得好玩。

自明与吴树德因放春假，今晚乘六点半车回家。绥贞来电话，她们拟明天来，我想同去逛玉泉山，有孕谅亦无妨。星期二或三我们几人一同进城，因自珍放春假一星期，她非于此时游玩不可。我以家中人少，住一二宵就回。

日来和议进行麻木沉闷之至，日方非我方让步不可，究不知我政府态度如何？

缉熙寄在我们苏州的东西，你最好写一信去，告他此处潮湿，俟时局平靖非搬走不可，免得将来霉坏，倒不好意思。

照片进城时当去照就寄给你。书遵嘱理出，俟进城回来时着手，勿念。

顷接到介泉的祖母开吊讣告，但没有写日子，讣系北平发，地址字好像介泉写，讣面写舅大人、叔舅及你名，本写悬桥巷，后改北平。要送礼多少？大约开吊期已过了。

卅一号寄给你钱收到否？衣服收到否？

四月三日。履安。

第五〇通 1932年4月4日

履安：

昨天同时接到你的三月廿六、廿八两信，均悉。

《太一考》、格纸、衣服、丸药，都收到。蘑菇如贵，你可买些冬菇寄来。

父亲到北平来，实非易事。这因周司长既兼了财政厅长，又常到南京去，把运司的事都交给父亲，运使不走，他是不能走的。不知何故，父亲和继母这回都很镇定。又曾曾请迁至赵虚谷家，为父亲所不赞成而止。他说："就是日本人要占据杭州，也不会打的，因为此间无可守也。"但我想，只要中国军人有抵抗的决心，杭州何尝不能守，闸北正是一个好例呵。

昨天父亲们同我游灵隐、公园，到三义楼吃饭。吃了七样菜，斤半酒，只四元；可是堂彩加一，小账又加一，国难捐百分之廿，筵席捐百分之五，加出了一元八角。现在的时局，连吃小馆子也不容易了。

在三义楼中碰见了潘健卿一家人。他们也是从苏州逃出来，先到湖州，再到杭州，今天到上海了。所以不走嘉兴者，怕小轮被劫也。昨天报上又载苏州两小轮（一震泽班、一上海班）被劫消息。现在时候，逃难也不容易。健卿的父骏甫独留在苏州。女子职业中学今年没有开学。

如中日再开战，沪杭路必断。浙江省政府本有迁至兰溪之说，届时或将实行。省政府一迁，运司亦可迁，我们均将到上江去了。杭江铁路现已通至兰溪，所以去并不难。那边是崇山峻岭，有险可守的。只是从此以后，我们的通信就困难了。

谢女士的境地很可怜。她北平的母妹，每月需用六十元。田租，一年不过二百元，并且常常收不到。她自己在宁，亦须用四十馀元。就是不欠薪，不打折扣，也是一个不够；何况现在是欠而又扣呢。我在苏州时，曾与一函，劝其常到黄振玉家谈谈，因为振玉夫妇很有生活艺术，贫而不改其乐，常与接近可以减少闷郁。又勉以天无绝人之路，只要在公馀自己做些工作，我终有法子帮助的。到杭后接其来书，谓接到我信，为之涕流不止。这想来是安慰她的人太少了，所以我的信已使她感激如此。但因此我却不敢给她信了，只为怕她误会了我的意思。我是最会写信的人，不写则已，一写必长。在异性之间，不得不谨慎。所以，以后还是你多和她通信吧。政府名说迁往洛阳，但是去的实不过一小部分。尤其是女子，迁去的必极少。你如去信，仍寄珍珠桥十八号可也。（我望你多去信，因谢女士性质和你相近，你们应当有较深的友谊。她现在境遇痛苦弥甚，必须有人安慰之也。）

现在教育部长是朱骝先，我何尝不可为她去函，请求加俸。但现在这时候，决不是请求加俸的时候，我的信是不便写的。我以前曾劝她搜集从前私塾中读本，作一教育研究论文。这次过宁时，她亦提起，我仍劝她做。因此题尚无人做过，可以做得好，且她既在北大教育系毕业，又在教育部服务，应当发表几篇教育论文，以表显其专长。如能有此，我为她进言亦比较容易。只是穷愁的人，什么事情都不得定心做，恐成虚愿耳。

览报，悉伍叔傥已做教育部参事了。这种昏庸老朽的人，除做官外更无他事可做。但他而做教部重要的官，亦见国民政府之仍无异于六七年前之北京政府耳。

谭女士现在有一男友，是黄克强的第二子，名一中，号厚端，是日本留学生，学经济的，亦在内政部办事。与她既同事，又同乡。我看他们的样子是很亲密的。她年已三十，不可再蹉跎，我深祝他们的成就婚姻。如有喜柬寄来，可送一银杯或银盾，请起潜叔写"同心救国"四字镂之以赠。我到杭州后未尝给过她信，并不是忘记了我和她的友谊，盖我的心虽坦白，而彼方之疑或所不免，我不愿以我故而伤损他们间的感情耳。看她没有信到北平（她尚不知我留杭），可见她们的进行很顺利，她正在陶醉之中，故不复念及其他友人也。

我们五年前所认识的女友，蒋、彭、刘，都嫁了。吴、谭，都有嫁的可能了。只有谢女士，还没有着落。曹恢先，是很有与她结合的趋势的。但去年听慕愚讲，他有意而她不愿。今年过宁，则知他已到江西去了。永远使她成一个孤另另的人，终非办法。我很想替她做媒，可是她年纪大了，和她年纪差不多的男子差不多都已结婚了。这怎么好？履安，你心目中有适宜的人吗？再有一层，她割过三次肚皮，还可嫁吗？如她到北平来，你和她见面，最好留她在我家住几天，私下问问她。如果可嫁，她的亲事总在我的心上。芸圻亲事今如何？

小香水在广和演剧，可惜我不得见。她如再演，你可去看看。我觉得她是一个有真性情的人，所以能以哀剧感动观者。这几年她大约常在沈阳出演，因东省之亡，她又到平津了。北平在民国初年秦腔甚盛，今则极衰，加以她年龄已长（约四十馀），扮相亦差，恐怕不能号召了。或者她已专演须生戏而不演青衫戏，故你看见的剧报是《别母乱箭》，她是起周遇吉的。

颉刚。廿一、四、四。

潘健卿：潘锡侯，江苏苏州人。父亲小学同学。曾留学美国。

朱骝光：朱家骅（1893—1963），字骝先，浙江湖州人。留学德国，归任北京大学教授，后任中山大学副校长。与父亲相稔。

伍叔傥：伍俶（1897—1968），字叔傥，浙江瑞安人。北京大学毕业。父亲中山大学同人。

黄克强：黄兴（1874—1916），原名轸，后改名兴，字克强，湖南长沙人。民主革命家。

第五一通　　1932年4月5—6日

履安：

今日又曾、简香邀我游玉皇山。我们饭后雇车到净慈寺，看了运木古井。那边有军队住着，许多地方未能去（杭州乡间寺院及民房住兵的甚多，为防飞机之投弹也）。从此步行上山，一路所见扫墓的人极多，回家的都折得桃花和杜鹃花。西湖上的桃花真多极了，有白的，有红白相间的，有红得发紫的，且以千叶者居多，真秾丽。西湖本来已富于女性，经这桃花一点染，更觉得艳丽至于佻巧了。品格固不高，但不能不承认其悦目到极处。以后有机会，总想和你在西湖上住一春，在这"胭脂海"（这是我依傍了邓尉的"香雪海"而为湖上桃林题的名字）中尽量的陶醉一下。

我们经了四眼井，上玉皇山。上山时正值大风，几乎走不上。山上的道观，无可观者。惟七星亭下的紫来洞则极好。这洞又高又大又深，为湖上诸洞之冠。杭州在古代本是大海，所以洞里的石头都为海水打得玲珑瘦透。下山走另一道，经过一个石佛殿遗址，看七尊石像，大有龙门作风，当是唐代所凿。杭州有此精鋆，乃不听见人家道及，殆天留给我表章罢？因此想到中国名迹何限，只是大家视而不见耳。

我到杭州多少次，玉皇山还是第一回去。尤其看到紫来洞和石佛殿，诧为眼福。希望你的身体好，并积得些游资，将来一一由我导着你玩。

昨天又曾听人说，日本兵如再要打，不打江苏而打汉口了。其故，因政府已迁往洛阳，上海方面的武力已不能压迫中国而使之屈服，如在汉口打则可压迫洛阳也。此说亦近情理。如果战事移至中部，江浙可以无事，则我可以早还来。但无论如何，我总想做好了三篇文章再走，因期刊上的东西不能延缓，如不作完而即到北平，则一到之后酬应纷繁，又将不能作也。至《东壁遗书》序，则可回北平作，因发去之稿未排者尚多，此书势不能在半年内出版了。

三月份的五十元，到今天尚未到，真使我盼极了。我现在已向又曾借至廿五元了。

父大人的生活，非常上轨道，真使我羡慕。他每天七时起身，八时到署，十一时半回家，一时半又赴署，五时又回家，九时就眠。一就眠即睡着，直到起身前才醒。就是给继母叫醒，不一刻鼾声又起了。因此，起身虽早，睡的时候却多。在署中时，如无公事，即圈点书籍，每天可一册，有许多大部书都一气点完了。归家后，即课和官读经书，直至吃夜饭。当此时，仍圈点书，及看报。客人不多，到家中来访的，一星期不过二三人。信也不多，一星期只四五封。每星期日的上午，为写覆信的时候。客人来了，也不去答拜的。宴会亦不多，近以国难更少。我来了两个月，只出去吃了四次饭。打牌亦不多，这两月中只出去打了两次。总之，父亲在此竟以读书为主。只可惜心中不想研究，完全以欣赏的态度读之耳。我很想得到父亲这种境地，只是我有野心，不肯不想出题目做事，必不会如此清闲的。

父亲饭量亦好，每顿两碗，点心则比我少些。我们早上如吃面，则他的一碗为轻面重交，而将多出的交头加在我的碗里，所以我竟吃了重面重交了。他如不多痰，不气急，则身体是极好的。

昨天夜里，我又梦回平了。下车之后，即雇车到大石作，那时你已睡了，我就坐在床上和你谈话，一只手伸在被窝里抚摩你的身体。忽然醒来，只有叹一口气。

同居任家（住在丁家自住的屋里）有一只哈叭狗，是母的，毛色黄白，很会吠。任家常到城站小有天叫菜，菜馆里也有一只哈叭狗，毛色黑白，是公的，偶然跟了送菜的人来，见了那只母狗，不肯走了。菜馆里捉了去，又逃来了。现在，菜馆里也不来捉了。它们很要好，跬步不离。有生人来，同起吠之。从来我们对于狗的观念，以为它在两性间只有一时的冲动而无长久的情感，今观于此，乃知其中亦未尝无情种。这足以风世间的夫妇了。

张竞生在北平时的太太，已于十六年离了。近见报纸，他新娶的夫人又因他待遇的不良而自杀了。此种人专以女性为玩物，与陆小曼们之专以男性为玩物，我终觉看不惯。

杭州比苏州开通得多。下午到街上走走，一对一对的很多，携着手走的也不少。我们游山，总碰见结队的少年男女。她们穿了高跟鞋而能跑山，其本领真可佩服。骑马和骑自行车的女子，也常看见。

你肯练练自行车吗？你肯带了自珍，同跨驴上西山吗？自珍胆小，应趁现在年轻的时候练得胆大些。

览报，朱家骅调内政部长，蒋梦麐回教育部长；顾孟馀则已任铁道部长，北大的势力真不小。不知谢女士能在这种情形之下得稍增薪否？她不会交际，终恐"冠盖满京华，斯人独憔悴"也。

颉刚。廿一、四、五—六。

张竞生（1888—1970），原名江流、公室，广东饶平人。曾留学法国。

第五二通　1932年4月8日

履安：

三十日信已收到。你与燕大许多人同游南口及明陵，很好。但不知游得疲倦否？你们住在那里？是不是骑驴走的？自珍也高兴吗？是不是实足游了两天？

汇票已收到，但钱还未取到，因存根未到也。你肯多寄些钱给我，至感。请你照了上次函中所说的，把四月份的钱先寄给我罢。

我借你的二千元及借储蓄会的数百元，都希望能于今年还清。请你估计一下，今年还得清否？如可还清，应怎么办？还清之后，我们必须立了豫算而用钱了。豫算应立两个，一是父亲们来时，一是父亲们不来时。

我并不想积钱（我要积钱，要待将来的版税），但不能不准备逃难。像现在这种局面，谁也保不定半年一年之内成何样子。当两月以前，伯祥还是好好的一家人家，现在则倾家荡产了。我们将来能不能免于这种悲困，谁敢说定。所以我很想在薪水项下积数千元，分存各银行，为逃亡一年的准备。

昨天郑介石来，他和我一样，是年假还来省亲而不得回平的。他讲起，湖北省一半已入共党之手，和江西情形相似。如共党胜利，沿江而下，江、浙当然又作一度牺牲。届时最受厄运的，是我们中产阶级，真有钱的人，他们向外国一走，依然过他们的淫佚生涯。无产的人，那时已执掌政权，当然高兴。惟独我们，"上不在天，下不在田"，活活地给他们逼死。可怜的我们，生值这个时代，我们再有什么力量支配我们自己的生活。

前数年，街上常有"军阀、帝国主义、共党，是我们的三大敌人"

的标语。这标语中的我们，即是中产阶级的我们而不是普遍的民众。因为军阀是有利于官僚、武人等掠夺阶级的，帝国主义是有利于一部分的商人、工人及买办阶级的，共产党是有利于一班劳苦民众的，所不利的只有我们而已。支配我们的总是这三种人，而这三种人皆不利于我们，我们生在这时代真正的倒霉！

像我这样，为了用脑的工作成了高度的神经衰弱，工作的时间则是整整一天，工作的计划则是整整一生，我之为劳工亦甚矣。然而犹不容于今日的世界，将来的危险想不尽一想，那真是可悲了！

你应当积好些现洋，以备仓猝之用。

我来杭两月，头一月编辑《东壁遗书》，第二月则为《燕京学报》作《〈老子〉成书年代》一文。只是我现在胆子小得多了，觉得处处是问题，每踌躇不敢下笔。忆前在大石作时，蹋蹋就是一篇，一二天就成一文，以今比昔真大不同了。谚云："学了三年，天下去得。再学三年，寸步难行。"大石作时代是"天下去得"的时代，现在则是"寸步难行"的时代了。这实在是我的进步。以后如对于各问题均有相当的瞭解时，我的文字就写不完了。我想着以后的成功，不禁眉飞色舞。只是一想在狂风怒涛的今日还能容我成功与否，又不禁忧心如焚了。

昨天介石说，从江西来的兵士住在乡间的，奸淫掳掠，无所不至，只是报纸上不敢登载而已。因念在此时局之下，我们虽受虚惊而未受实祸，比较他们还算得天上人，我们真应谢谢上帝了。

我近日身体尚好，你们如何？祝安好。

颉刚。廿一、四、八。

郑介石：郑奠（1896—1968），字介石，浙江诸暨人。北京大学毕业，留校任教。

第五三通　　1932年4月8日

颉刚：

　　廿七、卅日两信均接到，读悉。小黑虽死，但贼未曾光顾，可谓幸事。想此狗的死既是中毒，必不是窃贼起意，一定有人讨厌它的爬身，所以下此毒手。据李妈猜想，是外院傅妈，因她常讨厌我们的狗，近来又时常问我们，为何你们的狗不见呢？再捉一个小狗，但日内遍找没有。瞎眼狗仍不会看家。现在胡同内很安静，九号贼也不去了，请勿念。

　　调经药你可买一些来，因我自十八年冬病后，月经稀少，至今更少，恐与身体有碍。自珍经来必痛，她亦可服一些。你服天王补心丹见效，甚慰，于此见出同仁堂的不及庆馀堂了。

　　绥贞于星期日来，她带北大游万山券二张，星期一上午就去，星期二刮风，星期三因艮男要于春假进城游玩，于星期四晚车回来；今天拟往玉泉山香山，她不想去了，因走不动；星期日归家，留她多住几天，她不肯了。

　　《九族问题》吴君已拿去了。

　　昆山田租，祥哥来信云，去年本属水荒，定收三成，而乡人分文未还，后以中日战起即行停顿。近则该处周墅北乡尤为近今布防重地，大军云集，乡人多避之他去，收租无法了。可以此言告之舅姑。

　　《火把》文检出附寄。衣服够穿没有？

　　介泉祖母礼，已与绍虞合送六元。

四月八号。履安。

附《火把》第三十四期

与郑德坤论国难书

德坤吾兄：

二月二十八日书接读，快慰无似。

来函云："人民之生命财产牺牲越多，则民族复兴越有希望。"我完全同意。苏州是我的老家，杭州是吾父的侨寓，我固为忧虑老父的安宁而不北行，但倘使日军竟将我两个家庭轰毁，而中华民族得以抵抗而复兴，则我亦甘受此损失。

天下事，明显的侵略不可怕，惟暗地的侵略则可怕。三十年来，日本人到我内地作详密的调查，我们不觉得；在北方各省贩卖白面、金丹，图消灭我们的人种，我们不觉得；在各军阀间挑拨战争，使得我们的国家土崩瓦解，我们不觉得；就是觉得，也不过叹口气而已！所以我常感到痛苦，久有鱼游于釜、燕巢于幕的感觉。但起视一班人，犹是洩洩沓沓，歌舞升平，真使我欲哭无泪，知数十年后，不但亡国，并且灭种了。

何幸数月以来，他们竟老实用武力来压迫，明目张胆地在各处杀人放火。于是大家觉得国将亡矣，想振起精神来抵抗。虽然为时已晚，但只要从此竖起脊梁，死力对付，我民族之复兴，绝非难事。何也？中国人多，死不完，以死者之痛苦，换得不死者之志气，则所失者少，而所获者大也。

杭州无线电机置备甚多。每有消息报告，则写贴门前。我常一天往看数次，每一处必有若干人围聚而观：有提了买菜篮者，有拖了洋车者，有抱了小孩者，皆聚精会神以读之。前天讹传白川大将阵亡，杭州城里放了半天的爆竹以庆贺之，比新年热闹很多。市政府说要送粽子与前线兵士，捐的粽子即数万只；说要送炒米，捐的炒米又数万袋。我有一天到虎跑寺，寺僧慷慨陈说必战之义，现在和尚们已组织救护队到前线了。至不济事的道士，也在我们巷口关帝庙内打醮，祈祷和平。我看见这种情形，真觉得我们的民众可用。一地如此，他地亦必如此，我不信中国是终于失败的。

我在北平时，久知东三省义勇军的抗日，但不知这班义勇军是从哪里来的。自到南方，才知道原是小白龙、老北风一班人，是所谓胡匪。自沪案起后，上海即有义勇军加入战斗。我亦不知这班义勇军从哪里来，后来听人说，这就是上海滩上的流氓，向来是做绑票剥衣服的勾当的。所以闸北战事一起，租界治安反而安宁了。可见这班流氓、土匪，很有义气的，有组织的。只是国家不好，使得他们无法营生，逼做强徒而已！

只是一件事很可痛心。日本人在上海欲利用流氓扰乱而不得，乃利用江北苦力做侦探，做买办，做警士，他们贪钱，一一做了。但这也是我们自己不好。为什么平日以奴隶视之，不给以自尊心，且不与以教育，使得他这样无知呢？所以平时不留心，临时就出岔子。江北人的甘为汉奸，实是教育界的罪过。

总之，此后救国工作，第一要有计划。千万不可以喊口号、贴标语为满足。例如我们学校里：国文系可以编民众读物，史学系可以编中国民族史，外国文系可作国外宣传，教育系可深入民间去，音乐系则可以作国耻的乐曲。至于规划将来大计，则是法学院人的责任；利用物质作抵抗，则是理学院中人的责任。能够有一整个的计划，分配全校人，使之分工合作，则数年之后，我校对于救国的贡献必甚大。若刺戟来时跳跃几下，刺戟去时就眠着了，则是但足证明中华民族不长进的根性，终无补于将来的危亡的。

即以你而论，你研究地理沿革史，也有救国工作可做。以前日本人要收东三省为己有，日本的学者就说东三省本非中国的领土，以惑国际的视听。你正可以从地理沿革史里，证明东三省隶中国的版图，已有二千馀年的历史。（我记得是燕将秦开驱逐东胡，开辟五郡。）不但东三省，朝鲜亦是（箕子封于朝鲜）。我不信纯粹的研究工作不能救国。

一时可任感情，持久必须理智。我希望我们同学，一方面还是研究学问，预备对付更艰巨的环境。

自沈阳事变发生后，容先生就叫我为《火把》作文。所以未作者，一来我没有空，二来是为现代知识太少，不敢说话。此信写得长些，如以为可供《火把》的，请你钞出后，交容先生及世昌兄看一下。我的字太潦草，不知有看不出的否？

我在此甚安，可专心做研究工作。读书甚不少，殊以为快。你两文可在半年内发表，甚慰。"《水经注》故事钞"请着手做，因藉此可知南北朝的地方故事也。

颉刚。廿一、三、十一。

《火把》系由燕京大学学生抗日会及教职员抗日会合办。所附此函又刊1932年4月15日《晨报》，题《顾颉刚与郑德坤信：论国难书》；收入《顾颉刚书信集》卷二"致郑德坤"第一通。

第五四通　1932年4月10日

履安：

昨接你三日来信，知道你南口没有去成，甚为可惜。希望今秋或明春能由我伴了你们去。你能跑快骤，且跌了不怕，真好。我和你游山时，我要请你跑得慢些了。

起潜叔今日交出论文后，当空闲些，你们从此可以多多游览了。自珍，能带她去吗？你们可练习照相吗？绥真来了，你们同游了几处？

介泉祖母开吊礼，可送两元。因为父大人作寿时，他同万里合送了一副寿联，不值多少钱也。此人，我以为和我们断绝了，倒还来！

这几日和议不绝如缕。我总觉得还是决裂的好。否则日本人占据了淞沪，总是不肯让出的。如果我们能把他们逐出，那么，东三省的收回亦不成问题了。如果逐不出他们，反正总是亡国奴，多牺牲和少牺牲，从大处看去也无分别也。

杭州，本来这几天是香市，外边来的人不知有多少，客栈是要住满的。现在则冰清冷火，和平日没有分别。胡庆馀堂的药，本来这几天可卖一万元一天，现在只卖二千元。方裕和的火腿，翁隆盛的茶叶，都跟着这时代而衰落了。最可怜的，是养蚕和采桑的妇女，织绸缎的工匠，都成了失业者了。所以，单说不打，我们中国也得不到便宜，除非死中求生，杀出一条血路，然后将来方有活命的可能。

这几天大家谈谈，总是痛恨政府要人。十九路军如果得到援兵，是可以不退的。然而所谓中央，当他们初作抵抗的时候，竟遭顾祝同的军队南下，缴他们的械。后来顾军去了，不好意思，一半回去，一半留沪帮着作战了。四十架飞机是留在南京，始终不到淞沪。十九路军的电影，到了南京，还会假借民意，勒令停演。此种人真是死有馀辜！这电影，我们倒看见了，是在城站看的。今把说明书寄给你看。

我自到了杭州，写字的生意甚好，计写了两副对联，六堂屏条，七幅单条，一个横披。我的字不曾好好写过，居然得人垂青，到处有人招邀，实在出于意外。因此，使我觉得，将来如要弄些钱，这未始不是一条门路。现在且先把我写字的胆量在这尽义务中练大了，得空再练练草书（我觉得我有写草书的天分，只是未曾学习而已），将来等到功夫到了之后，不妨定一润格。如果能在这方面打出一个天下，生计问题就可解决，我就可以不教书，在家里过读书著述的生涯了。

此来未曾带图章，又曾赠给我两个，请梁友三先生刻了，一是姓名，一是"劳人草草"四字，表明我只能写草草不恭的字而已。

缉熙处，我去了信，迄未得到他的覆书。你嘱我的话，请你转嘱自明告知安贞，说是祖父母的意思好了（父母确是教我这样说的，只是我因他无信来，所以不曾写去）。

我想，如时局平安，我可北来，我当先到苏州家里，把书画等晾几天。

我这几天睡眠尚好，惟心悸颇甚，实以作文用心之故。《燕京学报》的文字不能不作，希白累次来催，又不能不赶作，然而现在的我决不能作急就的文章了，所以一方面既赶写，一方面又须赶读书，因此弄得这颗心闷而且荡。因此又激我将来靠写字吃饭的计划。靠著作吃饭，实在太苦。吃饭决不能靠在著作上，否则"两败俱伤"了。

杭州的天气真奇怪，一件驼绒褂脱了好几次，又着了好几次，总是脱不下。日来凄风苦雨，使人伤感。湖上的桃花，想已谢尽了！

等你把本月份的钱寄我之后，我也想照一相寄你，并把汪和春和许曜生也照上，因为这两个小孩我是很爱的。

颉刚。廿一、四、十。

第五五通　1932年4月12—13日

履安：

前日一信到否？我这几天睡眠虽好，心宕转剧。上半天还好作文，下午则非常受压迫。因此，只得变更计划，俟《燕京学报》一文作成后即到奉化去玩一趟。至《史学年报》及蔡先生纪念集两文只得俟归后看情形再定了。古人有言，"贪夫殉财，烈士殉名"，我觉得我现在的情形大有殉名的可能了。我不幸，早出了名。要说一句满话，也可说是"世界闻名"。但即以此故，社会上给我的压迫也就多起来。我自己呢，怕我随便做了要给人讥笑，无以适合于所得的名誉，又不得不竭力赴之，而我于是殆矣。

我的得名，完全是徼幸。要是早生二十年，我就得不到这点名望，因为学问好的比我尽多，而思想又未解放，无从辟一新径也。要是迟生了多少年，生在世界平定的时候，我也得不到这点名望，因为那时的人科学方面的根柢打得好了，他们的成绩又超过今日了。惟有这青黄不接的时候，我能懂得现在的一些儿方法，又能知道前人的材料所在，而又在这举世救死不遑，无心治学的时候，大家仰望我，我就真成一个学者了。中国人知道我也罢了，偏偏流传到外国去，于是我苦了！

我自己分析，觉得我幸能小成有几个缘故。第一，我有较好的天分，能颖悟，敢批判，故学力虽不深而能使别人不觉其不深。第二，我有坚强的意志，永远向我的目的地走，不因人的诋毁而灰心，不因人的揄扬而懈息，故不至随波逐流，为社会所融化。第三，我能做文章。我的文字固然没有文学家的气息，然而我思想所能到，即为我笔下所能达，故能深入而浅出，使读我文者必能瞭解我的意思。戴季陶曾说我的文章可以开风气，即因此故。第四，我有适合环境的本领，无论处什么环境，我总有方法布置我的生活。如征兰死时，我犯极高度的失眠，但即借此机会搜集歌谣。如前年心脏病得利害，去年旅行了两个月就好了。介泉常佩服我的随遇而安，我确觉得自己生活总是有办法的。即如现在，虽然病得痛苦，但游览的兴致又起来了。希望你早些寄钱来，让我早日动身。你今天已寄了钱吗？

和议停顿，战事势将复起。我们不知何日相见？我恨不得插翅飞归！你从此以后，买物时须留心日货，决心不买它，以报复我们所受的损害。

昨日出去剃头，道遇径三，到他家里小坐。他是住在他的弟径诩那边，他的弟是浙江省党部的干事。他把野鹤的信给我看，知道许多上海方面的教员都到广东去，弄得再插不下一个人了。他想到青岛，又想到日本（因留学官费有空额），没决定。

我自将剃头刀忘在南京，而由崇年寄平后，我就没有买新的。每隔六天，就到剃头店里剃一下，借此休息，也是好的。

今日章君畴有信来，谓扬廷叔祖已辞职赴沪，不明其主意。大约此人脾气不好，与同事容易龃龉，而又地位低，薪金薄，无以向人傲倪也。此人，我总已荐过他了，他自己不能忍苦，也只得让他流落了。

今日镜香楼书估来，告我上海来青阁的损失。闸北战起之前一日，他们正将书籍送至东方图书馆而未商定价钱，翌日战起，即无从收回，一也。上海打仗时，将重要书籍运至苏州，近来苏州又感危险，仍雇船运回上海，运费化了许多，二也。上海开市后，书店无人过问，与不开市时无异，三也。一业如此，他业亦然。人民痛苦，一至于此。像我们的衣食无忧，自算幸事。我们已是特别幸运的人，请你不要再伤离别罢！

姑丈来信，谓严州住得气闷了，要回杭。但在如此局面之下，还是不回为宜，故简香已去信劝留了。

昨日简香廿八岁生辰，送面来，因此我的生日更不会放过。履安，请你想，那天的面和菜，及男女仆人的赏钱，是我拿出的好呢，还是让父大人拿出的呢？我累请继母不要声张，然而又曾、简香们均记得，现在仆人也都知道了，势不能止。加以父大人亦主张在楼上斋星官，晚间吃一整桌，更无法拒绝。这种虚文，本来没有意义，加以国难期中，更何以作乐，但在此间，我竟作不得主，奈何奈何！北平方面，请你不必响了。好在我家是每夜吃面的。如那天开销都要我拿出，则下月又须你加寄我二十元了。

匆此，祝你们安好！

颉刚。廿一、四、十二—十三。

第五六通　1932年4月13日

颉刚：

这一星期连接五信，快慰之至。

我说了"宁成全你而牺牲我"一句闹玩的话，引了你说了一大篇话。我嫁了你十三年，岂不知你的人格和性情，来信的话你也是常同我谈起的，见你对于朋友或学生终以忠实相待，对于我岂有负心的道理。你若不辨白，我也决不疑的，请你放心。致于你说我"要回苏州去"一句话，我何尝有此言，你真冤我了。

绥贞于今天才回去，因星期刮风。她来了十天，我同她逛的是颐和园、玉泉山、达园、海淀，本拟至香山，因她走不动，故未去。所以在这十天内少给你信，使你盼望，对不起得很。

那天到达园，遇见新请的滕白也先生，他籍荡口，现与沈勤庐同住爱蓬室。他在燕大任图画雕塑，所奇的不用笔而用手指，起潜叔请他当时画一张竹，我看见画得真快，并且手指又能题款。你曾见过这种画法吗？

朱家骅日内在平，报载有些任务，不作政治，他调内政。闻胡适要长北大，就否尚未决定。胡适先生在二月前曾患盲肠炎，在协和割治，我当时忘记告你的。

你在苏买的制陈皮等现在怎样了？虾米可放在姑大人的石灰缸内，以免起霉。

安徽大学已于三月一号开学了，三星期前李贯英来我家住二天，所以知道的。武汉大学素来未欠薪。大约受水灾、战事的影响吧，现在听人说，不是愁无事就是愁穷，奈何！

我告诉你一件事，张妈竟至介泉家服务了，二星期前七姨母至潘家遇见的，这事竟被七姨母猜中了。介泉夫人回家四月多，家内不放心，一定令玉山去叫她的。但是张妈的人太无良心了，好在我并不希奇她。张妈见了七姨母，害臊得不得了，大约以后不会再至我家来玩了。她若来（曾说四月初一烧香时要来），我也不去理她了。

上星期进城，我见报小香水和金钢钻演的《妻党同恶报》，可惜我又没有去看。

你与郑德坤信，我未抄出，请把《火把》保留。

侯芸圻仍是单相思，听姜良夫说，他想做一首诗说出与密司陈的恋爱。此人太不自知，非碰一个大钉子不可。燕大的女生岂是你年过三十而又无貌无才无钱的人所敢想的吗？如以密司谢介绍他，恐密司谢也不愿意。因此君专会瞎敷衍，而一点没有令人敬仰，反而使人讨厌，这是他的大吃亏，也是密司容不肯的大原因。你以为对吗？密司谭得一新友，此人被她看得起，一定人才双全了。你不去信很好，免得令人起疑。她近来寄来一本《各省荒地统计表》，没有署她的名，不知是否她编的，没有附信。

和议一月多，一点没有结果，真叫人闷极了。若战，则胜败一决，人民也得安心；不战，则即行撤兵，人民也得安心。今则不战不和，延缓无期，敌对相持，逃外者流离失所，不逃者朝夕惶惶，如何是好。今年养蚕种稻恐要过时，则以后生计更无依靠，养成土匪世界，这是政府负的责啊，现在政府太麻木了！曾闻人说政府早与日本议妥，以缓和民气故慢慢发表；今又听你说要移战汉口，究竟他们葫芦里卖的什么药，我们小民永不会知的，可叹！

起潜叔得家信，他的弟妇（新娘子）因家弟结婚，乘小轮到苏被抢，他的伯母的侄媳侄女乘轮回苏取物，被匪绑去，已放回。现在逃难络绎，这好机会湖匪那肯放过呢。我母来信，用直离火线近，亦恐慌不堪。

麻菇香菇俟领薪后去买，你要二十元也于此时寄你，一共要我寄多少钱，请告我照寄好了，如急用我即寄。

你的皮大衣及皮袍须晒三天，放一些避瘟丸置在箱内。

你问问又曾兄，杭纺（白色）好的及中的每尺价钱要多少。

我们三人照的像片已好，不过我照得胖了一些，你看怎样？

四月十三日。履安。

附　收条

　　　　兹收到

　　　　景山书社交下大洋拾元正

　　　　　　　　李晋华启

　　　　　　　　四月十日

滕白也（1900—1980）：名圭，字白也，以字行，江苏奉贤（今属上海）人。后任燕京大学教职。

胡适（1891—1962）：字适之，安徽绩溪人。父亲在北京大学肄业时之老师，是时在北京大学任教。

李贯英（1895—1971）：字孟雄，河北怀安人。父亲在中山大学任教时之同事。

玉山：父亲与潘家同住大石作胡同时所雇之看门人。

李晋华（1899—1937）：字庸莘，广东嘉应人。中山大学毕业，父亲之学生，是时以北平图书馆之藏书撰《明代敕撰书考》。

第五七通　1932年4月17日

履安：

我多日不给你信，只因一星期来用全力在作文上，没有写信的时间了。再有两天，文就作完，那时再详告你。

我请你于十二号寄我钱，但你八号信上未道及，使我着急。因竹妹十周年，我四十生辰，都须花钱，如你不寄来，我只得仍向又曾开口借了。但在现在时候，公费减少，国税难收，我向他借钱也不好意思开口呵！

这几天我的心脏较好，勿念。俟这文作好后，当到西湖上游玩几天，再做工作。

红格纸已将用罄，请再寄三百张来。

如果时局永远这样沉闷，我定于五月底回平了，因为六月中考试，须看大学及研究院论文，这是不能请唐立厂代理的。如战事复起，杭州感压迫，则暂缓。到这时候，除了《东壁遗书》序以外，其他三篇文字都作完了，肩上就一轻了。我们作文，真像妇人产子，又是痛苦，又是有迫切的希望。

你要的丸药，俟收到钱后即购寄。你如进城，望再到汪逢春处一诊。

此间天气潮湿，日来饭量甚劣。

馀后告。

　　　　　　　　　　　　　　　颉刚。廿一、四、十七。

与希白一信，即速送去。

第五八通　1932年4月17日

颉刚：

八日信接到，读悉。

四月份钱当于明后日寄你，因昨今两天银行关门，不能去取，只得缓几天了。

你说要积钱，真是好事。我是始终爱积钱的，我并不是贪钱，因为积了一些钱，一旦有事可无求于人，更加处在现今时世，真非钱不行了。但说起积钱，真是不容易啊！以你的月薪不能算小，以我家人口不能算多，然而积钱实在困难。就以你去杭两月馀说罢，一月份薪还了你的欠账，所馀仅够日用；二月份付康、艮学费百元，伯祥借及付赵澄外，所馀又不多了；三月份付你及代课，碑帖，现再加你要七十元，又无所馀了。预料四月份如无特别支出，可多一些了。自你离平后，我每月用度七十馀元已够，但也无可再省了。我自知非浪费的人，积钱尚如此之难，所以你说要在薪水项下积数千元，除非你二三年不买书可以办到的，否则每月能积一些钱，一到节上付了一批书账，就立即所积完了。（你在杭买了多少钱书，大约算算，到节可预备，但请你不要多买。）你倘能不买书，每月薪水除日用外定能积一些钱，则积数千元尚不是难事。你问我今年能还我的钱及借储蓄会钱，此数有一千五六百元，恐怕今年不能还清了。谚云"用钱容易积钱难"，此话真说得对啊！

朴社的账已取来，二月份有一天现市洋四十三元三毛六，四月十号有文会堂向景山批《地学杂志》等二百六十六元六角四，馀外一元多的也有，三十馀元及二十馀元的也有，十馀元的也有，大约与去年差不多。现存银行一百六十六元〇四分，存店内二百八十八元八角二分。《古史辨》尚存六七百本，以上海及东北遭日人蹂躏，各地又闹水灾，销路自是大差，这是意料中事。你说要靠版税积钱，在这样的局面下更是难事。朴社现在借人的钱还有五六百元未还，在时局不靖中今年不能再印书，因销不出则钱周转不灵，存了许多书怎样办？你为什么再要替罗根泽印书呢？现何殿英已与罗君接洽好，不日要印了。

班书阁屡问冯先生说你是不是不来燕大了？冯说没有这回事。大约因为你一去三月，众人起疑了。

闻起潜叔说容先生赶做蔡先生纪念册文，商先生见了也要赶做了。你已著手做了吗？《学报》文结束吗？《史学年报》文短一些谅无碍。做好这几篇文大约要有多少时？和议似停顿，僵局相持到何时？你究于何时可回来呢？令我盼煞！

你说理好了书分存两王家，不过城中与乡下也差不多，兵来是不要书的，现在我还未理出。

我日来耳鸣甚，耳聋依旧，奈何！

四月十七日。履安。

此通已收入《顾颉刚书信集》卷四。

商先生：商承祚（锡永）。

两王家：王姨公、王以中两家。

第五九通　1932年4月18日

颉刚：

　　顷接十日来信，知你写字生意兴隆，闻之甚快。将来要靠卖字过活，也是不容易的。若在时局安靖，还有人请教。这等卖画卖字，非家里有恒产，不等这笔钱用，则开出一个润格，有与无是随便的。致于靠卖文生活，更是苦极，你的身体决不能为的。

　　起潜叔的论文，因抄写来不及，于今日方去装订，还是研究院的，研究所的尚未做好。他给冯先生廿元，冯先生不肯收，已退回了。

　　上海中日战事影片，北平也来映过，因这几天未进城，没有去看。听说是片断的，不是完全的。我看你寄来的说明，谅即此也。因每一影片，决不能一小时就映完的。

　　《中国社会研究》，书柜上层又找不到。

　　钱七十元，今天已于银行提出汇上。乞检收。缉熙欠你的钱，你可于午节前写信去说明校课请人代，平杭两处用度，现要付书账情形，请他筹还如何？家具事，还是你去信的好。

　　你说要照相，希望你照来，别了快三月，瘦肥怎样了？我家院内李花已满开，海棠尚未放，俟放后，拟买了干片，请瞿先生照几张，印给你几张好了。

　　　　　　　　　　　　　　　　廿一，四，十八，履安。

此通原有标点。

第六〇通　1932年4月22日

颉刚：

十三来信云及你小成的四个缘故，确是对的。有人一得了名就不肯再下苦功，倘有人攻击或批评就灰心而生气，而你则孜孜屹屹，处之泰然，在现在时代中像你的人真少极了。

十九日艮男发热，热度很高，我立即去请李大夫，因现在流行病很多，她脸上有小粒，我怕她出疹子。服了他二丸药，明晨热度反高，我即去请赵先生开一方，服药后出一身汗，大便也解，热度渐渐降低，于昨晨退凉了。你不在家，有人生了病，我真急。倘我有小孩四、五，你决不会很安定的一去数月了。所以一家人家没有小孩很冷静，有了小孩就怕他们生病。

你廿三生日一切费用必须自己拿出，决不能舅姑代出。此间赵先生看见了家谱，知道你的日子，起潜叔也问过他，香公公也有信来问，听说起潜叔要送你书。我对赵先生说切不要声张，免得多事，因做生日太没有意思，况你又不在家。这天我拟就家人吃了一顿面，老妈们也不给知道。起潜叔如送书来，我也不请他吃面了，因一吃面别人也要知道。他有二、三星期不在我家作工了，因有五十多本大书，拿来不方便。

你日来心宕好些吗？文章不能做不要勉做。

此间学生们均打听你暑假前回来否？我说大约可以。许多人均以为你不来为奇了。你在杭文章既不能做，如时局略和，望你即来。不过时局僵持，要俟完全平安，则一年半载也说不定，那么你要何时可归呢？

闷甚!

四月廿二日。履安。

赵先生：即赵贞信。

第六一通 1932年4月23日

履安：

你寄来的信和照片，都收到了。照片照得很好，此间的人都说你肥些了。

钱，我累次告你于本月十二号提前寄，以备生日及出游之用。你看信不仔细，竟未寄来，我只得向又曾处暂借了。望你接到此信后，将下月份的提前寄来。因为我豫算到生日，要向又曾借至五十元了。生日夜间父大人主张吃一桌酒，我想由我自己付。

又曾、简香要为我做生日，我谢之。他们因于今日（星期日），请我们全家看云栖，在寺里吃一顿饭。只因继母不得早舒齐，故我于行前得写这一封信寄你。

《燕京学报》一篇文章已于昨晨寄出了，总计三万字。此文搜集材料自二月廿七日起，初稿自四月四日起，二稿自四月十二日起，直至前日（四月廿二日）始改好，总计经历五十六天，不可谓不久。但实在全神贯注的日子，只是四月十二至廿二这十一天。这十一天里，什么事都丢开了，不但外人的信不写，连你的信也不写了。竹妹十周年，在定香庵中礼忏施食一整天，我也带去修改，顾不得别人的笑了。

只是我太可怜了，这两个月中，先之以失眠，继之以心荡，又继之以鼻血，我的身体已不许我作了，而我仍拚了命以成之。敬文对我说："你这《五德终始说》一文何时续作？"我说："做是很想做，只是一来无此时间，二来无此体力。"他说："我看你这文写得很顺利呵！"我说："这文害我病了一年，直至去年旅行了两个月才好的。"旁边有一位刘宇，插嘴道："你看下去很顺利，哪知道他做起来不顺利呵！"现在论《老子》一文，登出之后，看的人也必以为很顺利的，哪知我是不顾了死活而作成的呢！

昨早把这文一寄出，我立刻到之江大学去游玩。这校在闸口西三里，从城站雇车去，足足走了一点钟，可知也有西直门到我家的路。往访李雁晴、夏朴山、夏瞿禅、顾敦鍒（号雍如）诸君，因为上星期日他们是来访我的。上午同游校内，下午同到五云山。这山是杭州最高的山，昨天山头全为云雾所蔽，我们到山头，就登了云端了。山高，走路多，内衣汗湿了。云浓雾重，外衣又渍湿了。望到山下，好像大海一般，白茫茫地没有边际。山径，十步之外已模糊，廿步之外则无所见了，好像在海岛上徘徊。这真是奇景！

我们自下午一时半上去，直到七时始下山，走路当近五十里。我雇了人力车还寓，家里夜饭也快吃完了。这几天本因天气潮湿，饭量不好，有时只吃一碗，昨天走了这许多路，吃了两碗还觉得留着馀量呢。所以我这个人，越运动身体就越好，只是无此环境而已。将来如有旅行的机会，总以多参加为是。

快要走了，即止于此。馀言续告。

颉刚。廿一、四、廿三。

李雁晴、夏朴山、夏瞿禅、顾敦鍒：俱之江大学教员。李雁晴，李笠（1894—1963），字雁晴，浙江瑞安人。夏瞿禅，夏承焘（1900—1986），字瞿禅，浙江温州人。顾敦鍒，字雍如，江苏苏州人。

第六二通　　1932年4月25日

履安：

昨天匆匆写给你一封信，想先此达览。昨晚虎跑回来，就接到你来书。今早又接你的汇款信，快甚。只有一事不快，希白有一信来，云十一期稿已全，我这一文豫备登在十二期了。那么，我何必这样赶作呢！我何不先作了蔡先生纪念集及《史学年报》的文呢！请你打一电话问问他，是不是决不登了？文章收到了没有？

我为了作文，许多地方来的信都未覆，青仑钞的书也未校，别人来访我的也未答拜。豫备这一星期专作此三事。下星期作蔡先生纪念集文。

前天游了五云山，昨天游了云栖和虎跑，应当睡得好了。不幸今日上午二时，因咳嗽而醒，从此睡不着，直到天亮。现在手足又冰冷了。杭州《民国日报》送来，一翻就见杭州关监督赵文锐自杀的新闻，原因是为著作中国商业史，成了失眠症，吃药亦无用，苦闷之极，服鸦片自杀，不禁同病相怜，又不禁对于自身发生恐怖。但要我现在就回来罢，那么，上课不过一月馀，而可以着手的两文又做不成了！思前想后，真是前有大海，后有毒蛇，教我怎样办？从别人看来，我是最快乐的人，既有慈父，又有贤妻，家有馀蓄，且父子同时赚钱，一切不用忧愁，哪里知道我也是这样痛苦呀！

我有时也会发生没出息的思想。父亲告我，苏杭两处存现金三万元。我有时想，我如果得到这笔资产，我就不作事了。我的身体，只许我作一绅士，我就顺了我的身体罢！父亲办事读书，一天也没有空闲，为什么他睡得很好呢？就为他办事是照例的，而没有自己定的计划；读书是欣赏的，而没有蓄志研究的问题。我若能像他一样，我也不至陷于痼疾。所恨的，只是我野心太大，我不肯听别人的话而办事，我只会照自己的计划而办事；我的胸中问题又太多，一读书就到处见着研究材料，而且问题会得分化，一个问题常化为数十数百问题。"吾生也有涯而知也无涯，以有涯逐无涯，殆已"，《庄子》的话活写出我的致病之源。因此，我的精神永远是紧张的，而失眠之疾也就不会脱根了。又是性急，弄得成了心悸之症。又因在社会上得有地位，所以人事总比人多。即如此次来杭，未出拜一客，然而客先来了，一经回拜又不免酬酢了。我的身体和我的性情永远背道而驰，非把我"车裂"不止。这真太苦了，我还是作一个绅士罢！

我常想，我是苏州人而不像苏州人，我是中产阶级而不像中产阶级，我是知识分子而不像知识分子，固然是件好事，而病苦即从此来。如果我的性情中有一二分像他们，我爱好享乐，我喜欢懒惰，我不羞不劳而获，我不惜蹂躏女性，我的学问道德虽无望了，但我的身体就没有问题了。《庄子》有言，"人之君子，天之戮民"，我现在正熬着天的责罚呵！

以上的牢骚是睡不着的时候所想的，也只能发给你听，现在讲一讲昨天的游览吧。

昨天上午八时三刻出发，直至十时三刻始到云栖，大约行了三十里路。一路沿着钱塘江走，望对岸萧山诸峰，如行长卷中。云栖寺外的竹林，茂密极了，上不见天，下不见地，只见蓊蓊翳翳的青翠。我生平从未见过这样的竹林。我觉得泰山的松、邓尉的梅，与此可为三奇观。下次你到杭州来，我必和你一块游去。

又曾、简香豫嘱寺中备一素席，其中有龙须菜，有通心粉，有西红柿汤，也欧化了。有一色仿鸡粥，很鲜美。有一色炒蘑菇，活像炒腰子，可谓神乎其技。最好的是笋，又大又嫩。这一席恐非十元不办。他们为我做生日，也太费了！

云栖寺为明代莲池大师修道处，尚有他的卧床。水陆道场的仪规是他定的，所以那边的水陆生意非常好。我们看客房里床帐稠叠，想见宿客之多。只是今年因时局关系，已定道场的诸家都来回绝了，所以今年只做得五六次。我们昨天游了一天，所见烧香的人不过两位而已。

自云栖出，到虎跑。父母来此十馀年，这二处还是第一次去。虎跑有济公塔，云是济颠埋骨之所，不知信否？我们在庙门口照了一个相，俟印好当寄你看。

昨天大家坐的人力车，包一天一元六角。这六十里路虽均是马路，但有许多地方都是用山石砌的，很难走。又要翻过几个山，车夫更苦。继母必要来根拉车，他久不惯走远路，后来跑不动了，继母又不肯下车走几步，所以他最苦。

昨天的饭、茶、酒及赏钱等是又曾、简香两位出的，每人恐要派到七八元。车钱是父大人出的，凡九元。照相费是我出的，两元八角而已。去的人是父、母、我、和官、又曾、简香、简香夫人、和春及仆人王荣生。又曾夫人以有小病，故未去。

竹妹十周年，经忏饭点及纸衣锭箔等约费五十馀元。现在真是不能动，一游就是三十元，一忏就是五十元，用钱如此之易，如何可望积钱。只有像继母这样，除了鬼神之事外一毛不拔，方能积些起来。我希望的版税，并非指《古史辨》这种专门书，乃是指《史记》、《中国通史》等普通人能阅读之书。俟时局平定，我必当向这方面开发财源，才能保障我下半世的生活。

赵澄处，请嘱冯先生续送三十元去，说明是三四月份的津贴。

缉熙处，当照你意去信。

"颉刚札记"文格三百张已寄出否？

颉刚。廿一、四、廿五。

第六三通　　1932年4月25日

颉刚：

我方奇怪你为什么四天不来信，想来因为病罢，我心里非常悬念。顷间接到十七信，始悉因赶做学报文，这文二、三日就可完，如还重债了，心里一轻松，日内谅逛游西湖，心宕与失眠完全痊可吗？

昨接中央研究院来催蔡先生纪念文信，兹附上。但身体不好，切不要再赶做了，俟回来后再说罢。你能于五月底归，快甚。

大洋七十元于阴十三日汇上，谅日内可到。你生日共化了多少钱？过了生日要逛绍兴、宁波吗？不够用，五月份的我可提早汇你，但书切不可多买，因恐到节筹不出一笔款子。

康同璧送还赵丰田做的年谱，来信兹附奉。闻赵肖甫说赵君不喜欢做《清代著述考》，一因材料太多，二因做出后别人利益多而自己利益少，这人也可见不是十分肯用苦功的。

小狗已讨来，灰色的，很胖，大约再过四、五月会看家了。

蘑菇香菇当于月初进城时买好，奉上不误。

文格三百张附寄。

四月廿五日，履安。

康同璧（1889—1969）：康有为（长素）之女。

赵丰田（1905—1980）：河北昌黎人，燕京大学研究院学生，应父亲邀，作《康长素先生年谱稿》，并以此作为毕业论文。

第六四通　　1932年4月26日

履安：

这几天是我休息的日子，让我多写给你几封信罢。

昨天夜里，我睡得很好，今天精神很爽快。现在的酒量，一天比一天好了，每晚恐须饮一斤。固然是为了睡眠而努力举杯，但酒的意味也懂一些了。现在饮了两杯，脸还不红咧。想不到这次的国难竟造成了我的酒德！

尼姑庵，我只到过泰山的斗姆宫。这次继母为竹妹在定香庵作佛事，我很高兴去看看尼姑拜忏的样子。哪知这个庵里只有一个尼姑，拜忏的统统是别处寺里叫来的和尚。这很使我失望。住持悟清，本是一商人妇，夫死而落发的，年已五十外了。她不知从哪里听来的，要我为她写屏条。我想，落款处还是称她为"上人"罢。

你来信说决不疑我，我很感激你。我希望你的，是我的几个女友处，你常常去信，使我们得知她们的生活情状。只要她们安好，我心中即已安慰。只要知道她们在什么地方，我心中即有着落。我自知心肠太仁慈，如有一人失所，即引动我的怜惜之心。人要做得像介泉夫妇，我才肯不去亲近，否则都是我不愿失掉的朋友。然而用这种态度去交异性的朋友，易使对方误会为有意撩绕她。所以关于她们，希望我与之日远而你与之日亲，我只要从你处得到她们的消息就够了。履安，你肯答应我吗？

我前函说你自己要回苏州去，并不是根据你的信而是根据你在枕上说的话。我也明知你说的是笑话，只是随便说说，并不是冤你，请你不要生气。

你说芸圻恋密司陈，是不是陈懋恒？她是已许身与赵泉澄的，就是芸圻的本领再大些，也是无用的。她能在赵君开除之后而爱他，以他对于张琼霞被迫退学之同情而爱他，这一点戆气也着实可以佩服。我觉得她的勤学与其感情的热烈，实与慕愚不相上下。我决不因其有不检点的事情而笑她，因为既已相爱矣，这也是人情之常。这种人，芸圻如何想得到！

上月，懋恒有信来，嘱我向适之先生处介绍泉澄的译稿。我即寄介绍信与她。不知此事已成否？我始终同情于他们的相爱，很希望他的事成功，使他们得朝夕相聚。

我想把祚茝介绍与刘子植，你看怎样？如以为可，可请绥真问之，一方面我们去问祚茝。子植面貌虽不好看，但学问甚切实，且有天资，将来决不埋没。祚茝则是一贤妻良母中人物。他们年纪亦相仿。如能成事，亦使我得一安慰。

张妈到介泉家服务，让她去好了。我们用了张妈，不能再用别人，亦一受累事。以介泉夫人的脾气，加以张妈的多说话，看他们能维持到多少时候？从此以后，你也不必再到介泉家去了。他们夫妇二人如此无同情心，又好摆架子，处处存心损人利己，看他们将来怎样，我们将来怎样。

我在苏买的虾米、制陈皮等，俟我为你买了丸药后一同寄给你，总打一个包裹好了。

我的皮大衣和皮褥，都已由继母为我晒过，放在箱内。杭纺，已问又曾，好的（阔门面的）九角一尺，次的七角馀一尺。好的而狭门面的，也须七八角一尺。大约每尺自七角至一元。你如要买，请告我。

昆山田租事，已告父母。我说，要不要托朱姨丈代收，他们也未应。

用手指作画，是很多的，我家即藏有不少。你忘记吗，我们和绥贞到子通家中时，有一幅挂在饭厅里的，一人坐石上昂头看月，松树交柯，气象甚伟大的，这即是高其佩的指头画。滕先生既来燕大，你可买一扇面，请他为父亲画一幅。

今日报载黄绍雄任内政部长，则骝先之教长自不动，适之先生当然不作北大校长了。内长屡易，部员随之，不知慕愚地位有无危险？她寄来的各省荒地统计表，是她去年编成的。这书厚不厚？有无序言及说明？

小香水常在北平演戏而我不得观，岂非命耶？你能定一份《群强报》吗？这报记载的戏报最完全，价不过三四毛钱一月。你如定了，我就知道她在哪个戏团与演的什么戏了。我不见她已十馀年了，想念得很。你如进城，何妨去看一下。梆子调虽非你所爱听，换换口味，有何不可！

苏州消息，农民仍未耕种。避难者已多归家。冯庸义勇军在城墙上掘战壕，害得苏州人大恐怖。现在他们回北平了，大家安心不少。这真教"扰乱后方"。

杭州书肆皆我旧识，他们知我来，相率送书来。我竭力遏抑自己的欲望，但有许多应用的书而价目不贵的，挑了一些，到底也有百元左右。我想写信与缉熙，请他还我钱。他如果能允我，则我可不向你要过节开销了。但他家人多，用途自比我大，能应我要求与否殊未可必耳。

你说的积钱的话很对。生于现在的时代，真叫人吓杀。

朴社的账请你逐月结一下，一月份卖多少，二月份卖多少……再同去年的一二……月对比一下。《古史辨》不能不续印下去，因为有了第四册，前三册也会联带有生意的。我要使研究古学的人或要得到一点古代史的知识的人不能不买《古史辨》一书，所以各方面都要编集。罗根泽是诸子方面，刘朝阳是天文历法方面，钱宾四是今古文问题方面……这样弄下去，才可收到分工合作的功效。照这样下去，古史问题一定可以在我未死前得到许多结论。就是为朴社生意着想，凡买一册的人总想买全一套，虽不懂天文历法的人也不能不买朝阳编的一册，一买就是一整套，像《二十四史》一样，生意即使不多，而数目也可观了。至于无钱的人，则零买亦无不可。总要使得这部书成为史学界的权威，朴社就不会倒了。

我的稿子，你理出后可放在"颉刚藏书"的箱内，将原有的书搬出。逢到紧急时，一搬就是，不必临时去理。北平今虽安全，但东三省将来必大战，届时平津能否安全，亦殊难说，不可不作此准备也。

你的耳朵仍鸣仍聋，西医治疗竟无效验，闻之至念。我到庆馀堂买药时，当在牌子上细看一过，有无相当之药。你的病不是耳病而是本源病，应当在培本上想法的。

我豫备于下星期一起为中央研究院作文，约一星期可毕。继续为《史学年报》作文，亦一星期可毕。如是，已在五月中旬。如届时仍是僵局，则我拟于五月下旬回来，迟则在六月初旬。你道如何？你如此盼我，我真是对你不起。我希望在四五星期间准可相见。但万一江南战事复起，则又只得延迟下去了。可恨的日本人，害得我们夫妻作无定期的离别。

今天买的信笺薄些，所以多写了几页。

颉刚。廿一、四、廿六。

陈懋恒（1901—1969）：字稚常，福建福州人。陈宝琛二弟陈宝瑨之女。燕京大学

学生。

赵泉澄（1900—1979）：浙江馀杭人。燕京大学学生。

子通：黄子通（1887—1979），名理中，浙江嘉兴人。哈佛大学博士。燕京大学教授。

第六五通　1932年4月27日

履安：

我不懂为什么胸中总是想不尽的话，现在又要向你吐了。

杭州的天气真奇怪。昨天一下雨，冷得穿棉袄。今天一放晴，就逼人穿两单了。而且不但热，又很潮，这种天气真沉闷得要命。

明天是我的生辰，但究竟自己烧菜还是叫菜，还在讨论中。即此可见继母办事能力的薄弱，叫她批评人尽会，叫她自己做事则总是沉吟不定的。我今天向邮局取了钱，交给她十元为办菜之用，她坚不肯受。她明天要为我焚化《高王经》一千二百卷，为消灾延寿之用。

有一件事很奇怪的，吴姑丈和我同一日生辰，他今年是五十八岁。而简香夫人则与我的父亲同一日生辰，她今年三十岁。姑母是十月廿五日生的。

伯祥、圣陶均为开明书店的中学函授学社教员。中学讲义全份只十馀元。我希望你请冯先生去索一份章程，报名入社。你没有进中学，我总对你抱歉。固然现在年纪长了，但只当它闲书看亦无不可。而且一份讲义可给数人读。艮男嫌学校教师不好，正可借此多得几个请教的人。我久要把中学课程统统温习一遍，也可借此如我的宿愿。你们不懂的地方，先来问我。我不懂的地方，再去问函授的教员。如此，二年之后，我们三人就都有中学毕业的知识了。

你的药，我后天去买。买了即寄。

葛毅卿君现在何处，你问了张兆瑾没有？他是很有天分的人，我不愿放过他。

谶纬材料，已送与张福庆君没有？他有没有回家去？

班书阁君欠我的十元，送与李晋华君后，他已有信来。说等到进了燕大研究所后，取到奖学金，即还我，连上次借的一起还。

请你在正屋西间北壁的玻璃橱下层中取出《古史辨》第三册若干份，分送下列诸人：

杭州之江大学	夏定域
（闸口）	李雁晴
	顾敦鍒（号雍如）
	夏瞿禅
杭州浙江大学	钱琢如
（蒲场巷）	储皖峰
	石声汉

上面请你都代我写"某某先生评正，弟颉刚赠"字样，直接寄去。只要丙种就好了。

此间庭院中有牡丹三本，上星期正开，即为同居张家偷了许多去，又为任家等讨了几朵去，本来有廿馀朵，现在只存两朵了。好花不放在枝头上欣赏，偏要插在室中的瓶里，让它在短时间残毁，可谓杀风景。每次游西湖，总是许多人折了繁盛的花枝回家去，甚至夫妻两人扛了一篮，真使我心痛。我想，此种人在男女之间，一定只懂得眼前的享乐的。

牡丹花有雌雄，我今年方懂得。雄花蕊突出而朵小，雌则反是。家中的海棠花开得怎样好了？它开时我年年不在家，太冤枉了！

颉刚。廿一、四、廿七。

第六六通　1932年4月30日

履安：

廿二日来信读悉。你这样要我回来，请你嘱希白写一信来，说些学校方面切望我早归之意（如本学期考试，审查成绩等），我可呈父大人看，俟蔡先生纪念集一文作好即走。至《史学年报》一文，我想即把《燕京学报》文送去，好在本期材料已够，下期之付印是暑假后事，此文不妨在暑假中着手也。

前日得北大哲学会来信，云他们将出一种刊物，适之、彝初、玄同、宾四四先生都有一篇关于老子的论文，他们知道我近作《从〈吕氏春秋〉中证明〈老子〉的成书年代》一文，一定要我把这篇文字送给他们登载。本来性质相同，且与适之先生等文同时登载，使读者容易比较，自是很好。惟现在我作一文并非易事，我到燕大三年，文字作得太少，自己想着也惭愧。如果再将这文给了北大，更何以对燕大。所以只得请他们以老同学的情谊原谅我。因此，我希望得在《史学年报》上发表，以免夜长梦多。致希白一信，请即送去。

我的生日，北平一切不举动，甚好。以中来信，亦以此事相问。答之曰："这种事情本是我反对的，只以在家父母处，无法却绝。且国难如此，相吊之不暇，更何有于庆贺！"

为了我的生日，父母之间又闹了一回"寿气"。我上函不是告你吗？到了生日的前一天，叫菜烧菜还没有定！就是这一天，父亲归来，问菜已备好几样吗？母亲说没有。父亲就说："谣了许多日子，到今天还是一样未备，这算什么！"于是他们闹起来了，从下午五时直到睡觉。

结果，翌晨到小有天叫了一桌。

继母为人，只有一张嘴。要是她看见别家明天做寿而隔日什么都未豫备，不知要把这家主妇批评到怎样了。然而她自解的理由，说父亲是不喜吃隔夜菜的，如果早一日弄了，他就要说："把隔夜菜请客人吃，算什么！"其实，有这理吗？

斋星官的事，又使我一气。本来我不要斋什么星官，也是事前父母说了好久，已是必斋的事了，故隔日继母问我"要斋星官吗？"时，我答说"好的"，因为这已是固定的事了。孰知她到张家、吴家去讲，说："双官要斋星官，但父母无为儿子斋星官的道理，怎么好！"我听了很生气，所以星官桌子上的事情我一概不问信，愿意替我斋就斋，不愿意就不斋好了！

她又请自琛帮她料理星官前供物，他答应了而没有做，又给她恨死。

这一个人真没办法，不会办事而专会捣乱。使做男子，固亦青仑一类人物。

艮男发热，闻之甚念。现在她已痊愈了吗？此后务必在运动上多注意。自行车，骑吗？

我日来心宕好了些。但总觉得事情做不完，一赶做又觉得气闷了。

学生方面以我不归为奇，我已写信去解释。明天到崔家看书，也是为学校办公。

小有天的一桌菜，我已付价了（十一元），但父亲必要还我，只得受了。今年父亲暗九，我们到时寄寿筵费二十元罢。

今天见报，日本白川、植田、重光、野村等人，给韩人尹奉吉等炸伤，真是快事。我祝颂韩国的光复！

颉刚。廿一、四、三十。

第六七通　1932年5月2日

履安：

　　陈皮、制橄榄、虾米及调经丸，均于今晨寄出了。接到后请即寄我一信。笋豆、干菜等则是继母送给你的。调经的丸药，庆馀堂尚有白凤丸、八珍丸等等。我问他们伙计，哪一种最好，他们说是调经种子丸，所以就买了一斤给你。我又问他们："痛经有什么丸药？"他们说："这是要请医生看的，没有丸药。"我想，何妨就把调经丸与自珍试服。"种子"只是丸药的形容词，似可不必避忌。

　　我如于本月底归，则请你于十五号顷即寄壹百元来，以便届时办备物品及付川资。如你要买大绸、纺绸，则请多寄些。如能寄我百五十元，最好，因为发生了昨天一件事。

　　崔永安家的书，说了三个月，始得于昨日往看。我一向觉得书价太大，且单看书目，只列书名，未记版本，也觉得平平无奇，所以他们既多阻难，我也不上劲。昨天去看，初意也不过看看而已。哪知一去，就见到许多很珍秘的书。尤使我狂喜的，竟发见了姚际恒的《仪礼通论》！姚际恒这人，清代二百馀年中很少给人谈到，是由我表彰起来的。他的《九经通论》都佚了，十年前始在吴又陵处借到一部《诗经通论》，那时交红妹等钞了。两年前又知道伦哲如收到一部他的《春秋通论》，好容易托希白借到，交碧澄等钞了，托你校了。哪知今日更在杭州发见这一部书，我怎能放过！所以就向崔家借了回来，交又曾设法找人钞写。书凡五册，约十五万言。以二毛钱一千字计，须钞费三十元。我所以希望你多寄些钱给我，就为有了这个重大的发现。我觉得"精神所至，金石为开"，这不是一句虚语。为什么二百馀年中没有人知道他，任他的著作散佚，而我生在今日，竟得一部一部地发得他的遗著呢？这正如崔东壁的《知非集》和他的夫人的《二馀集》，大家以为失传了的，也在这几年内发见了。所以一个人只怕无志，不怕做不到。我久想在我手中作成一部《中国通史》，收复兴中国的效用，我愿也有这样成功的一日！

我想把我搜集到的材料，编一部《姚立方先生遗书》，以尽表彰之责。拟于日内函问煨莲，能在哈燕社内刊印否。这一次来杭羁留了数月，获得这样大的成绩，总算不虚此行，殊以自慰。

崔家藏书甚多，约有十间屋子。昨天看了一天，没有完，故今天还须去。今天看不完，明天再去。这固然是眼福，但中央研究院招我作的文字又不得不迟几天着手了。

此间寒燠，三翻四覆。四天前为多雨，冷得可穿重棉，昨日则两单也穿不住了。今日更热，使人眩晕。崔家书楼，既热且脏。主人死了七年，久无人上楼看书了。我手汗既多，时时弄得一手黑灰。

我上次写信告你，休息一星期中拟做三事：一校对青仓钞的《尚书》材料，二答覆人家来信，三答谒人家。现在已有一星期了，不曾空过，第一事作了四分之三，第二事回信写了近四十封，第三事则一些没有办。可见定豫算之难。我的信札，实在太多，总是写不尽的。

我觉得我一人实兼有三人的事：其一人是办事的，会客写信等属之。其一人是教书的，编讲义，指导学生属之。其一人是研究学问的，钞材料，作论文，阅读书籍，调查古迹民风等属之。如果我一人竟分为三人，则此三人亦永不得空闲，何况竟集合三人之事于我一身，我哪会再有轻松的时候！此次来杭，少了一人之事，故比在北平较为专心，虽闲暇是同样的得不到。

径三已就安徽贵池乡村师范之聘，前日动身了。功课每星期二十小时，月薪百元，亦甚可怜，惟总比无事好耳。我到上海，他必请我吃饭，而他这次来杭月馀，我竟未请还他，一来手头无钱，二来亦以无闲暇，甚为抱歉。

昨天星期，父母和我到城站小有天吃点，吃得多了，夜饭吃不下了，因此夜里未饮酒，于是我的失眠症又作了。到十一时许还睡不着，只得起来吃药。于此可见我此来所以不致甚受失眠的压迫者，实以夜饭前饮酒之故。这不是酒，是药！

祝你们安好！

颉刚。廿一、五、二。

这是第一封贴六分邮票的信！

吴又陵：吴虞（1872—1949），字又陵，四川新繁人。"中国思想界的清道夫"（胡适语）。

伦哲如：伦明（1875—1944），字哲如，广东东莞人。藏书家。曾任北京师范大学、燕京大学、辅仁大学教授。

第六八通 　1932年5月3日

颉刚：

两信均接到，读悉。你失眠和心脏病发，切不要勉强作文，虽文债不了，心里不定，但究属身体要紧，他们催做只得不理，好在学报文已作出，身上也觉轻松一些了。

昨天侯芸圻来打听你什么时候回来，并云洪先生也希望你早来。时局大约可以和平，京沪路一周内可通，那么你就即返来罢。归后校课仍请唐兰代下，要作文还可以作。因路也通，战也停，不来也说不过去，你以为如何？

赵澄款已付去。

你要的七十元，我因天雨懒去银行取，明天冯先生来后，请他取出汇上。北平很少下雨，今天下了一天的雨。明天为顾冶仲夫人接三，拟与绥贞同去，如再下雨，然也不能不去，想住在绥贞处二、三天归。

邮票加价，立法院也反对，究不知要实行否？你来往信多，又要多一些支出了，希望它作罢吧。

又曾兄和简香弟为你费了不少钱，真觉得不好意思，他们好在都有小孩，那天你给了吗？和官也给了吗？如未给，问问姑大人每孩要给多少，补给好了。因你是长辈，他们是小辈，理应给的。

杭州的山我差不多都没有去，下回有机会一定要去畅游一下。我觉得杭州比北平好玩得多，因北平太缺少水了。汤山因闻说有土匪，没有去成。现在时局真糟糕，除了城市恐寸步难行了。

你回来时如要到苏州，请付九姆母四元，托她焙一些干虾子，焙后装罐寄来，邮费请她在四元内提出。笔买了没有？

学报文已收到，去电话问容先生，这期要提早出版，不及登了。请你不要不高兴，因做好了也是好的，否则一搁不知将来有暇没暇续作。

上海惊人的炸弹案可惜四巨头都不致死，令人很不痛快啊。

五月三日。履安。

第六九通　1932年5月4日

履安：

前天接到煨莲的信，嘱我于六月初返平，因（1）须选定下学年的研究生，（2）奖学金的支配，（3）毕业考试，都须于六月中旬举行和定夺也。我把他的信给父亲看，说："我想于五月下旬动身，先到苏州，把书籍字画晒一次，再回北平。"父亲说："还是从上海坐海船的好，因怕小轮受盗劫，且苏州的平安不及上海也。"父亲重人而轻物如此，我自当听命。惟上海停战会议，即日签字，如京沪路交通恢复，昆山、太仓日军撤退，则回苏州亦顺路耳。好在尚有三星期，届时再说好了。

履安，你望我回来已有三个月了，现在我的回平的日子是定了，你将怎样的喜欢？谚云，"久别胜新婚"，这种滋味我们又该尝了！希望你接此信后，心中快活，等我归来时你果然比临别时肥了些呵！

希白的信如未写，也不必写了。我的一篇文章，自己未曾留稿，就去付印，万一遗失数页，就是收不回来的损失。所以我一定要你和冯先生重钞一遍。请你如我的愿，勿以为多事。

这几日天天到崔家看书，常有书本发现，很饱眼福。惟天气太热，满身是汗。再看两天，可以休息一下了。

日来上午均点所钞《尚书》材料，下午到崔家。本星期中，此两事均可完。从下星期起，即为祭先生纪念集作文。此文作完时，当已在五月十五号后了，我就整理行装了。本意为燕大作两文，今只能作一文了。尚有些馀闲，就校对新钞的姚际恒《礼经通论》。

你要我的照相，我尚未到照相馆去摄，适李雁晴送五云山上所摄两纸来，即附寄。你即此可看出，我虽作文困苦，但并不瘦。

寄的调经丸等，到了吗？望你不要间断的服食。如有效，我临走时还可买些带归。

请你转告绍虞，《莲子居词话》已购到，馀二种则抱经堂书肆已卖掉。宾四有信来，嘱我代他到浙江图书馆买书两部，书价约二十元，款未寄来，你说要代他买否？如要的，又要请你多寄些钱来了。你如不便，我在此向又曾借亦可。

又曾说，纺绸今年便宜了，好的也不过七角一尺。如要买，望写信来。我望你以后也多穿国货。你不是好出风头的人，印度绸等尽可不穿。只要我们一家不进洋货，那已尽了最低限度的爱国的职责了。

函授章程去索取了吗？我希望你只当是消遣，学一些防身本领。例如英文，我们能学得了几句话，能够写短短的信，在燕大中固然利便，即将来被共产党革了命，逃亡到外国去也是利便得不少。这是一件很可能的事，望你听我的话罢。

杭州日来蚕豆、莼菜上市，吃得不少，笋是最多了。

颉刚。廿一、五、四。

第七〇通 1932年5月6日

履安：

顷接四月廿九日信，知道你们拟游汤山，不知去成了没有？长途的汽车，你坐得惯吗？觉得晕吗？汤山的风景不过尔尔，但洗浴确舒服，你们都洗了吗？

你寄的口蘑及香菇，现在尚未到。我寄的丸药等到了吗？文格，已收到。

我的生日，北平仅吃一顿面，甚好。杭州仅吃一桌，因为圆桌面大，已坐得下了。

《学报》文寄出后，我仅游了五云山和云栖。日来则以看书，每天到崔家去，看了五天，总算走马看花般看完了。但今天金家又要我去看书了。近日身体颇好，勿念。

停战条约昨日签字，此后或可休息数月。闻政府有意解决十九路军，故蒋、蔡二位都辞职，浙江方面的军队到苏州一带的极多，为的是监视。如果属实，则政府真太无人心了！国内的革命，当会很迅速地起来。

闻津浦路以常运兵及开专车，旅客往往停留多日。所以大家劝我回北平时坐海轮。我想，这样也好，省得我过南京，访朋友。

嘱买的东西当照买。但望你早寄钱来，俾可早买。

姑丈母于今日由建德回杭。

讨来的小狗好吗？最好不要让它出门，免得跟我们到学校，给门房讨厌，且免了为疯狗传染的危险。

致起潜叔与肖甫二书乞分交。肖甫一书，请他即覆，恐迟了我收不到。我这次到上海，又可把《东壁遗书》稿的一部分交与胡鉴初也。起潜叔书，费你心，钞一底子。

杭州前几天热极，至八十四度。自前夜下雨，昨日骤寒，可穿棉衣了。这样把人"三收三放"，真是寻穷人的开心。

颉刚。廿一、五、六。

胡鉴初（1893—1948）：字仲荪，安徽绩溪人。是时在上海亚东图书馆任职，父亲编订之《崔东壁遗书》由该馆出版。

第七一通　1932年5月9日

履安：

又几天没接来信了。最奇怪的，是口蘑的包裹至今未寄到，大约也要像衣服包裹一样，迟至十八天了。我寄你的东西到了吗？

我决定本月底离杭。你如无要事，二十后请勿寄我信。至我则临动身时尚可给你信的。

有此停战条约，东南战事当不至复起。但东北方面就吃重了，因为日本可移上海的兵到东北了。昨天报载山海关有受日人觊觎之说。不知我动身前平津将变样否？我此次来后，必要把书籍稿件匀一部分置城中。成府必不是一个好地方，你不要临时发急！

这几天杭州凉极了，简直像深秋。我不好意思穿骆驼绒襔，把棉襔、夹襔一起穿了。昨天万先生邀我吃夜饭，他的办公室里竟生了火炉！大家说，这样冷，蚕要死了。其实，今年就是蚕不死，绸缎厂大都停工，也无织的人。就是织了出来，绸缎铺也哪里销得掉呵！不看清和坊的大铺子都标上大廉价吗？

姑丈母前天回来，道及严州的城只有三里路，城里人力车只有十辆。龙喜弟的局里，连他自己只有两个职员。他的名义是主任，而薪金只三十二元。其夫人已有孕了，将来的生计也是大难呵！

我所不惯的，到处听见生计困难的呼声，但又到处听见打牌声。住在我们里院的任、徐、林三家，每晚必赌，到我们睡时还不完，而且是十元底，输赢是不小的。简香家中，也是三日两头打的。我有一天很早到剃头铺中，他们粥尚未吃，已在打了。我在父亲书房中，有时静寂得很，但微风中时常吹来牌响。有时失眠，到了深夜，也听得这种声浪。杭州简直是赌国！

岂但杭州如此，恐遍江浙都如此。这次姑母回来，我问她有打牌的伴侣吗，她说："有是有的，只是输赢太大，他们总是要碰一百角底的。"又曾接口道："前在金华，看见乡下人坐在长板凳上打牌，洋钱倒是几十一叠。"然则从赌钱上看来，人民的生计何尝是贫困！

我对于这种情形，咽不下的，并不是他们的银钱，而是他们的时间。要是这些打牌的人每人各送一小时与我，我就可以多做许多工作，得到大成绩。现在他们把时间这样浪用，我则要用而不得，弄得我永远感到日子的短促，我真要作不平鸣了！

昨天继母请我到大舞台看戏。看的是小杨月楼的《女君子》（即《铁弓缘》），应楠森的《空城计》，周美娟等的《狸猫换太子》。这是我到杭州后第一次看的京戏。小杨月楼，我还是第二次见面，第一次记在民国二年，那时他唱老生，我看的是《斩黄袍》，现在二十年不见，他唱花旦已唱老了。《狸猫换太子》，编戏的人太无本领，只看见上场下场，毫无艺术意义，只能骗骗上海人而已。

王妈在此间做了五十二天，长极了，到底逼她走了。其故，真可笑。有一天下雨，继母在打牌，王妈看见晒在阳台上的干菜，恐着雨，收进来了。继母大怒，说："我没有叫你收，你为什么要收！"原来她怕她偷些去，王妈气得哭了。前天又雨，晒的笋豆当然她不敢收，但继母又骂了："你看见下雨不知道收进来吗！"晚上她倒了一碗茶给父亲，继母更怒了，说："她不知道收东西，只知道献媚老爷！"就把她歇了。唉，这种人不叫神经病叫什么！我家本来可以快乐的，有了她，不会快乐了！不知她何时才舍我们而去？

王妈临走时，到张家、吴家去，把继母平日对她讲的张家、吴家的坏话都和盘托出了。又曾对我说："要是我家的女佣拿我们这样的话来告知这位太太，不知将闹出什么天大的事来了！"可见他们听了王妈讲的话是很气的。

我无求于她，整日作自己的事，她奈何我不得，不知是怎样说我坏话？坏话，照例是必有的。

又曾说："她来了十馀年，至少用过一千馀人。"常有送来的女佣，说："原来是这家呀，是我做过的呵！"可见她用过杭州女佣的多了！有一次，荐头铺送了一个剪发的来，她见了，就说："你只配到堂子里去！"这女佣说："我只为家中穷了一点，来帮人家，你就这样出口伤人，是何道理！"于是事情未做，大骂一顿而去。这真可谓自寻烦恼！我不信世间真有这种笨人！

据大家评论，确没有看见过这样的人。而且大家说，她的脾气现在更利害了。我说："她所以如此，是要使大家感到她是世界上最聪明的人，地位最高的人，和权力最大的人。"大家笑了。心理学上所谓"夸大狂"，她是登峰造极了。归根结底，要埋怨父亲，让得她这样。若是我，包管压伏她，使得她知道地位尚有比她高的，权力尚有比她大的。

士嘉一信，望送去。

颉刚。廿一、五、九。

第七二通　1932年5月11日

颉刚：

我又四、五天没给你信了，托冯先生汇上大洋柒拾元想早收到了，今又汇上八十元，以作你旅费和买物之用。钱先生的书你替他买罢，钱够用吗？

你寄来的包裹还没有收到，调经丸你回来时不要再买，没有服几天，不知道好坏的。

葛毅卿，打电话去问张兆瑾，他也好久没有接到他的信，他说大约寄信到中大可以收到的。

谶纬已送张福庆，《古史辨》已分寄杭州也。

《荒地统计表》不很厚，头上没有序。

函授章程当去讨，但我也念，恐怕前读后忘了。

艮男自行车未骑会，现同许昌华各买一网球拍，她常去打，多运动身体谅能健康一些了。

林悦明在南京，暂工作于驻京美国联合新闻社，他在最近期中要赴汉口改良洗衣作，他要索取大名魏县旅行之作品，六月中或来北平。

侯芸圻恋爱的不是陈懋恒，又是一个密司陈。侯君下学年燕大讲师想没有了，如司徒捐不到款，国文系下半年薪水要打折扣，讲师也要裁去。钱宾四燕大以无钱也不请了。闻说研究所以美国股票跌，来钱也少，下半年经费谅亦不很充足。现在各处闹穷，如何是好。

刘子植有人替他介绍了，他挣了百卅元，一个人用还不够，时向以中借钱。你想以密司谢介绍他，我想密司谢也许看不中他的。作介绍人是不容易的，你别多事了。虽然女大当嫁，但在现今时代，男女结婚真是难事。

纺绸和大绸均不要买了，因不急用，我有衣服，不要做；没有馀钱就别买，以后要用可以再买的。我忘寄给你一件直罗长衫，你回来时如天热要穿，可买纺绸做一件长衫好了，最好不要白的，因你肢窝汗多发黄，有淡灰色的买些料自己做，切不要买现成的，趁纺绸便宜的时候。

扇面还未去买，俟买来请滕先生去画。

起潜叔已得长沙来信聘他，月薪八十~百元，钟点一星期十六、七小时，他拟减少些钟点。以现在谋事难，好是大学，已允去了，先教大学得一资格，就是钟点多些也是比中学好。

我听见你吃笋和蚕豆，真眼热。此间的笋又是不新鲜，要三毛多钱一斤，今春仅买了二回，一只笋要化半元钱，实在舍不得吃。蚕豆虽有，要七、八毛钱一斤，太贵，也没有南方的新鲜，以后价钱便宜也老了。这种东西在北方实在不能吃，你在南方请多吃一些罢。

你回来时京沪路可通了，东西不能多带就别买。绥贞托买两匣藕粉，以备生产时吃，必须买的。馀外送人的物，可买也买一些。苏州要去吗？

理书和朴社账均未着手。片子剩不多，把它抄完再说。学报文我打电话去问，容先生好像有些不高兴，他说，我不是一定要他的文，因为他身体不好，再做不是易事，他要登《史学年报》就让他登，叫朱士嘉去取。我说先让我抄后再印，已叫冯先生去取来。我的意，你做文是不易，北大既要出刊物，学报要十二月份出，他们先发表，如有相同处，你文似不好再登了。又《史学年报》也要作文，今先移登也是好事。不过做学报文沉重一些，年报文潦草一些就行了。现以该文登《史学年报》，则十二期学报文不能不做了；你来平后，事情与身体允许你做吗？

　　进城时我与绥贞同至道济医院，他们说我子宫肿，要刮须住院十天，俟月经尽后可去（月经约于廿三、四号可尽）。我想下去天热，俟秋后再说罢。

　　你大约要于何日动身？届时如走火车则日子不多，月底可到家吗？不到二旬就得相见，快甚！

　　你的像片没有瘦，也没有肥。

　　蔡先生文做好了没有？此文赶紧非在杭做好不可。

　　　　　　　　　　　　　　　　　　　履安。五月十一日。

林悦明：燕京大学毕业，1931年与父亲等燕大同人旅行华北，调查古物古迹。

第七三通 1932年5月13日

履安：

昨接三日来书，并汇票七十元，甚慰。我本来希望你寄一百七十元来，现在已寄七十元，再寄一百元好了。但你接此信后，再寄钱来，恐已来不及耳。

缉熙处已去信索债，尚无覆书。但昨接陈通伯来信，悉武汉大学仅发半薪，而缉熙夫妇皆患病（吐血，但已证明非肺病），是可知其必然还不出来。

报载日军压迫山海关，平津当然恐慌。望你找出我前寄的信，嘱你检出文稿的，照此点检，放书箱内，能搬则搬，不能搬则亦有准备。

如天津有变，我可走京汉路来。如北平有变，父大人当然不让我来，但你和二女在彼，教我如何放心得下。想至此，心乱了！所望张学良及其将士能努力抵抗，造成第二次沪战之局，则我们虽牺牲亦是值得。倘在无抗抵之卜而再受牺牲，那真太可怜，亦太可耻了！

沪约的屈伏造成了日方的增兵东北，政府当局将何以自解？南方民心激昂，现政府的寿命不知能苟延到何时亦殊难说。不知他们何以昏庸至此？

我所以现在不能就走，一来父亲要和我回苏扫墓，须待京沪路通。二来姚际恒的《仪礼通论》，钞写一部后正在校对，此书有十五六万言，校对亦颇费事也。我想，如时局不至大变，则六月初我们是准能相会的。

以上是昨天（十二号）写的。这几天因为工作稍多，心又发宕，而且睡眠也打折扣。所以昨天就和又曾、简香出去游山，结果昨晚得一佳眠，只是扭伤了右足的筋，走扶梯觉痛耳。

昨天，我们乘七点半车到闸口，到之江大学。这学校在秦望山上，游了这一山，更由小路上五云山，初在采茶的路里穿行，后来竟没有路了，只在长草里攀着松树走。约莫走了十里，始至五云山的中路。到真际寺，已十一时半了。喝了茶，更从郎当岭到天竺，翻了四五个山头，约十二里，到上天竺时已下午一时半了。从天竺更至灵隐，更至玉泉，然后到岳坟雇小划子回旗营。那时已六时，我们整整走了一天，把杭州的山从南山到北山转了一个圈子，这四十里的西湖，就是这圈子里的一角。

昨天最有趣的，是山中的水。因为下了多日的雨，处处是潺潺的流泉，或是急极了的奔瀑。我们在这高山流水之中，做了个知音的人。有许多石壁下的道路，都给泉水冲断了，我们就踏泉而过。加以昨天阴而不雨，寒燠适中，穿了夹衣服游山是最适意的。

唉，履安，你来信说愿意畅逛杭州的山，我也以不得与你同游为恨，但是在这恶姑之下，我和你要畅游杭州是做不到的！我想，这只有一个法子，不知道做得到与否？你的母亲如肯由我们陪伴而游杭州，则我们可以借着这名义，同住在湖上一月。但品逸等不能同行，因为他们同行了就用不着我们陪伴了。你可以先疏通你的母亲，说："你年纪大了，一生做得辛苦，应当休息休息。颉刚工作太忙，也应当优游一下。我想于明年暑假同他南归，奉母游杭，在湖上小住一月，借享湖山清福"云云。如果你的母亲肯的，事就成功了。无论我的父母在苏在杭，都可以。如他们在杭，则一月之后，你送你母回苏，我在杭再住一二旬。如他们在苏，则我们回苏后亦住一二旬再走。

这一个月的时间，需用之钱，多则三百元，少则二百元。好在我们无论在何处，开销总是要的，实际上也多用得有限。我和你结婚之后，未作蜜月旅行，应当补行此典礼。而且再过几年，时局如何至不可知，能否再有我们偃息的可能就不能说。况且蹉跎又蹉跎，我们人也老了，也许游不动了。所以，我以为我们应当抢得这个机会。湖上诸山，我都熟了，大可做你们的领导者了！

顾冶仲夫人逝世，这是想得到的事。你和绥贞总算抢到见面的机会。

上月在报上见殷绥荑女士结婚启事，不知是你的那位侄女？

和春等拜寿钱我未给，因为给了就摆足了做生日的架子了。俟我动身时，当买些玩物给她们。

此间均好，惟父大人眼酸淌泪，似姑母，想以受风热之故，现正涂药。你寄的蘑菇等已到。

颉刚。廿一、五、十三。

第七四通　1932年5月17日

履安：

多日未接来书，为念。

日来山海关方面形势紧张，报纸消息，既说打，又说不打，不知究竟情形如何？北平方面镇静否？你们觉得恐怖否？

父大人须俟沪杭与京沪车联合后与我同回苏，而今日报载北站尚未接收，则通车之期当在一旬之后。天津的路究竟能走与否，届时想可决定。如能走，当然由津浦路来。如津浦路有特别情形，则由沪走海道来。如天津不能走，则从平汉路来。不管北方乱不乱，我必须回来，否则你们既害怕，我中心亦复惊恐。厚妻子而薄父母固不可，厚父母而薄妻子亦不该也。请你放心，半个月后我们准能相会的。

近日校对《仪礼通论》，殊无闲暇。但此二星期中也居然作了三篇短文。其一是为李晋华作的《〈明代敕撰书考〉序》，其二是为陈漱琴女士（储皖峰之未婚妻）作的《〈诗经情诗今译〉序》，其三是为钟敬文与娄子匡合编之《民俗季刊》作的《周汉风俗琐记》。这三篇文字合起来也有近一万字。

日来身体还好，只是为了归期已近，急思结束未了诸务，太赶快了，不免有些心宕。我这人不能办事，即此可见。我的身体，限定我只能做一写意人！

近来用了些冤枉钱，告给你。其一，杜布短衫的袋子，你没有为我缝好。有一天到崔家看书，天热甚，我把夹袄脱去，将表放在短衫袋内，哪知同父大人六十寿辰那天一样，跌了出来，跌失了一个圈，一个旋针。拿到钟表店内配，费了两元，冤枉得很，买这表也只化了五元呢。其二，你寄来的蘑菇，因为填了十四元，给邮局捐去一元○五分。他们说，在十元以下是不捐的。那么，我们将来再寄时，分两次寄好了。其三，前月敬文请我吃饭，我这次也请还他。别无他客，只一陈丽华女士（她也在民众教育实验学校，管理书报）。我想，我们三人到三义楼吃一顿饭，大概不过三四元左右。哪知开了单子来，竟至六元许，连小账竟七元了。现在小吃也吃不起，实由捐税太重之故，与广东是一样的。

王妈去了九天，试工的就来了九个，不知到哪一天才能用一个可以留一个月的。有一个，一不小心把继母用了多年的香烟嘴掉在地上，破了，勒令她赔一新的，买来不对，再勒令去换。这阿妈不但没有拿到工钱，反而贴了本，大哭而行。人之无同情心，乃一至此乎！

这几天天气潮湿而闷热，朝雾尤重，颇令久居北方的我觉得不惯。但湖上的风景一定好的，可惜距离太远，不能往看耳。

颉刚。廿一、五、十七。

娄子匡（1907—2005）：浙江绍兴人。曾编家乡歌谣、故事等，收入中山大学民俗丛书。是时在杭州与钟敬文等办中国民俗学会，出版刊物。

第七五通　1932年5月17日

颉刚：

六号、九号两信均接到了，致起潜叔及肖甫的信已送给他们了。你日来做的蔡先生纪念集文已完功了吗？失眠和心宕有否引起吗？很念。

《老子》文我和冯先生分钞已完毕，以原稿送去印，恐钞的有差误。洪文第一印，你文第二印，朱士嘉说阳六月底要出版，但现在第一遍还未印，你文来得及自己校对了。

黎光明昨天来一电报，要寄《古史辨》八十部，末云暑期决来平与师同住。黎君下学年燕大和平中各处找着事吗？他有成都大学事为何要来呢？他们来一定夫妇同来，我们没有闲房，决不能同住。如未谋得事，你速去信请他们缓来，免蹈赵李二君的覆辙，因他们夫妇二人无事，如何维持生活呢？一人还可勉强过去。请你不要多事，免得借钱谋事闹弗清。

包裹于昨天方到，打开一看，纸包破了，铁罐开了，匣子碎了，东西都并在一块，我拣了半天方始理清。尚幸丸药没有散出，否则各种食物均染药味儿，有些难吃了。笋豆和干菜请你代言谢谢姑大人。我寄的包不知也同样的和在一起吗？

二次寄的钱都收到吗？上信告你四月份希望可以积一些钱，但结果不多而反亏些了。你去杭四月，收下一月薪，付年节书账，二月薪付康、艮学费，伯祥借，三、四月薪寄你和代课及碑帖钱、书记薪，我们寓用每月也要七、八十元，要说积钱真是不易。平中午节账，竟进约有数元，修绠堂因代你配《图书集成》约有数十元。领五月薪，可以付去杭州书账。缉熙来信可以还你吗？甚念。

沈雁冰的母死，派来一讣，振铎、绍虞和你合送十元。

小狗讨来的是母的，有人对我们说，已被我们丢了。人家都要公狗，直到现在还没有讨得。小吧比从前会吠一些，但见了生人不一定叫，所以看家还是不行。尚幸夜间安静，我们胆大得多。

打杂女妈又换一个了，并不是我喜欢换人，因她男人生病，还工钱去的。但北平老妈偷小东西是一样老毛病，她偷我胰子和鸡蛋，她不走我到了月也要辞她了。这种人大东西是不敢偷的，但小东西哪能看管得周到，所以她们偷的一定是茶叶呵，烟卷呵，我明知她们偷，我也不去说她们，因小东西说了她肯还我吗？好在可以辞去的。现在用的年轻的姓童，做事很快，不知能否不偷东西吗？我要像你回去三、四月，家内真放心不下。李妈人虽老实，但还不知她的底细。

我托你买的东西能带则买。你如坐轮船回平，在路日子要多，月底动身太迟了，再在上海耽搁，要出月七、八号可到，但我希望你早几天走罢。

平中甚安宁，请勿念。

五月十七日。履安。

沈雁冰（1896—1981）：原名德鸿，字雁冰，笔名茅盾，浙江桐乡人。为父亲在上海商务印书馆任职时之同事。

第七六通　　1932年5月19日

履安：

你寄我的八十元，收到了。你嘱我买的东西当一一照买。我在北平动身时，你开的单子并未失落。

纺绸买了青灰色的，一丈三尺，每尺七角六分，计洋九元八角八分。夏布，你但叫我做两件小衫，但继母要我做两身衫裤，故买了四丈一尺，每尺三角七分四，计洋十五元三角三分四。简香问我："是不是喜欢穿夏布？"我说："我是随便的"。他说："纺绸口门阔而价廉，倒是穿纺绸值得了。"

《仪礼通论》竭力赶快，到今只校了一半。再须五天，没有别事缠扰，始可校毕。校毕后又须编《东壁遗书》，即肖甫寄来诸稿，大约也须两三天功夫。此外尚有青仑钞的东西也要校，尚有一些零星文债。所以行前已绝没有暇。何况此间许多朋友，他们看了我，我未答访的尚多，行前总须走一过，也要费许多时候的。唉，履安，我的时间为什么总是这样不够用的？为什么我的生命总是在匆忙中消磨了的？

蔡先生纪念集一文，在杭已不能做。回平之后，未知六月中能作否？如不及赶登纪念集，也当送登研究院集刊。——如归后晤见孟真，他要斥责我，则我便不送登了。

希白真不能办事，他写来的信老是和我寻相骂。这种态度我是向来不受的，只因知道他胸怀坦白而单简，不似孟真般的猜忌，所以我原谅他，不和他答骂。如《老子》一文送登《史学年报》（你和冯先生重钞了吗？此文我无底稿，甚怕失落，我未归时，校样请交肖甫校之），则我拟于暑假中作《秦皇考》，这方面的材料已大略完备，是不难做的。望你告他一声，依然可登入十二期的第一篇的。

上海日军尚未全撤，京沪路之通恐须待至五月底。一俟通车，我当先到上海，和亚东接洽印《东壁遗书》事。父大人比我迟几天行，我们在苏州会集，同行扫墓。昨接鲁弟来信，悉通车后他们夫妇也要回苏，一拜陈太太之灵。大约我们扫墓，可以五人一起去，这是不易碰到的机会。鲁弟信上又说，前婶母二十周年，以军事未举行，今拟补做。如此，则我在苏州也许须多耽搁几天。好在我的工作是不会断的，在苏也是一样的做。只是又要劳你多盼望我几天了。——我想，无论如何，六月十号以前总当到平。

这几天，一晴即热，一热即雨。就是晴天，水门汀上也淌出水来。蚊子已成群，夜里不能不下帐门了。

父亲常说，继母是他的附骨之疽，没有办法。但我的态度不是这样，既是附骨之疽，就应当割。不闻"毒蛇螫臂，壮士断腕"吗？

颉刚。廿一、五、十九。

第七七通　1932年5月28日

履安：

我因为邮员停工，不知那天可以通信，故前日打给你一电，说明六月一日到沪，三日到苏，九日到平。不料发电的第二天，邮政便恢复了，这两块多钱觉得有些冤枉。

我所以排列这个行程的缘故，可以同你一讲。这次父大人要回家扫墓，且一晤乱离中常时萦怀的叔父，要我一块走，我当然答应。但沪苏间的火车直至五月廿三始通，北站的车直至廿六始通，在这刚通车的时候许多难民要回家，当然是挤极的。所以大家劝父大人迟几天走。因此定了三号，因为那时北站通车已一星期了，大约可以有位子坐了。如那时已有京杭通车，则杭州上车之后直到苏州才下车，更不至占不到位置，使老年人有站立数百里之苦。到苏之后，要上虎丘、石湖两处的坟，必须两天。如叫船不能即叫到，更须延迟一天。加以先姊母的廿周年补作，又须停一天。所以我至早须七号北行，迟则至八号。至平之日，我希望是九号，但也说不定是十号。

我所以先到上海之故，一来是为《东壁遗书》事，须与亚东图书馆接洽；二则为郑德坤君《山海经》的事，须与神州国光社接洽；三则伯祥、圣陶等历兹浩劫，亦应加以慰问。我想一号的下午到沪，三号的上午即走，只住两夜。

这几日把诸事结束，因此把账目也算了一下。哪知不算则已，一算便使我瞠目而咋舌。我在此间，住了父亲的，吃了父亲的，在旁人看来我简直可以不用钱。即我自己也以为嗜好绝少，所费必无多。以前我请你每月寄我五十元，以为零用二十元，买书三十元，也尽够了。哪知现在一算，不买一本书，也须用七十元。如果我没有账，连我自己也不会相信。但现在有账，而我把用的钱分类上开，购置、游览、交际、医药、邮电、车资、杂用，一分之后，看看就不费了。像我这样，不常出门，不常宴客，不贪吃，不好穿着的人，零碎用途竟须七十元一月，比较豫算溢出两倍多，真把我吓坏了！在现在的经济状态之下，物价高而嗜欲多，加之以生产力弱，叫做官的怎能不贪赃，叫教书的怎能不营谋兼课，叫农工分子怎能不去做土匪或红军。这真是一个不敢想而又不得不想的问题。

接来信，知《老子》文已将由《史学年报》付印，并可由我自己校对，甚快。《燕京学报》第十二期，我已接洽得浙江大学教授钱宝琮先生《太一考》一文，可作第一篇，我的《泰皇考》是与《太一考》联带的，便作第二篇。又之江大学教授夏承焘先生有《白石歌曲旁谱辨》一篇已送来，亦可用。得此两文而归，也可说此行不虚。在外面，《燕京学报》的名誉好极了。他们所以肯为此报作文，就因其地位之高。

蔡先生纪念集一文，为了校对姚际恒的《仪礼通论》，费了两星期的工夫，就没法做了。这一部书有二十馀万字，钞费计四十七元。也是这一次的大支出。即此可见新发见固然是一件快事，但也须有本钱。

日前我向又曾借了一百元，买了你来信说的东西，尚存八十元。但我看看一月里南下的川资即已六十三元，而过苏时尚须奉九婶母十元，故宾四托买的书便不能买了。所虑者，到陈湾去上坟，坟客又说数年来修理及植树若干，要向我算账耳。如果如此，只得向父大人借钱了。本月的薪金如已领到，望你寄还又曾，因为他借给我的也是公款呀。

　　手头尚有些零碎文债，须赶完。希白、煨莲两位前不再写信了，就把这封信送他们那边看一下罢。

颉刚。廿一、五、廿八。

第七八通　1932年6月1日

履安：

　　我今天下午二时到了上海了，住在三马路新惠中旅社。下北站时，看见没有屋顶的屋子，没有窗门的窗门洞，一座座的矗立在大道旁，恍如置身于圆明园遗址中了。

　　今天早上，和春在到校之前向我道别，眼泪簌簌而下。想不到这个孩子和我这样好，我着实有些过意不去。觉得这是此次离开杭州的最深的刺戟。坐在车中，不胜怅惘。

　　这两星期中，真是忙得我要命。直至今天早晨，还有人送书来。答拜访我的人，也于这几天内一一走讫。至于没有来的人，如潘锡侯、马巽伯、陈孟槐等，我本想去，但是实在没有闲暇了。

　　这次到杭，足足四月，读书、作文、买书，都有相当成绩。所过意不去的，就是《东壁遗书》还不能全部交卷。这只得待暑假中续作了。

　　上次寄的快信，你已交洪、容两位看过吗？我大约须十号方得到平，因见《申报》载教育部编译馆长辛树帜先生拟编学校教科，欲我主持历史方面，我想，我自己不能去，不知能介绍黎光明君去否？适接你来信，怕他们夫妇住入我家，深觉得南京不能不逗遛一天。如果荐成功，也是一件好事。

　　你接到此信后，在一星期中我们就团聚了。在见你时，我将向你请罪。为什么？我这次来杭四月，书肆时来送书，见有特别的，便宜的，我自己留下。我不敢买价高的书，且书肆为欲多做生意，我买的书总比较廉价，私以为数必不大。想不到临走时一经清算，乃超过了三百元也！在你屡次谆谆劝告之下，我竟买了这许多，合该向你自首请罪。不知你能饶恕我否？

这次来回，盘费约一百卅元，买书约三百廿元，耗费约三百元，一个人五个月要用七百馀元，不该骂吗？我自信不像孟真般好摆贵族架子，而所用乃如此多，足见现在做人的不易。如我把生活享受一切提高一下，加一倍也是寻常事呵。

缉熙百元已寄来。但仍无济于事，临行时更向继母处移了六十元。不是我替她请求，乃是她自己来问的。

这两星期中，君畴、崇年、张文理来，我都请吃饭，乘便邀又曾、简香、自琛等同席，借答其四个月来帮助我办事的好意。

这次北来，不但皮箱仍带回，且加了一只网篮。其故有三。来的时候穿在身上的皮褥、皮大衣，全都纳入箱中，很占地方，一也。送我东西的有好多书肆，却之不肯收回，再加以继母及万、邵、夏诸家所赠，已非一箱所能容，二也。燕大托浙大孙君代购雷峰塔砖，他装了板箱送来，是很大的一只，不得不买一网篮以实之，三也。所以此次运费，我可以向燕大算还若干。

到杭四月，只洗了一次浴。近日天热，汗流不止，加以潮湿，足上的皮肤病蔓延到了两腿，很想洗澡，只是无法抽空，家中洗浴又不易，苟延到现在，始得在惠中旅社中做到，身体为之一爽。不知北归以后，皮肤病可以消灭否？

今天我想到鲁弟处，明天到伯祥、圣陶、愈之、名达、重九弟处。又亚东图书馆亦须去。不知在这一天半时间之内都能走一过否？

此间旅社颇不廉，一间单客房也须一元八角一天。我所以不住入鲁弟处者，一来交通不方便，二来怕多费他们也。

父亲后日到苏，和我同住叔父处。大约向运署请假一星期。

颉刚。廿一、六、一。

马巽伯（1903—2002）：马巽，字巽伯，浙江鄞县人。马裕藻之子，是时在杭州任教。

陈孟槐：父亲苏州友人，是时在杭州任教。

名达：姚名达（1905—1942），字达人，江西兴国人。清华大学研究院毕业。是时任上
海商务印书馆编辑。1942年在抗日战斗中壮烈牺牲。

第七九通 　1932年6月3日

履安：

　　我已于今午到苏了，适逢家中过节祀先。冬官与三官是由我带归的。鲁弟夫妇及四官以下，都于今日下午乘三时车，与父大人同时到苏。

　　明天我们上行春桥坟，后天上山东坵坟，大后天补作先姆母二十周年。我决于七号离苏，十号午后到家。你接到此信后，再过三天我就回来了，你快乐吗？我真正对不起你，害你盼望了这么长久。

　　今天我再寄出两包书。其故因箱子和网篮中都满，拿在手里太不便，索性花些钱寄出的好。陈时文送给我的干点心，王礼锡送给我的枇杷，都赠给姆母了。

　　我在沪住了两夜。第一日访了鲁弟及胡鉴初，是夜在鲁弟处吃饭。第二日访了重九弟、愈之、伯祥、姚名达、杨寿祺（来青阁主人）、王礼锡、汪孟邹，午饭在名达处吃，夜饭是汪孟邹请的。

　　巧得很，潘博山也住惠中，和我相见。他也于今日回苏，因我明后日有事，即于今夜请吃饭。

　　我天天吃人家的，然而住上海不到两天，旅馆费及车资已用十元。茶房小账，非一元不可。世富人贫，一至于此，可怕。

　　到沪主要事务，是为亚东、神州两书肆印书事。接洽结果，《东壁遗书》大约今年下半年或明年上半年出，《周秦汉文籍汇刊》中——《山海经》也答应从速印。

　　奔波了数天，一个人弄得晕淘淘。今夜要同父大人同住在一只小床上，不知能得佳眠否？

金荣弟到用直学生意，去了半月逃回来了。金庚弟因无钱，不读书了。这两位宝贝，将来总是我们的受用，这如何是好？今天金荣听见了我来而不出来，或者还有些惭作之心，但将来怎样呢？

如果没有要事，我在回来前不再写信了。

再有一件事告诉你，就是：直到我离杭，阿妈仍旧没有雇成，依然一天来一个。

颉刚。廿一、六、三。

王礼锡（1901—1939）：字庶三，江西安福人。是时任神州国光社编辑。

汪孟邹（1878—1953）：安徽绩溪人。与陈独秀、胡适相稔，1913年至上海创立亚东图书馆，任经理，出版陈、胡著述多种。父亲编订之《崔东壁遗书》亦交其出版。

一九三四年

第八〇通　1934年4月8日

履安：

　　别来已两天半了。我们在平绥车中颠了三十小时，于昨天下午六时颠到了包头，离北平已一千四百馀里了。因为前天夜里没有好好儿睡，所以昨天夜里睡得很好。不幸就在昨夜起了大风，所以今天出游就在风沙中挣扎，还来洗脸，洗黑了两盆脸水；至于头发里的沙土，无论用木梳怎样梳，总是梳不干净的。但我们这次游历的目的，本在看内蒙古的"本地风光"，这风沙确是这里的本地风光呵！

　　今天玩了一天，上午到的是黄河边，走去走来约有四十馀里。本来可以渡河到河套，只因风太大，船夫说去了回不来，所以只在小艇中浮了一下，赏识了黄河的涛声和急湍。下午游的是包头全城，这城颇大，约有北平城的一半，所以半天中不曾歇脚。这里市街很繁盛，最大的一家洋货铺，是由北平东安市场分来的德华兴，颇有上海的大商店的气魄。马路亦宽，但因大车骆驼随地走，所以城中的沙土并不比城外悬殊。

　　这里本是蒙古人的地方，清朝山西人移来太多了，到现在反客为主，到处听见山西口音，而蒙古人就同化了。军队尤多，有晋军，有中央军，有县军。我们所住的交通旅社里，真实为旅客所住的只有两间而已。

　　你为我豫备的食物，太多了，到现在还不曾吃完，真为我们省钱不少。因为一上馆子，总得吃去一元多。

　　这里到五原，有长途汽车，早晨六时开，下午二时到，每客五元。我很想去，但一想一去又须费三天功夫，累你盼望，就不去了。到宁夏去，坐船须二个月，坐汽车只六天，坐轿车则十五六天。现在天已解冻，汽车不能行。汽车价四十馀元；轿车价约二十元，饭钱在内。我想，坐了轿车走这半个月，也是怪有趣的；只花二十元，尤其觉得省俭。将来有机会时，终须一走。

明天，我们往绥远了，也想住在谭女士所住的绥远饭店里，因为看旅行指南，知道一天也不过一元左右。我们现在住的交通旅社，每客每天仅三角，可谓廉甚。

听人说，这里的出产是甘草。住在这里的蒙古王公就把甘草田租与汉人，取租度日。

又听人说，绥远的田一亩只值两角，到官厅登记时则改填为两元。照这样看来，虽如我们的家无馀资，也未尝不可做此间的大地主。只可惜世乱政苛，使我们不敢做农业呵！

你如有急迫告我的事，请寄大同车站汝万青段长转交。如无要事，即不必写信。

颉刚。廿三、四、八。

是时父亲与起潜公借春假游包头、绥远、大同等处。

第八一通 1934年4月11日

履安：

大前天我在包头寄你一信，收到否？

我们前天十一时从包头起程，下午三时半到绥远。因从谭女士去年给我的信上知道有个绥远饭店，所以就雇车到那里。一到那里，有铁床，有汽炉，有新式木器，仿佛到了上海了。房金每间只一元二角，也不可谓贵。

绥远，我们本没有熟人。我想起谭女士说起的蒋恩钿女士，她知道我，向起潜叔言之，他说也知道她，因为她是清华毕业生。所以我们一卸装，就到剪子巷女子师范去找她。她出去了，我们随便蹓达，逛了两个蒙古庙宇。归寓后，蒋女士来电话，说明天来伴游。

昨日早上，她来了。昨天她本有四小时的课，为我们而请假了。她是太仓人，清华英文系毕业，抱开发西北的决心，独身来此。其热心毅力，足使我辈惭愧。去年慕愚来此，与之相识，她们道同志合，已结为姊妹。寒假她南返，过南京时就住在慕愚的家里，看见你我的照片。

昨天上午，她伴我们玩新城（归化城为旧城，为商业中心；绥远城为新城，为政治中心；两城相去六里），参观省政府、教育厅、农场等处。下午，参观图书馆、民众教育馆、通志局、小招（喇嘛庙）、五塔招等。和我们同游的，又有省政府秘书谈在堂先生、民众教育馆馆长樊中府先生。晚上，蒋女士又在绥远饭店设筵洗尘，同座有教育厅长阎致远先生夫妇。

绥远饭店有两种不好。一因有汽炉，屋内太热，害我出鼻血，带来的吃剩的牛肉也坏了。二因有电影场，晚上十一时许才散，使我不得安眠。前天晚上又逼得我服药。即此可知我这身体实在不适宜于居都市，我只能做个乡下老。

此间因为烟价贱，抽烟的极多，到人家去常出烟敬客。此外，私娼也多，据蒋女士说，私娼竟占妇女全数之十分之六。这真是一个骇人的数目。

但绥远是一个极有为的地方。矿产煤铁甚多，将来可作工业中心。又河流沟渠众多，可耕之田有十五万顷，可作农业中心。北至蒙古，西至青海新疆，南至山陕，可作商业的中心。这真是一个大有希望的地方，如不被日本抢去，我们必不该忽视的。现任省政府主席傅作义，不贪钱而肯作事，省政府所编的《绥远概要》等书极有条理。如果他不走，此间当可成为西北的乐土呢。

今日清华同学来了，蒋女士又要陪他们玩，因此约我们与他们同游。大约今日将往昭君冢，那里离城约二十馀里。我们准星期日回平。

颉刚启。廿三、四、十一。

蒋恩钿（1908—1975）：江苏太仓人。一生致力于我国月季事业，有"月季夫人"的美誉。

第八二通　1934年4月13日

履安：

我在包头写一信，在归化写一信，想都到了。现在，我们到大同来了，住的是西街靖安旅馆。本来豫备今日乘长途汽车到浑源，游恒山。到此地一打听，原来赴太原的车是不过浑源的，雇轿车去，这一百二十里地须走两天，我们没有这闲暇，只好不去了。今天将游云冈，明天去张家口，后天去下花园——这是吕健秋先生的老家，有燕然山、鸡鸣寺诸胜。我们既已出来，便不愿放过了。现在的计划，是下星期一下午归家，因为我不愿脱星期二的课。

前天早上，蒋女士打电话来，说清华大学的同学到了，我们可一同游览。清华来的是土木系三年级生，我们在火车里碰见的。我们先上包头，他们大同先下车，现在在归化"交车"了。他们出来时十三人，大约为了数目不吉利吧，一位在大同病倒了。他们为蒋女士高了两级，称她为"老大姊"。

我们那天上午，游了民政厅的怪园，又看了马市、骆驼市，到了上三源茶食铺喝茶。那边的茶馆和南方的也相像，不过茶叶可以自己带，水钱是不算的，只算点心价。我们坐下后，他们送来许多甜点心，最后送来羊肉烧卖。我不爱吃甜的，所以烧卖吃得很多，就当饭了。

于是我们雇轿车出发，游昭君墓。那里离城二十馀里，因为墓很高，远望去有些青色，所以称为"青冢"，其实土是道地的黑色的。我们经过了一道小黑河，又过了一道民丰渠。在昭君墓上，又望见了大黑河。他们说，这就是《木兰辞》中所谓"朝辞黄河去，暮宿黑水头"的黑水。我说，照此说来，则"但闻燕山胡骑声啾啾"的"燕山"当然是"阴山"之误了。提到阴山，我们这次看得真畅快，从平地泉到包头，火车永远沿了阴山走。这山是天然的长城，是汉胡的限界。

从青冢回来，在麦香村吃饭，是蒋女士、谈先生、樊馆长合请的。座中我的年纪最大，但因和少年人一起玩，也恢复了少年的意兴了。

写至此，轿车已来，即此停住。

颉刚。廿三、四、十三。

吕健秋：吕复（1879—1955），字健秋，河北涿鹿人。是时在燕京大学任职。

第八三通　　1934年4月15日

履安：

我们昨天晚上到了张家口了，住的是福寿街交通旅馆。

前天我们游了云冈。这道路真不好走，木轮的轿车有时上山，在崚嶒的石头上硬滚过去；有时下水，在急湍的黄流中乱渡过去。有一回在河中触了礁，车不能动了，只得由车夫驼我们到沙滩上，再移开车子。这恐怕还是三千年前的交通方法吧？闻人力车也能到云冈，走的是另一条路。下次来时，一定不坐轿车了，为的是在这样颠簸的道路中，它碰碎了我的膝皮。

晋军骑兵司令赵承绶氏在云冈筑的别墅，就是我们去年游时住过的，现在已油漆好了，室中布置得很华丽，有沙发，有铁床。据僧人说，赵司令非常欢迎学界中人去住，为的是他们文明，懂得爱惜。履安，你也愿意去住几天吗？那个地方确是好，五间正房，非常的轩敞，比了金仙庵好得多了；还有五间后房，可以住仆役，烧饭，厨房内装有铁灶。固然云冈没有菜买，但只住几天，不妨从大同带了来。如果冰心女士来游，我希望你能同她一起走。

云冈的和尚要我们为石窟寺修志，我怂恿起潜叔担承了。我劝他下一次再来，住上十天，并带拓碑照相的人，合同工作。

前天我们在车上费了八小时，然而只有三十里的路，轿车是怎样的迟缓！我们绝早的去，天黑了才回来，在寺游览不过四小时。

昨天早上，由旅馆经理张顺的领导，游上寺、下寺（都是华严寺，本来极大，后来分为两寺。上寺的殿宽九间，深约六间，其广大仿佛太和殿。下寺的殿虽小些，也可抵得保和殿。论年代，则下寺较古，是金国的遗物）、圆通寺、第三师范（前宣大总督府）、九龙壁等处。游完了，我们问他，"再有什么地方可去呢？"他道，"还有破鞋。"——就是私娼。他领我们到一个小巷里，要进门，我们赶紧把他拉住了。就拉他到济南村饭庄，细谈这儿的娼妓情形。据他说，大同一城，公娼约六百馀，私娼有一千多。娼妓分作三等，头二等无专名，第三等名为"三道营房"，是下等人去玩的。头二等打茶围一元，住夜约六七元。我想，这一定是驻兵的原因。大同有四师军队，就有一千六百以上的娼妓。可见一师兵附带有四五百个妓女。以中国军队之多，娼妓数目一定可惊，只是没人调查统计罢了。如此大量的传播梅毒，中华民族焉得而不绝种！从饭店里出来，他指点照相馆门前的照片，说这些都是破鞋。我们一看，都像很漂亮的女学生，非常的上海化，想不到一个荒僻的大同城也有如许名花！这真可惨叹了！

吃完饭，我们就携了行李上车站，会见汝段长。他不说你有信来，想见家中都好，为之一慰。因为我怕钱不够，向他借了二十元。汝先生小孩很多，男女八个，最大的男儿已在西直门车站作练习生，最小的女儿只有两岁。汝太太是荡口人。他在下月也许调到总局办事，因为此间工人不易对付。如他住到北平，我们就多一乡亲了。

昨天乘的是廿二次车，二点半由大同开出，九点半到张家口。七点多经过柴沟堡，是李贯英的家乡，在黄昏中望这土城，似乎很大。这次出来，车站上从未查过，但到张家口就查了，而且查得很细。天气，以大同为最冷，皮袍都未脱，室中不生火真有些凛冽。张家口虽在大同之北，气候温和得多，穿棉已尽够，不知是何道理。料想我们一进居庸关，就得换上夹衣了。我们虽说是春天旅行，但没有看见一根青草。李白诗云，"五月天山雪，无花只有寒；笛中闻折柳，春色未曾看"，真对呀。你看，我在大同写给你的信，看得出笔墨冻结的样子呢。

明天我们豫备乘上午七时车去下花园，玩一天，说不定须星期二上午回家。如有学生打电话来问，"星期二下午课上不上"，请你回答，"一定上"，因为我不愿再缺课，我一定在上课前赶回。

因起潜叔未起，所以这信写得长些。其馀一切面谈。

颉刚。廿三、四、十五上午七时。

第八四通　1934年8月10日

履安：

我们前天八时开车后，昨天上午九时到绥远，也不过二十五点钟。过平地泉后，以新修轨道，车行颇迟。一路看冲坏的桥梁和铁轨，又因前日过宣化后下了半天的雨，水声水势依然很盛。幸新筑之轨较高，非特大的雨不会再冲坏了。但这也不是没有办法，只要沿途多种树木，沙土自然不松，不会一冲就散了。如山上也多种树，则下雨后即能蓄储，不会马上冲下来了。说到底，总是人力未尽。

到绥远一天，张宣泽先生就请我们吃了两顿饭。朝顿是在古丰轩吃的，这是一家开了二百年的老菜馆，纯粹山西教门馆，我们吃的全是牛羊肉，但烧的味儿并不单调。夜顿是在绥远饭店吃的西菜，席上听建设厅周颂尧秘书讲王同春开发河套的故事，由我笔记了出来。因为写得太多，所以菜吃少了，有一二样竟没有动。不过，肚子是吃饱了的。

今天上午是教育厅长阎致远先生请在绥远饭店吃饭，下午是省政府主席傅作义先生请在他家里吃饭。

说到傅主席，他待我们真周到。我们一下车，省府秘书索文林先生、副官尹东野先生已在站上候了。他们问我们，愿意住在哪里——绥远饭店还是公医院。我因有过饭店喧闹的经验，主张住在公医院，那边真清净，听不到市声的，我们一觉睡得很好。我们吃完了午饭，到省府谒见主席，知道他已来看过我们；晚上我们回到公医院时，他又来了。我就拿通俗读物等送给他，请他提倡。其田又将燕京百万基金事向他说，他道："绥远省甚穷，要现钱非常困难。但多的是地方，如果你们肯来办畜牧或垦植，尽不妨拨给多少顷地。"我觉得这也很好，这是为燕大挣家当呵！他劝我们将来再来，因为匆匆看一次是不够的。他这人真好，绝没有架子，十分的诚恳，实在是大官中所少见的。他的省府办公室，哪里及得燕大同人的书房，浅浅的三间，都是顶普通的木器和藤器，好像是顺治门内小市所买来的。今天晚上，当可看一看他的家庭状况。

前天在车上，把《禹贡》第十二期的最后样子校讫。车行震动，真不易着笔。昨天一到绥远，就快邮寄去了。请你打一电话问问引得校印所，收到了没有？照改了没有？

昨天一下车，就碰见许多开发西北协会的会员，他们正趁我们这一列车到包头去。其中有辛树帜先生、康士元先生（也是广州中大同事）、陆庆女士（燕大同学，今在实业部办事），还有一位郭维屏先生，是民国十八年，汪懋祖先生请我吃饭时，和我同座的，他还清切地记得，我却完全忘怀了。

我们现在决定，明天上百灵庙去，约四天后回绥远，再休息一二天上包头，游五原，凭吊王同春的遗迹。过张家口时，想去见一见宋哲元主席。请你嘱冯先生，将通俗读物再寄四份来，信封上可写"绥远省政府转交燕大旅行团顾颉刚"。

这一次来绥，想不到樊库先生回乡去了，不得见。蒋女士、谭先生又在平津，上次同游的人都不在了。只有绥远通信社的编辑杨令德先生，他又来访问。他一来，准保平津沪的报纸要登出我们的消息来了。

公医院中，为我们留出五间大房子，文藻夫妇住一间，雷女士住一间，希白、振铎住一间，赵澄住一间，我和其田住一间。宽舒得很。又有会客室一大间，我们已经接见了许多的客人，都是学、政、党、报界的。

今天起来，早饭较迟，即写这信奉寄。祝你们安好！

颉刚。廿三、八、十。

是时父亲与谢冰心夫妇及郑振铎、陈其田、雷洁琼、容庚等燕大同人组织旅行团游绥
　　远。陈其田（1903—？），福建龙溪人。雷洁琼（1905—2011），广东台山人。樊库
　　（1905—？），字中府，绥远集宁人。时任绥远省民众教育馆长。

第八五通　1934年8月13日

履安：

我们已于昨天到百灵庙了，而且住入蒙古包了，而且会见了德王和许多有为的蒙古青年了，我们觉得蒙古是很有希望的地方。

我们在蒙古得到的是"浩荡荡"的感觉，广大的平原和山丘，大队的牛羊，零零落落的几座包，天上有几堆云，地下就有几堆阴，随处看见的是整个的天空，我们俯仰在大自然的怀抱里。

蒙古人骑术绝佳，我们昨天汽车来，有几个骑兵和汽车赛跑。他们除了喇嘛外都有辫发，身上穿的还是满清的制服。德王的卫兵已穿了新式军服，而辫尚未剪。

蒙古包有上中下的不同，我们住了两个中等的包，直径大约有一丈。包顶好像一把伞，不过顶上是空的，取其可以进光；下雨时则将毡布覆盖。包底用两层毡铺着，上面再放几块毯子作坐位。包门是两扇小木门，高不过四尺，出入时须伛首，我因不慎，已经碰过一次了。正中靠北炕床一座，是主位及神位，大家不敢坐的。天窗下有一方匡，留土无毡，是备人倒膳水，丢香烟头及果子壳，仿佛我们的痰盂。用久了，就把上层的土铲去，更铺新土。睡眠就在毯上，左右分列。我们因为带了行军床，把毯子搬开，靠边各搭四榻，还有睡在中间的。

我们大前天上午，游了归化城的四个招庙——索力图招、五塔招、大招、小招。赴阎厅长午餐后，又游民政厅的怪园，又到铁路北首的公主府。公主府是我们上次游绥时所未到过的。听说这是康熙皇帝的姑母嫁与蒙王的，这公主生得很丑，而性极淫荡，到街上见了美男子，即令人拉到府里。现在这府已改为师范学校，校中尚有康熙帝所书的"静宜堂"及"肃娴礼范"诸额。晚上赴傅主席宴，其家绝没有陈设，连对联也没有。

前天早上，我两点钟就起了，三点许他们都起了，四点半即吃早饭，待汽车来。五点半车到，六点车开，向西北开去。从此直上大青山，车行不动，大家都下来走了。大青山，即阴山，我们苏州话里称最僻的地方为"阴山背后"，现在我真到了阴山背后了。山上没有树木，所谓"大青"者，不过草青而已。

十二点到武川县城，我们上县政府，借他们的房子吃饭。不幸赵澄病了，呕吐交作，睡在县长室里，大家束手无法。振铎说："这一定是霍乱。"冰心说："我们只有腾出一辆车，送他回绥远，到公医院医治。"当我们已搬下行李，要请赵澄上车时，天忽然大雨了，无论前进后退都不行。于是我们一队人就分住在县政府和县党部里。睡了一夜，赵澄就好了。原来他不惯交际，两天中连吃了四顿饭，胃中发炎了；他又最喜睡，而这几天实在睡得不够，因此病了。

武川为绥远最大的县，分为十区，但人数不过十五万人，城周三里，不过数千人。县政府虽有三十馀间房屋，但都是土房，房顶上青草离离；又极低，房顶上也跑狗。县党部是娘娘庙改的，反比县衙门好。党部中也不少的人才，他们应允我们代销通俗读物。写到这里，我就想起王泊生演剧来了，不知那天收入成绩如何？请你给我一音，信寄绥远省政府转。

我们此来，带了火车上的厨役和工人，又带了四名警察，省政府中又令翻译一人随行，所以一点也没有什么不方便。但我总觉得我们是废物，不能骑马，不能开枪，不能把锄，我们什么都因人，那里配真开发西北。

这儿天气固然不热，但也不凉。今天早晨，华氏五十八度，中午当然在七十度以上。我带的衣服和被窝都很够，乞勿念。得暇再写信给你。

颉刚。廿三、八、十三。

德王（1902—1966）：内蒙古王公。势力范围主要在察哈尔、绥远等地。抗战时期勾结日本侵略军建立伪"蒙疆"（"蒙古自治邦"）傀儡政权，任主席。

第八六通　1934年8月13日

履安：

　　刚才为要去见德王和游百灵庙，要说的话没有说完，就付邮了。现在午饭之后，大家睡觉，趁这机会，再写几张。

　　我们昨天从武川县西北行，走了四百里路，看见的村落没有十处。满地是青草，当然可以种植，然而都任着荒废了。偶然在村子里看到一两棵树，当然都可种树，然而这四百馀里之中只见到几棵。"可惜"两字就从我心底里跳起来了。这使我恍然明白，绥远省中已开发的，只有沿平绥线一带。

　　在车上，风紧极。他人多低头而睡，我为贪看风景，吹得脸上发红。自越过大青山之后，满是丘陵而非山，虽然屡屡上坡下坡，因为坡势不陡，所以如行平地。我望见几百头羊，都是黄色的，叫起众人看，翻译龚裕如君说是野羊，并说蒙古人的信仰，看见野羊的主吉利。那么，我一定有吉利了吧！

　　走不到一半，见一个城子，下车一看，乃是保商团，里边住了两连兵，是防备土匪的。再走了几十里，看见一个大庄子，约有百馀间房屋，是一个山西的大商人办的，店名"鸿记"。听龚君说，这店不是做当地买卖的，而是派伙计到蒙古各地做生意，这是一个栈房。其中伙友，听说有二百人左右。我们在那里喝了几壶茶，想给钱，给龚君阻止了，他说："蒙古方面不须这种！"

　　当我们前天在大青山中，遇见一大队蒙古人，骑着骆驼，有男有女。他们这队中有能操汉语的，见我们的汽车，就拦住问道，"你们和班禅同来吗?"和我们同行的一位沈焕章君答道:"班禅快到绥远了。"于是他们又前进,到绥远拜班禅了。他们的信仰心这样大,使我觉得,如果有真正的领袖人物出来,用现代的智识组织这班群众,对于国防上必可发生大效验。

这位沈君,原籍江苏宜兴,于六代前迁居青海,今为青海亹源县人。他能藏语,因为青海是通用西藏话的。他是班禅的无线电台台长,长驻在百灵庙。这次他和西北协会会员同去包头后,就和我们同行。在武川县停宿时,我们曾谈了好久的话,知道他是西北大学的学生,曾游过蒙古、陕西、甘肃、宁夏、绥远、察哈尔诸边省,也曾到南京、杭州等处作过事,这次将随班禅到伊克昭盟,所以到百灵庙取行李。他年纪不过二十五岁,这样的努力和勇敢,真是不可多得的人才。我就拉他为《禹贡》半月刊作文,他答应了。他说,他这数年中没有在一处停留过一个月以上的。我说,"这更好了! 希望你在旅行中随时给我通信"。他也答应了。如果这答应不是虚伪的敷衍,那么《禹贡》和《史地副刊》都有源源不绝的边疆材料了。我真高兴,一出门就遇见许多人才! 昨天我们的汽车走了一半路,他看见班禅随员的汽车,询悉他的行李已被收拾时,他就跳过汽车回绥远了。

我们快要行到百灵庙时,先见一道山脉,龚君说是九龙口,到了九龙口就到庙。不料天忽然下起雨了,赶张帐棚,衣还未全湿。后来住入蒙古包后,又降了一阵大雨,下了很大的雹子。雨止日出,反照成虹,这虹是双套的,也是前所未见。等照片洗出时,再给你看罢!

车到九龙口,即见百灵庙。我已在大同见过电影片,所以并不生疏。庙东有白物累累,初以为是羊,后来又以为是马;直到近前,才知是蒙古包,后来又知道即是内蒙自治政务委员会。德王即住在包里,他的属员和兵丁也住在包里,前后左右,约共七八十个。我们的汽车先到河东的汉人商店里（就是去年谭女士所住的）求宿，他们说没有空地方了。我们正在沉吟，政务委员会就派人来了，要我们住在会里。我们正要尝尝蒙古包的滋味，立刻上车开到河西来了。据说百灵庙四周二十里内不许住女子，所以汉人商店都不带家眷。去年谭女士来，就开了新纪录。今年冰心、洁琼两位来，索性住到河西了，这更是破天荒。这不是喇嘛的开通，乃是设立了蒙政会之后，垒石作界，我们所住的地已经不是庙中所管的了。

蒙古多的是马，所以政委会人常邀我们坐；但我们一群人，除了希白高兴一试外，馀人均不敢。即洁琼在美国练过骑术的，亦不轻于答应。据赵福海君说："去年黄绍雄来时，也没有敢骑。惟谭惕吾女士则颇胆大，骑马七十里访云王的太太。"唉，我们真及不得她了！

我今晨一函中说蒙古包分上中下三等，而我们所住的是中等，这句话我承认是错了，我们刚才访德王，他的包还不及我们住的讲究呢。我们又探看了他的兵士的包，臭气薰人，竟走不进。从此可知，我们到了百灵庙，还是享的贵族式的生活！

德王的包里颇有些书籍，而以近代西洋史为多。昨天夜中，见了许多政委会的职员，虽都是蒙人，而说话衣着都与汉人无异，其中有两个北大毕业生，一个日本士官学校毕业生，一个是留学俄国东方大学的，所以各方面的人物他们都能对付。政府中答应给他们每月三万八千元，但开办至今不曾付过一文，南京政府的糊涂可见一斑。

去年谭女士归来，告我百灵庙如何的金碧辉煌。我听了她的话，永远保存一个富丽的印象。但这次亲来，顿使我失望。庙内房屋固然多至千间以上，而除了殿宇之外都是矮小的土墙，就是殿宇也并不宏伟，虽然涂满朱碧，而工料俱甚粗劣。所以然之故，大约因为民国三年，蒙古第一次独立时，张绍曾师师与蒙古兵战，曾将此庙烧毁，现在我们所见的乃是民国三年以后所重建的，这二十年来的建筑当然不会好。但以前艰于转运，也未必能远胜于今。加以我们看见的好建筑太多了，非特别好的也不会有强烈的刺戟性了。

庙内现在喇嘛五六百人，听说到庙会时可加增至一千馀人。蒙古庙宇，每年有几次庙会，会时唪经，打鬼，烧香的甚多。每处庙宇是轮流庙会的。可惜我们这次来，不得躬与其盛。

班禅来时，住在庙内，有很大的房屋。黄部长去年来也住在庙，但房屋就不大了。赵丕廉们就住在河东商铺内了。德王、云王等，则住庙外蒙古包内。即此可见这儿宗教的势力依然在政治之上，不若内地的奄奄一息了。

此间人民，对于班禅当然是极信仰的，但听政委会中人讲，实已渐次衰落。他们说，班禅自己是颇有宗教领袖资格的，但他的手下人实在不行。他们到一处，就大刮一次地皮。照例，人民应送他们一些东西，而他们除了例外的需索以外，还要把需索的东西折成现钱，以致囊中金银累累。凡经班禅卓锡的地方，至少要被他榨取二百万，因此蒙古人民也闹穷了。他们又说，中央政府还想靠他笼络蒙人，这是一种误解。履安，我是同情心极强的人，我想蒙汉感情的联结，政府既不足恃，还是我们私人起来干罢。回平之后，当从事于这方面的鼓吹，使国人能了解边疆有为青年的真实心理。你看了一定要说："你又要惹事了，你不要说忙！"但是天呵，除了我做再有什么人做？我的痛苦是时代所给予的，我怎么能逃掉了呢？我对于这班青年一定得联络，我要代他们说话。我如果牺牲了自己，能使汉蒙感情融洽，能共御外侮，我也就牺牲的值得了。

途中看杨令德的通讯，知道百灵庙邮局开办两月，只卖得邮票四十馀元，而开销则要八百元，职员之清简可知。他们送信是用马的，听说一天可走到绥远，那么这封信在三四天内当可送给你看了。是吗？请你记上一个收信的日子。

颉刚。廿三、八、十三。

云王（1870—1938）：内蒙古王公。时任绥远乌兰察布盟保安长官。抗战中任伪"蒙古军政府"主席。

班禅：第九世班禅额尔德尼·曲吉尼玛（1883—1937），藏传佛教首领。曾支持当地人民抵抗英国、日本入侵，维护祖国统一、民族团结。九世班禅因反对十三世达赖投靠英殖民者，故受到排挤，流亡内地十馀年，至1937年圆寂亦未能返藏。

一九三七年

第八七通　　1937年7月23日

颉刚：

一个木梳忘了给你，趁李先生到绥，托他带上。再附带告你一些话。

先姑三周年，托九婶母代定衣箱一只，约一元光景锭，在方厅后面或牛角尖洋油箱内。

你回苏可住在我们房的后房，门一关蚊子比较少，如要挂帐子，可在玻璃大橱内或两口木橱内找（均在我房内），席子及席枕可向婶母处一借。干虾子本托九婶母焙了三元，如再有得买，拟再焙三元，届时时局平定，你可带来。

到了南京，被褥如用不着切不要打开，免得传染臭虫。

在绥远天气冷，衬里短衫裤可穿麻纱的。大约要住几天动身？

今天阅报比较缓和，请你勿念。

路上一切珍重，有暇祈随时来信。

履安。廿三日。

父亲长期从事抗日救亡活动，为避日人追捕，是年7月21日晚告别家人，离北平西皇城根五号寓所（1935年父亲借燕京大学休假一年之机，应北平研究院聘，任史学研究会历史组主任，为办公方便迁入城内居住，成府蒋家胡同三号寓所请起潜公一家住入），赴绥远办理通俗读物社事务，继而南返苏州。由干虾子事，可知母亲是时未料到以后时局会如此恶化，还以为会如"一·二八事变"那般，几个月后便平定了。

李先生：李一非。

先姑：父亲之继母，1934年夏病逝。

第八八通　　1937年8月31日

双：

接到你在苏发来一电后，至今没有接到一封信，真使我们牵记。你在苏呢？在申呢？在宁呢？据我们推测，十二号是先姑三周年，十三号上海战事就发生了，你决不会离苏的，你信一定写的，就是走得慢，一封平信苏平要一月多，够人焦急呢！

此间一月来不好不坏，依旧如是，令人捉摸不出，不过人人觉得闷得很。北大等校都不开门，育英已定一号开学。和官运气好，时机使他未留级，他校学生减少大半，就马虎过去了。自珍考燕大未取，第二次再去考，不知能录取否？起潜叔怕进城，仅来过一次，我从未去过，一天虽有汽车三次，但麻烦得很，令人怕去。

学会现将结束，把所有的钱除去开支，再剩一百多元，交李书春取去，只用一个佣人看门，馀外给了一二个月薪水都辞了。这也是好的，否则既不能办下去，敷衍终是不可长久的，就是欠了李君一笔债，将来如何办法呢？校印所在此局面中恐也难维持下去的。

我们在此有了燕大薪水，生活可以无妨，据校务长说无论如何学一定要开的，至多再要维持一年再说。不过有许多没有薪水的，以后将怎么办呢？童先生不日将行，因有船可以通烟台，转济南回安徽。他现住学会，因我们新居住不下。

天气渐凉，你大布衬里衫裤未带去，一定要做两身了，如有缺少衣服，可随时自己添罢，这半年内我们大约不能相见了。这几日父亲有些发热，请赵先生看后热稍退，谅二三日内可以痊愈，勿念。

安真一信烦送去，因他未告地址。

被头你可在我们房的后面厢房里木橱内找，被单可在方厅后面幢橱内找，好在钥匙你已都带走了。衣服也可在各只箱子内找找，我房大板箱内也有，因为有旧衣服我没有带来的。在父亲书房内的几个箱子可不容找，因专放先姑的衣服。

安。八月卅一日。

双：父亲小名为"双庆"。

和官：德辉兄。上年祖父因病辞去杭州职务，父母接其来北平养老，德辉兄亦来北平在育英中学就读。

李书春：燕大校印所负责人。禹贡学会是时将结束工作，此前学会之刊物、丛书等均在燕大校印所印刷，因欠其费用，被李君讨债。

童先生：童书业（1908—1968），字丕绳，浙江鄞县人。父亲之私人研究助理。父亲离平后，童先生失去经济来源，只得回家乡。此时家人为节省开支，已迁至北平黄化门内帘子库甲十三号，此处比西皇城根寓所小，故童先生住西四红罗厂禹贡学会。

安真：吴维清之女，是时在苏州。其父1936年病逝，其弟树德（伏生，病聋哑）在北平聋哑学校就读，由父母关照。

第八九通　1937年9月7日

双：

　　我日来正悬想，你为什么到了苏州一封信都不给我们呢？这一个月内你终有信寄出，为何一封信也没有寄到？虽然南方来的信我问了许多朋友，说接到的日子很不一定，也有一个多月的，也有十多天的，也有七八天的，但是我不接到你信，真叫我念念不止。

　　松林哥哥的信也一封没有接到，就是七月廿三号的一封接到。他有的寄给父亲吗？

　　今午接到安真卅号发的信，真快，才知道你安好，可借此机会休息休息，我闻得非常快乐。艮女告你搬家的信是十七八号发的，在月底你已收得，差不多十天，也好算快了。我们给你的信，寄南京的有二封，寄苏州的有四封，父亲的不在内，你均收到吗？

　　陈槃的稿子，我于七月廿八号由双挂号寄宁，不知他已收到否？

　　童先生以在此无法维持生活，已于二号离平，但到津后给我一信，说十天内恐怕也买不到船票，只得在津等候。好在临行前父亲写一封介绍信给周尊元，他已找得。他在津熟人多，终能替他买得一张。

　　学会已结束，由冯先生搬家眷住在吴志顺屋子内，赵先生仍住在原处，外面就用一个听差看门，钱除了开销外，再馀一百多元，由李书春取去。不过冯先生手头还存六百多，为李书春所不知的，一知他就要取去了。冯先生的意思，这一点儿钱要留在后来有用时用的。但是欠李书春三千多元，现在无法了结，将来怎么办呢？你究竟是一个穷人呢。

　　一部汽车四百元，我还舍不得卖，如李先生要，我定要六百元作抵欠债，你以为如何？望来信告我，以便定夺卖否。

燕京今天二次招生，听说新生很多，旧生还少，开学期大约要十五号后。不过我们的薪水有问题，听说本人不在校内要停止发薪（八月份已领得，看九月份如何，我想学校也要顾到家眷呢），倘真如此，我要向父亲借钱了，否则半年内不能走，我们不是要饿死吗？

王大琪表弟你在平时他已住入医院，后来好了又还病，据说是黑热病，打了十几针已得痊。新近又得传染病，喉痛发热，现在危险期还未脱去，住在协和，七姨母天天哭泣。大珩表弟已于上月十一号离平去津，闻说已买得船票，但还没有接得到那儿的信，七姨母也天天着急。在此时间真使人心里不安。

父亲身体还不甚好，大便有五六天不解，胃口不开，热度有七八分，叫他吃药不肯。但精神还好，今天仍至西城去叙会。

伏生没有住在我家，因他学校仍开，安真来时你可对他说，我们终当心他。

你在苏州能安心读书吗？衣服不够穿，请自己托九婶母买布叫裁缝做罢。皮袍可取箱内的旧皮做一件。日来睡眠如何？一切请自留意，希望多得到你的信，以慰我们。

此间甚好，乞勿念。天气已可穿夹，南方如何？

八月七日。安上。

信末日期"八"系"九"之误。此通写于父亲抵苏州多日之后，据父亲日记，8月8日方抵苏州。又，下一通与此通为同日所写，信末日期原亦误为"八"月，又于"八"旁注"九"。

陈槃（1905—1999）：字槃庵，广东五华人。父亲在中山大学任教时之学生，是时在中央研究院史语所任职，其所著《左氏春秋义例辨》请父亲审查并作序，然序未作成。

周尊元：父亲母舅之子，在天津任职。

吴志顺：禹贡学会之绘图员，因学会工作中止而被辞。

赵先生：赵贞信，禹贡学会会员，此时住在学会。

一部汽车：上年父亲以每日往来于北平研究院（中南海）与燕大（海淀）之间，为节省时间，买一部旧汽车。此时母亲欲将其给燕大校印所抵债。

王大琪表弟：七姨母之次子。大珩表弟：七姨母之长子。

第九〇通　1937年9月7日

坤：

今午信刚发出，晚上就接到你的航空信，快信反比平信慢，真奇怪，恐怕快信反费手续。

苏州情形尚佳，我们闻之都很快慰。

考察事父亲与我都很不赞成，在此不靖局面中还是家居为宜。你数年来劳心劳力，以致白发满头，还不趁此机会休息休息，何苦再去奔走呢？虽是旅行与你身体反好，但时局不靖，终觉得利少害多，我们又要替你担忧了。请你千万别去，肯听我的话吗？若已答允，请即去信辞却。

不做事，一个人在苏的生活终能想法，何必再要老远的出去呢？你虽是愿意，但也要顾及老父与我们的牵记。就照现在论，因了这次战事，苏平信息非至十多天二十多天不可，很够我们悬念了；你一到远地，信息更要杳然，岂非叫我们急死呢！

七姨母的西厢两间均被我们的家具和书籍堆满了，我拟付他租金每月六元，但他不肯收。装在木箱内的书如在几个月内不打开，又不能寄出，势必要坏，好在北方比南方干燥，尤其下半年好。

一想走，心里老不定心，但真走了，实在舍不得十几年来布置得很好的家庭，但事势如此，又不能不走，奈何奈何！说起了走，究不知要等待何日呢，我日日盼望和你快快见面，你不在此，真使我们又冷静又挂念。你也如此吗？

此间情形也好，戏院和影院因座客不多，不能常做。公园游人亦很寥寥，我们自你走后，还没有出去游玩过一次呢。

起潜叔胆小怕进城，不过成府很安静。希白也未来。

父亲大便已解，谅能见愈，热度三天来上下午均九十九度四，不升不降，白天下午有时要睡一回。勿念。

你现在苏州食饭在何人家里，请必贴他们一些钱。

倘紧急时，你终必想法，安全之计千万不要大意。乡下又是土匪多，不好去，好在你一个人没有什么抢者，也无妨，可以减少轰炸，比较安全。

安上。九月七日晚。

睡了一夜，又想着几句话。

上回信上说要行李不带一人回苏，究竟带回丢了没有？因被头内有绒绳衣及背心，冬天要穿的。

出去游历，一个人去呢，还是几个人同去呢？现在出外旅费不能多带，倘不幸路断，岂不是要停滞在外面呢？总之还以不去为妙。

史念海、李秀洁等均于前几日动身，由津赴烟台回家了。听说凡是回去的人，行李至多带一只手提箱。

父亲寄出的款，系以定期单向银行借的，月息一分，恐怕将来发生问题，所以不惜重利去抵借的。此款最好分存几处，则支取较易。

安又上。

坤：父亲原名诵坤，号颉刚。

史念海（1912—2001）：字筱苏，山西平陆人。辅仁大学毕业，禹贡学会专业研究员。

李秀洁：字子廉，山东昌邑人。清华大学毕业，禹贡学会编辑员。

第九一通　　1937年9月10日

诵坤：

今天下午又接到你廿八号信，欣悉一切。又十九号的航快信于前天亦收到，你以后写信就寄平信好了，因根本没有航空快信，亦不比平信快。现在的信来的日子很不一定，有的一月多，有的十天多，似乎这几天比从前快一点了。

此间日来情形依旧沉闷，店铺虽照常开门，但生意寥寥，鱼肉比较略贵一些，蔬菜甚贱，米面亦不感缺乏。有几处城门仍紧闭，城外比城内秩序差一点。起潜叔有一个月没有进城了，我也未去过一次，燕京虽乙天通车三次，但人人心里终觉得害怕。

北平的大学能开学的就是几只教会，但旧生大半不能来，新生还不少。有的中学因经费关系，至今仍未开学。今年的学生真倒霉，然亦无可奈何。

大珩弟已来信到青岛了，大琪弟已退热了，不过要好好的养息，方能复原。

研薪七月份至今未发出，昨天刘女士来，云及七月份仅每人借到廿元以维生活，现研院无人负责，各人隔几天去一次，亦不过敷衍而已。子臧未离平（彼已于八月十号结婚，未举行婚礼，仅发一通告）。徐先生已于上星期赴西安，到天津站皮箧不翼而飞，行李被人领去，钱也丢了。胡师母于上月十一日到津（胡家房已退租，书籍装了木箱各处寄存），遗失手提箱一只，内中均是重要的东西，还有现钞六百元，他现与江氏夫妇租屋在天津，听说至今尚未南下。在此乱离之时，真是使人走止两难。

北大薪八月份教授仅发一百元，讲师没有；九月份就不发了。钱先生该有些积蓄，可以无碍；至于代课事不必去接洽，因燕大离校的教员很多，不只是你一人，现在差不多均未回来。薪水系多数事，终有办法出来，或能取半薪以维在平家眷，也未可知。倘然不发，我还有一些钱可以维持，不必由苏寄来至要。现在房租减省一半，汽车夫又辞去，一个月有一百三四十元就够了，请你勿急。

郑女士的书籍均送还，杨女士没有送来稿子，但郑女士送来过一包孟姜女稿子就是吗？现存在七姨母家。

书箱现在决不付运，因火车拥挤，旅行社也不肯收的。就是个人到津，行李也不能多带，童先生仅带一衣包，铺盖也没有带，到今天未接到他信，不知已买着船票否？赵先生大约有一些储蓄，他未走，住在学会。

元胎运气不好，刚换北大就不上课，幸辅大开门，有四小时，可以维持了。林女士的津贴我未向他问过。

《春秋史讲义》已于今日挂号寄上，恐要遗失，隔几天拟再寄一份。

士慧夫人还来没有？再来不要给他钱了。如有人替你借钱，你可说现在在苏无事赚钱，自己也觉困难，哪有馀钱借给人家，北平一家我也无法顾及了。在此时候，钱不能太慷慨了。

汇于交行的钱已于前日退回，倒白化利息一月，大约系大数目之故。我汇的钱悉已收到，谅数小，可暂存活期，由你支用。请又曾兄至观前去问，究竟寄到交行否？为什么退还？

四海保寿费付款期已近，约贰百八十多元，要否续付？如不付，则去年付的等于白付；要付，我处钱尚付得出。你以为如何？

汽车卖否（能得四百元）与抵给书春，由你决定。若长久放下，恐机器生锈，也是不好。倘抵给书春，我想要他六百元，你以为如何？

交大也不开，九月薪也不发，赞廷他们俟时局平定也想走了。几个大学都不开，失业的人太多了，无法维持的大半均走了。

李仲九有电转平，嘱王之礼去绥，已于前日动身。此间事均已结束，房子也退了，事先有此机会真是幸事，否则也得关门了。

别处寄给你的信可说没有，就是白寿彝有一信，还是七月廿五日的，于昨天方到。他们一起要于八月中旬即归。吴瀚有信给你吗？我去信告他苏州地址。

北平报我们定的有《世界》及《晨报》，因纸缺乏，每日仅出一张。《大公报》已停，《世界日报》因换社长，曾一度停办，于八月中旬复刊，《小实报》也换社长了。报恐无法寄你，装订好留将来再看吧。

父亲病已痊愈，饭已回到一碗半，牌局仍有，可勿念。你去青旅行，我们均不赞成，在太平时也嫌太远，何况在此时局呢。

缉熙的家具均搬走吗？如未搬走，叫他们俟时局平定再搬，因我们一回来，这厢房一定用得着了。方厅放书未免潮湿，好在你在家，可以常开窗户。

你在苏务请一切当心，以免我念。

安上。九月十日晚。

刘女士：刘师仪（1899—1985），号淑度，山东德州人。北京师范大学毕业。善篆刻。北平研究院史学研究会历史组之助理。

子臧：吴世昌，是时任北平研究院史学研究会历史组之编辑。

徐先生：徐炳昶（1888—1976），字旭生，河南唐河人。北平研究院史学研究会考古组之主任，西安有其所建考古工作站。

胡师母：胡适夫人江冬秀。

江氏：江泽涵（1902—1994），安徽旌德人。南开大学毕业。在北京大学任教。

钱先生：钱穆。是时因北大停课，父亲担心其经济困难，欲请其至燕大代课。

郑女士：郑侃嬞（1906—1938），广东香山人。杨女士：杨缤（1905—1957），笔名杨刚，湖北沔阳人。均是燕京大学毕业，通俗读物编刊社同人。

童先生：童书业。据父亲为童先生所编《古史辨》第七册所作序，可知其逃难时"仅带一衣包"，内为该册稿件。

元胎：容肇祖。林女士是其前妻，已离婚。

士慧夫人：父亲之苏州亲戚。

赞廷：顾宝埏，父亲之叔祖。

李仲九：李一非。王之礼：王真（1905—1989），笔名日蔚、守真、受真等，河北魏县人。历史学家。北京师范大学毕业。与李一非均是通俗读物编刊社同人。

白寿彝（1909—2000）：河南开封人。回族。燕京大学毕业，父亲之学生，禹贡学会专业研究员。七七事变前参加燕京大学与西北移垦促进会、河北移民协会联合组织之暑期西北考察团。

第九二通　　1937年9月17日

坤：

上星期寄上的信均收到了没有？

我们又好几天没有接你的信了，你日来好吗？苏州情形好吗？我们如在鼓里，非常念念。

我自事变以后还没有到过成府，今天去，虽没有什么，但终觉得麻烦。

龙叔以学校四周不靖，又韩先生拟搬入城内（韩先生功课仅三小时，因学生少，有一门开不出），刘先生一家已迁住机器房，于是龙叔一家不免胆小，想住在校内，但没有相当房屋，恐蒋家胡同要退租了，搬入小一些的院落。所有我们的家具和书籍，学校好放放学校，不好放另想法子。此次事幸有他，否则我真无法处置了。

燕校已于十五号开学，学生仅三百多人，所以我们的薪水要发生问题了，听说九月可取全月，十、十一、十二取一半，一月就没有了。但我意也满足，较北大好得多了。

石公先生一家已搬至天津，俟路稍通即全家返故乡。他的书籍等多至一百多箱，故寄存教会了。

你在苏州最好闭门读书，以养息身心，切不要出去做于己不利的事了。再李、王处你务必去切嘱不能借你的名义再招摇了，须知我们一家在乱离之世时感荆棘之苦，不要以为你已离平而无所顾忌了。

我们现在在此与人无事，甚觉平安，就是经济方面节省一些，也可勉强过去，请你勿念。

艮女考二次，仍未录取，在此时间失学的人多极，能在家自修也是好的。

你在苏如遇紧急，请自策安全，切勿大意。

闻郭太太说，他家一家人都已搬至小上去了，你已到过他家去吗？

父病已好。馀言下次再告。

安上。九月十七日。

龙叔：起潜公。是时在燕大图书馆任职，所居蒋家胡同三号拟退租，父亲之书籍家具由其代为处置，经父亲在燕大历史系之助理侯仁之与总务处蔡一谔相商，将成套之书籍及书信讲义等大小五十馀箱存入燕大临湖轩之地下室，又零种藏书及家具置于学生宿舍四楼。

韩先生：韩儒林（1903—1983），字鸿庵，河南舞阳人。北京大学毕业，留学欧洲，1936年归国，禹贡学会专业研究员。是时在燕大任教，亦居蒋家胡同三号。

刘先生：蒋家胡同三号外院邻居。

石公先生：张国淦（1876—1959），字乾若，号石公，湖北蒲圻人。前教育总长，地方志专家，禹贡学会红罗厂房屋为其所捐赠。

郭绍虞夫人所言搬家指苏州家人。

第九三通　1937年9月25日

坤：

九号信及十二号信均收到。你和承彬叔同行，路上有伴比较热闹，可以放心。谅一路平安，早到西安了。

徐先生也已到西安。子臧于四天前也离平了，他说先到汉口，因他的夫人的姊姊患病很重，过汉探病，再到西安。你都已见到他们了吗？闻说研院有迁陕之说，确吗？

元胎以辅大仅有二小时，月薪卅二元，不够开支，他日来正整理书籍，预备于半月内离平，或到家乡，或到长沙，闻说北大和清华联合在长沙开学，确吗？钱先生和汤先生听说也要去，但我两星期来没有和他见面，不知此说确否？总之大学不开，你的朋友大半都走，因生计发生问题了。

史地书店开了不久，现钱差不多蚀完了，现已关门，我们均分到十元，再有一些书籍。早知道如此，就不要多此一举了，钱化得真冤。

石公先生已把书籍寄存教会，全家均已至津，待机要回家乡了。现小红罗厂由冯先生移眷住入，赵先生住在外面，再雇一个听差看门。所有开销已结束，每月仅听差工十元。在冯处的钱你说要还李君吗？龙叔说现在只得等待一下再说，因你不在燕大，恐冯之位置不稳，那么他失了业，只得帮他一些忙；因我们一离平，有许多事要托他照料，所以他处钱尚未向他取出。但是欠李君的钱如何处置呢？汽车卖去仅值四百元，我宁愿抵给李君，作价六百元，已开到燕京了，你说此法好吗？

自珍已在女青年会补习英文，每星期五小时，学费半年廿四元。

蒋家胡同房决意于月底退租，龙叔一家迁搬到侃如家去住了，在校院内比较可得保障，否则夜夜担心，如何得了。我们在城内得较安宁，请你勿念。

　　你以后拟长期家居，甚合我心，所说的办法我很赞成，但恐事平后大家又要来拉你，能坚持不出去吗？

　　你此次旅行费大约可支取多少？要报销切不要用辖，你用钱很是马虎的。

　　皮大衣能不做最好，你有了新做的皮袍和新夹大衣，冬天也可过去了；如天寒一定要做，则做一件轻而软的驼绒里也行了。因好皮果然是轻，但价非一二百元不可，不好的皮重而笨，像以前你所穿的猫皮的大衣一样，所以我叫你能不做就不要做了，往后在南方皮大衣用得时候很少。在家的一件能寄给你吗？不会遗失吗？只要你有一定的地址。

　　白布短衫裤做吗？因天冷，麻纱衫裤不能穿了，要否寄你，但不知邮局包裹能寄否？

　　你离苏后我尚有四信寄苏，又曾兄已转寄你吗？

　　如到一地即寄一信告我们，免我悬念。

　　　　　　　　　　　　　　　　　　　　安上。九月廿五日。

承彬叔：潘承彬，起潜公之姻亲。是时父亲应管理中英庚款董事会之聘，任补助西北教育设计委员会委员，经南京、汉口、郑州、西安，赴兰州。

汤先生：汤用彤（1893—1964），字锡予，湖北黄梅人。清华学堂毕业后留美。是时在北大任教，为钱穆先生至交。

龙叔：起潜公为禹贡学会候补监事，对学会之事多有关照。

侃如：陆侃如（1903—1978），江苏太仓人。北京大学毕业，又清华大学研究院毕业。是时在燕大任教。

第九四通　1937年10月4日

坤：

我与父先后寄武功一信，谅你到时定能接到。

郑、汉两信均已收到，得悉一路平安，惟以有时路阻，不克准时开行，在此乱时亦无可如何。

你嘱我们由港赴汉，我与父亲商量，颇以为难。因现在到津虽不甚挤，但颇费手续，且一家数口，行李必多，又苦不能多带，如放弃不带，则衣服被褥行后均须重做，也不是事。再经济方面，在此间比较活络，虽相持一二年还能过去；倘一到汉口，银钱就要发生问题，你既无薪水可领，而在苏、平的银行款项又以限制不能多汇，势必借贷支持日用。照现在而论，南方并不比北方强（汉口也有炸弹），所以我们拟过了冬再说。学校薪可以拿到十二月，一月份就没有了。九月份还全薪，但房钱不给了。一月份起离校教员一例没有。十月份起要减薪，照所得税十倍计算，我们十至十二月只能支半薪了。这是他们教务会议议决的，所以我们一月份是无法开口要的了。倘若届时时局平安最好，不好而你有一定的住址，再想法南行。总之父亲年老，经不起跋涉了，否则我与自珍在平早就结伴南归，不等到今时了。

现在我们在平，与外界没有关系，是一个平民，很是平安，若无战事，决没有危险，请你放心。

至于住在租界，父亲是很不赞成的，一因一切太贵，住不起，二因有了事困在里边，也很危险，所以还是不走不搬为是。所苦者，我们要待何时可以相见，我的心里真是万分的焦急。

说起学校薪水，我们这月几乎没有，因他们听得了你赴西安，就要停止，后得司徒许可，方始于今天送来，司徒对于你真是十分好感！现在蒋家胡同房已退租，所有书籍又装十多箱存在他处，一共连大带小有五十多箱了。木器寄在宿舍楼顶，否则这些东西校向既不允寄存，搬进城又无放处，不胜为难极了，这要十分感谢司徒的！

　　今天我至钱宅，钱先生说不定要到长沙，但家眷仍不走。容先生辅大有五小时，一星期一取薪，可得廿五元，走否尚未定。

　　起潜叔拟搬至蔚秀园，但此处太靠马路，也不甚好。住蒋家胡同的人家都搬开了，就剩面包房小户人家了。燕昌号也关门了。夜夜不能安枕，很是苦事。

　　城内日下甚好，但以后天寒夜长，穷苦的及失业的太多，恐也难免，我们也很惴惴。

　　你此次旅行是否仅至陕甘？要至青宁否？再有同伴否？荒僻小地千万勿去。因此处没有内地热闹都会，去去谅无问题。你是勇于任事的，千万不要冒险。

　　今天接又曾信，青仑又去缠绕，结果取去廿元，详情谅彼有信告你的。

　　我寄苏的钱仍存在银行吗？写谁的名字？折子在又曾处吗？你走后一切钥匙带走吗？一条被头不够，在家拿一条吗？

　　家内筑了地窖，避炸弹是可以，要放东西是恐怕太潮，因苏州原本潮湿，如放得日久，虽洋灰地也要坏的。再地下空气不流通。

　　你到一地请即来信，以免我念。

安上。十月四日

嘱家人赴汉口之事，缘于父亲听友人言，近日报纸上刊登日人欲捕名单里有自己，甚虑家人被日人作为人质，故嘱家人离平；然家人出行困难，且经济亦无保障，未能如父亲所愿。

司徒：司徒雷登（1876—1962）。美国传教士，筹建燕京大学，并任首任校长。是时任燕大校务长，临湖轩即其住处。

第九五通　1937年10月14日

诵坤：

你给自珍的信已接到多日，今日又有常先生送来一信，得悉一切。

我们离平事，我已于接到你汉口来信后，告知不能就行的理由，谅已接到。今信你要我们到西安，我再三思维，还是缓行为是。因为你要旅行三月方能回到西安，我们早去没有意思。再钱的方面颇成问题，租房买家具及一笔旅费可是不小，等你事毕回陕找得事务，虽汇兑阻碍也可放心。又学校薪金十、十一、十二三个月还可拿半薪，勉强可以支持，到一月份你已有事，我们再定行止，好吗？所怕者，天气寒冷，父大人恐怕不能出门，许多人均对我说，还是暂时勿走，过了冬到明春再说。所虑者，时局演变不知如何，届时铁路中断，则要走也不能了，我正是踌躇。但现在就走，路上也很危险，我们人多行李多，非常麻烦。童先生他仅带一衣包，已于上月廿四日抵安庆，他来信说路上颇受惊慌，叫我们不要就走。所以我想现在此间秩序渐好，虽无保障，只得等等再说。在此乱离之世，一家分散，也是无法，请你忍耐几个月，不要系念我们吧。至于危险时，我们当自策安全，请你放心。但是你也得自谋安全，倘旅行事毕，苏州仍很危险，千万勿去，仍以暂住西安，好在一人之生活总可想法。我处的钱，一月份没有薪水后，还可维持半年，你可勿急，到了暑假，事情总有眉目了。

现在每月开支省得多，一月大约要一百六、七十元。所苦者，有人来借钱，郭敬辉要回去，借他十元；童先生去时又借他廿元；陶才百又来借十元，他的生活真苦，现在谋事何等难，要走也不能，家里人又多，恐怕他再要来借，如何是好？老孙直到现在未找着事，贫而又病，失业之人真是苦不胜言。

你来信叫龙叔卖了书，偿还校印所钱，但是现在的时局，谁有人要买书？书铺里人也不做买卖了。我意学会欠的钱，你可去信李书春，叫他一定要打一折扣，七扣或八扣，他已赚你们好多钱了（他说欠他三千五百），开一清单结算，究竟欠他多少，慢慢还他。燕大开门，校印所不怕不能维持了。再冯处的钱（你离平时叫冯君付李君之钱，他未付去，所以尚在他手），你也须去信，叫他付给李君。现冯君此笔钱不愿交出，他要想位置将来。但学会既已结束，将来也没有什么用了。照龙叔的意，仍旧每月付他十元，让他照顾些事，馀外拿出来还欠。如此加上我们的车价，也可还去一千多元，你意如何，请速来信，否则此笔钱势必慢慢要用完的（钱完了别人也不想法要了），一切如何办，务请来信详示，并告冯君与赵君。你又须叫冯君结算账目及清理一切，现在的结束仅停职几个人而已。

我们临走时，拟将家具全部出售，管他不值钱，永远占人家一间屋也不是事（现在乱七八糟堆起来的），所带者仅衣服与被头（约有卅件）。你的书籍如何处置，我意所有杂志及普通一些书留下，你意如何？请告我，我可整理。洋装书太重，要吗？理好安置一处再说。

你行止不定，我们的信恐怕不易接到了，但你须多多来信，以免我念。

你此次旅行可以游未到过的省份，一扩眼界，心神快乐吗？但不识身体疲倦否？睡眠如何？一切请自保重，至念。

安上。十月十四晚。

常先生：常子春（1897—1989），北京人。回族，习阿拉伯文。曾任南京中国珠宝店总经理。是时在西安与父亲相遇，据父亲是年9月28日日记："到常子春处，……写履安信"，"请父大人等来西安作寓公"。然此事介于种种困难，亦未能如父亲所愿。

童先生：童书业。此时已抵家乡，一路"颇受惊慌"，故嘱母亲不要即刻离平。

郭敬辉（1916—1985）：河北定州人。是时任禹贡学会校对员。

陶才百：北平研究院史学研究会同人。

老孙：父亲之汽车司机。

禹贡学会欠燕大校印所的钱，父亲欲卖书偿还，但在当时局势下难以实现。

第九六通　1937年10月20日

诵坤：

自从接到你廿八号的信，至今有三个多礼拜了，还没有收着你信，谅早到皋兰，旅途平安吗？我们非常记挂。

我十四号曾奉一信给你，寄甘肃，收到了没有？

我们决计不走了，有南来的友人说，路上非常危险，况且日来情形又变，只得暂住此间，请你勿念。

王姨丈已辞职回来，我们寄存的东西要搬回来了。现大小妹均走读，屋少人多，我不好意思再借用了。

此间秩序安宁，家中均好。希望你旅中有暇，多写信来，或是写一明片来亦可。在此交通不便的时候，还是多通信，得以减少思念。

你日来身体如何？一切请自留意。

安上。十月廿日。

甘肃省教育厅转
　　顾诵坤先生
　　　　北京顾寄

大小妹：王姨丈之长女王大玫、次女王大琬。

第九七通 1937年10月25日

诵坤：

前日刘小姐送来一信，得悉一是。我们并非不愿意走，在此也天天觉得闷得很，与你分别了三个多月，很想和你见面。但是我们一家六个人，在此离乱之时走，不是一件容易事。你叫我们不要多带行李，但一人一个箱，加上被头，至少有十件多，来回换几次车，很是麻烦。父亲年纪又大，走香港确是安稳，但听说大餐间一人要一百元，再转各路，差不多贰百元，我们六人旅费先要一千元，在目下银行支款不易，带钱又危险。再走青岛则路上有飞机，非常危险，并且船上坐无隙地，房舱票不容易买到，进出站又要检查。因此种种困难，遂决定在此过冬了，现在此间秩序尚好，可以暂住。希望过了一些时，战事停止后，你能来或我们走，比较舒服一些了，请你忍耐几个月，宽心勿念。

元胎已于十四号至津，前二天接到他信，要廿八号方可离津，至沪至杭再转赣也。钱先生尚未动身，亦因路上危险，踌躇未定。赞廷公公全家要搬到威海卫，因近日出入要检疫，恐怕留难船只，拟过些日子再走。

王姨丈此次由青回来，坐在甲板上过夜，适逢雷雨，苦不胜言。他已辞职不再去了。

姚从吾太太已于上星期临盆一男，年纪大产时非常危险。陈懋恒因此一吓，小产了。现他们二家与朱太太均迁至马大人胡同了。姚先生已赴长沙。起潜叔现迁住蔚秀园，西郊因捉了几个盗贼，日来没有抢劫了。

你到了甘肃再要到别处吗？三个月能事毕吗？届时如南方仍不靖，请暂住西安，旅中一切乞当心，睡眠如何？念念。

我寄苏州的信和寄武功的信，他们均转寄你吗？寄甘肃二信一片收到吗？

家内均好，请勿念。

安上。十月廿五日。

姚从吾（1894—1970）：原名士鳌，号从吾，河南襄城人。北京大学毕业后，留学德国。
　　是时在北大任教。
陈懋恒：是时已由燕大毕业。其夫赵泉澄，亦燕大毕业生，禹贡学会专业研究员。

第九八通 1937年11月1日

诵坤：

前天接读十五号由甘肃发来一信，知道你旅行虽劳顿，身体却很好，甚慰。

我劝你不要远行，正因为看见你平日太辛苦了，借此不能北来的机会，得以养息养息，但是你的失眠症我也替你忧虑。这次分离真算不幸，倘然我一人，我早即结伴南下，无奈你有父亲与一家人，多累赘。虽说到西安也不远，但几段火车路常有飞机投弹的，客人常常要走下来避的，而且不到站就要下车的，所以父亲因此不愿就即离平，在此尚觉平安，我也不能十分勉强。不过等到明年春暖，战事能否结束不得而知，遥遥数月，你将如何免此失眠症不发？此真使我进退两难了。

你要失眠症不发，只要有一个女人陪伴你，减少寂寞，心得安慰就可得眠。我想我宁愿牺牲一己成全你，如有凑巧的人，不妨娶一个妾。因为我家人口太少，我不能替你生一个儿子，这是终身之恨。和官这种小孩，我真是不喜欢他。就是父亲方面，必很赞成，求之不得，他见了鲁弟生子，非常高兴。至于时代，没有关系，只要我可宽容就可无事了。如此你比较方便，我呢，合意则同居，不合意则分居，没有什么问题。请你随时选择一个，不要再自苦了，这是我的真话，并非是见你来信说起娶妾而生气写的。

景山书社送来开明股票三股六十元，现洋廿八元多，你名下实受股款五百多元，加上董作宾的一百多元，两共七百多元。除去中英合璧译费一百元，欠书账三百多元，再馀的数打一八折（先打折扣后扣除欠款），所以结果只剩八十多元了。我记得王伯祥的股款八十元是我们的，这次账内没有，我问何先生，他说景山已还我们了。你记得如何？（何殿英怕郭先生，他说不敢同他说话。）又这次打折扣不应当先打折扣慢扣除，一进一出要错一半多钱，但是现在已结算好，也无可更改了。说起景山先关门，还是运气。现在开明拿了许多书，倒要租房子，没有买卖，听说也要关门了。景山关了门，就是有些账讨不着。

刚才钱先生来，他要到长沙了，家眷不带，北大给路费贰百元，走哪条路还未决定。听说在此间北大的教员都要去，限本月底报到，否则要到暑假后再说，薪水半成或七成不定。钱先生在此无薪，不如走了。

马松亭早已离平了。

尊元来信说，危险时舅母是避到朱家，他们弟兄二人住入旅馆，现在租房在天福里，不知是不是租界。据七姨母说他倒加薪十元，真是运气。

何玉年说研薪七月有发出可能，但不知你在西安已取了吗？

马幼渔曾借你钞本书，他说已存交民巷，现在不能还，托钱先生来说的。再有别人借你的书吗？

成府书都装箱，存在校中。托起潜卖，一则翻取不易，二则书店人不到学校，三则此时卖去更不值钱，还是以后再说。在城中的，我们临走时租二、三间房存放，好吗？存在七姨母家的，均已搬回家内了。

此间天气还未生火，但快了。家中一切均好，勿念。

安上。十一月一日。

母亲为父亲之失眠症担忧，却难以前去陪伴，则宁愿牺牲自己以成全父亲，劝其纳妾。
开明股票：《古史辨》第六册刚排好，便遭遇"七七事变"，朴社只好停止营业，父亲将书籍和纸版交与上海开明书店，由其继续出版发行。朴社既并入开明书店，则得其股

票。郭先生即郭绍虞，朴社成员。

董作宾（1895—1963）：字彦堂，河南南阳人。北京大学研究所国学门研究生。父亲在北京大学、中山大学任职时之同事。

钱先生去长沙：是时北大与清华、南开三大学迁至长沙，组成长沙临时大学。

马松亭（1895—1992）：北京人。清真寺阿訇。创办成达师范学校，并与父亲等发起建立福德图书馆。

何玉年：应是吴丰培（1909—1996），字玉年，江苏吴江人。北京大学研究院毕业，北平研究院史学研究会历史组之编辑。是时为史学研究会留守人员。

马幼渔：马裕藻（1878—1945），字幼渔，浙江鄞县人。时在北京大学任教。此钞本书是父亲1932年在杭州所钞姚际恒《仪礼通论》，是时被马先生存入交民巷某银行，托钱穆先生来告；1945年马先生病逝，此书下落不明，父亲生前终未寻得，以后被历史研究所图书馆收藏。

第九九通　1937年11月10日

诵坤：

又是十来天没接到你信，真才惦记，昨天接到又曾兄发来快信，云及你已到西宁了，我们心里很慰。这次旅行有四五个人，途中有伴比较热闹，我心里更加放心了。所苦者，旅途愈远，得着你的信更慢，日子一多，我就要发愁了，你行踪不定，我们给你的信不知道什么时候你才看见，交通不方便，真够闷了。好在你我所处的地方皆非危险地带，虽是通信慢，心里也得宽怀得多。

日来情形变化得真快，婶母一家不知胆小得怎样，我们也要有家归不得呢，在此种局面中，真是难测啊！将来真到了这种地步，我们将如何？真令人焦虑得很。

今年节气晚，还未生火，我们炉已装，煤已买，预备在此过冬了。要待天暖，需在明年三月，无论如何，此时终得要走了。但是你我分别以来，还不到四个月，已觉得很长久了；再有五个月，更觉得长了，还不知道到此时能舒服的走呢？我们要到何时才能团聚呢？时局逼人，真是苦闷！

说起了分别，我又想起了你的失眠了。你于年底必得东返吗？届时待在何处，你现在谅也说不定，我上信劝你的话，你就听了我吧。为你身体着想计，不得不变通小法，我是决不责你的，你能信我的话吗？否则你太苦了。

赞廷叔祖一家已于前二天动身赴威了，这条路好走，到了烟台就可去了；又是他的第二子在银行，有现成的家具，不出租的房子，所以他们就走了。他家的东西在平租了两间房存着，仅带些衣服及被褥，已经有二十多件了。

研薪至今未取到，若能发出，则手头可以宽转一些，也是一好。但是几个月的日用支付和走时的旅费，计算终可以够用，请你勿急。我们一家均好，可勿念。

明知你走远，得着我们的信很慢，但是我必一星期或十天给你一次信，你均能得到吗？请你有暇也常来信。近日身体好吗？

安上。十一月十日。

赞廷叔祖第二子：顾礽谦（仲健），在银行任职。

第一〇〇通 1937年11月18日

诵坤：

昨今二天接到你由青甘发来二信，因青地天寒，已回皋兰了，不知何日再到西安？甚念。

你屡次来信叫我们迁西安，你的苦衷我也知道，一家分离两地相思，本不是办法，我们也是急欲离此，但是时势不许可，奈何！虽则由津至青再转火车，并不难事，然而真要走，真是难了，买船票非要先到天津候几天，到了青岛换几次火车，听说非常危险。假使一个人，无论如何终可想法，无奈人太多何！这次钱先生同汤先生到长沙，他们不敢走青岛而走香港，到香港后再坐飞机去，这比较安稳，但一个人的旅费非要二百多元不可，所以家眷均留在此。况且日来情形更紧，太原陷落后西安也要吃紧了，也有飞机去轰炸了。我再三想想，还是暂住北平为妥。就是你一个人在外，比较寂寞，请你不要写作，得以减少失眠，暂时忍耐几个月罢。

上海失利，苏州危险异常，近日他们不知吓得怎样？以后局面更是难说，我们回苏谅不可能，不知过了冬能得一些眉目否？若长此相持，如何得了，老百姓均要苦死了。

希白已于上星期回来了，听说校内也想叫你来，你肯来吗？我意，外面谋得事，还是在外的好，免得受人牵制。如谋得事，不要多招揽人了，再像在平时一样，弄得自己苦煞忙煞。

大柜与大箱内东西均由起潜叔装箱，安放好了，你可勿念。

徐先生早已离平了。我们的生活费就是十二月份后也可维持，请你勿念。

新做的皮大衣化了多少钱？做的重不重的？什么皮的？

安上。十一月十八日。

是时钱、汤二先生去长沙，为路途危险，不敢走青岛换火车，而走香港换飞机前往，旅
费颇巨。

第一〇一通　1937年11月24日

诵坤：

日来谅已回西安了，托何先生转交的一信收到吗？

我们分别四个月，真想不到时局糟到这样，连我们的故乡也失掉了，真令人心里有说不出的难过，往后的日子将怎样过去呢？现在一步紧一步了，战事不知何日可以结束，我们哪能一时可以团聚呢？思之真是万分焦虑。

这次苏州人不知吓得怎样，他们不知有没有迁移？已有十多天没有信来了。

前天碰见郭太太，他说郭先生有一篇中国语言的稿子，你临走时交给修改的，不知你已带出否？因要登在《学报》上，倘然在家里，则多不容易找到了，因所有的稿子均由童先生经手，装入木箱内了。说起稿子，真是糟心，等待时局太平，一定有许多人要替你索回，但是当时匆促，童先生又未十分细看就把他放好了，至于研究的稿子遗失，是很可惜的。再有一件事，我写信时老想要告诉你，不过老没有勇气，但是一想终究不能老瞒着的，只得认罪写告了：明知你一张纸一束绳是不肯丢掉的，我竟把你放在东书房的几捆信及一些零碎纸张和童先生拣下来的一些纸完全被水浸湿了（因今年雨水太多），因当时谣言之多令人可怕，我们急不暇择就完全把它埋起来了，哪知过了二个多月拿出来看看，已完全坏了。你闻了一定要骂我何为如此胆小呢，使你失了心爱的宝物，我实大大的负罪，只得请求你譬如一弹炸了罢，你能不心痛吗？还求你宽恕我。

刘小姐来说，他们七月的钱已拿到，我们未拿，他说你可在西安取的，是吗？吴志顺叫他父亲来借钱，我未答允他，因我也没有钱，如何可以再借给人呢？

安上。十一月廿四日。

是时苏州沦陷，令家人心痛万分。父亲日记中有详细记载，感慨良多。

郭先生稿子：郭绍虞之稿，被童书业装箱，不知以后是否找到。

父亲离平后，迫于局势，母亲将父亲所存一些书信及有关抗日资料埋入地下，被雨水浸坏。母亲深知父亲爱惜资料的习性，特向父亲"认罪"。

第一〇二通　　1937年12月1日

诵坤：

　　十二日快函于前晚接到，敬悉一切。所列三条，于事实上均是不可能的，虽可保全一家生命及我家文物，但在这吃紧的时候，难民拥挤，路途难行势所必然，轰炸列车受惊必甚，而叫松林哥带了几个女的及许多小孩很多箱件，况婶母们都未出门过，在太平时还可以，在荒乱时如何能够呢？再松林哥决不肯负此重大责任，他自己一家不要去说它，在路上倘有危险，如何对得起鲁弟呢？虽在乱世顾全生命要紧，假使在家还仍安全，逃出反而危险呢？在这样的时候，非要有骨肉的人负此责任，走否一言为定，你在苏州也不能负此责任的。再钱的方面，你说叫他们先到汉口，许多人的旅费叫松林哥一人去筹措，恐怕已难；到了之后，食宿问题如何解决呢？他们多不是有钱的人，你说有彭枕霞照顾，哪能照顾得到许多人呢？如到北平，我们也如何容得下许多人呢？虽说难中可以马虎，然而他们生活一向舒服，糟杂决过不惯（婶母九妹多不好说话）；他们来了，经济方面我也担不了，父亲素抱节省主义，不来顾问我，我哪能向他去要呢？你再说到西安或到成都，带了许多人，我家再能动得呢？最大的问题是钱，倘每个人均有钱，是不成问题的，只要多化钱，虽长途跋涉也有舒服的地方坐，无奈他们均没有钱的呢！危难中出门，他们又经不起苦的，你如何有此经济负此重担呢？所以我想即使他们要逃出，我们也没有法子对付的。要逃避在先时，决不能临危再走，就走只好一个人了，东西如何可带呢？你信到时，危险期早过了，我们去信也失时期了，现在电报不通，邮递又慢。我家究竟怎样，真是焦急，打听友朋中，都说接不到信息，再过十天或半月，希望得到信，我们可以定心了，我家在东隅，能保全也说不定。听说观前街及阊门街均成焦土了，苏州遭了空前的浩劫，再要恢复元气，恐怕不知何时了。

你这次旅行真是运气，我当时阻止你，真想不到要糟到这样的，倘然你在苏州，不走不能，要走决不肯不顾他们而一人独走，带了许多人，真是为难了。

李、王他们现在在做什么事？你决不能再管他们了。现在时局不靖，少一些事省一些麻烦，缺少了钱哪能再替他们去找呢？为什么他们均到西安呢？是不是避难去的吗？存在这儿的钱均汇去了。

你说旅行结束后要在室中工作，又要惹起失眠，我想你暂且不要写作，旅费不够我可寄你一些，等到我们能来时再说罢。你在外身体不好，我是非常牵记的。

父亲今冬气急较去年厉害，近日赴医服药稍好，惟饭量照常，可勿念。写了以上一番话，你一定要骂我，在这样的危险时期，再要麻木不仁，真不是人了。

安上。十二月一日。

彭枕霞：父亲之苏州友人。

李、王：李一非、王守真，因出版通俗读物给父亲造成麻烦，故母亲不愿父亲再管他们的事。

第一〇三通　　1937年12月4日

诵坤：

　　昨天赵先生来，给我看你给他的信，得悉《禹贡》又要复刊，并且由白寿彝一班人主持。我听了真是要急死了，在这儿所欠的三千多元还无法偿还，哪儿来的闲钱再办呢？虽是你也许弄到一些钱，但是在现在所谓局势中，出版有什么销路呢？谁有心思再做文章呢？两样均不具备，哪能出得长久呢？出不长久，徒耗几期印费，岂不可惜，何不等时局定后再行恢复呢？倘一复刊，则所定之人均要复发，印数必多，买卖没有，那么又要积欠了，这儿积欠那儿积欠，谁负此责任呢？势必到你身上。你要位置一班人，弄得走投无路，何自寻苦吃呢？他们在此没饭吃的时候，乐得包围你附和你，你何必如此傻呢？再在校印所方面，一听见你复刊，知道你有钱，一定要来追欠，你哪能再说不还一些呢？况年关将届，校印所确乎要钱，你将如何应付呢？倘复刊一出，你没有工夫去校勘，随他们太下，措辞未免失检，倒要弄出乱子来了。前车已鉴，不能再达覆辙了，所以此间同人听见，多很着急。虽说此刊物纯系研究性质，哪能会呢？但你能自己主持则可，别人是万万靠不住的。况此间会务虽已结束，但存案未销，在在感到牵制之苦，你也须顾及的。所以我又要劝你了，千万不要在现状下复刊了，明知销路不好，经费无着，徒为几个人的怂恿，弄得结果无所措手，何苦呢！

　　照我的意思，你来一信，切托于先生赶办结束，因此间延下去也不是事，所有存的《禹贡》抵给书春，再短多少想法找给，而图书部的书寄存燕校，房屋退还张先生，了此一事，肩上也得一松。你应当趁此时机谢却一切，以省身心，你常说事忙辛劳，为何又要复刊找麻烦呢？我本是怕事，但你喜多事，于自己有什么好处呢？

请你接到此信，速即去信白君停止复刊，将来终有太平日子，何必急于此时呢？再此刊系研究的，也要在太平时可以埋头。倘你不听我的话，则此间所有欠人之钱及会中之事，从速托人了结清理，免我为难，至要至要！

听说司徒允你来校，你还是来罢，专作研究，再没有人来烦麻，弄得应酬不了了。倘你不肯来，则俟时局平安，还是回到老家读书，否则你要受人挤死了。你说我到时恐怕不肯要你做事，我倒恐怕你被人拉出，又去做事了。

说起老家，真是急死，至今尚未接到一信。前天接到鲁弟廿三号的信，亦云不知究竟，奈何！如他们幸得安全，但恐慌是受够了，婶母们一定哭泣了。

北平天气已结厚冰，谅兰州更冷。日来身体如何？睡眠如何？甚念。父亲依旧服药，惟较前稍好。

今天吴玉年来云，有一个日本人到研究所去问，从前托你写的东西，问你写好没有？但是我不知道是什么。

安上。十二月四日。

《禹贡》复刊事：白寿彝在禹贡学会曾编辑《禹贡半月刊》"回教与回族专号"，是时在兰州与父亲相遇，遂有复刊之议。父亲致信赵贞信谈及此事，母亲得知甚为反对。

于先生：于省吾（1896—1984），字思泊，辽宁海城人。为禹贡学会监事，是时在北平。禹贡学会1936年正式成立时，已在北平市政府社会局立案，并经市公安局批准。是时母亲嘱父亲致信于先生赶办学会结束之事。

第一〇四通　　1937年12月10日

诵坤：

　　你托佘君、陶君发的信均先后收到，而你十九号的信于昨晚也收到，日子并不比前二信慢，奇怪。

　　这次战事变化得这样快，真令人意想不到。以后倘战线再延长，则长沙、汉口也要吃紧了，人民将何法躲避呢？你在甘肃，我们在北平，比较可以安全，就是信息不通，很是忧虑的。你说一周或一旬打一电报，互报平安，此法确乎是好，但是北平自事变以来，往外电报仅通天津，外来电报也仅到天津，如非我们托人到天津打，或你打到天津再转北平，这是很麻烦的。我想如果将来交通一旦不通，非有十分要事则打电报，至于彼此系念，这也没有法子的，只好请你保重身体，最要我们也大家谨慎，得以减少一层牵记。

　　上信我说起，复刊后李先生一定要来索欠了，果然今天来说已经给你去信了。现在校印所生意是不好，年关又快了，所以他听见你有钱，就要追欠了。你这个办法是不对，这方面无钱还欠，那方面又去复活，就是李君不说话，各股东哪能不说话呢？我劝你不要再傻干了，趁此时机落得结束。你从前说不好意思不办，免人笑话，现在有此卸责的时机不卸，再要等待何时呢？再在此荒乱的时，无论做什么事，决不会有好成绩，请你快快结束罢。此间已有许多处撤销了，你为何再要犹豫呢？我看决不会再有从前的一日了。

　　苏州至今还没有来信，他们有否移居，究竟怎样，令人焦急。前几天接到鲁弟廿三号的信，亦云信息不通，存亡莫卜，想来一时交通阻梗，邮件因以停滞，故虽发信也接不到。此次在苏不甚相持，我家或不致有十分损失也未可知，但终要接到他们一信方可心定。至于款项一事，你前信说可托又曾汇至兰州，这哪能可以，因提款有一定限制，汇款也有一定限制，北平如此，苏州亦然。况鲁弟信上说，苏州金融机关大半西移，汇兑又不通，他们将来生活问题恐怕要难了。如何可以提取呢？就是丢，这也没有法子的，我看还不致于，银行哪儿能关半月及一月的门，人人决不会多有钱藏在身边的。

我的钱存折在松林哥处，号数你记得吗？如有遗失，可去挂失。父亲的均在北平，就是田契房契由松林哥保管。

刘小姐来，说七月薪他们确已取着，是从别处借来发的；我们没有，我无法去索取的。至于吴、王的钱，要在这儿借扣，我是无钱可付的，只好由刘小姐想法了。

听说赵泉澄夫妇日来埋头作文，他们住在马大人胡同卅四号，生活费谅密斯陈有钱。钱先生是走的香港，由港飞长，到信来否，我近日未到他家去过。元胎后来改走青岛的，谅已到长沙了。

吴志顺（没有事）借的书，仅来还几本大学丛书，馀多未还，向他要吗？

童先生在安庆对江大渡口童庄，现在很危险，谅早到上海了。我去一信，至今未接到他覆信。

父亲自服药后气急依旧，惟痰吐较少。他说夜间有些睡不着，所以今天停药了。想他老人家也为苏州着急吧，万一有事，他一生的心血都丢了。他饭量依旧，请勿念。父亲面上身上常起小疮，此是糖尿病的缘故。

你晨起要小便，到屋后去很易着凉，最好到药房去买一把玻璃夜壶（此间买一元二毛），或买一绿色小盆，三四十枚一个就可以，北方仆人倒夜壶不肯，倒尿盆是他们的责任，你去买一个吧。吐痰买一个小痰盂。屋中火炉是不是洋炉？倘然是煤球的，夜里非拿出不可，免受煤气。如仆人贪懒，你非叫他拿出不可，至要。日来睡眠怎样？很念。

安上。十二月十日。

佘君：佘贻泽（1910—2015），后改名杨公素，四川巫溪人。燕京大学研究院毕业，随父亲去西北考察，任助理员。是时已离西北。

陶君：陶孟和（1887—1960），浙江绍兴人，生于天津。南开学校首届师范毕业，留学英国。任北大教授，中研院社会学研究所所长。时任补助西北教育设计委员会委员，是时亦离西北。

童先生去上海：童书业身处险境，而《古史辨》第七册稿件始终不离身，父亲为此册所作序中说："丕绳在锋镝之中挟稿而出，经过无数的困难，几以身殉，方才达到上海。"

第一〇五通　1937年12月19日

诵坤：

你给父亲的信及廿二号一信、廿六号航空信均于十三号晚收到，廿九号航信于十四号晚接到，读了这封信，真使我寝食不安，痛苦极了，本想即日覆你，后来想电报已发出，等你回电来再说。此刻想想，电报要转好几个弯，不知什么日子可以收到，也许你不来，我也不能走，所以又写了这封信，免得你牵记。

我接到了航信，思想了一夜，实在想不出一个两全之策。我想到燕京去一趟，同别人去商量商量看，起潜叔就对我说，《燕京新闻》登载你回校的事情。我想学校既有意叫你回来，乃即同仁之去见司徒，他力言无问题，可以来，当日即发出一电，我也有一电同发。我当时很高兴，但后来想想，你不一定肯回来，既然出去了，何必再回来呢？不回来，我必定要走了，但如何走法呢？真使我踌躇。现在要走的人多走了，广智是不行的，一个人如何能走呢，在太平时是不要紧的。许多人多劝我不能走，因南京一失，汉口、广东都吃紧了，你也许不能来接，一个人到了香港怎样办呢？虽有熟人，但来得去不得，留落在香港不是白去吗？我不去是可以，而你的失眠症怎样解决呢？我并非单顾北平的家而不顾你啊！我之爱你甚于爱己，你是我生命所依，哪能不顾你呢？这次分别真想不到这样的长久，当时就跟你一起去好了。及至你叫我们移西安，我何尝不愿意走，终因你的父亲年大，路上多险，还是北平安全，所以未走。我是常想到你的失眠的，我又不能舍了他们而一人独走，何况你来信并未叫过我一人先走，所以我也不敢启口。你来信常提起失眠，我顾念你的身体，所以叫你纳妾，夺我之爱岂我所愿，但时局如此，没有法子啊！

现在父亲已答允我走了，如你来电叫我走而路还能通，我一定来，也许带了艮男，因我耳朵不方便，二人比较有照应，请你放心。假使战事延长，路途老不通，你的失眠症如何办呢？这次半载一年也许说不定，你岂不要苦死呢！怨恨我为何不听你早走呢，但是我心里也真是十分的为难啊！所以希望你能来最好，我们可以住在天津租界，一年内的费用由我担负，如不足，则请父亲贴补，届时时局终有一些眉目了，住在租界比较安全，又是四通八达，有事时逃避也容易，你在一年内也不要去找事了，你肯来吗？在此患难之时，一家人在一起，生死与共，免得两面牵挂，这次我真尝够了！如你肯来而路好走，请来一电。

你一人来较我方便得多，你又不胆小，又不晕船，又到处有朋友，倘我一人出来，在半路有事，我真要吓死。但是现在的旅途正是凶多吉少，你也不要太冒险，如能等到明春，难关也许会过。所以你失眠不十分厉害，还是忍耐一些，别动的好。刚接安贞六日来信，她说也要预备逃到四川了。汉口的人也要逃，真是不了！甘肃好吗？

此间消息不灵，外面究竟交通怎样，由天津到香港不成问题，由香港出走就难说了，因为时局变化得太快，发信时能走，信到时就路断了也说不定。你我多在安全地带，能不动最是好的，倘你失眠较好，你不来也好，我不走更好。请你不要怨恨我，这是战事的赐与，没有法子啊！终希望你多劳动，少用功。现在冬令，牛乳和散拿吐瑾吃吗？你常吃的失眠药方抄在下面：酸枣仁三钱　远志三钱　五培子三钱　茯苓二钱　茯神二钱。又睡前常洗脚也可好些。

苏州至今仍无信来，询之同乡均云没有，真是急死。

父亲这次真奇怪，本来他很怕吃药的，今因气急厉害，自己连赴中医处四五次，服药有十馀帖，日来痰吐较少，气急略好。他究属年大，冬天常不好，我不敢独走，也是一因。

你日来睡眠好些吗？请你不要工作了，出去散散步，等我同你在一起时努力吧。请你听我，你将来决不会没饭吃的，老家没有也不怕呵！

北平天气不十分冷，还未下过一次雪，冬至快到了，一定大冷要来了。兰州谅比这儿冷得多，脚上疮口敷药后好些吗？

安上。十二月十九日。

仁之：侯仁之（1911—2013），河北枣强人。燕京大学毕业，父亲之学生、助理。是时父亲失眠颇剧，母亲为此"寝食不安，痛苦极了"，便去燕大与起潜公商之，知学校有意让父亲回来，即由侯仁之陪同去见司徒，遂给父亲发电。父亲后亦致信司徒说明自己不能回平。

母亲将父亲视为自己"生命所依"，对父亲之爱"甚于爱己"，宁可"夺我之爱"而叫父亲纳妾，她对父亲的深情令人感动！不过母亲内心仍是矛盾，不希望纳妾成为事实，故多次表示只要路通，"我一定来"。

第一〇六通　1937年12月24日

诵坤：

　　十九日航空信谅早收到。前晚又接到你来航空信，知道你已服了一种西药，得着好睡了，我闻之数天来的忧愁悬念顿时消释，心里之高兴，好如得了珍宝了。假使我能走，也非三天四天所能到达，而你长此失眠，如何得了，何况我又以路阻不能走呢，真是焦虑非常。不过这种西药，请你不要常服，如几天得好眠，停它一下，不好睡再服，恐怕服之成瘾，对于身体也有妨碍，或者到西医处问问能不能常服也好。

　　得了你这封信，知道你一定不能回平，因已答应人家的功课了。而我呢，你得安眠，也不要冒险出走了。所以覆电的来不来，我也不十分盼望了。

　　来信所述赴滇一事，据父亲的意，嫌路太远，他说如明春路好行一些，去沪住租界。我看也好，此处有鲁弟照应，而我呢，只身赴甘肃，等你放了暑假再定行止，你意如何？你能来天津更好。

　　去滇路远还不怕，就是钱的问题。父亲退回来的钱已仍存定期，馀外均在苏州。而我呢，为数不多，而定期的多在明年三四月，现在银行限制提款，定期只许改活期，而每礼拜只许提贰百元，所以不能有宽裕的钱在手头；又汇钱呢，也有限制，一次至多三四百元；而要带出真是危险，天津就是一难关，一不留神就要被人拿去的，拿去了连怨也无处可伸。

　　昨天刘小姐来，说起研究院迁陕事，她说现在还未一定，不过徐先生来信说可有希望。我问她如要迁去，院中有人去吗？她说许道龄，或再有别人也说不定。我托她如有人去，我一定同去，因此条路是至甘必经的。如有人到长沙，同去我是不方便的。明春我决定只身到甘好吗？父亲身体春夏较秋冬为好，也可放心。

又七八月研薪，刘小姐说你处未领，可向徐先生索取，或由徐先生来信由我去领，此薪是在预定经费内的，不拿也白便宜他们，请你速即去信为要。又九月也可取到亦说不定。七月全薪，八月七扣，他们已全取了。子臧们欠的钱，刘小姐已拿他七月薪还去了，勿念。

你现在在甘，日用全由会中供给，你的另用呢？学院是尽义务的，在哪儿来的呢？燕校一月份没有薪，你也不要去说了，免得受人说话。好在我处半年的费用可以维持，旅费也可筹出。过了暑假你也可有事，我们也能在一起，就可无碍了。希望战事快快结束，这是大幸。

苏州仍无来信，真是焦急，连鲁弟也没有来信，真奇怪，恐怕他也得不到消息，奈何！假使出事，只好譬这是大劫，不仅是我们一家。在此乱世急也无用，请你宽心。这次你得离苏，脱此大难，实是万幸，我们都得庆祝的。

父亲至今仍服药，病已好得多。此医生就是常在《实报》上做文的王柱宇，他看病，不按脉不问病情就开方的，而吃了也很对，生意又甚好，所以父亲相信他。

三号到今天，一隔又廿天了，这廿天中睡眠好吗？我在此天天祈祷你得好睡。你过了冬天，明春仍要去旅行吗？能够在此数月中得好睡就好了，请你生活不要紧张，多运动，度过一个冬天再说。

伏生在这寒假要毕业，他又不愿意住校，他姊姊常写信来托我照应，我已叫他住在我家里，不然要住校，每月付出六元，我想他们没有钱，我也没有钱，就住在这儿好了。

我们很好，再谈。

履安。十二月廿四日。

是时父亲应甘肃学院院长朱铭心聘，任特约讲座。

赴滇之事：是时云南大学校长熊庆来欲聘父亲去任教，父亲与家人商之。

许道龄（1906—1980）：字寿堂，广东东莞人。北京大学毕业，任北平研究院史学研究
   会助理。

第一〇七通　1937年12月26日

诵坤：

前日一信不知收到否？日来睡眠如何？很念。千万请你在目前状况下，不要过用脑力，多多运动，以减少失眠，则你我虽分离，也可以安心一些。服药无妨身体，虽多化一些钱，也很值得，但愿你身体好，就是我们无上的幸福。

今日我至钱太太处，与她谈起赴滇事，她也有此意，我们如得二家同行，则较为热闹。北平现在甚为平安，但将来如何，大家都不知道，倘能走出，还是离此为宜。上海不比以前，去也没有多大意思；况且老家或已无有，去也觉得可惨，还是走远一些吧。而你又谋事较易，团聚有望，只要香港能通，亦不很麻烦。至于钱的方面，我当极力想法，必不得已时，拟向学校借用储蓄款子，这笔钱也可一用。我想不走也是为难，因钱化完了，旅费也没有了，更不是办法；明春能走，决定想法走。伟长还在此，他有同学在滇，可去信打听一切旅行手续。届时父亲，我们只得怂恿他走了。

戴先生已离廿一月，还未到平，因信还没有带到，可见这几天路上之不好行了。你不来很好，免得路上多吃苦。我发电给你，因为你睡不着，而我又一人难行，所以发急叫你来。但现在想想，不来倒是好，免得有无谓之麻烦。

燕校近日发生一趣事，有一沈助教攻击陆君（如皋人）师生恋爱，于各校教职员处均发信去。据许多人说，大家早已风闻，但在燕校范围中是不可能的，况他已有太太。不过许多人猜想，沈君为什么要攻击他，不得而知，校中当事人不知怎样对付，还是不问不知罢。在此时局能安分守己已很好，还要多事，真是难了。

上信告你的研薪七八月他们都已领得了，你必要向徐先生去索取，因他们也领干薪，你为什么要白便宜他们呢？照例是有的，并不是多取。

苏州还没有信来，阅报沪宁路已于廿二日可通，大约在半月内可有信来了，得到了平安的信，我们可以心定。

前天见报兰州也有飞机轰炸，你已迁移别处吗？那么来信又要多些日子了，奈何！

北平今年奇怪，还没有下过一回雪。

前信告你买一个夜壶和小痰盂，已买了吗？

父亲已停药了，今天他同和官去听戏，星期天不打牌，他终要去听一回。我因要省钱，不常去听了。

安上。十二月廿六日。

与钱太太谈赴滇事：是时因南京失陷，长沙亦危险，临时大学将迁云南。
伟长：钱伟长（1912—2010），钱穆之侄。是时就学于清华大学研究院。
戴先生：戴乐仁（1878—1945），英国人。任管理中英庚款董事会补助西北教育设计委员会委员。

第一〇八通　　1937年12月31日

诵坤：

廿二号接到信后，至今一星期多未接来信，不知道你这一月内睡眠好否？又否迁移别处？在此交通不便的时候，邮件更觉得慢了，为之悬念得很。

戴先生已于廿七抵平，昨日由侯先生送来一信。覆电至今未到，不知能收到否？传闻天津电台已于这几天拆去，不知确否？往后如邮件不通、电报不通，我们消息阻断奈何！

明春天暖，我们无论如何终要想法走出，因困在这儿经济断绝，更不是办法。倘能邀得多人同行更好，钱太太以钱先生一走，也无意留在此间了，但愿路能通，我们必想办法，请勿念。

龙叔处书寄存临湖轩已满了，不能再放了，在家里的当再想法有熟人家寄存，因小红罗厂无人看管，是不放心的。

顷接蒋孝淑来信，他于今年暑假后到武昌两湖书院攻读，现在家乡信息不通，经济来源断绝，他云下半年拟不求学，另谋别路，但在今时局谋事正是不易，况日来武汉情势更形严重，非得想法先走不可。他一人漂流异乡，如何得了，不过归家路阻，逃避他处亦难，我为之非常焦急。今日去一航空信，嘱其到你那边，较有照应。他如来，请代招留，因你处还较偏僻，有你，经济虽竭，饭终得有得吃，有难也可同逃；否则他年轻一人，没有钱，在人地生疏的武昌，哪儿去向人借呢，势必作为饿殍了。但信到时，不知他已先离鄂否？他是八号寄的信，今日始接到。他家里一定急得不得了，信件又不通，真真无法。

你担任了学院功课，又是尽义务，倒累住你身体了，每星期必须授课二小时，明春能否出去旅行呢？又我们如能走，你又必须至暑假方能离甘，最好我们到了一定地，你即辞却也来，则我们到了异乡，有你在，经济与各事都可解决了，你意如何？倘在暑假时你因路阻不能来，则我们在异乡更觉为难了。

前天接到鲁弟来信，云及龙弟已于八号与同事郑君避至江山，但一月来未接来信，不知他仍在江山否？家乡消息仍未知道，不过有一绸业公会人于十三日到申，据同乡会人说，我家尚未罹劫，人若逃避，物件也许遗失。实情怎样，终要接到一信方可心定，鲁弟有信给你否？

父亲气急略好，痰吐好得多，他身体好，我们在此较为心定。如他明春不想走，我必到你那边好吗？

燕校一月薪没有，你不要再去设法了，免人说话。

此间今冬干得很，没有下过一回雪。

廿四、廿六两平信均收到否？希望你多多来信。

安上。十二月卅一日。

蒋孝淑：母亲大姐之子。

龙弟：顾诵震，鲁叔之弟。是时随同事避难至浙江江山，次年9月于江西泰和病逝。

一九三八年

第一○九通　　1938年1月8日

诵坤：

你给和官的信，适放阳历年假，于四号方始看到。我们当初不走，实在是错了主意，真想不到时局会这样的糟。不过照现在情形看来，西北也不是十分安定的地方，甘肃也有轰炸之虞，你一人在此，逃避比较容易，有了我们一家，再加上一个老者，真受累了。然而在危难之时，最好一家人团聚在一处，患难与共，免得彼此悬念，但为时已晚，后悔也无用了。我们要与你什么时候相见呢？真是急煞。

三号自珍给你一信，谅已收到。赴滇一事，父亲不肯答应。我意也好，他自己不去，将来有什么事不能怨别人；的确要他坐十天的海船，也许经不起这跋涉，不走也好。七姨母家房子已租出去，只得在近边找一所适合的房，较有照应。叫他移到成府，他一定不肯答应的，因事变后龙叔有此提议，学校较有保障，搬去住好，他说我们要去就去，他是不去的。替他设想，住在城外甚是寂寞，还是住在城内，有几个朋友过从，所以我想，明春路通我同自珍走后，还是迁至东城。他又说要到上海，看你来信，上海将来也不安定，还是勿去。总之时局如斯，令人走投无路，奈何！到上海去有鲁弟照应，比较放心，租界谅无妨碍，要到苏州也容易，我们到上海也方便，你意如何？

我已去信许先生，打听一切手续，俟得来信再行决定。伟长有同学在那边，找房事可托他办。此行有伟长照料，比较放心。如那时路通，我们决定走了，因再等要等到什么时候去呢？不过你也得早日出来，不要等到暑假，倘到时更紧，你不能来，我们已去，一家分了三处，岂不更糟呢？

我要走，所为难的就是家内一些书，熟人家除了七姨母家外，别人家也没有，假使有，不是自己的房也不好。放在红罗厂又靠不住，想来想去想不出一个好法子。有一天刘小姐来，我同她商量，能不能寄在中法大学？她说最好由你写一信给圣章先生，再写一信给与他熟识的人，拿了此信再与他商量，请其允许。如能的话，则此处最稳当了，你意如何？书一寄开，搬家也容易，父亲将来要走，我们不来也可以，家具能寄就寄，不能就卖，没有什么问题了。

家乡至今没有来信，前天见报登出江苏区和上海区邮务因故已停，停止快信挂号信，那么通邮不知要在什么时候了。假使他们活得话，恐生计也难了，可怕！

上信告你沈君攻击陆君，原因陆要辞沈，所以沈抓他的差处，先发制他。现在陆只得自动离校，功课由他太太暂代，这是权宜之计了。

前信说起的蒋孝淑是我的外甥，他因上海方面没有学校念书，所以跑到武昌。如他到你那边来，请为招留。如未来，你去一信至武昌中正路两湖书院，问问他到哪儿去了，走了没有？

你这一月来失眠好些否？如服药好而不妨身体，请常服为要。在乱时你钱须要预备一些在身边，不要有了就化去，免得临时措手不及。

父亲身体已好，我们也好，勿念。北平还没有下雪，不过这几天很冷了，兰州如何？

安上。一月八日。

许先生：许地山（1894—1941），广东揭阳人，在燕京大学任教时与父亲相稔，是时在香港大学任教。因去云南须经越南过境，母亲托其打听过境手续。

圣章先生：李麟玉（1889—1975），字圣章，天津人。中法大学校长、北平研究院化学研究所研究员。

第一一〇通 1938年1月17日

诵坤：

你给和官及七姨母信均于上月底接到，但迄今半月未曾接到你一信，真是奇怪，又是牵记，想你决不会于半月内不给我们一信的。我到朋友家去打听，他们均说接到五六号的信，以后也没有了，大家都很着急，究竟为什么，大家也说不出。伟长于九号到天津，他来信说，天津有接到汉口、长沙的信。照此看来，路并不是不通，是信不能到北平了，为什么不能到北平，谅有原因吧。唉，我们分离已够痛苦，连信都不能通，不要急死呢！

父亲决不肯照你的办法，他于十号有一信给你，不知你能收到否？他说路太远，身体吃不消，以后还是要回到老家去，如房屋已毁，他去租房住。他的保守性牢不可破，是没有办法的，我也只得不管他了。明春路通，我与自珍决计离平，我已去信许先生打听一切，大约钱太太可以同行，请你放心。

你来信说仅接到我十一月一号的信，馀外还没有接到。但是我自一号后，至一月八号止，一共有十二封信给你，不知你都能收到否？照这方面不能接到你信，那么你也不能接到我的信了，如此真是不得了。

我于十二月廿二号接到王之礼来信，说起一非先生已于七号动身到兰，不知他与家内能通信吗？所以我写了这信寄津代发，不知你能收到否？如能收到，你来信也可由他家转，虽是麻烦，除了这法外是不能通信了，加以电报也没法通了，在此乱世真真没有办法。

信息不通，只要大家身体好，还好。现在已一个多月了，你的失眠症经服药后能逐渐痊好否？我在此十分的悬念你。

北平于今天下雪了，但不大。家内均好，勿念。

履安上。一月十七日。

诵坤：

上月底接到你五号来信后，迄今半月多未接一信，探询友朋亦说未能收到，所以我发急，写一信至天津，烦心光先生代发，谅此信已见到矣。今晨连接二信，非常快慰！原来信件愈来愈慢，要一个月了，不过五号与十九号之间当有一信寄来，是吗？你之不来北京，是在我意料之中，我也并不希望你来。现在你已得安眠，我心更慰。明春如得路通，我与珍女一定离此，勿念。恐你接到津信，怀疑与北京不通音信，故先草此片奉上。家内均好，有暇祈多来信为要。

安上。一月十九日。

甘肃兰州贤侯街四十五号

顾诵坤先生

北京顾寄

第一一二通 1938年1月20日

诵坤：

昨天上午明片刚发，晚上就接到十八号的一信，原来这三封信是同船来的，不过陆续送来罢了。

你不来北平，为你个人计，我们大家也是想到的。至于学校电召，司徒并没有像你来信所说的意思，他确乎很愿意你回来，原因也为你有一些名望，舍不得辞你，你若肯来，再好没有了。有几个离校的，司徒不要他们回来，索性写信去叫他们不要回来了。你说叫学校续假停薪，这是很好，你不在这儿，再要支薪，在司徒也许愿意，但在别人一定不满了。好在你在别处终能找得事做，我们在平的生活，一时勉强也可维持，何必招人忌恨呢？

昨天遇见钱太太，她说钱先生来信说也许要搬到桂林了，那么她们明春要到云南不能一定，但无论如何，到香港路可一条的，希望你也于春间去罢。陶王二人一定来替你支持吗？他们不来，你要否等到暑假吗？我很愿意你早些去，因为我一到，你不在，觉得无味了。父亲我劝他住在鲁弟家，吃饭由他们管，比较方便，又有照应，还很热闹，他说要看苏州情形再定。在战事未结束时，还是住在上海，住在苏州是危险的。至于我们出走的日子，大约要在阳历四月底，我送父亲一同到上海后再转船，比较放心，你以为如何？

侃如夫妇要在两礼拜内动身赴滇了，本来我同他们走，再好也没有，但是一切没有预备，来不及；又是你也没有决定在这儿，早去也没有意思。所怕者，往后路能通行否？芝生太太也要等他们到后，来信告知情形后再走。攻陆的沈君学校也辞他了，两败俱伤，何苦。

八爱是同希白一块来的，他们来因在十一月，所以三个月也拿半薪，一月起全薪了。

现在校内也很穷，有许多学生缴不出学费，然而也没法停止注册。下期更糟了，在江浙一带的因汇兑不通，也要不缴了。

欠校印所的钱，你写信给冯先生打一九折，太便宜他们了，你为何如此好说话呢？他们已赚了好多钱，打一七折尽够了。如有钱还他，打七折是不生问题的。已还过一百多元，又汽车折价六百元，现在冯手再有六百多元，若打一七折，差不多少他一千多一些钱了，还是打一七折了葛完事，免得各股东说话。

贮放书籍事上信告你写信给圣章先生，你已写去吗？我想除此外没有别的好地方，你在平中再有熟识可靠的朋友吗？石公先生家也可以，可惜他们一家都不在这儿，由亲戚看门。

孟心史先生病了胃癌几个月，于本月十四日病故了，现在等他儿子来了再开吊，我和钱姚三家合送一顶幛子。

老孙贫病了四五个月，吃尽当光，没有钱吃药，倒去抽大烟，现在快要死了。今天他媳妇来，说要办后事，我又给他十元，我虽不敷，可怜他们太苦了，他哥哥又由南京逃至河南，没有钱寄来。在此时期，小民真是苦死。

还尔童的药真灵，你能按日读书，工作不紧张，对于身体是很有益的。你得安眠，我心里真欣慰。

旧历年快到了，在此世乱财穷的时，一些觉不到兴趣，希望新年后太平快来罢！

安上。一月廿日。

陶王二人：陶孟和、王文俊，均为补助西北教育设计委员。是时已离兰州，仅留父亲一人主持会务。

侃如夫妇：陆侃如及夫人冯沅君（1900—1974），俱在大学任教。

芝生太太：冯友兰夫人。

孟心史先生：孟森（1868—1938），号心史，江苏武进人。在北京大学任教，是时病逝，母亲与钱穆夫人、姚从吾夫人合送祭礼。

第一一三通　1938年1月23日

诵坤：

关于书的事，龙叔昨天来，说临湖轩已放满了，现在司徒已赴上海，没有负责的人，不能想法再放别处了，大约没有地方可以再存。我意拿到城外也很麻烦，如圣章先生能存，最好；不能的话，钱太太说吴郁周家里有三间空房，我们两家向他租，他家是自己的房，最好；如再不能，拟向吴玉年商量，能不能向他租几间。如书有安置的地方，别的东西就好办了。

龙叔母说他们家内自事变后有人逃至上海，来信说他石子街的房子没有受炸，那么我家与他们毗连，也没有炸坏了，不过东西差不多抢去，这是在意料之中的。倘我家房能保存，人如不逃出，则性命也可无妨了，但终要接到一信方得安心耳。

冯先生给你的信收到吗？照他的算法，相差不过二三百元了，如要还他们，我愿意拿出这笔款，因为老欠他们终不是事，还了事情可得告一结束，也免得人家说话。不过要还的话，千万不能对书春说是会中原有的钱，因一说，他要说为何不早还他呢？并且要他打折扣（六折），他必不愿意了，是说你负责想法还他，再同他熟商打扣，他如能得现款，我想打一些折扣，他也愿意，比较拖欠好得多。你去信时要留意此层，如他不肯打折扣，你可说不负此责，他一定要发急的。好在这款不是你一人欠的，不负责任也奈何你不得。不知你意如何？

你旅行回来吗？日来睡眠好吗？年关将到，百物昂贵，今年我们过年，也只好省一些了。

安真已来信，她于十二月十五后到了四川，现住重庆七星岗女青年会。

安上。一月廿三日。

吴郁周：苏州人。在北平为艺术写真研究会（后称光社）成员。

第一一四通　1938年2月1日

诵坤：

大除夕晚上接到你的廿六号的信，知道你因患感冒，烧了几天，至于腰背酸痛，大约是发节气吧，因为这时适交冬至。你的身体看来胖大，但比较强壮的人到究差一点，经不起受风受寒，所以你务必加意节劳，休养保重。来信时还未完全好，不知过了几天就好吗？你在外生病，使我很是悬念。

天暖后我们一定走。父亲我劝他还是到上海，因为他要到苏州去也比较容易（父亲之尚留恋家乡，原因是为了一些钱，他也明知劫后惨痛，亲戚更穷更是不了，但他舍不得财业啊，老年人也不能怪他的），我们如到上海，比到北平也容易；再住在鲁弟家，伙食贴给他们，也可省一点（另租房不合算），且有照应。在北平起潜叔在城外，照应不着；城内虽有王姨丈，终觉得疏一点。住在上海，再有一样好处，如战事老不停，暑假时父亲如愿意到云南的话（这时风浪较小），由上海到香港，坐了邮船快而省事，我们在港去接，你说好吗？至于上信告你必要到四月中旬（阳历）方走，因为父亲的钱的关系，再此时天更暖，父亲气急也可好一些，风浪又小了。不过两月内的变化怎样，能容许我们从容就绪呢？

之礼离平时，将存款交给我，嘱我陆续汇出，第一次已于十月份寄他，新近有一款方自绥远退回，历时五个月，终算未遗失，幸极！亦于前天汇出（款已完了）。他们有了一千五六百元，是可以做一些事了。总之他们虽能干，多是为己，不是为人啊！听说仲九先生在你处住，干吗？

你们寓中人不多，为何要七八十元伙食？太费了。房钱倒不贵。陶、王春假后能来吗？你已与云大说好了吗？

苏州新近有一封信，是父亲二月前寄给又曾的，退回（上盖：因特殊情形无法递送故退　苏州邮局）。照鲁弟来信说，他们已避到乡下，逃了生命，生活如何呢？若在难民区，真苦死了，这闷葫芦不知要何日才可打破，闷极！

今年新年你不在这儿，觉得太无意思；但一比战区，我们幸福得多了。

安上。二月一日。

王之礼（守真）嘱母亲将通俗读物社存款陆续汇出，绥远沦陷前该社已迁太原，后又迁西安，是时至武汉，五月前寄绥远之款被退回。

李仲九（一非）于上年12月自西安至兰州，与父亲商议民众教育计划，遂办起通俗读物编刊社兰州分社，第一种出版物是《大战平型关》鼓词，刊《甘肃民国日报》副刊；李又为该社请款，地址是贤侯街父亲所居会址。这些均使杭立武生疑，给父亲造成麻烦，4月李也不得不离兰州去武汉。

第一一五通　1938年2月5日

诵坤：

　　接前信你说不日赴临洮，谅早已回兰了。身体已完全复元了吗？睡眠好吗？你一人在外，务须留心，切不可带病逞强出门，至要至要！

　　顷间接到许地山十五号的信，香港来也要廿天，可谓慢极。他说护照需在广州领，一人一份，每人须照七张，须费十元。在广州领我觉得麻烦，到了香港再转广州去办，办了再到香港，多费周折，更费时更费钱了。再行李检查很严，新古物均要上税，到河口时须有保人或公份方可入境，因现时去昆明者太多也。若要公份或保人，我们初到，到哪儿去找呢？这一层更觉麻烦。听说平常去已很不易，在现状下是更加为难了。但有人说在这儿法国领事馆可以去领，不过侃如夫妇为了护照至今还没有办好，尚不能走，因现在不能在这儿办也。如此我们走时，为了一张护照，不知将如何麻烦呢，隔了一个安南，竟如此的难行！

　　今天父亲对我说："身体一年不如一年，年纪更老了，今天不知明天的事。你走我住上海，身体好是没有什么关系，万一不好，叫你们来又来不及，康孙女又聋，则所存一些款必将为鲁弟化用，有些不愿意。如跟你到云南，则路上不胜跋涉，半路出毛病更不好。因了钱，仍想住北平。"他气急确乎比去年厉害，不能动，一动一走路就气急得不得了。饭量这一日内只吃一碗，脚近几天有些肿，服了十几副药不甚见效，近日吐出的痰有些带灰色。年老人诚是可怕，我所以不敢一人出走，就是因此。我觉得丢他一人在申在平，我们在滇终觉得不放心，无奈他决定不肯去滇，也不能十分勉强他去。我现在与自珍商量一个办法，我们于四月全家至申，先托人在法租界租一些房子，你也去申同住，俟战事停止后再定行止，费用由父亲与我担任，一二年的费用终可以筹出，那么我们既可团聚，又无危险。不过在你想，比较去滇妥当，为父亲计去申妥当，不知你意如何？又要说你无兄弟姊妹的苦了，有了就可付托有人，分开也可放心了。父亲还相信又曾，他说只要又曾来了信，有了下落，银钱事就可托他，否则无论何人是不放心的。

看了这封信，你又要恨我了，叫到西安不去，到云南又变卦了。唉，我并不是三心两意，也为你的老父亲啊！终得想一个两全之策，不使你父亲孤仃难堪，而我们又可放心。你如以上海不好，别处有较近的地方可以一块住吗？威海卫好吗？

你父亲也不能怪他，年老人终觉得要死，又其是身体不好，更怕。他说去年冬至过了，今年冬至恐怕难过了。我们能够想法一起住还是一起住，不要再分开了。我要走，他是不好说不放我的，然而丢他一个人确实为难，奈何！倘你决意去云南，我当一定去，也顾不得你父亲了，只好事情到时再说罢。

安上。二月五日晚。

是时去昆明需从越南过境，办理护照之事甚麻烦。

是时苏州方面邮路不通，家乡情形不明，而祖父已届风烛残年，难以长途跋涉赴滇，母亲亦不放心让其独自在申在平，便与父亲商议，能否全家至申，在法租界租屋居住。

第一一六通　　1938年2月11日

诵坤：

接到你二号的信后，又十天没有接到你信了，谅你已到临洮罢，五号发的航空信想早收到了。

当你来信叫我们去滇，父亲是决意不去，但让我与自珍走；最近因自己身体不好，又不让我们走了。事在两难，叫我怎么办呢？至于你呢，一人在外，逢到失眠疾病，实在寂寞；而我呢，和你久别，也非常悬念，生活真觉得枯燥无味，没有你的安慰，心里老是空虚，久离的痛苦真受够了，渴望和你快快见面了。至于你的父亲呢，我真决绝而去，倘一旦出事，为人子者也太说不过去。再有可虑者是钱的问题，出了事，我们赶不及，则遗失是无法查询的，他老人家不让我走，最大的原因也是为此。至于我呢，至亲者就是你一人，岂有不愿到你那儿呢？北平的家即是你的家啊，父亲是你的，女儿是你的，我不过代你负此责任而已，决不肯置你不顾啊！现在父亲既决不愿赴滇，而愿意担任住沪开销，那么一二年生活费有着，而你也可安心写作，不问世事了。虽说上海不一定安全，但在租界终比较好些；如租界也不好，则到什么地方是不安了。所以发了航空信征你同意否，如同意的话，请你发电到申，由鲁弟转交，比较迅速（上海来信至快一星期，至慢十天）；不同意也得发电（因来往一信非两个月不可，时间是来不及了），可让我决定。你去，须托人在申找房；不去，我可送父亲至鲁弟处，而后赴滇。再父亲写给康媛看，如你不到申，也可留我在申，而叫你纳妾，能生育最好。唉，我之不能生育，是为父亲最不欢喜，但要我陪他，而叫你纳妾，岂我所愿。至若你一定要纳妾，则我决不阻挡，因我不能生育，实在对不起你啊！不过照你来信，也有种种困难，恐怕不易实行。请求你顾念家庭，就将就一些，暂时住申罢，肯吗？

苏州至今情形不明，用直倒有人到沪（籴米的），带给菊妹一信，由彼转来。我家荷祥二哥现住东山，尚未归去；伏哥逃往乡间，已归；蒋家姊丈与甥女逃出，致七日未得饮食，现平安归用了。用直现状尚安。

老孙已于昨天死了，贫病交迫真是可怜，前后共借去廿多元。吴志顺也穷得无法，昨天来要我写信至燕大谋事，在此时候有何事做，被我拒绝。

侃如夫妇因在这儿不能领护照，至上海去办了。我若要走，也得到上海去领护照，是很费时日的。若要保人或公份，怎么办呢？

你若愿意到申，可俟陶王两君来后即动身，先住鲁弟家也可。

父亲脚肿略好，惟痰内仍有黑粒（如墨），叫他去检查，他不肯，我实无法。老人实在不如小儿好办，因不让你做主的。

你睡眠好吗？身体好吗？很念。

安上。二月十一日。

菊妹：母亲之妹殷履冰，一家住沪。
荷哥、伏哥：母亲之兄殷履第（品逸）、殷履鸿（季达）。

第一一七通　　1938年2月18日

诵坤：

前几天接到你临洮来的信，知道你身体已好，快慰之至！是在那边过的年吗？日来谅已回兰了。

交春后天气日暖，但火炉仍生，大约要到二月方可拆去。兰州怎样？此间去冬仅下二回小雪，今春想时疫必多，有些可怕。听说上海疫病已有，不知是吗？

前天王育伊来说，王振铎的友人领了通行证，可至苏州，抄去我家地址，托他们去打听，不知能得详情否？父亲寄去的信都退回了，陷落将三月，杳无信息，真是可闷。家人倘逃在难民区，再不回去，真要苦死了。郭老太爷已于十一月廿二日死于光福，有便人到上海转信出来的，一信差不多快两个月，实在太慢了，郭先生想回去而不能，在此时候死真是不巧，好在他有哥哥，不去也无妨。

父亲以连吐痰中带黑点，有三个星期了，我强迫他到西医朱广湘处看，他说两边气管均坏，一边肺也有一些不好，黑点是宿血，新血是红的，宿血是黑的，幸年老可无大碍，给了一瓶药水吃，看服后如何。

父亲身体确乎不比前年，今年新年哪儿都没有去，连厂甸也未去，元宵那天中央公园放花盒，我邀他去，他也不去。实在他不能走，一走就气急得不得。现脚肿已好，食量还不差，俟天暖后看气急能好些否。所以叫他出远门，实在是不能了。不生病不要紧，万一生了病是吃不消了，气急就可怕了。

上二信均收到吗？我们的主张你赞成吗？为父亲计，你能迁就一些吗？

　　书籍拟寄存马大人胡同陈宅或吴郁周家，看两家房子大小如何再定，你说好吗？

　　侃如夫妇已于前几天到上海了，到滇与否尚不一定，听说他们也没有钱，因赴滇旅费很大，并且现在生活很高，所以不能去；又在上海弄护照。不知能否？

　　我的外甥蒋孝淑前三天接到他一信，他以学校解散，已到湖南常德县表姑母家去住了，我闻之一慰。

　　燕大今春开学，学生又多了一些，有六百多了，真不差，司徒在上海带了一些来。

　　暑假时，代正中书局付侃龥稿费百元。我因钱紧，已写信去要，不知他能还我否？

安上。二月十八日。

王育伊、王振铎（1911—1992）：二人均燕京大学毕业，父亲之学生。王振铎，字天木，河北保定人。

郭老太爷：郭绍虞之父。

父亲4月13日方接此信，竟费时五十四天，可知邮路之不畅。父亲见信中所言祖父病状，在是日日记写道：与祖父“别来九月，而衰颓已如此，真可惊也。”此乃祖父遭受亲人离散、家乡沦陷的打击所致。

第一一八通　1938年2月23日

诵坤：

前三天接到航信，知道你尚在临洮未返，谅日来已归兰吧。

我们去滇事本可决定，就是路费贵一点也可勉强担任，好在你在滇有事，日用有着，所积用完也可无妨，至于手续麻烦也不要紧，无奈你父亲坚决不去，使我踌躇了。我想，现在有三条路可走：（一）你允到上海暂住最好（瘟疫确是可怕，只好碰运气了）。（二）送父亲到鲁弟处住，俟苏沪路通再让父亲至苏，父亲念念不忘家乡，他去也好，我和自珍赴滇。（三）索性不动，到了暑假再说，直接回苏，安定他们，我再出走。你意如何？总之你的父亲年高身体又不好，气急确是可怕，真使我们两难。

假使杭先生不放你走，我们是不必再到云南了。我想还是迁移至上海，此处离苏近，又道路通，汇兑易，生活虽比北平高，比较有出路的好。

昨天晤见钱太太，她接钱先生一月廿四日信，说他们决定迁滇了。在此眷属很多，将来也许由校方派人来接，钱太太大约可以到滇的。届时我如能走，同他们一块走再好没有，省事得多了。

来信说拟将书籍全部运去，几千元的运费我如何出得起啊？此是办不到的，只好安放在一处，过后再说罢。陈家不能寄存，没有空房，再想别家。

伟长到了上海，乘轮至南通，再乘小轮至小镇后，坐木排至荡口，由上海寄信一月始到北平。家里很好，仅避出七天，钱太太的娘家本来逃至浒关，得他哥哥上海来信，已全家回去了。听说避难人回苏的已很多，就是邮政不通，不能得到确实消息，但松林哥为什么不发一信至上海带出吗？此间同乡人之逃至乡下者差不多都转来信了，他们以临危逃出，究竟是死是活，令人莫卜。鲁弟也好几天没有来信了，大约也得不到消息罢。

你说要寄于先生信，但尚未接到。此间急待你来信托他结束，因此时有不得不结束之势，如冯先生手的钱不够还债，再拿书抵给。我上信本告你，我可拿出些补足，但现在算算，恐怕不能了。请你拨冗写一信来，切实切实托他办理，因延迟一天就要多费一天的钱，没有人拿出这笔钱了。房子交还张先生完事，勿用看门的了。此事愈速愈好，切不能再拖延了，老搁下去也不是办法，了却一桩事，与你也可少一责任了，务乞从速赶办为是。

刘小姐新年来，研薪发至九月就不发了，你能拿到此月吗？现徐先生在西安吗？经费能领得吗？

王姨丈再在此间买房，新买进三所小房，每所一千元。我们的木头书架他给七十元买去了，因现在木头来路不易，很贵，我放着也无用，就卖给他了。王大珩与戴中庶已在长沙订婚了，他们两老很欢喜这媳妇。

春天已到，你要出去旅行吗？请你不要太劳累，身体过于太疲是很伤的，受了进去往后要生病的，望听我。

安上。二月廿三日。

钱穆家信告长沙临大迁滇。钱伟长回故乡无锡探访，得知其家人平安。然母亲仍不得知苏州家人情形。

母亲一再催促父亲致信于省吾，从速办理禹贡学会结束之事。

第一一九通　1938年3月10日

诵坤：

又一星期没有给你信了，你也一月廿九号的信来过后，快有二旬没有接到信了，你已否回兰州吗？身体健康吗？很念。

上信告诉你，我们正在理书，现在差不多已理好了。我再想在各本书上打一个印章，这手续又要费好多天了。你被人借去的书不少，如有图章，则不难还回。吴志顺处我叫玉山去要，他说除借三本《大学丛书》还过后，馀外一本也没有借。但你来信说他借去许多，而他说没有，我也不能去硬要，奈何！如《历代舆地图》缺第一套，他说是赵旋同史念海借的，但他们均已离平了。再有如《三苏全集》《文渊阁丛书》等十几种，多缺一套或二套，是不全的，我不知谁借，实无从去要了。倘打了图章，虽日子长久，也不致遗失，所以我想打。成府的书，龙叔说有一部分也把目录写出。我们经了这次整理后，可以有一个粗粗的书目了，你说好吗？现在最困难者就是木箱，因木料价涨，箱价亦大，每只贰元，还是破坏的，非得再经木匠修理方可装书。

童先生借去的书并未给我一个单子，不知他拿去多少。你的书从前随便借人而不记账，实在不好，恐怕借灭的一定不少。

前几天接到鲁弟来信，说严姓一家已于上月十九日到申，在苏晤见又曾，据云家内损失十之二三，真是大幸！但至今又曾还未来信，不知何故，不接到他亲笔来信，心里终觉得不安。听许多同乡说，避难人差不多均回去了，父亲听得了很愿意回去。现在我们的行止只等你的来信决定，你能到上海，什么问题多解决；你不来上海，父亲还是回到苏州的好。不过在战事未定时，回苏终觉得不好，不如在平之较安，倘我要走，父亲是决不肯再在北平了。写到这儿，接到你给自珍的信，看来信，上海你是不赞成去的，那么我一定随你到云南，父亲一定回苏州，这样太伤老人家的心了！父亲是决不肯到云南的，他的气急实在不能够长途跋涉。现在他身体还好，就是气急依旧，连走了院子也要气急，倘天暖不愈，连上海也不能去，如何是好呢？年老人实在太难了，不顾他，为人子者是说不过去；顾了他，弄得我们失却自由，可真没法办。

我想得一个适中的办法，我们不管你到不到上海，于阳历四月底如父亲身体好，即全家至申租了房住下；你可先到上海，过了一个暑假再打算出去，我之能随你与否到时再说；一则久别得一团聚，二则当面商量一个办法，比较妥当，你意如何？

上海现在买米没有以前困难了，友人来信说，每担只十四元，比北平（现十七元多）倒便宜。住在租界确比别处好，所以在战事未定时，父亲还是住在上海的好。至于疫气，今年恐怕在战区内，那儿是免不了的，只好碰运气了。住在上海，父亲肯担负家用，很好。在平日用父亲一切不管，连够不够也不问我一声，好在我还够用，否则是为难了。倘长住北平，我要连盘川都要吃去了，在四月内一定要离开这儿了。

你到处旅行，切不可太过疲劳，休息时也得休息，免得往后受了要生病，至要！陶王二人已来吗？

安上。三月十日。

父亲的藏书，在成府装箱者由起潜公写出目录，在城内者装箱者由母亲写出目录并加印章。

赵旋：赵璇，禹贡学会绘图员，与吴志顺同绘《地图底本》。

父亲自大学毕业后一直未用过祖父的钱，接祖父来北平养老亦如此，故是时祖父不过问家用，母亲没有了父亲的薪水，全靠自己以往家用所积存的钱维持一家生活。

第一二〇通　1938年3月17日

诵坤：

前两天接到你二月七日的信，知道你尚在临洮未走，现在来信真慢极了，要近四十天，说的话及问的话都成过去的了，想起从前没有邮政，真是苦极。

现在父亲决意于五月初南归，看你来信是不肯住上海的，他说苏沪路通，一到就行。不过我意在战事未定时，住在苏州实在危险，还不如住在上海的好，但是我若出走，他是决不肯单独住在沪上与北平的。照我们而论，他住在苏州比较有照应；照时局而论，实在不能住在苏州，如何是好呢？弄得我也踌躇不定了。要他住在北平是不肯的，因为苏沪战事已停，避难的大半回去，他听了这信息是一定要回苏的。我们倘能大家在一起，要他在申未始不可。

昨天钱太太来，伟长已由南归来了，到过我们家里，说看见一位太太，不知是谁，松林哥适出外未遇，房子完好，人也太平，东西并未损失，倘能如此真是幸极！不过松林哥为什么不来一封信呢？很奇怪。钱先生已去云南，钱太太去否尚未定，甚恐下学期学校开不成，听说学生太少了。

书籍差不多快装完了，但存放的地方还未定妥，真是为难。这次印章打得不好，因太匆促，又多人打，有许多是很模糊的，等将来再加一印吧。《历代舆地图》已找到了，馀外缺的还很多。

前几天吴志顺的父亲来，说他儿子得了气鼓快要死了，要我出棺材钱。我说到时再说罢。但这几天没有来，大约还未死。吴志顺得了气鼓，玉山那天去看见，是真的。为了失业而死的人真不知多少，可怜！

安上。三月十七日。

第一二一通　1938年3月23日

诵坤：

　　你给父亲的航信及渭源来的信均收到了。父亲是决意不到云南而想住在上海，大概的意思已于前日他有一信给你，想你已先接到了。而你叫他住在北平，许多人同我想也是住在北平比较好，不过我与自珍走了，他是无论如何不肯的，倘使我不走，他也许是肯的。不过自珍读书问题难解决了，她决不肯再考燕大，非得到上海或云南，下学期可有升学的机会。但是上海房子实在难找，并且租价较前倍蓰，菊妹和王振铎均来信告我，一楼一底的房要每月伍十元，还要顶费很贵，而且不容易寻。所以父亲说出月底要离平，至今还未托人去找房，如何可以成行呢？我看他的意思，再要看局势如何，届时如苏州路通而又平安，他就赴沪转苏了，不过在战事未定时去苏，实在莫不危险。家人意见不一，真是为难。吾甚愿离平，在申有父亲开支日用，去滇有你开支，倘长住这儿，我不好意思去向他要，则些微储蓄势必用完，我辛苦积聚，有些舍不得。说起储蓄，这回真是莫大之功，倘我从前让你多用完借完，到现在真要弄得走投无路了，一月要一百四五十元开支，向友人借是不容易的，借一回也许可以的，借而不还是无法再借了。向父亲借，面上也许愿意，而心里一定不高兴：难道你们做了十多年事，一文也不积的，现在均要我维持，必大伤其心了！在此乱世，我愈觉得积钱要紧了，谚云有钱天下好走，无钱寸步难行，真是不错。你这次赴甘，原因燕大有薪，而不好意思说要薪，而仅支旅费的。现在燕大已于一月份停薪，我意你可向杭先生说明，不能再尽义务了。你说杭先生要酬谢，这是不一定的，不如说好的好。你处有了薪金，一个人用不完，可以积存一些，以弥补我们在平之所用，也可防防将来有事时用用。我们这一年实在吃亏太大了，但比了战区的人，我们已幸福得多，不过你应当支薪而不支，未免太冤，这并不是我贪钱，因为钱有时真是可宝贵的，尤其自己有更可宝贵，爷有娘有不及自有啊！

吴志顺得气鼓症已于十九号死了，他父亲来借去七元钱。吴君与老孙的死，均因失业而无积蓄，倘手头有了一些钱，决不会急死气死的，平常日子好用而不俭省，真是危险。

书籍已装好，寄存处还未定，你说要运至云南，在现在的局面中，搬运很麻烦，运费又太贵，只得往后再说罢。

校中储金我不想去取回，因金融不定，取出来也无办法，不如存在学校的好。

又曾信已由鲁弟转来，信中寥寥数语，仅云损失衣服及零星物件，还不大，急要鲁弟接济婶母家用，谅鲁弟也有信告你了。用直平安，诸兄均已返家了。

你出外旅行虽与睡眠有益，但身体太劳也是不好的，务请旅行一次多休息几天再去，得以调节。

安上。三月廿三日。

父亲在北平时为办禹贡学会、朴社等事业，往往将自己的薪水及《古史辨》的版税投入，甚至借用母亲的私房钱，因此母亲说"倘我从前让你多用完借完，到现在真要弄得走投无路了"。

又曾（松林）表叔之信"寥寥数语"，且要由鲁叔自沪转，而不敢直接寄北平，或与父亲的担心有关，据父亲上年10月25日日记："不敢多写家信，致启日人猜疑，故今晨发电与又曾，今晚又致函元胎，托其向吾家转达。亡国之痛，至于不敢报告行程，可怜哉！"

第一二二通　　1938年3月28日

诵坤：

前日接到鲁弟来信转告你意，父亲业已允许，不过住港比住沪生活还高，为安全计只得如此。现在避难人多，谅香港已有人满之患，租房不易而且价高，还是住在九龙罢。此去为暂时计，不是久居，房屋及一切用具就简陋一些，只好要能够用，敷衍过去就算，免得将来走时丢掉；并且现在物价高涨，东西必贵，要像样恐经济力不足，请你切不要像从前之不打算了。

我意房屋，我们一家房屋至少要三间，再一间做食堂及会客，一间厨房，一间来根房，一间女仆房，这七间是再少不可了，仅仅七间谅租金已非数十元不可了。床要一人一个，因那边天热，合用是不可的，买小一些的不要紧。佣人板子就行，倘贵的话，小孩们也可用木板的；我们从前在广州时就没有买床，买了几块木板和一个棕垫子，几条凳子一搭就能睡了。另外买几个凳子和几张桌子就行了，买些藤的椅子比较便宜。你意如何？

去时父亲可先至上海休息几天，再坐邮船去，比较钱虽费但省力。小孩们直接由此间去，可以少化钱，因为一到上海耽搁，住旅馆及吃用，再要由申赴港一笔旅费，实在不上算。不过父亲一人去申不好，或由来根或我，我们一同登轮，须经过上海时伴他上去，父亲可暂住鲁弟处，倘我去，我可住菊妹处，经济方面省得多。现在船票高涨，此行旅费非六七百元不可。至于衣服，好得香港热，皮衣可寄在上海人家，如于冬天回来时可取而穿了，行李也可少带一些，省事得多。

你大约于什么时候去，能够较我们先吗？租房子事还先托人，还自己去再定？若先托人租，终得我们要有动身的日子，以免多化房租；不托人，我们去了先住旅馆也是很费，最好请你先去。

你不去滇省也是好事，因钱先生等许多人都去了，熟人太多，也不能静心读书的。

租房成府放书是不妥当的，龙叔与郭先生住得很远，如何照顾得到呢？无论如何，只得请求学校寄存，则可放心，你能给校中一信，叫他们设法吗？

松林哥来信，说衣服及零星物件损失不少，但大部分保存，想书画不致遗失了。不过松林哥胆子小，写信不敢多说话，以致不能详细明瞭了。

我们出走日期，等你来信再定，现在慢慢已预备了。目下最困难的就是汇钱问题，一次只汇一、二百元，又只汇上海而不汇香港，而汇费百元要二、三元，还继续往涨，钞票又与外间不能通用，带也不能，真是难死人。

安上。三月廿八日早。

父亲日记是年3月19日写道："父大人来信，谓望全家团聚，不望我作远游，并谓生活费用由父大人担任，让我闭户读书。这是我十馀年来的心愿，我当然愿意，惟父大人要住在苏沪，则甚不妥，我如果可到苏沪，则何不可到北平乎？因请移住香港或九龙，未知见许否？"祖父同意父亲的提议，故母亲信中商议此事。

来根：祖父自杭州带至北平的仆人。

第一二三通　1938年4月2日

诵坤：

　　星期一航信谅先收到。我们赴港之行不能实行了，并不是父亲不肯去，原因为的是钱，我们去港是带钱去用，太不合算了。倘你在那边有事做，赚来用，是没有什么问题的，但是你在香港学术界恐难插足，一定不容易找着事，要靠父亲的钱开支，则一年也维持不了。所以我们再三想，父亲仍拟到上海，而我呢，父亲肯放到港，如你能谋一小事，可够二人生活就行，苦一些不怕。港沪相距较近，信息又灵，比较去滇方便，你意如何？

　　阻止我们去港理由，就是汇兑的困难和银行取款的困难，有的地方可以汇出去，而不收当地钞票，且汇费之大和转换港币几乎打一对折。到港之后生活程度又高，在这儿可用一年的钱，到那边只用几个月了。现在父亲手头的钱不多，去申还可维持，去港实难支持。写上信时情形比较还好，日来金融更紧，就是汇到上海，汇费也高涨得多，而且不能多汇，只一二百元。在此乱世真是苦痛，有了钱是汇不出和取不出，没有钱呢，真要饿死，奈何！

　　现在我们的意思，父亲决去上海，因离苏较近，日期还不能定。希望你能到香港，比较方便。

　　这几天真盼你来信，但终未接到，怅恨之至！一封信来回终要二个多月，真够焦急。

　　钱先生已到云南，据云那边房子也少，生活也高，所以钱太太去否尚未一定。

　　家内均好，勿念。

　　　　　　　　　　　　　　　安上。四月二日。

第一二四通　　1938年4月9日

诵坤：

　　自接到你二月十九号渭源发出的信，至今没有接到一封信，真使我们盼望。但是由鲁弟转来的电，知道你已回兰州了，此电想来系三月十八九号发的。为什么在回兰之前，二月十九至三月十九一月中没有给我们一封信呢？信是一定有的，大约平信太慢了，是吗？

　　我们接到电后，一星期中曾发出二封航空信，谅都收到了。我们是决不赴港了，日来汇费更大，港币更高，且汇兑阻滞，实在无法去。甚至上海汇费每百也要三、四元，并且再要涨，真是不得了。父亲说要到住上海，然而看他样子，去也要，不去也要，倘是你不叫我走，他就在此不动了。日来苏州交通依旧不通，松林哥来了一封信后没有来过。他原想到上海，因去苏较近，而希望你也住上海的；现在去港不能，去苏不可，住上海究竟开销大，所以他想不走了。不过苦了我了，既不能和你见面，而这里所积一些钱，多等一个月势必慢慢用完了，所以我的意思，父亲既不愿意去滇去港，而你在滇谋得事或在港谋得事，下学期我无论如何同你在一块了。

　　前天接到吴春晗来信，现在我们既不去，就没有覆他。如你一定去滇，我到申安置父亲后，当再托他办。

　　自珍已于星期二割鼻，住了四天出院，一共用去十六元，伤痕还没有复原，大约再要看几次，过二三星期可好了。

　　父亲既不去港，春晗信上说你事已成，则下半年就去滇罢。在港究属生活太高，穷书生是难过日子的。

家内一切已慢慢整理就绪，我很想就走，但各事牵制，奈何！

望你多来信，以慰我念。

日来旅行何处？眠食好吗？很念。

四月九号。安上。

吴春晗：吴晗是时在云南大学任教，告云大聘父亲事已成。

第一二五通　　1938年4月15日

诵坤：

多日盼望你来信，于今四天内连接你四信，知道已由康乐回临洮，不日要回兰州了。你允许我们不到云南，是最合父亲的意，本来你一定要我去，父亲不得不到申暂住了。现在我们一准住平，等几个月再说，一动不如一静，目下此间甚好，许多友人也劝我们不要去申。至于赴港，为汇兑与贴水关系，实在不能去。住平比较省得多，我手头的钱总可敷衍过去，请你勿念。

你的薪水仅凭润章的信上说，是不足为据的，你务必写一信给杭先生，说定得一聘书或凭据，则虽他们不给，你将来也可去算的。若按月支取顶好，不过你的毛病，有钱在袋里要借给人或多化的。我意，你处一笔薪水最好存起来，以弥补我们之所用，以防将来急用时用。我在这儿虽把所存用完，有你处储蓄，则可胆大得多，乞你听我的话，万勿瞎用。再，千万不要汇来，因汇水太大，甚不合算，并且存在这儿的钱难于汇出，我如真到没有用时，再写信叫你寄时再寄，你将这笔款好好留着吧。

父亲信上说的口气，是要你拿钱出来用，原来他说住上海肯负担日用，若移港日用太大，则不肯了，那你如何担当得起呢？他说暑假去了再归，则何必多费盘费呢？干脆让他好回苏时回苏吧，我俟他到苏后再和你聚首。至于你说寒暑两假到港，让我们住港，则既不能常相聚首，而住港费用甚大，与其如此不经济，何不等几月再说呢？

龙叔那天进城，说书春又去麻烦，说要钱。你信上说叫我交涉，我意不能。你最好去信冯先生，将详细还欠（打一六折）办法托他与龙叔负责清理，他手头的钱不够，再以书籍或家具作抵，让冯先生凭了此信与书春交涉。又撤销事切托于先生办理吧，因多延一天，存款即少一天，还欠更难，事情终在你身上，谁肯出来负责？请你赶快了结完事。

你在春天能多旅行，诚是好事，但切不要过于疲劳，以伤身体。

仲健叔又升青岛会计主任，所以赞廷公公一家又迁青了。

安上。四月十五日。

第一二六通　　1938年4月20日

诵坤：

昨天接到廿一航信，你来的信都已收到了，不过时间有些快慢罢了。倘然你先寄的航信，后寄的是平信，中间相差的日子甚至有二、三礼拜之多，但是有时航信并不比平信快多少，现在的邮政简直不知道怎么一回事。

连接数信均叫我们去香港，父亲连我们均愿意去，倒被金钱作祟，奈何！日来汇水更高，何至连上海也仅能汇五十元了（一天一次），香港更不必说，外国银行可以汇，而不收当地通行之纸币，且汇费之高实足惊人，一千元要二百多元。现在此间通行之纸币有五六种之多，均为外面所不能用的，旧纸币市面上一张也不见了，向银行要比登天还难，就是燕京也发新纸币了，乱世的金融实足致人死命！邮局能汇港，可收当地纸币，不过仅汇数十元，但汇费也很大，现行市不定，又复有增无减，且不是随处可汇，必要到总局，若托别人天天汇，是很麻烦的。

苏沪我们也知道去不得，香港实比任何地方平安，况且由平去有直达船，也很省事，为经济束缚，真可恨恨。

父亲本有一笔款期在四月的，倘能完全取出，就汇费大到港后也可支持一年半载，但是改了活期，一星期只能取贰百元，要好几月取完，还是取出来的纸币，不能汇而不能带的，所以现在是转期了，等明年再看情形罢。父亲手头现有的钱假使能汇出，我们全家去港也维持不了多少月，我的呢，更微少了，父亲所以不敢冒险去，连我也难住了，你在港是找不到事的，将来一家生活怎么办呢？是去得回不得了。照这几天的情形，就连上海也不能去住，因汇钱困难，如何能去呢？不过困守在这儿，我们要在什么时候团聚呢？真使人焦闷。去上海住还比香港容易，因为能汇又汇水比较小得多，又无折合吃亏，倘一换纸币，吃亏太大。

住香港每月有一百六十元已够，我是不信，平时生活已比外面高，现在时候避难人去多，一切东西及房租一定高涨。就拿北平说，物价一天天的涨，米一袋好的要廿一、二元，我家现在省到不能再省了，还要用一百三、四十元，若去港，当再加一倍也不止（因连汇费及折合港币）。

现在请你耐心在甘，我们亦暂时住此再说，我并非不顾你，时局如此，奈何，千万请你原谅！

如能去滇，则于暑假后让父亲赴申，我与自珍同至你处，你有固定的薪金，我们出来是不怕了。父亲要一家团聚，如不去港，实在无法实行的，只得不顾他了。

你薪已与杭先生说妥吗？如有，在朋友前切勿提及。何日再出发旅行？

安上。四月廿日晚。

第一二七通　1938年4月24日

诵坤：

连日接到数信，二月廿三给自明、珍的和廿六日航信均次第收到了。你每封信的意思均劝我们赴港，我们为团聚计岂有不愿，但此间的情形你是不知道的，又一封信的来往有非二个月不可，到时均已失去时间性了，无怪你心里不安。至于我们不赴港的理由，我也发出了数信，想都已收到，知道一切了。父亲愿答允你生活费而住沪，因沪上虽高终不若香港之甚，且汇水小得多，汇兑又容易，不要折合纸币，他手头的储蓄谅可供二年之用。若住到香港，则七八月就完了，所以他踌躇不去了；现在他说如你一定要他去，他肯答允住半年，因半年以后钱就发生恐慌了。我意，去半年不若勿去，徒耗旅费，而你半年后又要去谋事，倒多此周折。兹闻梅先生等暑假后要西行，我一定偕行，机会甚好，不必你来接我矣。有起潜叔母和艮男陪伴，我们也可安心，我数月来犹豫不决不能出走之原因，实虑父亲之生病，因一生病，终得我在较有照应，专靠亲戚，别人是难负责任的，今起潜叔如能搬来同居，则晨夕相共，放心得多，谅你闻之一定欢喜。

起潜叔搬来须得叔母同意方可，我意，他们不搬来，父亲可搬去一起住，你去信要求学校一所房或租一所房，则比较住城稳当。

苏州自接得松林哥一信后，至今信息杳然，不知他们究竟怎样。苏州确无北平好，今父亲能肯暂住此间，也亦好事。

来信说分批离此事，没有这回事，谅系外间谣传了。

梅先生等有什么事西行？是和你一起共事吗？

安上。四月廿四日。

梅先生：梅贻宝（1900—1997），天津人。清华学校毕业，留学美国，归国后在燕京大
学任教。是时任西北教育设计委员会委员，将去兰州。

第一二八通　1938年4月26—27日

诵坤：

昨信云拟赴甘，因有梅等作伴；但今日接到你四号的信，云我们不赴港，你仍想回滇大，并且滇校又来聘你，那再好没有了。去滇确比去甘好，一有薪金，二路好走，三离北平近，通信不致阻断，四地方较安静，所以我决定赴滇，不欲赴甘了，已于今天致电鲁弟转告，谅早收到。此行我已决定，决不再改变了，勿念。你也当赶快结束，俾早晤面。父等决留平暂住，不动也好，如龙叔能搬来住，则我们放心得多了。

你已应聘滇大了吗？暑假前能动身吗？最好你先到港，候我同行（但路上好走吗？战事紧，慢走也行）。

袁女士的姊姊十天前来过，我对她说不赴滇了，她说她妹妹身体不好，也不一定去。如接到你信，你一定应滇大聘后，我当到她家约她同行，较有照应。父亲不去，款难借给与她，我则手头钱甚少也。

钱太太有廿天没有晤见，她一定要等钱先生事情有把握，决定叫她去，她方敢动身。不知这几天有信来否？

书籍我想暂时勿运，俟我们去后再说，因他们也没有直接信来，我如何好去接洽呢？很多的运费，非说妥不能办的。

于先生信当转交，冯先生日来正算账，听说你也欠校印所二、三百元，打一六扣也得还他，是欠他吗？学会结束后房子虽退张先生，我想书籍等仍可寄存，因这房非公产。也听赵先生说，张先生自己房要卖去，家内的东西也要搬到后面了，如此可由他招一看房人了。

刘小姐闻说在女一中有几点钟功课。

我之行期得你信后再定（因要办理护照，手续麻烦，恐要在暑假时也）。

自珍因辅大下年招考女生，设文理学院，她想去考了。她自己肯留平，家内较有照应更好。

安上。四月廿六晚。

请你一定赴滇罢。父亲说去港半年，因他只有这些钱可以支用，馀外是提不出了。但半年战事恐怕不能停，去得回不得，将怎么办？你在寒假更找不着事，在繁华的都市生活不要急死呢！（你要读书，等停战后再要求父亲罢。）所以你还是去滇，有我在，你不怕伏案工作了；并且跟随的不能去，也可清静不少。在甘你固然也有工作做，但没有薪，而且我来坐飞机很怕，又与平通信太慢，气候没有滇中好，将来滇与平的通信谅不会断，甘平说不定会断的。再平寓有父亲生病事，我还可由滇来，在甘则难了。有以上种种理由，我主张去滇的好，你以为然否？

此间近来纸币有四五种之多，都与外间不能通用，汇兑仍限制，且费高涨，我们外省人真没有法子办。如袁女士通融一二百元还可以，若五六百元连我自己预备的也没有了。父亲的预备要在这儿用，故不能借。可恨的，就是外国银行能汇而不收当地纸币，中国银行收而汇不出去，尤其香港为难。如外边能挣钱，则出去可以不饿死，如要想这边汇去用，实无法生活的。

又及。四月廿七早。

袁女士：袁震（1907—1969），湖北光化人。吴晗女友。在清华大学就学期间患肺病，是时由其姐袁溥之照顾，欲去昆明。由母亲信中可知，吴晗为筹袁氏姐妹路费欲请父亲相助，父亲遂询母亲和祖父能否借款。

第一二九通　1938年5月2日

诵坤：

我致鲁弟代发电后，父亲方告诉我，他也给你一电，说准可到港，谅你接到我电，又要讶异我们变换行程了。但是父亲始终对我说，香港住不起，就去只不过住半年。我以为去住半年，何必多此一举，不如我去较为省事省钱，所以我接到你四号的信，立即发电以安你心。

现在父亲愿意不动住平，不过龙叔母不一定来，我想钱太太的同居许宅要搬家，我家去和钱家同居较有照应，你意如何？

前天我至钱宅，钱先生叫他们不要去，说文法院已迁蒙自，家眷去也只得住昆明，也不方便；并且昆明地势高，气压低，有心脏病者不宜住，钱太太有此病，故不要去；且有小孩，路上麻烦，嘱暂时住平再说。汤先生在昆明，每夜必心跳，钱先生也犯过一二次，蒙自地势较低，去住好一些了。我想起了你，你去昆明，对于你的身体也不适宜罢？甘肃地势也高，比了昆明如何？天气虽四季春秋，但中午则热，早晚则冷，一不小心容易伤风。你现在已决定在哪儿？在甘我则与梅等同行，在滇我找得伴同去很好，否则请先至港候我同行。因从安南至昆明，火车夜不开行，要下来住旅馆，四天的路程，无伴是很麻烦的。李安宅太太如不去，我无女伴，长途出门，又在热天，觉得不便了。请你决定后我必照办。

钱家不走，是不能合租吴郁周家房了，钱太太原嫌他们房潮不宜放书，不想租，她想放在郭太太家，我们当另外想法了，龙叔说汪孟舒家有房，或者可以搬去，但父亲不走，不要先占人家屋子了。

在平许多朋友之家眷均未出走。姚从吾太太前几天来，她说秋后拟至滇。

我无论如何一定走，但时期则难定耳。

我们为一家团聚计，最好迁住港，父亲允许住半年，因为在这儿的钱能够汇出的，只能支持半年。但半年以后你找不着事，将如何过去？不如我出来为好，住港终要较住平每月费一倍多，又要一笔旅费及一笔开办费，六七口人要省也省不来的，请你就放弃住港的意思罢。

三月九号的信于前天方接到，真慢极！你信上说可以来津住，津沪不是一样吗？倘你愿意来长住，则我们可立即搬去，因对于银钱方面，津平方便得多，不怕汇兑不通了，住二三年也不容愁。你能来久居吗？你说每年可以来往，这是很麻烦的，因交通不便；再你不来，我们移去无甚意思，不如在平。

张石公也住天津，地理学会也取消了，书也不能搬去。我想小红罗厂一定可以放的。于信已送去，冯先生去见他，已允下星期商量。我们欠校印所钱，我叫学会一起还，因有汽车可以抵消的。

你在甘如此长月奔波，也不是事，最好脱离，在滇有我去，可以读书，比较清静。廿七号一信收到吗？我说去滇比在甘有数好处，谅阅及，你意如何？

家中均好，勿念。

安上。五月二日。

李安宅太太：于式玉（1904—1969），山东临淄人。李安宅（1900—1985），字仁斋。河北迁安人。燕京大学毕业。其夫妇均在燕京大学任教，是时将赴甘肃藏区

开展调查。

汪孟舒（1887—1969）：江苏苏州人。父亲城内藏书经起潜公联系，得以存入汪孟舒家。禹贡学会事，于省吾即将与冯世五商量。

第一三〇通　1938年5月10日

诵坤：

昨接鲁弟转来信，你疑我们已至沪耶？但我们尚迟未其行，终仍留平也。其咎在我信告你，决于四月中旬离平之故；但父亲尚在二三月时，常对人言，于四月须移沪住，故我信中写此语也。后因沪上亲友来告，谓房子不易找，且租价颇昂；又以你不愿住申，并坚嘱宁留平勿去；父意苏既不能去，住沪也无谓，遂只得忍住在此也。

住港不能的原因，前数信谅已收到，我托鲁弟发的电谅亦接到。你究竟在甘抑在滇？我之行止须视你而定，无论如何，此行必不食言。五月内有许多友人家眷赴滇，我以未接你确信，不敢随行，不过七月内再有人往，届时当可接到你信。至于去甘，梅先生于六月内可以动身，我可偕行。所苦者，天气炎热，行旅稍苦耳。

昨接沅君女士来信，他们已到滇二月，彼处生活不高，土产甚贱，仅洋货贵极。房屋以去人多，租倍贵又不易寻。如要去须托人先找得房，免得住旅馆作难。再，最好团体去，因滇越铁路一段旅客很麻烦，行李虽过磅，仍要自己看守，夜间下车住旅馆须搬下车，行三四天，夜间必要住旅馆，行李亦必携下，所以一、二人去不胜麻烦的。虽三等票行李可不管，但车票与磅费之贵，非普通人所能出，故我们去能有几个人，人家可以照应最好。我意，你最好去滇，我们住在那边后，如时局老不安靖，父亲也许愿意去的（倘然他老人家是回苏了，是不肯去滇的，若时局不靖而老住平，我们在滇布置好了家来接，他也许肯去的），我们可到港或到申相接，岂不是好，因此路是不会断的，信札又快得多。住甘则旅途周折得多，非事平决不会再南归的，一家分成两家，尤在乱世，哪能不思念呢？倘滇事已辞，无法挽回，能在较近处谋一小事，敷衍二人苦生活也行，你意如何？至于侍亲读书，等太平了要求，父亲谅能允许的，请你宽怀。

钱先生既不愿家内住滇，钱太太云此间她也不想长住，过了暑假拟赴沪，因她母亲常来信催她去。上信告你要租她房，恐不成了。星期日龙叔来，也未说起肯搬来住，我走幸艮男在，较可放心，他们不来也无关系，至有事时请他们帮忙好了。龙叔住城对他不甚合算，虽不要他房租，但他来往车钱及包饭费所费反贵。他住蔚秀园仅月租六元，房电灯也在内了。

学会事星期日在于宅商量，不知如何，闻还欠可无问题，一好。

艮男鼻子割后未见大效，医嘱再割，但她不肯了。

安上。五月十日。

第一三一通　　1938年5月15日

诵坤：

　　四月十二日一信由李君送来，你终以为我们已离平，故不放心直接寄信来，如是得你的信更慢了。不知道我们给你不赴申的信，要什么时候你才接到？交通不便，真是苦煞！

　　这信上说你又要到临潭了，如此奔波累吗？你不敢回兰州，因为一上课就要引起失眠，我是知道的。但是一入了夏，天要热了，跑来跑去也不是事，能够休息一下再出去最好。

　　我打给你的一电，如你到了临潭，一定接到很慢。十二日信上说滇事早已辞去，不知能可挽回吗？我觉得到甘终没有到滇好，交通方便其一，信札不断其二，气候温和其三，生活较低其四。你不允，未接我们到港之信，先把滇事辞却，真是可惜。父亲原来不让我到滇，因想我们一家连你一起住在上海；你若不来，他叫姑母来陪，由我一人赴滇的。到甘实在路上周折，现在安宅夫妇都不到甘了，因为文藻先生下半年离燕大而赴滇。梅先生仍欲行，暑假前一定可以成行，假若你确定在甘，我只得跟他走了，路上无女伴，天气热，甚是不方便。有人说你若要到香港，可到香港大学，我说不懂广东话和英语，是不能去的。所以我想来想去还是到滇最好。希望你快快来信定夺，我可准备启行。上回不答允你出来，终希望战事快停，现在看来，不知要在何时可停，不出来也不是办法，这回是决走了。

　　自珍的身体确乎瘦弱，这星期内拟同她去中医处诊治，鼻子割了不好，也许肺经有病。我若到甘，她则因甘无校可入，就再去考燕大；

如我赴滇，她又要跟我了。我很愿意她在平，比较有照应，你意如何？自珍信上的话是一时的牢骚，你来信勿多说话，因父亲要看的。

学会欠款大约可了，房子仍想照旧用，因一退反惹麻烦，现在在还债内提出一些钱，维持一年再说。你意如何？

刘师仪母已于本月十二日逝世，明日开吊了。

我们均好。

安上。五月十五日。

文藻先生：吴文藻，是时将去云南大学任教。
禹贡学会事经商议，欠款大致可还清，红罗厂房屋暂不退，学会先维持一年再说。

第一三二通 　1938年5月26日

诵坤：

　　自接到四月十二日信后，至今二个多星期没有接到来信，谅你旅行至他处，所以来信更慢了，但使我们一家非常牵记。

　　我给你的电，接鲁弟信知二号已发出，日盼你覆电，究竟去甘去滇，好使我定夺，俾得准备就道。昨日访龙叔，得悉李氏夫妇已决定赴甘，他们一行人约六月廿一、二动身，约我偕行。但我未接你信，尚不敢答允，如你日内来信嘱我去甘，我必与之同行也。若此机一失，我一人到甘必不可能，所以急盼你来信，而你信竟迟迟不来，真焦急之至！倘来信不及而他们已行，你能到香港接我吗？我意最好你到滇，比较甘省方便得多，因一家两处分居，信札一断是十分悬念的，去滇邮信又快，路又不断，我俩虽在外，心也得舒适一些。去甘真是叫唤不答允，事情扩大更是麻烦。所以我劝你，无论如何在暑假中能否到港或到津面晤，商量一个办法，当面说比写信明瞭。如滇事能挽回，当然最好，你意如何？若我去滇，七月内有伴同行，你如能先去最好，若郑汉有变，你能由川去吗？希望你早些离甘为是。

　　倘滇事不成，你能拣一个生活不高的地方，我们二人去住，我可担负一年的费用。我终觉得去甘实在不便，旅途艰险，一走非等时局平定再归不可，倘一旦家内有事，真是为难。总之，你以离甘为是。去港本来很好，但为金钱作祟，奈何！日来港钞飞涨，竟至一元六七毛合港钞一元，又加汇费，如何得了，去住真是不可能。

　　艮男考燕大有些不愿意，若我去甘，她留平；我去滇，她还要跟我同行，因那边有大学可进，我已答允她了。

龙叔已允和我们同住，昨天已和他说好。如是我虽走，也好放心得多，谅你闻之一定赞成。

松林兄好久没有信来，家乡实情如何，尚难得知。闻说有钱的人差不多仍没有回去，没有钱的大都已归了。

刘小姐的母开吊，我送了一顶蓝缎子幛子，现成的。那天我去吊，她有病未见，看见她的妹妹。

得十二日信，知道你因笔墨为累，又患失眠，近日旅行临潭，已较好吗？我为了你的失眠，一定出走，但很愿你离甘，因你一人东跑西奔是可以的，我如何可以跟你跑呢？再拿不着薪水，二人的生活如何可以过去呢？

附寄照片二张，一张是康照，一张是艮照的。

安上。五月廿六日。

第一三三通　1938年6月1日

诵坤：

　　又是一星期而你的信还未来，真望眼欲穿了！难道你以为我们已离平而不寄信来了？抑日来战事告紧道路不通而无法通信了？不过寄航空总能寄到的，真使我们奇怪，更加思念了。我因平信太慢，所以终寄航空以冀速达，你能也寄航空罢。

　　我之要否与梅等同行，专等你来信决定，但你信老不来，去电也不覆，这几天我心真急又不定，因一失此机会，再有谁到甘省呢？至于我之不肯一定与他们同行，因不接你信，你究竟要我至滇至甘？虽知你滇事已辞，但来信曾说起如我们不赴港，你仍拟应滇事。再，我以去甘实在不便，倘郑汉有变，信息一断，与家叫唤不答允，如何是好！所以连信请你仍就滇事，或先行离甘至港或至津，面商一切。总之，你在甘，我虽去也觉不定心；去滇离平近，信可通，一有紧急再可全家移滇。若我俩先去滇，去接父亲也许肯来，所以我意，你虽在甘有事做，不能丢弃我们一家不顾的。至于你要纳妾住甘，我也没法阻挡，不过我们结缡十八年，我并没有对不起你的地方，现在我之滞平不行，只因你的老父牵制，岂我愿意与你长期分离呢？我意，倘这几天你来信叫我同他们一起走，我当然赴甘；若来信不及，你能离甘出来，与父亲和我面晤，则一切都可解决。如滇事已成最好，你先去或我先去均可，此间七月中有人去滇，我可偕行。你来时衣服可勿多带，仅带单袄就可，被窝也不要带，留甘等别人出来时交他们带出。这边均有不带行李一人走，路虽难行，比较容易，你意如何？

港纸价值不定，日来降低至十二元五角换港币十元，就是汇费太贵。卢御钗也住九龙，她来信告艮男香港生活不高，每月一百六七十元港币可够，仅房租特涨，租房不易耳。我想你能至滇，则有薪可入，我同你在一块，把父亲等接至香港，虽钱难汇，也可无妨了。现北平开销也要一百五六十元，到港贵了数十元也行，则比较近而通信易了。许多人均说香港物价并不贵，就是房子因避难人去多而飞涨租价。倘滇事不成，我想同你二人住港，租一间房住，生活俭省一些，你肯吗？请你接到信后速速赐覆，尤希望你出来，勿至甘了。

上信说一月份起有薪，已领到吗？倘没有薪，在甘更无谓了。如已领得，你处可以积一些钱了，以备要用时用，切勿瞎用。

照片两张，封信忘放进去，今补寄。又一张系去年秋天照的，一同寄你看看。

时光真快，明天又是端阳，你不在，令人不欢。

父亲身体已好。你近来睡眠如何？念念。

六月一日。安上。

卢御钗：自珍姐同学。

第一三四通　1938年6月11日

诵坤：

　　这几天老望你来信，因快一月没有来了。昨今二日连接由鲁弟转来两信，知道你旅行去，方要到岷县，所以来信更慢了。你接到父亲肯到港的电报，非常快活，但是过了十天，又接到父留我行的电报，真使你一团高兴降到零度，并且还要奇怪我们变化得这样快。总之，父亲的肯去港住本非愿意，因了汇费贵、港票昂，计算又计算，就决定留平而让我出来了。不过你滇事已辞，我虽电上说滇较甘便，请你酌定，但辞去已久，能挽回否？所以梅等要行，我不敢决定随行至甘，于四号又打一电给你，究竟至甘至滇，来电可以决定了。四号电至今一星期，还未得覆，我嘱鲁弟来电由沪电转的，俾可快到耳。梅等本拟于廿号后动身，现由冯先生去问，他说要两星期后等来信再定，那么买船票（现船票要许多天前预订）大约要七月初或中旬方可成行了，梅太太至美国，不同行。但李氏夫妇要在港居留一、二个月，再首途至甘，倘你决定在甘，我终能得伴同行，请你放心（我想同李太太走，因有女伴比较方便，如无伴，你一定在甘，请到港接）。所苦者，战事日紧，恐欲行无路耳；如坐飞机，终能通行，惟价则太贵了。所以我意，数次奉信愿意你去滇，如事不成，这边生活程度不甚高，一年多的费用我可担负，你就没有事也去。倘你同意，请接信后即离甘，在港或在海防晤面（由申可直接至海防，在申可办护照；若到港，要在广东办，比较麻烦）；或你直接去滇，我同此间友人偕行，因有临大的眷属尚须赴滇也。文藻夫妇七月中到滇。无论如何，你一定在甘，无伴我一人决不能行，在滇则比较容易。你若愿意住港，则我二人生活俭省些，我亦可担负一年，请你决定。总之，你得离甘到港或到申面商，如何？请坐飞机比较安稳，坐火车则甚险。行李仅带单夹即可，被褥不要带了。

我若不行，父亲也不肯担负家用，我也不肯向他要，势必我走了方肯拿出来；那么不走，我所存的一些钱也要用完。拿现在每月一百五、六十元的开销和你在外二人用，终可够用了，所以请你千万离甘，港滇任择一处可也，定后请来一电，俾可预备。惟我意住滇较港省，或能在云大得两、三点功课更好。

所以劝你必离甘者，因这班人尚未到甘，在此已闻得有许多对你不利之言了。我知道你是傻人，喜欢傻干，在平时你和这班人很投契，当他们是好人，到甘后必和他们尽心做事，结果不讨好，排挤你，而你还未知道，有何值得呢？不取薪而尽义务，而再受此闲气，真太冤了！你以为在甘有许多事做，但你决不是他们的敌手，请你不要白费心力了，你能听我的话，就赶速出来吗？

苏州已于上月廿七通邮了，今日接又曾信，知道九姆母家于廿八夜去了五个贼，洗窃一空，她本无物，现在都完，那太可怜了。园内上月遭窃三家，以致租户已搬去四家了，又曾与姆母因此胆小得不得了。此段荒落，我家也恐不免，长此以往真没法办，窃盗要愈弄愈多了。父亲是决不能回去的，现北平治安甚好，不如留此。

又曾信上说，有许多人向他借钱，他拿父亲所存的贰百多元都借完了，均是我们的亲戚，吴岳母也去借了卅元，碧澄现回去无事了。

艮男的鼻子割了依旧如是，医嘱再割，她不愿再吃一次苦了。本拟往中医诊治，但她怕吃中药，又未去。

家内均好，勿念。

安上。六月十一日晚。

吴岳母：吴氏母亲之母。

碧澄：吴氏母亲之弟。是时在苏无职业。

第一三五通 1938年6月22日

诵坤：

自接鲁弟转来五月一日信后，迄今天天望你来信，并且我四号发出一电后，亦天天望你来电，但二者均迟迟不来，真是怅念！我自三月廿八日起至今，差不多每星期必发一航信给你，因平信太慢，不如多化一些钱快得多，难道均未接到耶？抑或你各处游玩，收信发信较慢，所以我们接信也慢？抑或你是不愿意给我信了吧？令我猜想不出。至于我之行止，非等你来信方可定夺，但越急越不来，真真心焦！

现梅、李约于月底动身，梅则至申耽搁一月或半月不定，李则至港耽搁一月或两月不定。倘你来信要我至甘，尚能约之偕行也。但我是愿意你离甘，或至港或至滇（前几信已详述我意，谅已收到），见面与通信比较容易得多，在甘实在叫唤不答允。请你不要因为有事情做而舍不得走，要知他们来了，你一定要受牵制，他们有经济权而你是没有啊！再，我与你分别将一年，也急欲见面了，你千万不要只顾自己而不顾到家庭啊！至于生计方面，你有事最好，无事也不要紧，我同你二人的生活费，我可以负担一年或二年。父亲决意让他住在北平吧，若一家都走，你没有事，父亲不肯拿钱出来，在外是决不能维持的；现在北平治安甚好，住此也好。

燕大于七月十三、四、五考期，辅大女院于七月廿四、五、六考期，艮男均要去投考。如考取，我赴滇，她留平；考不取，则她要跟我走而赴滇大了。那么我之行期要在八月中了，但不知你究竟怎样？没信来真苦极！

前天赵先生来，说接到向奎先生五月廿一日信，云及你已决定于六月底赴滇了。惟我没有接到你信，尚不能相信此事的确实，你为什么不给我信呢？

日来战事更紧，兰州恐亦非安全之地，我们一家都希望你赶快离去。现在火车好走吗？坐飞机则太贵，如能安稳，就不要省钱而坐吧。总之你一定要决心离甘方可成行的，倘杭先生不允许，你也要出来，否则在失眠时你又要胡思乱想，弄得我心里不安之极了。

郭先生已回苏省亲，闻船票不容易买，非要到天津去等几天不可。倘我接你一定离甘之信，我即可准备一切了，不过到时恐不容易找得着伴，因要走的已走，不走的不走了。若我与艮同行，不怕的；我一人则为难了，因我要晕船，很受累，或者到时找得着，也说不定。

父亲日来身体甚好，我们也好，可勿念。

你游玩一次后，失眠谅大愈，是吗？

此间天气已热，兰州如何？

安上。六月廿二日。

向奎先生：杨向奎（1910—2000），字拱辰，河北丰润人。北京大学毕业，父亲之学生，
　是时在兰州。

第一三六通　1938年7月21日

诵坤：

　　我于七月初曾托日蔚先生奉上乙航函，未知收到否？我们于十二日离平，到津由尊元照料，住六国饭店，十三日晨乘车至塘沽，再乘人力车到轮船码头。行李大小共约三十馀件，上下脚力化去不少，尚幸一路并未开验，真幸事也。船到烟台停一宵，馀在威海卫停二小时外，一直驶行，至十七日晨五时抵申。所有行李即交东亚旅馆运去，各人暂住一夜，即分住各亲戚家，我住菊妹处。因等办到苏通行证，现定廿三日乘公共汽车前往，我因要检视失物，不得不去，大约一星期即需返沪也。值此时局各物均贵，我们七人（吴树德也同归）旅费竟化去四百多元，但所坐舱位：我与珍、明、父坐房舱，每人五十四元，和与树坐吊铺，每人三十四元，来根坐统舱也廿二元，真贵极了；至于回苏的汽车也要每人七元一角，现在的出门，真非钱不行。再我们二人至昆明，现预备五百元，不知够否？一共要一千多元，父亲担任三百元外，馀均归我支付。

　　至赴滇事，现在还未找到同伴，惟王振铎君也许由滇入川，可以偕行，如能找到别人也好，总之我与珍二人行，诸友均说不大放心。现俟返申后再办入滇手续，大约总需八月中或八月底可以到昆明也。

　　你寄鲁弟的电、信均收到，最好你能先去到海防一接。如有伴同行，你不接也无妨。至与吴文藻同行，我不甚赞成，因他们至香港又坐舱位很好，我嫌去港较费，好舱位实在坐不起，故不欲与之同行也。再，我以去苏日子不能一定，不能请人等待也。昨天已托鲁弟发一电至兰，告我们已全家抵沪，谅已接到了。一俟买到船票，再当电告也。不过你的行止不定，电到转寄，亦无多大功效也。

此信本拟寄武昌转寄，因该处受炸颇烈，未知搬家否，故仍寄兰，不知能收到否？你究竟何日离兰，所行路线如何？务请择一安全之路，不要冒险，宁可多费一些钱为要。

吴辰伯君处你去信否？我曾去信托他租房，不知租到否？

父亲经此跋涉，身体尚好，勿念。

履安上。七月廿一日。

父亲7月24日日记"得上海电"，那日他在临夏，可知20日上海发电，历四日即由兰州转到，可谓快速。

第一三七通　1938年9月9日

诵坤：

一月多未曾通信，均因双方行止不定，非常悬念。

我于七月八月均有信致王守真先生和密司谭转交，得他们来信云及，也以你通信处不定，未能转去。昨接王守真来信，说他与友人已迁往长沙，曾致一电给你而未得覆；密司谭于前几天亦来一信，说你不日到渝，不知日内已到否？甚念。

上星期至鲁弟家，见你给他的信，知道你尚留兰州，还要到青海一行，九月中方可到滇。现已届九月初，谅你可到渝也。渝中友朋较多，谅多耽搁，此信寄渝或及见到也。

日来飞机常出事，你由川赴滇是何走法，坐飞机危险吗？在此时间有出门人在外，真使我担心，请你务必择一安全之路，宁可日子多一些。

我来沪已有五十天，在平闻得可在沪领护照，又到后找一同伴终可找到，结果因外交部上海已无护照，无法签字；同伴呢，找一熟识而可靠之人实在不易。倘我们二人贸然而行，一到海防困难是非常之多，言语不通，检查很严，听说常有丢掉东西及被迫退回者，所以我们虽急欲赴滇而终未成行也。日盼你来信而定行期，而又遥遥不果，真是心焦。现在护照已托吴晗去办，大约不久可到。如护照一来而你已到滇或能到港，则我们马上可以动身，只要在海防有人接，一切可不怕。至于我走的路线，倘你不过港，我拟直接至海防，日子虽多，比较省事而省钱不少。若一经香港上岸耽搁几天，则二人川资五六百元恐怕还不够，我现在只预备五百元，所以要省一些了。不过你由川入滇是决不会经过香港的，请你到海防来接我们罢（听说有法国领事的信则检查较省事，但得此信是不容易的）。又闻带物入境常要被罚没收，除衣服外，可说一切不能带，真是为难。钱太太来信说钱先生在蒙自预备房屋，叫我们先至蒙自暂住。不过到蒙自也要过海防的，我们二人也无法去的。

王振铎已遇见数次，他告我说傅先生曾来信叫他去，但事情未能一定，他已去信而尚未得覆。他说他如能到川，可同我们赴滇；又王育伊给他信，说秋凉后要过沪赴滇。如他们二人能同行，则你可不必到海防来接了。再，有一天路上遇见胡师母，她说江先生现在沪，要回安徽去，二月后再到滇。我前天去拜访她未遇见，过一天再去见她。再，闻太太住申，她来看我，她说她有友人新从滇来，要十月中再到滇，届时她也许随他去。那么倘你到了云南，麻烦出来接，我可跟江先生同行，如何？或跟二王同行均可。总之赴滇要经海防，二人决不敢行的，不若到北平，要走就走了。

艮女入云大，已寄照片给吴君，托他先报名，过迟不知能设法入学否？

今年燕大有学生九百多，龙叔已移寓蒋家胡同二号，与薛黄二家同住了。

父亲在苏甚好，他已回到老家，心里一定舒服。不过和官因苏州无学校，已来沪就学，家中未免更冷静。房屋已租出去，但租价很便宜。地室常水深尺许，已关起来不用它了。

速盼来信。

履安。九月九日下午。

通俗读物社此时已由汉口迁至长沙，将迁重庆。密司谭即谭惕吾，其任职的内政部此时

亦迁重庆。

父亲9月9日乘飞机离兰州，经西安抵成都，再至重庆，向管理中英庚款董事会杭立武复命，商甘、青工作；并与刚迁至重庆的通俗读物社同人商此后进行事宜。至10月23日方抵昆明，比预计日期晚了一个月。

傅先生：傅斯年，是时中研院史语所亦迁滇，有意招王振铎去。

江先生：江泽涵，北大数学系主任，将赴滇。

闻太太：闻宥夫人，闻宥是时亦在云南大学任教。

因苏州无学校，德辉兄至沪上学，由鲁叔照管。

一九三九年

第一三八通　　1939年7月11—17日

颉刚：

七日在站别后，我不到宜良已晕车了，在三等只能坐，我就卧在四等了。这天到开远，共吐了六次，以后两天我索性卧在四等，结果仍晕，过了开远天气渐热，真有些苦。九日晚九点到海防，住天然旅馆，没有房间，钱先生在车上认识一个姓赵的（姓赵的也是联大经济系教员），他和天然旅馆老板有些认识，承他设法，我在老板堂屋内搭了一个帆布床，钱先生住在老板客室内木榻上，汤先生则睡在地上的，馀外再有五个人勉强算一个房间。到了昨天，方始我有一个单人房，钱先生与姓赵的住在天然分店，汤先生又住在新华旅馆，馀外五人也有较好的房间了。

容先生介绍的朋友已见到，今天他替我们去买船票，这只船就是我同珍上次乘的庆元，官舱我是尝过滋味了，小而闷气，价钱很贵，是不上算的；现在去买的是统舱，特别优待，舱是在官舱外之廊子上，空气谅清爽，价钱越币五十四元。由防直达上海，仅停港二天，大约要走七八天，十三号上午八时开行，我们需明晚先下船了。在海防等船，得休息几天，精神就恢复了，勿念。

海防天气已汗出如雨了，今晨小雨后较凉一些。住海防五天，一共化了越币九元。

路过宜良承姚从吾夫妇来看我们，姚太太还送我一包茶叶蛋和一包海棠果，没有讲几句话车就开行了。

你这几天身体好些吗？去服中药吗？留存的药针你能打吗？至念。

请你赶快就医，弄好身体和牙齿后即回乡间，听说重庆又遭夜袭，我此行心里真替你和自珍担心。我自己呢，天气很热，又晕车晕船，真不想回去，但家内细事非回去不可，真无法。务请你自己当心，身体不好文章千定勿做，多休养为是。自珍总叫她回乡同住，伴你寂寞。在城时赶速找一个老妈子，住乡总比住城省，老妈工钱大一些也无妨，只要靠得住，肯做乡下事就行了。

余俟到港再告。

履安。七月十一日下午。

上信写好，本想在防寄发，因一信要国币二毛多，所以未寄。

庆元船本定十三号开，现改十五号了，在旅馆多耽真无味。钱锺书一班人买的永生船，听说也要是日开。我们因庆元先开，所以买了庆元票，那船小而坏，不及永生好，我们想先走，结果上当了，今午钱先生去交涉换票，不知能否？

前天汤先生在路上碰见浙大友人，得悉王以中也到此，钱先生前晚去看他，他昨天来看我。他还是七月二号动身，先到河内住了几天，也于九号来的，船票买的是永生。

这几天越币跌了，法币贰元换一元，我们前几天换的系二元二角四分。此行在港不等船，只要上岸住一、二晚，比较省一些，大约二百多元可够。

你近日睡眠如何？服药后发热中止否？饭量好否？甚念。希望你弄好身体就即回乡。再谈。

十三日午。

十七日上午九点到港，因下雨太大，暂未上岸。自海防开船，连日阴雨，是以天气不热。我们住的统舱，特别优待，自官舱从小梯上去的，问自珍就知，与甲板平行，空气很好。但我仍晕船，一天半未吃，以致精神不振，苦极了。船要停两天方开，因天气风凉，我们不住旅馆了。

等天稍好，当即上岸往访黄仲琴，欠连士升的钱我想托黄先生去还。

到上海后我当即回苏，你如有信，可寄苏州家内，免得上海转来。

钱先生拟住在郭太太家，我说我们家内如有空屋，亦可去住的。

馀俟到申再告。

十七日午，履安。

是时母亲与钱穆、汤用彤、钱锺书、朱自清之弟朱物华等同行至香港，一路颇辛苦。

王庸：钱先生好友。是时在浙江大学任教。

黄仲琴：是时在香港。

连士升（1907—1973）：福建福安人。燕京大学毕业生，郑侃嬺之夫。七七事变后其夫妇避至香港。上年郑侃嬺病逝，所言欠款或许为其所著通俗读物之稿酬。

第一三九通　1939年7月27日

诵坤：

　　我于十七日抵港，曾托黄先生寄上一信，谅已收到，此信系在海防及船上所写。十七日晨到港时，天适大雨，等待下午雨止，乃上岸去找黄先生，居然找到，托他代觅一个旅馆叫陆海通。我的单人房金系港币价——三元〇八分，他们二人三元八角半是日币价，是百元换得四十一元四角。我住了一夜，连吃化去港币五元三角。到了明日竟跌至三十四元，我们尚算幸运，可多换七元多。因天气一路落雨，天气不热，故于十八日即下船，廿日开行，至廿一日夜半抵厦门，停了一天一夜，适遇飓风，所以多停一夜，我们均无意上岸，廿三日晨开，于廿五日下午一时抵此。此行因海防等船，竟达廿天方到，我虽患晕船，幸一路休息尚可支持，务请勿念。船到吴淞口，有日医下来检查防疫针证书，抵达码头有租界巡警房派人查视行李，非常严厉。我跟钱先生到了旅馆，乃雇车到大陆坊，菊妹接到你的信，已盼望我多日，奇怪得很，这信太快而我行太慢了。

　　赴苏通行证已经领到，但钱汤两先生的尚未到，我想和他们同行，所以等几天。昨天到鲁弟家，谈及父亲存款事，他说现在法币跌价，切不可专靠银行，他叫我到期的可以取出的取出，由他设法调换或汇至你处。你下年行止未定，若要汇出又无法汇，真使我急。鲁弟妇又要生产了（八月）。

　　说起你事，你究竟已定否？照我意你仍在昆明，因一动许多麻烦，如能由中研院派出调查则甚好，不过你身体不适宜，只得转地疗养了。

如一定去的话，可先把行李运去，你等我到后再走，至要至要。康媛许多人说带她去最好，我回苏时当同她商量再定。

龙叔也到，钱太太同来，已赴苏，童先生今日来信已交他了。

吴先生要借钱，你切不可答允多，只好应酬他贰百元，恐他永无还的日子，你可说我旅费已用去不少，又要医病，无法如数。你医病的钱切勿可惜，只要好，后望无穷，这几天打针后好吗？念念。

皮鞋勿买，我当带给你。自珍处不另写，她好吗？

七，廿七，安。

起潜公此时应叶景葵（揆初）之邀主持合众图书馆，全家由北平抵上海。钱穆夫人亦携
　　子女同行。

吴先生：吴晗。袁震姐妹至昆明后，吴晗经济上有困难，向父亲借钱，母亲常提醒父亲
　　须有节制。

第一四〇通 1939年7月31日

诵坤：

廿七日曾上一信，未知先收到否？

我因钱先生尚未办好通行证，一时又找不到熟人同行，至今仍留沪上，大约二三天后终可成行。

现七月已到底日，调查费事得通过否？你决定往何处？倘下半年决定赴川，则我此处须做之衣服均不做了，要买的一切东西均不买了，因无论坐飞机或汽车，均不好带东西，若到昆再运去，不知何日可到，不如不买不做较为省事。又康媛同行，她也有行李必要带的，多了实觉麻烦。再往川，请你必要去问要不要穿皮衣，则我可带昆，因皮衣价贵，一人一件很费钱，不若单夹做来也不甚费钱的。你若去调查，须向研院至少要原数之半薪水，则我们在乡及自珍可够用了，你切勿慷慨说不要，便宜也白便宜他们的，而我们则窘了。

上信告你的存款事，我决不听鲁弟的话，因我们所有不多，若全部去买外汇，也微乎其微，况日来外汇狂涨，去买也不上算。我拟以一部分能汇出的汇出，所苦者你行止不定，我在此寄出恐你收不到，寄汇别人太露痕迹，更不好；我想只好等我动身后托人汇出，亲自收款较为可靠。你若在昆，我先可陆续汇出，但也要在九月初方可寄汇，速速来信告我行止，俾得决定。至于赴川，你还是等我同行吧，我至迟九月底当可到达，我若带了康媛，二人耳朵均不好，没有自家人同行是不方便的，就是你晚一点去，也无关系，你能听我话吗？

吴辰伯款你先可借他贰百元，因他永无还的希望，如白寿彝一样。

借人容易，要人还是难的，以后再有人借，你得拒绝，因被我旅费已用完了。

近日昆明情形若何？常下雨否？你日打针后疟疾及失眠能见效否？甚念。不过卡惠克医生我不很信他，他说你服了药水就会好的，何以依旧发呢？你再可请他检查全部身体有无毛病为要。

起潜叔昨日已见过，他们正舒服，合众图书馆供给他房子，还有百六十元薪一月，旅费也他们贴六百元。这房子有小花园，洗澡房有三个，办公就在楼下，楼上他们占四间。此图书馆系叶先生所创办，现在刚筹备，图书馆书多系各方捐来的，再有基金，倒是可靠的。

此间金融不定，物价亦贵，听说以后买船票，在上海也要用港币，那么路费太贵了，真糟心！

你住在登华街费用大吗？医费千请勿省，医好身体第一，倘住城不好，最好还乡，我较放心。

吴家妈妈要买汗背心，是男的是女的？托自珍去问一声。

再自珍要买的东西，开一单来。

自珍均此。

安。七月卅一日。

父亲对经济困难的学生多有资助，对白寿彝亦如此。

自母亲七日行后，父亲即于次日移居登华街寓所。

第一四一通　1939年8月4日

诵坤：

我所发三信谅已收到。我已于一号到苏，路上很好。日来正在晒衣服及轴子，至于安放，实在想不出适宜的地方，只好听其自然了。积水之处水虽能取出，终觉潮湿，也无法久放。我想以后终不会像从前的无秩序了。

康媛已应到昆，兹寄上照片三张，托元胎先生代办护照，越快越好，办好用航快寄大陆坊，则日子可够得到，我们大约九月十号左右终需离沪也，路上要耽搁半月或廿日。

苏州市面繁荣，商店林立，惟物价亦贵，一元钱也一用就完，然而比较还省。上海自外汇暴缩，物价腾贵，洋货则日涨一日，恐将来更甚，生活真难！我们大约过新七月半即返申，和官届时也开学。来根无法，只好辞歇，他也明白，届时我必给资优待他。至于灵座，月贴九婶母几元钱，她已允许了。此间有房租收入，和官学费及一切用度谅可够用了。此去两三年回来说不定，各事当妥为安置，务请勿念。

昨日接到你七月十六日信，云及失眠尚未复原，卡惠克医生我是不相信的，现改了周医生，能见效吗？很念。牙子镶好吗？要用的钱请勿可惜；若有人借钱，则勿滥借人了。你说半月后即需到成都，未知此信到时已动身否？如未动身，我很望你等我们。再，你走也坐飞机罢，因身体刚好，公路辛苦，虽费一些钱，是看得见的，并且日子很多，车路又坏，很有危险，我在此甚是担心。你若肯坐机，行李可先去。你肯等我们最好，不等，与自珍同行也好。乡下的东西必须卖去，木器连厨房用具碗盏炭盐杂物等，一共贰百元，在我们不吃亏，在买者则占便宜，未知有人要否？木器账另纸开列，杂物账我记不清了，炭大约不到廿元。如洋铁盆，馀外有打不碎的，能带的务需带去；如运费太大，则一切弃之可也，去后再买也好。小脸盆几只及热水瓶能带吗？如不能带，请一同卖去，还有洋油，能多卖贰十元吗？

康媛同我来，行李增多，大约二人有四五件，如坐飞机，行李如何运法？望告，俾得到昆后即可运出。

旅费你如先去，请留一摺给我，我可一到就用，馀外统由你汇出，勿留昆明为要。

此信附寄容先生，因恐你到成都。

此间天气不很热。家中均安好，勿念。

祝你

健康。

履安。八月四日。

自明姐上年随祖父居苏，此时将随母亲赴滇。

第一四二通　　1939年8月15日

诵坤：

　　一旬未接来信，至以为念，不知你身体好否，料已动身赴渝。我曾于六号发一航快寄元胎，并附一信给你，谅早收到。自明护照能于九月十号前寄申最好，迟恐不及也（如来得迟，我们只得等了，就恐怕没有人同我们行）。因由沪赴海防，买船票须护照，否则只可至香港，但现在港票奇涨，百元法币仅能换廿四元多，二人在港耽搁，实在住不起。又在沪买票，闻说亦要港票计算，如是我们二人此次旅费恐非六、七百元不可，真是为难。月来上海金融紊乱，提取不易，东拼西凑终可想法弄到，请你勿念；不过此次来回旅费之大，实是惊人，令我胆寒。我们已定阴历十四至申，和官、来根也去，家内粗粗整理一下，惟物件终想不出一个妥善的办法，只好托又曾兄见机行事罢。

　　乡下家内物件务须卖去，切不要借人用，因我们此去谅不再回，卖一笔现钱也是好的，最少价须贰百元，我们并未赚钱，而买者则大大便宜了。研院事有消息否？你能不赴渝最好，闻渝地亦很潮湿，苏人去此者多烂脚，彭枕霞和安真都不能走动；且布等亦贵，生活现在并不便宜。两地都不安全，不如不动为是。

　　我们此行行李大小有五、六件，你若一定赴渝，肯等我们同行最好，如不能，你必托人在昆照顾我们行李如何运去等为要。你走时所有被头衣服和好带的东西均带去，因到那边去买则很贵，如运费太贵不上算，则少带也好。

　　汤先生也跟钱先生来苏，我因事忙，仅到他家一次。他们现寓海鸿坊小学内，他事你同他接洽好吗？

　　近日苏州物价亦上下半月飞涨，吴岳母病状依旧，不能起床，大小便亦不能起，惟饭量尚可一碗，不给就不好，然而好人受累了。碧澄已在无锡统税局做事，他儿亦在南京做事，生活勉可敷衍。有斐闻亦要到锡做事，家中窘极，但尚未向我开口。士慧又在茶馆门前向松林兄借钱，他夫人前几天同小孩来向又曾夫人借钱，均未给半文，大约二年未来，所有非份之财已用完了，我甚怕他来看见我，此人实在对他无法。

　　辰伯向你借了多少钱？现在时候的钱，你切勿轻易借给人，因我们二年来旅费用了多少，也自顾不暇，实亏空了。

　　昆明现在情状若何？失眠好否？念念。

八月十五日，履安。

彭枕霞：苏州友人，是时在四川。

母亲询父亲为钱先生之事接洽得如何，缘于是时父亲已应齐鲁大学刘世传校长之聘，将赴成都主持该校国学研究所，该所经费由哈佛燕京学社提供。父亲邀钱先生同往，得其同意，父亲遂向刘校长推荐，得允聘。为方便辞职，钱先生是时以侍养老母为理由，先向北大请假一年。刘世传（1893—1964）：字书铭，山东蓬莱人。

有斐：顾诵淇，父亲族弟。

第一四三通　　1939年8月18日

诵坤：

　　顷接八月十日航快，得悉一切。廿七日信系寄平信，所以尚未收到，可见航快与平信日子相差太远了，现在航快来回仅十八天，真快极。你决赴成都，也好，不过这次旅行费大得可以，真是舍不得。你说到了那边家用甚省，可以弥补，没有这回事，闻彼地有人写信来，说生活程度亦日涨一日，布类之贵与昆明不相上下，亦说做不起衣服。我们若长此跑来跑去，势必要闹亏空，我意这次去成都后，无论如何不再别跑了。衣服我还是要带，被褥也带，虽出行李费，终较做新的合算。此次我与康大约有大小箱五个，被卷一个，我们到昆也可交旅行社代运，旅行社运费价每箱多少，请告我。不过人先到，行李必慢到，一到要穿的衣服怎样办？再被褥也不能不带，如何办法？再我们一到，若住旅馆，二人甚费；若住人家，又嫌不方便，奈何！

　　在昆明的衣服及被褥，务必完全带去，大木箱内除刘君的一包西装外，馀均破烂的，则不要了，刘君的由邮局寄去。木器账前信已开上，馀外物件届时叫艮男拣好带与不好带者理一理，要出卖者完全卖去好了。小钟一只在宓先生处，可带去。乡下房子有人替租否？

　　划钱先生款事势不可能，因我此次旅费和到后用度及还钱先生款代人买物钱，一共要有一千五百元左右，提取已感困难，因日来限制甚严，提取不易。到成都旅费要请你留一摺与元胎，我可到后应用，因路上多带不能，且又无款可带。至于父亲的钱多是定期，要改活期提取又是困难。我初意以由沪汇内地款项每百元可升水三、四十元，所以拟汇出一部分（现政府要人汇款内地，所以增加，百元可得一百三、四十元，并无限制提取；若在上海取现，则百元仅能取五元耳）。若与齐方划付，则我们吃亏太大，决不能通融，请你速即与信齐方，说我无款划付，俾得另想别法。况钱先生一家开支及购书费为数甚大，我决不能应付的。此层切勿与钱先生谈及划款事，至要。

到昆后若有人同行，我想坐汽车而不坐机，因二人实在太费了。人虽辛苦，好在到后可以休息了。

你失眠病不好，真是受累。你有否问过医生，常服安眠药有伤身体否？色多波能多服否？念念。饭量如何？精神好否？念念。我们已定阴历十四返沪，初九和尚拜忏。如康护照一到而有人同行，即购票到昆了。

自珍要转学吗？我想带她去，因放她一人在昆，实不放心。自明今天见你来信没有提及要她去昆，她很不高兴。她实多疑，疑你不要她去，她说如下次信来不说要她去，她就不随我行了。我对她说，父亲岂有不愿你去的理，你肯去是很欢迎的。是吗？

你到蓉后速来一电，并告知住址为要。宓先生已考取否？

开明寄书邮费贵否？为什么不交中华书局呢？

苏州天气还热，秩序甚好，勿念。

履安。八月十八日。

母亲所言划钱先生款之事，缘于钱先生请假一年期间，向齐鲁大学申请在沪所需工作经费，父亲考虑祖父生前在沪有存款，他8月9日致刘世传校长信道："刚在上海有存款数千元，现拟汇至成都，若尊意以为可以划与钱先生者，则刚便省汇款之烦。"父亲因与母亲商议此事。

第一四四通　　1939年8月25日

诵坤：

　　廿二日上午发自珍一信后，下午即接她八月五日的一信，读之真使我生气。韩先生太岂有此理了，我们好意借给他住，为什么竟占据我们的房，又睡我们的床，并且弄得东西乱七八糟呢？我临行时，他们原说要修理房屋，半月后即走的，用的东西有，不借我们了。假若他能全部买去，我们得钱交货，房子由他替下，也无不可。不过他既没有钱付，弄得我们不好出卖，在现在时候出卖是很容易，到了太平时就没有人要，他们好在借来的，一走了事，然而我们则吃亏太大了。我走的时候千叮万嘱，无论如何家具一切必要卖去，最好有人赁租房子连买东西，免得东分西散。你竟不听我言，专做好人，与自己作对，要知自己心血挣来的钱并不容易，反而让人占便宜，岂非太傻！我并不是贪钱，该取则取，该要则要，该用则用，白便宜人对于自己是无益的。譬如说现在罢，没有这回钱太太汇申的一笔钱，带既不能多带，汇又不能多汇，势必不能返昆了；然而这笔钱，平日化去也就完了，我平日积这一些钱，受你的责言不知多少了。我们这一次赴蓉，旅费实在化得太大了，钱先生说可向齐方要求贴一些，你肯去信说吗？至少你一个人可有了。我想你是对钱马虎的，决定不肯的。此信到时，如家具尚未出卖，务必赶速卖去，切勿东借西借，弄得以后不见，一文未得（最好一起卖，虽钱少亦可，零碎卖则好者有人要，不好者卖不去，势必借给人，终至不见了）。如有人要连房连家具一起，则请韩先生搬出，你可对他说因要用旅费，不得不卖，他哪能强借人家呢？无论如何，你走前务必卖去。

宓太太和韩太太借用的东西，我均开单，放在藤箱内，可向他们要回。

自明护照已寄出吗？你们已动身吗？到蓉望即告我住址。

我此次回苏，幸没有人向我借钱，我也没钱可借人。现家中物件各处放开，俟要紧时再定办法，松林哥哥这人还靠得住。现台子决请九婶母照看，月贴十二元。来根则要我给他一百元，我已允他了。现许自琛已替他谋一事，在杭州，谅生活又无碍了。

我们决定廿八日到申，和官、来根同行，和官仍在惠全中学。

失眠好些吗？

履安。八月廿五日。

韩先生：韩儒林。是时在昆明之北平研究院史学研究所任职。

钱太太汇申之钱：父亲日记1938年末记有存于北平天津之书籍稿件物品，最后一条是"存钱太太二千八百馀元"，可知此为母亲之积蓄，托钱太太离平前汇沪。

台子：祖父之灵座。

第一四五通　1939年8月29日

诵坤：

我已于昨日来申，在苏接十九信，在申接廿二信。康媛因又发热（热不高，勿念），尚未带来，俟此间船票事就绪，再去接不迟；或有便人同来，我即不去了。你因欧亚机缺少汽油，因此耽搁，未知现在已动身否？请坐机，勿乘汽车为要。闻先生三百元已取出，这儿取钱很不容易，所以你要划与钱先生的三千元，我是无法应付的。他们因要租房等用，须要筹钱，在此哪儿去取现呢？百分之五的限制真是弄死人，否则我可续开支票给他，一星期一取，彼此划算，也是好事，无奈他们要筹钱，则无法办了。你已函齐方另想别法吗？齐方能由美直汇此间吗？家具由元胎买去很好，零碎一切在内贰百元吗？宓与韩两家借用的东西已取还吗？我盼你早日到蓉，电告确定住址后，我可将此间存款陆续汇上，现在汇内地的可无限制，惟不加水；前信所告系商人方面汇款可得此种优待，平常人是不能的，我是缠误的。平款无法取出，只得续存了。你说成都物价便宜，真的吗？不过那边也不平安，住在乡间方便不方便，到后请告一切为要。房子勿租大，家具宜少买，你听我话吗？护照你信说早已寄出，为什么至今未到？要遗失吗？甚念。我决与闻先生同行，等护照一来即可定船票，预备一切也；因日来情形变化不定，能早走还是早走。我到昆想住城内，因住落索坡颇不方便，又恐城内无住处，只得到后再定。

履安。八月廿九日。

第一四六通　1939年9月12—15日

诵坤：

二日接来电，知道你和自珍由公路去，行走十日上下，住宿谅十分辛苦。现时隔十日，想已安抵成都了。到后身体好吗？甚念。此行有同行的吗？在重庆耽搁吗？

我到申后发一信与元胎，叫他转寄一信与你，此信到昆你已动身了，已转给你吗？

你们走公路，是不是因为缺少汽油，料你等不及有伴就走了。

家具由元胎全部接受，甚好，馀外你临行前已交付清楚吗？行李较人迟到几天呢？倘迟到日子太久，衣服少带要没有穿了，将如何？

到蓉房子勿租多，家具勿多买，切要。最好仍有同居而能分开的，可以彼此照应。

我们因护照签字关系，船票尚未去买，虽欧战爆发，航行谅不致中断，现在也有船开出去，不过日子不一定，较麻烦耳。暑假回申的朋友甚多，我与谁走现尚未定。我意最好等你到信到了，有一定住址，我将款汇出后始走，则可放心。但不知时局要变化否？航行要中断否？真令人难测。

现在上海谣言甚炽，物价飞涨，米要买卅多元一石，但又患人满。钱先生怕出顶费，房子尚未租着。现在租二、三间房要一千或一千多元顶费，连买家具是要一笔蛩钱了，我处哪儿去取现呢？并不是我不肯，实在无法支取现款。

你可将成都物价及生活告我吗？我走时再无汽油也只好坐公路了。

履安。九月十二日。

上信写好，因为要买船票，可以告知行期，所以未发。岂知一到旅行社，康媛护照发生问题，云须签字。我以为由云南寄来，尚未过境且未过期，就大意未去签字了。现在一签字，对铺保及续续手续，要二星期可取，因此船票只得缓买。现闻先生已定廿号后有船即走，我们大约要十月初或十号后可行。现在船没有定期，要到时再定日子，但船票必须去早定，方可得较好舱位，我想廿号后即去定了。汤锡予先生因等家眷，也许在此时可和我们同行，请勿念。

你们这次坐公路车，真太辛苦了，不知你们身体好否？甚念。我们倘要坐飞机，有直接去成都的吗？

你们到蓉后，住在什么地方（要确定的），请以航快告我为要。再天气及物价亦盼告我。

行李你们都是随身带的吗？

履安。九月十五日。

是时父亲与自珍姐等由昆明乘车赴成都。

第一四七通　1939年10月1—2日

诵坤：

　　来电收到，并信一封，知道你们已于廿二到蓉，在重庆住在纪清漪家，客处有人招待，也一好事。现在你们到了成都后住在什么地方？还是已觅得屋吗？烂脚已好吗？艮男是否住校？谅日内总可接到你的成都的信了。

　　我于上月十六号曾寄一信于齐大，托刘校长转的，已收到吗？我们本已买得二号船票，与闻先生同行，现因康媛护照签字迄未领出，只得退票。原因是法巡捕房私下要钱，凡未送钱者一概延迟至二、三星期不等，后来我托人设法送钱去，但这人从中又要好处；计算日期总归来不及了，索性未去接洽，看他们什么时候送来罢。现七号船也已买完，要十几号可有船，但护照未领得，又不敢去买票。二号船系定的吊铺（官舱房舱已买完），结果退票倒蚀了十一元六角，现在必等护照签字，去买票方有把握，大约廿号边可以成行。如届时无人同行，我拟二人走，好在已走过一次，没什么怕了。再，本月底也许杨时逢先生要回昆明，可以同行。

　　此次闻先生先走，我托带一只红皮手提箱子，有你和艮男冷天的衣服，我叫他到昆后如能交旅行社运去最好，他说倘有朋友带去也好，因为我们到昆未必能即到蓉。你们的衣服我在此均做好，寒天来了省得再做，你的皮袍、棉袍、夹袍、单袍及艮的皮袍等均装在这箱内，所以先托闻先生带去，未知能运去否？艮的雨衣皮鞋均买，冬衣又添做几件，士林罩袍也做了，可勿再做。你们的行李如何带去的？望告我，出门最

一九三九年　357

麻烦的是行李，如成都棉花不贵，我拟被头不带了。在此不能走，休息一下也好，不过此间报纸有中越边境突然封锁之说，未知确否？不过旅行社仍旧买票，想来也许谣言。

款事现尚未弄清楚，大陆系汇划，此间连利息都不能取现，现拟托鲁弟全部汇蓉，到后倒可取现。兴业的由起潜叔设法，可汇出一半多，还可升水，馀款慢慢续取后汇上。交通的由龙叔托叶先生设法，托平行陆续去取再行汇申。馀外的，我在此每星期去取，临行时再行决定。这几天我老等你来信告我住址，因汇齐校恐不方便。款收到后可暂存活期。

我告诉你一件惨事，起潜叔的开喜弟得了腹膜炎，已于中秋隔夜死了，病仅十二天，已在申考取大同中学高中二年级，天不假寿，真是可悲！在中央殡仪馆大殓，我去送的。望你接到此信去信慰问，他家住在法租界拉斐德路六百十四号。起潜叔人不错，很肯帮人忙的，就是叔母也很好，叔母自丧儿后人更瘦了。和官仍在惠全，已升高中，现在人长大不少，也较前用功一些了。鲁弟妇还未生产。此间自外汇紧缩，洋货也飞涨得可怕，米仍旧四十元一石，幸租界内尚安好。我们在此也甚好，请勿念。

接此信后望速来一航快，还来得及收到，我想还不会走。

履安。十月一日。

上信写好，因昨天星期停寄，今天又接到你廿六日及艮廿五日信，知道你们由渝到蓉一路辛苦，不胜系念。现在康媛身体尚未复原，而我则到此时大家说我瘦而黑老了许多，我和康媛的身体是决不能坐公路的，决乘飞机，请你勿念。你和艮到后身体不好及饭量不旺，谅系一路劳顿，又受湿阻，你系湿体，所以吃不下，请就中医吃几帖药，望多多休息，自然会吃得下了。我在此事情差不多完，要走可以走了，但签字不出及买票不易，虽急也无用。你们租好了房，就雇一老妈自己烧饭吃，好吗？省得跑来跑去不方便。以后西药不要多吃，究属伤身。

钱我想直接汇给你，不必由张先生转，因寄到齐大终可收到。周勖成款，我汇给你后再由你定夺汇去，如何？我意至多一千元，不要二千元，试试再说，以后还可以加的。闻先生不到华西，仍留云大，因家眷在申，去蓉来回更不方便。成都木器虽贱，但也不要多买，且不必买好的，因说不定什么时候就走，望听我话。动身有日，必打电报给你们。

起潜叔对我说，叫你务必去信司徒和田洪都，切托存书事。因龙叔一走，负责无人，必须去信恳托，方可生效。

脚上湿气好吗？

履安。十月二日。

纪清漪（1904—1998）：河北献县人。北京大学法律系毕业，任律师。其夫马毅（曼青）为父亲友人。

杨时逢（1903—1989）：安徽石埭人。金陵大学毕业。是时在中研院史语所任职。

叶先生：叶景葵（1874—1949），字揆初，浙江仁和人。是时浙江兴业银行董事长。

张先生：应为张维华（1902—1986），字西山，山东寿光人。齐鲁大学毕业，又入燕京大学为父亲学生，禹贡学会专业研究员，是时在齐大国学研究所任职。父亲任职齐大缘于张之介绍，亦出于对张之信任。

周勖成（1891—1968）：父亲苏州小学同学。是时在重庆任巴蜀中学首任校长。

田洪都：在燕京大学图书馆任职。

第一四八通　　1939年10月6日

诵坤：

二号曾发一航快，谅已收到。闻先生已于三号动身，我托带一只红皮手提箱，叫他得便运蓉，因内中都是寒衣，恐怕我到后运出来不及了，你们又要去做新衣，此间做而不用，太不合算，所以先托他运去，但不知何日可以运蓉。内中物件前信曾附一单，你的皮鞋因此箱放不下，只得等我带给你了。现在上海皮鞋也贵得很，好的也要十几元一双。西药竟有涨至数倍的，金鸡纳霜要一毛一粒，可谓贵极。我走时要带点西药吗？成都白铁烧饭锅贵吗？要我带吗？馀外缺少应用的东西而要我上海买吗？由昆运蓉运费贵吗？多带东西上算吗？请告我。康媛护照签字尚未领出，现在托人寻找同行者，一时也无有，大约要二十号后走了，你们急等我去，我也急于动身，奈何！

现在成都平安吗？阅报飞机去轰炸，受惊吗？我家住处离城有多少远，住此安居吗？你说要自己造屋，我不赞成，在此时局一切材料均贵，而又不内行，且又不能久居，东搬西迁没有定所，造了房倒是一个累，请你千万勿造，等时局平定再说罢。

吴岳母挽联已托又曾兄送去，你不必由蓉寄去了。康媛这几日住在五小姐家，她家大小姐学中医的，康媛身体还未复原，所以去请她的老师服药，免得在路上不舒服。

大陆款我与你父的三单，均托鲁弟取出，交交通前日汇上（平信），没有升水，但可以取现；还有陆续取出的贰千五百元，托龙叔的弟弟（名典韶）由上海银行汇上，升水四百七十多元，也于前日汇出

（由航空），请收到后务必分几处存储，号数又须录出为要。北平交通的由叶先生设法，已于昨日汇到，并不吃亏，真是大幸！这是有熟人的好处，曾托鲁弟，他也没有办法。此款与兴业的一款，俟你收到前二款，覆信来后再行汇上。你再有别的住址可以通信吗？因老汇一处不大好，下次拟汇给艮男好吗？现在由此间汇款，如有熟人在行内，可得升水百分之十五（上一月有百分之三十）；如无熟人，照平常一样，一无升水，这其间相差太远了。望你接到款后，切勿告人，又不要轻易借给人，至要至要！你到蓉后取到薪水够用吗？此次旅费共用多少？我则此次回来太不上算了，加了一个康媛，竟要化去三四千元（连在此间用度），我们如何可以弥补这一次的亏空呢？

接到第一款后，望速来信告知，在廿号内可寄我处，在廿号后可寄龙叔，因为再有的款仍托他汇上也，我走时当托他陆续汇给你的。

履安。十月六日。

五小姐：吴氏母亲之五妹。

第一四九通　　1939年10月13日

诵坤：

顷接艮女来信，得悉你近日又患失眠、烂脚、牙痛，不胜系念。现康女护照已于前几天领出，而是时适有开明书店魏君同行，船票已买得房舱二张，明后日可以起碇，临行当电告，以慰你心，机票亦当电元胎预定也。你们行李半月还未到，我们到后，行李也是一个问题，人先到而行李不到，要穿没得穿，奈何！还是在昆方便，去蓉实在太远，又飞机袭昆少而袭川多，天气又甚潮湿，在蓉亦不能安心作事的。研院近来进行得如何？

交行款及上海银行款谅已收到。平交的款业已全数汇到，并未吃亏；此款与兴业的现改活期（这二款利息只可取一年，过期的没有），暂存起潜叔处，俟得你到信后，再陆续汇上（如你已有信来而我已行，你再去函起潜叔为要。直接写顾诵坤收得到吗？因专汇一人及托人转均不好，请告起潜叔）。国货的二单亦改活期，留交舍妹每星期支取，缓日慢慢汇上。馀外中行不到期的及中行活期款拟留此不动，以备苏州家内及不虞之需。你意如何？

我们如后日动身，大约十天可到海防，半个月终可到昆，如飞机票即有，无容多耽搁即可到蓉了。船仅停港二日，我不去游玩了。抵昆当住辰伯家，今天也去信知照。

接到此信，如有要事可函元胎或辰伯转，谅尚能接到也。馀俟到昆再告。

履安。十月十三日。

第一五〇通　1939年11月7日

颉刚：

我于上海是十五号动身的，廿二号到海防。闻说火车不通，在防等二天，廿五号到老街。在老街等一天，廿六号到开远。在开远等一天，廿八号就到昆明。此行幸遇张遵骝学生，否则同开明书店的魏先生是糟了，他根本也是第一次出门，他不来招呼我们，而开远到昆明要换二次车，搬运行李及抢座位真有说不出的麻烦和辛苦，幸张君有同行四人，我们二人跟了他，东西一些也没有丢，真是运气。闻先生和汤先生都丢了小东西。闻先生是三号由申动身的，在开远等了九天，比我们早到得两天，现在出门真是讨厌。

我们一到昆明，容先生就和我去欧亚公司，很快乐的定得了六日。不幸星期六去打听，被航空学校人抢去了，改期十号，所以我即打电与你。今天又去打听，因缺少汽油，六号的人又改十号了，而我们又被延至十七号了。至于那天能走与否，尚是问题，所以我们不能再叨扰吴家，搬到西南大旅社了。本来可照你说，可以乘中国航空公司的飞机，但他们不买直达成都的票，要到了重庆再买，在重庆也要等，不如在此等了，比较省一些钱。我在此多耽搁，钱够用，勿念。所可怕者警报来，然而也无可奈何的事。此间幸有容先生照料，我们省事不少。四号日机袭蓉受惊吗？

有一个铺盖和两只白色手提箱已于上星期三交中国旅行社运出，运费之大真是惊人，共五十公斤化去一百卅元，但可直达成都，不由重庆转了。成都棉花贵吗？如不贵，这铺盖带得太上当，因一个铺盖由申带成都要化去六、七十元。我们二人的寒天衣服留由飞机带了。再有一条被未交中国旅行社，因在吴家要盖，如成都棉花不贵，即弃去不带了，因飞机每公斤要三元多，超出三十公斤是很不上算的，望你来信告我，以定带否。再日常必须用的，而为成都少有、昆明便宜的，可告我买一些。镍锅已买了，鹿茸精尚未买，问过一处药房，他们说没有，我悔不在上海买要便宜得多了。成都烧饭用炭吗？热水瓶等够用吗？我有一个要带蓉的老妈子被褥，由我们备的。你们带的东西都运到吗？布置新屋不要太讲究多买家具，因说不定哪天又要搬。此间东西，我离了四个月，竟涨到三倍，米要六十五元一石，如何得了！听说成都便宜不少，但洋货与上海货太贵，是吗？布价如何？我在申已将我们四人衣服做了一些，在此二年内可以不再做了。所可恨者，你与自珍的一只衣箱被闻先生留在海防，尚未能即日运到，冬天来了将如何？此箱现托孟刚叔叔到海防接家眷带来，但需廿号后可来，这也无法。

我到后想见面在即不需写信，现在则尚需十天，故写此信。望你接到此信，来得及覆我一信为盼。

鲁弟与起潜叔寄你的钱，系上月五、六号寄的，你收到吗？你又去信起潜叔叫他寄吗？乞告我，至要。

元胎信附寄。他与宓先生闹得很厉害，事因我到后再告。澡盆已由我取还。

履安。

此通未署日期，由后11月13日函可知此通应为11月7日所写。

张遵骝：张之洞之曾孙。是时就读于西南联大。

闻宥比母亲早行十二日，而仅早二日，铁路之不顺畅可见一斑。

父亲离昆明前，为容肇祖与袁熙之婚事作媒成功。母亲抵昆明后得容先生照料甚多。

孟刚公：顾沏豫，父亲族叔，是时在交通部西南公路局任工程师，修滇缅公路。

第一五一通　1939年11月13日

颉刚:

　　七号给你的信谅已收到。前告十七日可以飞行，但至公司中去打听，十号走的一班人始于昨日飞出，我们的飞期又不是十七号了，他们说不能定期。俟有日期，容先生告他们早二日通知，俾得安心，大约廿号边终可起飞。此次幸容先生有一友人在内，否则拖延不知要到何日，今上一班人已走，公司人答允我们下一班必能走，决不好意思再不给我们了，我们只得在此等待。至于中国航空公司，我们也去打听，要廿九号，是更迟了，所以我专等欧亚而不再去中国了。

　　前信告你我们已搬至西南大旅社，但住了二天，白孟愚先生家之小姐少爷亲来邀我们到他家住，我们因等待日子太多，中午吃饭不方便，就不客气搬到此地来住了。临走时我必买些东西送他们，因久扰是太过意不去的。

　　鹿茸精走遍各药房均说没有，仅有一家有针药，我未买，因你要的是吃的。

　　吴晗结婚未举行婚礼，仅去旅馆住了四天，就算同居。我写了一张国货公司礼券十元，他们坚不肯受，因一概不受礼，退还我了。容先生结婚因住房关系未能早日举行，大约唐祠可让出三间，于新年可以举行。我走时拟送礼十元，你说好吗?

　　起潜叔叔处你有信去吗? 钱第二批汇给你吗? 倘已汇到，你务必分开存，将来容易支取; 若一起存，万一时局紧张，要限制起来支取是不胜麻烦的，望你照办。北平交通的全数（加利）和兴业的全数（加利），我均交他汇出的。印《尚书》钱不够，我叫起潜叔留下一千元作为印刷费。国货的两摺留在菊妹处，叫她陆续取出后，一并汇蓉。

飞期既不定期，我们当照你来信，径至华西事务楼询问，请勿来接，俾免落空。

自珍五号的信已收到。自珍信上说，我家有两间房让与李先生及顾小姐住，但千万不要合一个厨房，弄得同宓家一样；又不要包饭在我们家内，因一起吃太觉得不方便，反而太麻烦，我们倒不能随便了。

履安。十一，十三。

白孟愚：白耀明（1893—1965），字亮诚，号孟愚，云南个旧人，回族。在云南普思地区建立南糯山制茶厂，生产云南茶业史上第一批机制红茶，销往国外。前年经白寿彝介绍与父亲相识，父亲请其到燕大边疆问题研究会讲演思普之民族风俗。

父亲与起潜公在燕大合作的《尚书文字合编》，至七七事变时已由北平文楷斋刻字铺刻成了十分之八，尚不及印出，是时起潜公在沪仍继续此项工作，母亲留与千元作印费。

一九四〇年

第一五二通　　1940年6月25日

颉刚：

今天自珍同蒙先生于十点多就到家了。

汤家的东西已搬至骆园，我们存留的尚有竹书架四个，靠椅两把，衣架二个，厨房小桌一张，方桌一只，圆桌一只，骨牌凳三只。如要搬来时，你可检点，免与汤家弄错，至要。再有锁门的铜锁一把，等物件搬完时换汤家锁（汤家锁已交侯大夫），我们的可带回了。

牛皮纸一卷须带来，搬时务垫稻草和报纸，俾免碰去漆。方便时买一锭几毛钱的墨带回。

李宝泉的薪水、信及另外的信，今托蒙先生带给你转去。

听自珍说余太太们要来住，这里如何住得下，现在修理时期，木匠等很乱，并且没有一间正式的房可住，后面二间地板房木匠数人住在内（锯木工作就在房外三间内做，也有在花园内做），就是来住几天也麻烦，况既来了就请她们搬走也说不过去，若住一暑假，如何住得下，因此间房间并不多。若住洋房，则王先生工作没有地方。又吃饭也发生问题，她们比较洋气，厨子一人决来不及，现在我们吃饭常常很晚。再王杨二人与我们吃饭觉得拘束，若余家来，他们心里一定不舒服。她们若能自己烧饭，则来也可。我意城内人搬来，最好等修理好来，否则乱七八糟，住处无着也是苦事。

自珍要你向研究所借《中国通史》、《中华二千年史》。

你务必于廿七号回乡。你把我们搬到乡下，自己反而在城中住起来了。

廿五午，履安。

此通信笺为"私立齐鲁大学国学研究所用笺"，1940年6月20日研究所方由成都城内迁至
　北郊崇义桥赖家院，当时院内修理尚未毕，此通即写于是时。

蒙先生：蒙思明（1908—1974），四川盐亭人。燕京大学研究院毕业，是时在华西协和
　大学任教，并参加齐鲁大学国学研究所研究工作。

自珍姐是时就读于齐鲁大学。

侯大夫：侯宝璋（1893—1967），字又我，安徽凤台人。时任齐鲁大学医学院院长。汤
　家：即汤吉禾，江西九江人。是时任齐鲁大学教务长。

李宝泉：父亲友人。

王杨二人：王育伊、杨向奎，是时王育伊在国学研究所任职。杨向奎自甘肃来，父亲
　"一时未能安插，姑嘱其以研究文字易取稿费"（父亲1940年2月6日日记）。

第一五三通　　1940年7月15日

颉刚：

你们今天进城，天气真好，不下雨而又凉快，几点到的吗？

恽小姐已于今天上午到此，但你不在，没有工作可做。有什么做的，可写信来告知。

胡福林一信今天收到，关于买书事很紧要，故特用快函寄给你。

天气热，你穿了夏布长衫，出了汗务须挂起，切不要团在一起，因天潮湿，容易发霉，一霉就洗不去了，岂不难看。小衫裤也请挂起，或吹开，脏了就叫人洗，留到家洗出了汗要发黄的，切记。

自珍耳朵诊治后，痛好些吗？叫她买三尺布带回，或条子的，或一色的（须不退色者），做二条短裤，叫她问问同学，三尺布够吗？徐外如有放得起而不坏的东西，买一些回来吃吃，实在乡下太苦，想吃而无物可吃。

事完务请早归，因折子放在身边不好，如有警报更是麻烦，换时你最好同自珍去，因自珍要同同学去是不好的。

植物油灯买一盏回来，赵先生买时价二元三角七分。

履安。十五下午。

恽小姐：恽和卿。据父亲日记知其1940年7月到齐大国学研究所就职，此通即写于
　　是时。

胡福林：胡厚宣（1911—1995），原名福林，河北望都人。北京大学毕业。是时将由中
　　研院史语所至齐大国学研究所就职，父亲托其为国学所购书。

赵先生：赵南溟。在国学研究所任职。

第一五四通 1940年10月26日

颉刚：

你一去要十天，忙得怎样了？天晴有警报，望你星期三准归。

这两天天气骤然冷起来了，你穿了两袷，身上冷吗？下午朱炳先先生进城，托他带上毛线背心一件及衬里小衫裤一身，又刮脸器一付。换下来的脏的衣裤不要叫人洗了，因破的破、补的补，太难看了，留着拿回家洗好了。

信件一包，内中有钱先生的，望交去。

鞋子自珍已同你去买吗？她要钱用，你已给她吗？

李先生如替所中买木炭，我也要买几十斤或一百斤，备天冷时用。你可向他说一声为要。

履安。廿六日晨。

此通所言天冷，买木炭备用，应为秋季事；又言交与钱穆信件，钱先生于1940年10月下旬抵成都，据父亲日记，是时为迎接钱先生，进城十天，30日（星期三）陪其到研究所就职。此通应即写于是时。

朱炳先：父亲成都友人。

一九四一年

第一五五通　　1941年9月30日

颉刚：

嘉定和李庄来的两信均收到。你游兴真浓，定能一饱眼福了。月初能抵渝否？我于廿号曾寄一信至小龙坎，及赵太太与赵先生信时请她附告的话，又附友人来信数封，谅社中已转给你了。

你离家半月，关于研究所的信仅一封，系方豪的，没有说别的话，嘱寄缺的《责善》，并附学术通讯（论密枝），又《明末清初钦天监以外诸教士之天文研究》及《西洋音乐始传中国纪略》二文，已交钱先生了。张西山曾于上星期来所住二夜，同去逛新都就走了，他听说我发热，来我处探视我，大约他不会来长住的。所中同人亦安静工作如常，仅朱采芷因有友人帮助她学费，于明天要去川大了，所抄之"历史教本"已抄至十五章，约十万字，她还我八十元，连前共还壹百元。社中寄还我款，仅王先生一百，佟君五十，及李芳霖运书五十，共还二百好了，嘱他们即日寄来为要。九月份六百元已收到，下次请寄自珍去取，较为方便也。米贴已领到否？能领多少？这学期自珍饭费竟达五百元，可谓贵极！

今天李金声又来一信，即我前信所告未收到的一信，他在平租房，书汪宅既不愿意存，就请他多租一间，存放他处较为可靠，房租照市价，切勿客气，但房屋须择干燥者。至于拆晒廿馀大箱书，未免太麻烦，且又怕遗失的，不晒又恐潮湿，不过托人代晒，实在是太费事，没有人看守好，用人要偷去的。所交的捌百元谅能带法币，看他来信，保险费是以法币付的；又看王姨丈的账单，中法付款是以法币为标准的，能付法币即照数付给，如付伪币则照市价计算。我所存之书箱及保管箱均在中法。李先生云尚馀五百多元存他处，折存王姨丈处，我意仍存姨丈处，因历年所付中法款均由姨丈经手，且通讯处亦是西观音寺，五百馀元请金声付姨丈，仍由姨丈续付好了。至于李金声之房租，可否请他暂垫，得便还他。保险费今年已付讫。金声通讯处系燕大，望即去信，去信时不要提及付姨丈什么纸币，看他付什么纸币好。不过龙叔为什么不来信呢？附寄姨丈所开之账，仍请寄还，我要保存，勿忘。

黄和绳又来一信，要你代运行李，他通讯处系新桥五区二号。马毅先生由兰州经此，到赖院送我们一大筐梨和石榴，约十六、七元，来时十点多，留饭未吃即去。你到他家，亦买些小孩儿吃的送去，亦约十多元。李贯英夫妇于前日来赖院住一夜，明晨进城，下午即乘汽车走了。家内女仆周嫂又懒又脏，常使赵太太生气，已辞去，换了一个姓陈的，饭要吃两大碗还不饱，又辞去了，结果老萧把叶嫂去叫来了。用人用不好，我也无法静养的。我自多卧以来，昨今二日热已退到只高三分了，请勿念。此信仍卧床而写的。社事整理得如何？

履安。九，卅。

是时父亲应朱家骅邀，赴重庆任文史杂志社职，齐大国学研究所职事由钱穆代理。

赵太太：李延青，赵梦若夫人。是时母亲生病，请其照料。其夫在文史杂志社任职。

方豪（1910—1980）：字杰人，浙江杭州人。宁波圣保禄神哲学院毕业。是时任昆明《益世报》"宗教与文化"编辑。

《责善》：父亲在国学研究所创办之半月刊。

朱采芷：朱自清之女。是时在国学研究所任短期抄写工作。

王先生：王树民（1911—2004），河北武清人。北京大学毕业，父亲之学生。是时在国学研究所任职，并在齐鲁、华西、金陵、金陵女子四大学共同发起成立之边疆学会任干事。

佟君：佟志祥。是时在国学研究所与自明姐同编《史记》索引。

李芳霖：是时在国学研究所任庶务。

李金声：七七事变前曾在燕大就读，事变后去甘肃、四川，是时又返北平。汪孟舒家所
　　存父亲藏书是时欲改存李处。

黄和绳：父亲友人。

第一五六通　1941年10月3日

颉刚：

前一信谅已收到。昨今又接到数信，兹奉上。

杨志玖来信未与钱先生看，因他信中提及困难之点也，函告他如何之处你去商量罢。（杨事你可函钱，请其与校长面商，省得周折。好在杨是钱的学生，是他介绍的。）杨君通信处系昆明龙泉镇北大文科研究所。

你曾于八月初致信龙叔（因存书事），但看他信中语气，是未见你此信的。租房寄书，李金声既愿意寄存，再好没有，请速即去信照办，省得麻烦汪宅。至于房租，市价应出多少，请李先生切勿客气。龙叔处望即去信告知，俾可定心。

王受祉病故，田租事暂托彭氏续收，俟将来再说。请照又曾意，函告为要。

以上数信务请于百忙中也须赶速寄去，因现在邮递慢，勿延为感。李金声信可附龙叔信中转平，比较快得多，但勿放信封中。再，函又曾兄信时，告诉他寄四元或六元（四与六元你定夺）奠仪至用直绥贞处，住址并称呼都得告他，勿忘。

严恩纯信中说《南史》六册、所录民族史料五十四页，你在蓉时已收得否？如未，可来信所中一问。

史念海闻已赴渝，到否？黎光明和史，朱先生给他们任何职务？所云工人是否黎光明带去的？书籍等想已早到了。

朱采芷于一号离所，本言借我们十五元，今日已由朱佩弦先生汇还了；共还一百十五元，十元作钞费，是一个钱都不少我们了。

现在绒绳要贰百八十元一磅，你的毛衣等，人不论进城与否，箱子须常锁好，请勿随便。

我热渐退，今日升时在下午二时，上午没有，这是第一天的好现象，未知明天如何？你游历后身体如何？念念。

履安。十,三日。

第一五七通　1941年10月10日

颉刚：

昨日接到白沙来信，知道节后可以到渝，谅日内已抵达了。

史先生信已转去，今午接彼来信，云不日赴渝。王伯祥寄来《古史辨》第七册一本，以无人进城，不及托史先生带上，你如要看，要否邮寄？《快报》于十月一号起已不送我们了，该报是谁办的？

今天接到赵先生致赵太太信，云及米贴我们仅能领到三人，你本人在内吗？如本人在内，是谁二人不能领？自明做事不能领还可说，和官为什么不能领呢？你非得去要不可，因重庆的平价米太便宜了，较之齐鲁还要差几元钱，我们领三人，仅得一百○八元（一人领二斗，等于成都一双斗，我们七八两月共领十二斗；每斗合十八元，三人领六斗，合洋一百○八元），太少了。倘使四人，领到米贴也不到一百五十元，宁可领米而不要代金了，你本人还是领米上算，反正要吃的，拿了钱而去买米，是买不到二斗的，你说对吗？

你这次旅行二十天，带走四百元谅不够用，亏空多少？向谁借的呢？你在渝所收，除薪水寄我外，米贴和津贴还不到贰百元，如何能够？千万勿向人家借用，我处现在开支不大，可以少寄一百元。我生平不愿意向人借债，宁可自己节省，所以希望你也不向人借，你意如何？

运书费赵先生来信说要捌百多元，这是太贵了，沈先生包一个车仅二千元，自己连人带东西装满一车，仅出一千一百多元，让人家勉强装运书箱六只，就坐一个工人，要出捌百多元，这是如何算法？沈先生说得过去吗？你非得去信与他清算不可，这人我觉得有些不讲理的。

北平姨丈及金声处信，又上海起潜叔处信，请你日内抽暇寄去，因事急急不能久延了。又曾处也即去信，因快开仓收租了。

中秋节你赏月吗？此间同人买了一些饼果，把大菜桌搬到大门前，大家围坐在那里，我也出去坐一回，听庞先生等唱戏。

现在《责善》谁负责任？陈准要补寄的，我未去知照他们。蓝兴儒这人看他信语气是素不相识的，他还附邮票八分，要你回信的。

你来信老说我不能坐船，我也知道的，所累者木器家具耳。我意最好在我们要离蓉时，适有一友人要来蓉，把我们的木器全部卖给他们，那是最好，请你留意有此相巧机会否？再，我意你下年如不能脱离齐大，我拟仍住赖院不走，因搬家太费钱了。

我三四日来仍睡不起，热度可算没有，就有也在下午三时至六时之间仅有一分了，夜眠亦酣，有时竟能达旦，这是我病好的现象吗？令我快乐。你到渝后好吗？念念。

密司熊买的布，少她三元，你见面还她，勿忘。

履安。双十节。

史先生：史念海。是时自西安来成都，父亲介绍其至重庆国立编译馆任职。

《古史辨》第七册：吕思勉、童书业编著。是年6月由上海开明书店出版。

沈先生：沈嗣庄（1894—　　），浙江吴兴人。金陵神学院毕业，基督教界人士。是时在成都华西协和大学任职，将去重庆，父亲运重庆之书箱搭其包车。

庞先生：庞春第。是时在国学研究所任职。

密司熊：熊嘉麟。国学研究所研究生。是时离所至重庆。

第一五八通　1941年10月12日

颉刚：

今午接你八号信，知道你已安抵重庆，并因此次旅行而气色甚好，闻之很慰。希望你常保健康，勿多作事以致心烦意乱为要。佟君抄书费由我处算付他，你不要直接汇他，你可知照他一信。

今天接到王姨丈来信，云及李金声付款事（于月终结算一次），保险费是以伪币付的，而是打一五折合法币计算的。你去信时请其交与王姨丈款时，不必提及法币与伪币由他付什么并多少，又中法付款系法币计算也勿提及，总之请他以馀款交付王姨丈好了。

算命的说我五十四岁寿完了，你为什么说我六十三岁呢？大约我命逢巳年要生病的，卅岁一年在燕京，也生了三四个月病；五十四岁又是巳年，谅此年我是逃不过去了，寿命仅有十二年，令我害怕。

今天有美国寄给雷仁福德信，是请你转交的，你认识他吗？

严恩纯的《南史》六本及民族史材料已寄来，交给所中谁收？

赵肖甫寄来"《红楼梦》讨论集序"及信一封，今附寄。

王姨丈之信及账单便中请寄给我。

我近日很好，特别睡得着，常到天明方醒，卜者说我过生日要好，也许对的。

履安。十，十二。

第一五九通　　1941年10月13日

颉刚：

　　昨日自珍返校，嘱寄一信，谅先收到。今午接到鲁弟来信，云及公墓事，我意以暂葬为是，能保五六年，战事此时定能结束矣。至新旧二处，请你任择，但不知地点何处为优耳。葬费五百元，渝中如有友人划款最好，或由我处开一支票亦可。去信时务须问明，现在提存是否仍一次壹佰伍十元为限，切勿问良才处取款为要。雷仁福一信已由钱先生今天进城转交矣。

　　　　　　　　　　　　　　　　履安。十月十三日。

鲁叔信所云"公墓事"，为祖父安葬之事。

良才：严良才，母亲妹（履冰）夫。

第一六〇通　　1941年10月15日

颉刚：

昨日托赵先生转交一信，谅已收到。今天外附费德林一信。

今午又接到萧缉光发来快信一封及电报一封，托你此事你能代办到吗？开学已近，务必赶快去信，以酬答他租赖院之恩。

《古史辨》第七册下编今天章雪村寄来一本，上编是伯祥寄给你的，中编还没有来。

胡福林的课仅有学生二人，不能开班，他因病本不喜欢进城，不上课落得在乡下安静，免得奔跑了。

你到渝后忙得怎样？食量和睡眠好吗？精神不疲倦吗？很念。

我日来很好，勿念。

宜昌克复是真的吗？

履安。十，十五。

萧缉光：父亲成都友人。

章雪村：章锡琛（1889—1969），字雪村，浙江绍兴人。开明书店创办者。

第一六一通　1941年10月18日

颉刚：

今午接到你小龙坎来信，知道你返后太疲倦，日来已恢复精神吗？你自己是太不爱惜身体了，勇于任事，弄得百事冗忙，一无休息，这是何苦呢？此去重庆，友朋荟集，事情一定很多，望你自己极力节制，该休息时休息，午饭后略睡片刻。终得身体强健，方能建立事业，你年将半百，决不能再学少年，望你保重。

有人说你此次不必去渝，太费精神，经济又不值得，这是客观的说话；在你主观者，则不作是说了，对吗？总之你的兴趣所在，别人是不好勉强的。

你说按月寄我七百元，也可以，我想以五百元作为家用，二百元算你还我（你不够用，不要还我了）。我每月的开支约记一分数目如下：

米面约一百四十元，小菜及油盐等每天约五元，一月约一百五十元，柴日来太贵，要四十元，房租廿元，老妈子及厨子等津贴廿元，吃药卅元，自珍零用及饼干等零化五十元，以上已四百五十元。鸡蛋太贵，我想不吃了，快要买到六毛一个，往后冬天更贵，一月要化五十来元吃鸡蛋太不上算了。如不吃鸡蛋，五十元作为额外支付，譬如吃一只鸡廿元多，吃几斤肉就完了。中秋节因鸡太贵，我们也未买吃。至于一天五元的菜钱，油盐都在内，还不能吃大块肉，因半斤肉已占去二元二角半了。赵太太上月要给我钱，我没有要她，因她在不过多费一些菜。

你在小龙坎吃客饭每天五元还可以，不知你在城内吃什么（面罢了），如不吃包饭而去上馆另吃，一个月终需三百多元，未免太费了，再加零化及应酬车钱等费，如何得了！为你节省金钱及安定精神起见，还以少进城为是。城内诸事能否进城一趟以欲做之事带至城外，或由邮寄，否则是太不经济了。

你如常进城住多日子，衣服箱寄在赵先生处，现在布太贵了，遗失一件做起来非一、二百元不可，毛线贵到贰百八十元一磅。现在社中用人可靠吗？

社中欠我的贰百元，告他们寄还，以清手续。

以后我们给你信，寄小龙坎抑寄图书馆？因寄无一定的地址，如有要事，转寄周折费时反多，请你来信告我。

你离蓉一月馀，我给你的信谅都收到。我问你的事，尚有未答我的，如周志拯快信，我未得你告我地址，不得转寄。希望你写我信时，总看一看我寄你的信，看要答的答覆我，因有的事我也忘记了。

前信告你的雷仁德一人，是美国派来视察哈佛社所办的机关的，已由北平动身，不日要到此地了。

我热度总不能退尽，奈何！

所中照常工作，很安静，不像上半年的常闹事了，女少也是一个原因。

履安。十，十八。

小龙坎：是时文史杂志社所在地。

周志拯：曾任甘肃金塔县县长，父亲考察西北教育时所识友人，上年在成都参与边疆学
　会活动。

第一六二通　1941年11月1日

颉刚：

　　当你十九号信来时，我适身体不大好，热度又增高，故心绪恶劣，即嘱自明奉答一信，谅早收到。

　　吃李庄王医的药，得眠食均好，不妨多服。（最好不要常服，隔几天吃。）日来身体较前胖些否？念念。

　　赵太太自你来信，说起赵先生已病疟五六天，她非常惦记。自接赵先生十三号发出之信，迄今未接到一信，天天老是望着，而天天终归失望。她急得不得了，恐怕赵先生病得厉害，不肯来信告知。她说：赵先生是勤写信的，决不会半个月多不写信的，虽是病着，也可了了写几句话的。如明天再无来信，要打电报来问了。同时我们也天天望你的来信，可以知道赵先生的病状，然而也是没有。你们二人究竟怎样忙法？连写信的工夫都没有吗？很使我们不解。赵太太着急，我亦替她着急，是不应该这么多天不来信。家人在外生病，接不到信，是很着慌的。在健康时二十多天不来信，也要奇怪，何况在病时呢！如赵先生写不动信，望你代告病状，以慰赵太太之惦念为要。

　　近一星期来，成都物价飞涨，有的竟上下午涨价。面粉已涨到一百四十四元一袋，灰面也三元钱一斤了。伙食团本来天天吃一顿面，现在议决这一个月完全吃饭了。此月是孔管，钱先生因她身体不好，改魏洪桢管了。钱先生也很能管事的，现在所中管得很好，大家有些怕他的，从未有过同从前之为开水吃饭而闹意见了，大家认真作事，没有闲言。你去也可放心。每礼拜六下午开学术讨论会，今晚刚来一位，不知是谁，明天要请他演讲了。我意，你十二月里不必回来了。因来往路费实在太贵，衣食之需，一月尚嫌不够，何能再多此一笔大亏空呢？所中你不来，他们肯负责管理，你来了，事情又到你身上来了，又是忙着，不如不归，省得跑一趟，到暑假时提早些回来可也。在重庆过夏太苦，不如早些回来，晚些去。我现身体已好，昨天起热度已没有了，睡眠亦好，你不归来也没有什么关系。

傅成镛至今没有信息，朋友之不可靠如此，可叹！本来他还了钱，我当时可以多买二瓶鱼肝油精，现在鱼肝油已涨到八十多元一瓶，此前卅五元的，则精一定要二百多了。我一瓶已吃完，一瓶方吃半个月，到吃完时，不知要贵到怎样？只好不吃了。此地我也要去问问看。

我托熊女士买的蓝布及袜子，她送来时需还她钱。此间蓝布已涨到四元一尺，布类实在涨得太凶了。

佟君抄"春秋史"抄费，我已付六十元了。

杨君已走吗？社中能合作吗？成绩好否？边疆文化协会已办成吗？

支票，我等鲁弟来信当开了寄去。

周志拯信，及严恩纯抄的材料，及"南宋书"，如何处置，望告我。

自珍为了论文，来信常常着急，望你拨冗指导为感。

邮票今天涨价一倍，你的信太多，邮费更费了。

履安。十一，一。

今晚阅报，青年团开会黎光明还列席，他是未同你一起去的吗？他为什么不去？书籍已运去了，是朱先生不给他事做吗？他的工人在重庆怎办呢？

鱼肝油精，你在重庆各药房打听打听看，要买多少钱一瓶。如有人去昆明托买，比较便宜。我吃的是五十CC的，太贵不要买了。

赵先生来信说，自去重庆，身体常病，谅系水土不服。他身体不好，赵太太因我病而请她在此间，我觉得不大好，决不能因我病而使他们分离。你可对赵先生说，可以请赵太太到渝，因你不说，他们是不好意思要去的。你意如何？过了今冬，等明春再去，我病一定会好了。

安又及。

赵太太说，赵先生患的疟疾，是哕吐的，病名叫恶性疟疾。此病吃金鸡纳霜是没有用的，要吃一种你在昆明生病时元胎替你买过的一小瓶黄色的药丸。不过此药是德国货，市上不容易买着，大约医院可有。如确患此病，可去一买。在小龙坎生病，诊病吃药方便吗？重庆天气太热，不适宜我们身体。现在此地已穿棉袍，重庆穿夹否？奇怪的，两个月来，天常阴暗，警报没有来过，今冬谅天晴时不多了。我们拟本月下半月进城，住到自珍放年假时回来。来信仍寄乡下，等接我到城信，再寄城可也。

安又及。

此通原有标点。

孔：孔玉芳，国学研究所研究生。

魏洪桢：国学研究所研究生。

傅成铺：傅韵笙，北京大学毕业。是时在四川，任松潘初级实用职业学校校长，该校有畜牧兽医、卫生等专业。傅借钱或与经商有关，父亲日记1941年5月11日写道："傅韵笙来，……赵梦若来，与韵笙谈经商事。"

杨君：杨效曾（？—1943），字中一，山东招远人。北京大学毕业，原在文史杂志社任职，是时因与同事不合而辞职。

黎光明去重庆任职之事未成。

第一六三通　　1941年11月10日

颉刚：

　　长信和短信均已接到，你说我因你寄来命书而引起牢愁，这是自明给你信的误会。算命的说我过生日会好，并再有二十年的寿。虽卜言未足信，但说我病会好，我也该快乐的。我之烦恼，是为别因。当我病初起时，我想服药静养几个月，过了暑假，就会好的。以前你曾说"胡先生无病当有病，你有病当无病"。这确是我初病时的心理。到阳历九月初，热度仅剩二、三分，我是非常高兴，病慢慢好起了。岂知因你走时，多动一些，和心里有些不快乐，热度又升起来了。乃静养十来天，热度又退下去了。但不到半个月，因为叶嫂回家，没有叫替工，我起来略做小事，热升虽还是五分，然从早晨六点就有一分，直到半夜，方始退尽，热时之长，是有热以来从未有过之现象。不得不使我由希望而变为失望，乐观而变为悲观，苦闷得终至流泪了。我是很怕动手术和住医院的，热度之有增无退，静养了八个多月，结果仍须走此末策。此时的心境真是懊丧极了。唉！我不幸，而患此经年躺在床上的病，又不幸，而在此抗战不停，物质与经济均感压迫之时，更不幸，你又去重庆，日受精神无法安慰之苦。在健康时不觉得，在有病时真觉得苦痛。

　　当你自重庆回来时，告诉我下学年要长去渝了，我听见了，直到如今心里老觉得不痛快。明知你爱国心热，事业心大，然我终自私，甚不愿你舍此就彼，离我而去。若在平时，来回方便，移家也便，你去几个月本不算要紧，我要移家也不费很多钱。无奈在此物价高涨得惊人的时候，一切是被束缚了。所以我前二信曾叫你不必回来，及我们不移重庆之故。因你既允渝事，回来一、二个月，也没有多大意思。只要我病好，我是不惦记你回来的。金钱是我爱惜的，我是很不愿费几千元钱搬家费和旅费的。化钱而不值得，未免是太冤了。

你既拿文史社的钱，要替《文史杂志》办一些成绩的。来回的跑，费钱费时，太不经济。又社中无人主持，又要弄得一盘散沙。此处既不拿钱，又有钱先生这样的人主持，你是可以不必来的。你意如何？社中经费能领到八千五百元一月吗？望勿用过预算。运书费已交涉好吗？你卖去的书，也不要太便宜人家。钱先生说，现在四百元的书，要值到三千元。岂非是一与七之比吗？

你说法币不值钱，我也知道的。惟其不值钱，我尤觉得它可贵。因平时一、二十元可买好多东西，现在一、二百元也买不着一些东西。非要有多量的法币，才能适应一切。如我们中等之家，资财有限，又不会生利，以有限之金钱，以供无穷之物质，此是我所不肯为的。你又说"我会赚，可放心化"，是对的。不过在现时代要赚每月一二千元不是一件容易的事，然而要化每月一二千元是非常容易的事。以我家而论罢。前信曾告你每月五百元可够，但近一月来物价飞涨，油四元四角一斤，涨一元一斤，柴也涨一角一斤，米也快到七十元一斗了，面粉涨到一百六十八元一包，四天的工夫，涨了十元，不到二个月涨了六十多元，吓得我们不敢吃面了。所以这月恐须六百元。假使要做一件衣服，是更贵了。（鸡蛋五毛八分一个，仍吃勿念。）一天多化一、二十元，是很平常的事，然而一个月就多化五、六百了。一千多元一月的开销，决非我们穷读书人所能担负的。我是抱定宗旨，该化则化，该省则省，浪费妄用，是我于心不忍的，又对不起你辛苦赚得的钱。

积钱在以前是很想的，现在是不能想了，希望能不亏空已是不错了。今年我生了病，亏空了二千多元，实在是不得已的事。抗战以来四年多的时月，已亏空了四、五千元。以前不积，向人去借，是很困难的。借了要还，是更感竭蹶了。决不能因父亲的钱，而我多化，不积不亏，此是我的所愿。父亲遗钱，如有正当用途，我也肯用的。倘因法币不值钱而多化，是不可能的。遗钱并不多，若一年多化几千或一万，也极平常得很。但不到三、四年，则化完了。此是很辜负他老人家的苦心的。

在法币不值钱时，要生利而不能分利。因仅分利，则所积是很容易用完的。然生利做买卖是再好没有一个办法。不过你我都不是买卖人，托人又无可靠的。明知存银行是越存越少，但我终想不出生利之法。你朋友中如有靠得住而做买卖的，我也很愿意拿出一部分钱来加入。陕甘实业公司，如确乎靠得住，我愿意加二、三千元。

你说我专相信银行。但是社会上像傅成镛之人太多了，要为了利，好人也要变成坏人的。你说叫我相信谁呢！

陈、洪二位叫我们加了一些股款，至今一年多，音讯全无，究竟赚钱蚀本，不得而知。做买卖自己不亲去干，是利益别人的。在现时代，文人生活实在太苦了。

好了，我说了一大堆废话了。现在要告诉你，我热已于上月卅一号退去，直到今天没有升过（惟脸部黑色仍不退），谅你听见了，一定也很高兴。不过精神不能兴奋，一兴奋，就要升到二分的，我现在很少起来，吃饭写信均在床上，希望快好，我是不敢多动了。请你勿念。你日来好吗？胖些吗？很念。你鸡蛋也得吃。听说每天吃二个，是吗？赵先生替你买，钱须还他，再有别项代付之钱，也须还他，勿忘。中大教几点钟书？设立边疆协会事已批准吗？

自珍的论文，你能帮助她吗？这孩子太可怜，为了论文，来信常常苦闷。因材料找到很少，指导又无切实的人。希望你助她一臂之力，我是很感激你的。

　　我们大约十五号后进城，来信可寄城内青莲巷。本月家用，可寄青
莲巷。文史社欠我的二百元，已还你，则不必寄来。否则可一同寄来。

　　李金声来信，是在燕大研究院。寄侯仁之可以收到。

　　　　　　　　　　　　　　　　　　履安。十一月十日。

此通原有标点。

母亲是时病卧数月，父亲却不在身边，又逢战事不停、物价飞涨，故深感痛苦。信中有
　　"明知你爱国心热，事业心大"之语，缘于朱家骅邀父亲去重庆，除编辑《文史杂志》
　　之外，还要父亲帮其做边疆工作。

陈、洪二位：洪为洪谨载，燕京大学毕业，参与父亲考察西北教育工作，是时任边疆学
　　会干事。陈似为陈中凡（1888—1982），字觉元，号斠玄，江苏建湖人。北京大学毕
　　业。是时在金陵大学任教，母亲1942年3月22日信中谈及陈先生投资事。由于法币贬
　　值，钱"存银行是越存越少"，父母亦参与友人投资生意之事。

是时父亲又应中央大学校长顾孟馀之邀，至该校兼课。

青莲巷：边疆学会会址，母亲进城看病亦住此。

第一六四通　　1941年11月26日

颉刚：

十号、廿号来信均接，读悉。

你因事冗想不回来，也很好，不过自珍因论文须你来帮助，故极盼你回来。再钱先生今天来，说起你不回来，他说不可以，要写信叫你回来的。我也想，我之不要你回来，是为省钱，但接你来信，你老住城内，一月也要化钱不少，还不如回来的好。

你因公进城，有公费可取吗？假使完全自出，真是太费！并且在城朋友必多，交际又大，那么一月要用七、八百元，除寄给我的薪水外，你如何有这样多的收入呢？虽说有书可卖，这蚀本的买卖只有你是肯干的。

边疆事朱先生既不办，则你去重庆，为的是一个小小的《文史》事业，未免多此一举，小题大做了。

明年下半年我不想移家重庆，一因天气太坏，对我的身体不宜；二因租房决不能在《文史》附近，相去甚远，你们三人都出去做事，我一人在家太觉寂寞，反不如在赖院之热闹；三因旅费太贵，重庆生活程度很高，还是在此比较适宜。白珍明夏毕业，如能在西北谋得一事，我拟与她同去，因彼处气候好，生活比此地低一半，把此间的东西卖去，到那边的路费和布置一个家的东西还是有馀，日常你把钱寄来，在西北用较此地舒服得多。自明因离你不能谋生，她可跟你在重庆。倘你以为然，请你替自珍谋一个事。

傅成镛这人太不爽气，他前几天来，只还我四百元及利贰百十五元，馀六百元还要隔半年还我。

我进城后要买米、柴等一切，他来还也很好。鱼肝油精已在拍卖行买到一瓶，价比市上便宜六十元，是三百元一瓶，真太贵了，半年的工夫相差一倍多，你如未买就不要买了，此瓶吃完要在明年暑假，更贵我就不吃了。现在城内每天不吃鸡蛋而吃牛奶了，一磅是每月六十元，我吃一磅，现眠食均好，仅热度不退，真使我烦恼之极！

城内真比乡下化钱容易，我来仅十天，连买鱼肝油已用去八百元，还是什么都不敢买。在现时代像我还要生病，真要急死人呢！

今天又不幸被自珍在上茅厕时遗失壹百元，本来我叫她支取后送来的，她因论文事心烦意乱，我亦未去责她，已丢了，责她有什么用呢？

你真信算命的话，算命的说你有几个儿子，你为什么没有呢？说你要娶姨太太，你为什么不娶呢？唉，我是快死的人了，恐怕不克妻的话是不对的，而是真的了。

我自十三号起忽然发热，迄今仍未稍退（仍四、五分），故进城以来终日躺床，城中一切多引不起我一些兴致，连写你信及看看书都提不起精神，唉，不死不活的生活真使我厌倦了，下星期拟赴医院诊治，医生说非动手术不可，我即不再顾虑和犹豫了，倘动手术后能复健康诚是我的幸运，不好则了却此生，我亦无所依恋，而你则塞翁失马并非不福，后福反大，有胜我千万倍者任你选择，来帮你做伟大的事业了。

鲁弟信附寄，覆信望速寄去，因我们进城，此信在赖院已十天了，今天方由自明转来，支票由我处直接寄去，数目拟开六百元，以防不够。

履安。十一，廿六。

第一六五通　1941年12月4日

颉刚：

　　廿七、廿九两信均接，知道你因接到自珍的信，而惦记我的病，我是非常感谢你的。你年底能回来，固是我的愿望。但为你计，我甚不愿你回来。所以前二信，曾告勿必回来。当我热度不升时，我一切都快乐，虽你去渝，我心里也没什么。但热度一升，好像死神已临，就痛苦得无法自慰，甚至因爱你之切，而反怨恨你了！我自思我虽才低能浅，然廿二年来整个心灵的贡献给你，全副精神的寄托给你，同甘苦，共患难，不无小小的功。而今我病，你忍心不顾而去。明知你事势压迫，不得不去。然在精神不宁时，连自己也莫知所从，常常流泪了！这一星期来，热度已退，又你来信安慰，故日来精神较为愉快，望你勿念。

　　昨日去医院，晤见刘大夫，谈了一会儿。他说：我根本的办法，要动手术，因此肾已失作用，留着反为有害，不如割去，则健康有望。又说：我脸色比以前好得多，可以抵抗得住，不必害怕。又说：等你回来，再行商量。刘大夫仍嘱不要多动，则可希望病停止进行。否则，要发生别种病（因菌侵入别部危险）。但要变成石灰质，恐一时不容易，是费时恐长的。我听了他一番话，也知道是对的，不过我终胆小，不敢自愿去动手术。我自己也奇怪我的心理。现在我想，假使热度从此不反覆不常，还是静养，不愿去割。倘热度再起，则等你回来，一定去割。否则常年的躺着，太使我痛苦了。唉，人是好生恶死的，得了这种病，真使我举棋不定，奈何！你能为我一决吗？你问问在重庆你认识的医生，假使热度没有，静养而痊，不割去以后要反覆吗？

昨日自大门口雇车直到医院，回来由四圣祠走至上海食品公司吃面（一碗排骨面也要三元了），再走至走马街，而雇车回来，并未觉得累，而热度也未升起，这是很好的现象。希望它永远不升，则我高兴去听戏玩玩了。

中大的课，你为什么去担任？担任了，则身体不能自由了。谈话和指导，不妨担任。你吃酒吃药，而得睡眠，则多化一些钱，也没有关系。身体的健康，是人生第一快乐事。我经了这回病，悔悟以前对于自己的太马虎，太不保养了。你长住城内，总觉得你精神与经济两不相宜。上馆子吃饭，既不舒服，而又化钱。希望你事情完后，长住乡下，则吃饭一切，较有规定。友朋亦少，心情可安，对于身体有益。你能听我话吗？至于明年之搬家重庆，我不甚赞成。因化了许多的钱，去了，生活反不如成都的舒适，不如不动。且天气太热，使我可怕。假使你不允许我们去西北，我想仍住赖院。我病能好，你去也可安心，一切均不成问题了。

听说王树民你要叫他去渝，这是什么原因？王这人，脑筋太糊涂，用钱又马虎，账目一定不清。十大以前，社中寄来了三百元，没有几天就用完。书记和房租都要向我们借。现在社中又寄来一千元，他把欠账二百多元还去，再剩的钱，作为旅费和运赖院家内的书费，买书也不替社中买了。赵太太问他为什么不就去重庆，他说：要医病和做冬衣。那么再等一个月，连七百多元都要用完，哪有旅费呢！他在赖院，当了伙食团事，不报账，已使团人不满意。这样的没有计算的人，用钱一定一塌糊涂。他告赵太太说，自己三百元，边疆二百元，文史一百元，每月六百元，还不够用。他移到城内后，社中共寄给他多少钱，他薪究给他多少钱，他不计算是自己的，决不能赖到文史账上。我意他的账目，你非和他清算不可。叫他把账报销好了。用空的，你切勿借给他，这种人不必帮助他。旅费，文史也没有前例，你自己也不能支取，为什么独厚他呢！又他不会办事（作文我不知道），人又糊涂，你叫他去也帮不了多大的忙。你只要叫他把账目报销，看他清不清，再说他不迟。

韩儒林先生忽于数天前吐血，连吐三天，每天吐比洋钱大一摊血。现医生叫他静卧，吃饭大小便都不能起来，说话也宜少说。幸热度没有，饭量照旧，卧几天后再去检查，以定是否肺病。不过他病的起，因家内用不好老妈子，有二十来天，做劈柴和挑水的工作，早晨起来烧稀饭，白天去办公，文人究竟是文人，吃不来这种劳苦的。也许血管破损，一时吐的血。但韩先生这人太瘦，也不无怀疑有肺病的现象。他可怜，虽是一个留法的学生，然数年来老不得意，到了华西，收入较丰，而物价又这样的狂涨不止，经济的重担，和他家之没有积蓄，他又很用功，以致身体不好。自珍去看他们，他们是很伤心的。

说起他们，我们不得不庆幸我们之环境好了。假使父亲没有一些积蓄遗留给我们，而你又子女众多（这句恐你不赞成，你是喜欢小孩的），你虽有名，也没有这样的自由和用钱之随便了。我也不能长日的养病了。是吗？自珍今午送来你信，请你万勿提早回来，安心工作。我当听你的话，静心养病，不辜负你的好意了！勿念。

　　　　　　　　　　　　　　履安。十一月四日。

此通原有标点。

此通末署月份"十一月"有误，其首提及"廿七、廿九两信均接"，据父亲日记，信为11月27、29所写，则此通应是12月。

王树民：是时除在边疆学会任职外，父亲又请其为文史杂志社购书并作文。

韩儒林：是时在华西协和大学任教，参加边疆学会活动。

第一六六通　　1941年12月9日

颉刚：

　　这月内连接三信，读之，真使我万分感激！天下之大，惟有你是至爱我的人了！故日来心绪很觉愉快。但二女给你信为什么过甚其辞，害得你因惦记我而无心工作，我因此亦惦记你而心亦不安。唉！别离之苦，这是抗战的赐与啊！你来信说的话，一点不错，假若在平时，你回来一趟，是何等的容易，现在是不可能了！其实，我的病状，于暑假时你在家时并没有增减，不过我的精神两样罢了。暑假前是乐观，暑假后是悲观，所以苦闷起来，病榻之旁，又无你安慰，只有付之痛哭。我自己也知道抑郁寡欢，对于我病是有损无益。然而理智敌不住感情，真是无可奈何的事！今幸热度已退，而你又来信安慰我，你的诚爱之言，我当铭之肺腑，以慰你而慰我，望你勿念。至于动手术事，等你回来时再行决定罢！不过我是非常不愿去的啊！

　　国人所盼望的日美战争事，于昨日已爆发了，可喜之至！昨天的报上并无这种消息，是赵太太去买菜时，看见许多人看一张东西，她也去一望，知道日机轰炸檀香山和珍珠港。回来告诉我。下午又出去，碰见一个卖号外的，化了二毛钱买了一张回来，我方知其内容，英美已对倭宣战了。此事是日本先动手的吗？连日的谈话，而出之于一战，日本军人的凶横，连英美都不怕，真是可惊而可怜！结果惟有失败之一着啊！而我们中国啊，幸福与光明来临了。不过我看了这张号外，上海租界被包围，我又惦记在申的戚友了。战事一起，租界的被包围，是意中的事。但此事来得太骤，想来各戚友都未为之备，一定不会迁移别处。但一时混乱，吃一些虚惊，以后也像住沦陷区一样罢了。但不知上海的大企业大银行将如何？（父亲有一小部分的钱在上海，将来怎么办呢？）香港更危险，航轮一停，苏沪通信不易，奈何！我寄鲁弟的信，是航空连挂号，于一号付邮的。报上说四号港沪英轮已不通，则此信是无法寄到了。寄不到谅一定要退回的。（内有支票，不退怎么办？）你的信是几号发的吗？我要怪这信的来得不巧了。假若在我未离赖院前寄来，或寄来即转来，即可早发收到了。由自明回去寄给我信，我再去信叫她把支票寄来，如此一耽搁，相差就十多天。倘使收得到，在此混乱时，银行也无法支钱。父亲之灵柩，最好能安葬，则我们心里可以放心一些。但事情太不凑巧，奈何！

太平洋战事一起，北平将怎样？燕京要关门吗？那么你的书将如何？东交民巷也要占据吗？中法工商银行要关门吗？我的存物怎么办？将来日本一败，沦陷区势必糜烂，你的藏书和父亲的古玩，要否遭殃，甚难预定。假使损失，岂非一生辛苦，尽付流水呢！我甚为之担忧！然而抗战能胜利，日本能毁灭，则个人之损失，是微乎其微了，光明在前头，应当大快而特快乐了！谅你一定有此同情的，是吗？这次战事，大约半年可了吗？我们东归有望，等着吧！前告粤中大事，无论美日战事如何，不必应聘了，路途太远，全家搬去，更费周折，还是在重庆吧。我呢，到暑假时，看战局再定行止吧！

王树民已于昨天去赖院取书，但不知他何日动身？你说重庆冷，要我带大衣，但你的大衣留沪没有带来，只有皮袍，你要，可交王先生带给你，好吗？要带皮袍，可来信告知。自明也要搬来住，大约跟王先生明后天同来了。

你说日美战起，美金必跌，齐大经费要发生问题吗？好得你已走了。我所希望的，物价能便宜，否则太感压迫了。你八号要回小龙坎，故这信寄那儿了。望你接到我信，定心工作，并以时事见告为要。

履安。十二月九日。

　　你说我不让你化父亲的钱，而致不能息隐，这是冤的。当事变一起，你匆促离平，在甘来信，要父亲去港，而父亲因港币价昂，不够支持长期生活。而你又不允去沪，结果父去苏而我至昆。次年父亲病故，而我于暑假时回家料理，及我至昆，而你已应齐大之聘。来蓉一年，物价日涨，法币日跌，欲不做事而势所不能。今你又去重庆，更摆脱不了。其实我是好静而不好动的人，连年的跟你奔走，甚觉其惫矣！甚愿同你优游山林，以乐馀年，而你为社会牵制，举动不得自由，以致有今日之忙，和不得摆脱一切之苦。我的话对吗？假使父亲之钱，得之于抗战以前，我欲你不出去做事，恐社会也不可能吧？我想，这次大战结束，而我们平苏两地的财产能侥幸保存，或法币仍能保住原状，我必力劝你脱离社会，做一个平常的人了。人生不过数十寒暑，老年应当享些福，何必劳碌一世呢！

履安又及。

此通原有标点。

第一六七通 1941年12月11日

颉刚：

四日及九日二信谅均收到。你已回小龙坎吗？自明已于前日同王先生进城，你的书仅二书架杂碎纸张，及自明房内一书架书未装来，馀均运进城了。但不知王先生究于何日动身？棉袍如在重庆天冷时可以过去，则皮袍不必托他带了，因你回来时，又需带来，太麻烦了。就是回来时你坐飞机，虽在九里天，一会儿工夫，有了厚棉袍，也可过去了。你意怎样？王先生到渝后，你千万不要叫他办事及管钱。这人脑筋太糊涂，做事太慢性了。管了洪家一月的伙食，也不报账，洪太太对他很不满意，这个月由洪家自管，他包饭给他们了。

这几天报纸很好看，我们中国也对轴心国宣战了。日本太狡猾，一面谈话，一面作战，美国这回谅吃一些亏了。想以后胜利必属我们！香港甚危险，容先生谅在此未走，以前视租界同香港为安乐窝，现在是苦了。北平谅不甚危险，寄存汪宅的书，李金声已有信告你已去迁移吗？存他处的钱，已缴王姨丈吗？将来与平沪苏通信有路可通吗？此间自得日美开战消息，物价天天涨，甚至上下午涨，真可怕！我已买钙药粉一磅，可吃一年，鱼肝油精买好一瓶，大约可吃至明年五六月，西药涨得更凶，以后来路没有，一定更贵。只求不要生病就是。我能天天好起来，这是我所祝祷的。你要买什么东西，也可先时买好一点。

履安。十二，十一。

此通原有标点。

第一六八通 1941年12月17日

颉刚：

十二号一信昨天收到，信封邮戳系重庆而非小龙坎，你是否又进城了吗？来来去去太辛苦的，我希望你常住乡下的好。

父亲灵柩，你说要去信鲁弟，暂缓安葬，我不赞成。现在日美虽开战，但结束说不定要二、三年，况且日本一败，一定不顾一切，在沦陷区必要焚烧劫掠，倘灵柩遭殃，是很对不起父亲的。况且事已成议，支票已寄出，鲁弟能接到，就照着办罢。若不办，则支票的钱恐怕鲁弟将来也不会还我们的。若战事结束得快，则多化六百元也算不了什么，而心里可以放心得多。如鲁弟处信已寄去，请你再去一快信，嘱他接到支票后，即著手动工，不要迟缓。倘支票退回，则不能办是没有法子的事。你意怎样？

我日来小便次数，减少到同好人一样，以前每一日夜要十一、二次，现在仅四、五次了。刘大夫说，小便少是好现象。不过不能多动，一动热就要升起，所以我不敢出去听戏和看电影。进城以来，老是躺着，太苦痛了。

履安。十二月十七日。

第一六九通　　1941年12月22日

颉刚：

　　昨午接到十八号来信，欣悉你回乡以后，眠食均好，闻之甚快。但我曾于自明给你二信时，附过二纸短柬，问你李金声的移书，和付款王姨丈事，有否来过信？及皮袍要否托王树民带上？来信均没有提及，念念。

　　小龙坎不能住，你说下星期要到柏溪，这边有合适的吗？此处有完好坚固的防空洞吗？柏溪离重庆有多少远？没有船时，每天有汽车直达吗？洋车也通吗？每次要走多少时？假使社址搬到那边，则你每月要进城二次，和中大每月上课二次，化旅费不必说，这是太辛苦了。逢到雨季，更是讨厌。我意，你为了中大的课，一星期要费二天的工夫去预备，又是来往仆仆，教到暑假时，不要再接聘书了。虽说每月可以多收入一些钱，但常住乡下，少进城，则用费可省，比较起来，也差不多少。且可一心为文史办事，反而得益。你意如何？至于明秋，我甚不想移家。因移家太麻烦了，重庆空袭尤多。房租我们一家至少要一百多。你回家二次，旅费虽大，但回了家，你渝中的日用，可以省却。虽说在此地也有应酬，但可向齐大支取一些，比较重庆一定省得多。回家住一月，可以省出一次飞机票。二次也仅一千元。况且我病好了，你可一年回来一次了，省得跋涉。在暑假时，多住几个月，此间凉快，舒服得多。我在此用度，每月不有特别开支，五六百元一定可够，所以你不必多寄钱来。你在渝也能够用，就可不要卖去书了。这次日美开战，虽日来日本得胜，但结果一定失败。战事也不会很长久的。所以能不移家，我就不想移家了。

此次战事，上海、香港沦陷。北平二教会学校关门。因此失业的人，不知有多少。他们都要到后方来，也容不了这许多人。并且出来也不容易，他们将怎么办呢？假使有人写信来要托你荐事，请你切勿随便介绍了。因人心太坏，好处不记，反而打你一拳。如孙次舟这人，昨天密司张来，说他也常常说你坏话，他岂不是你介绍去齐大的吗？王树民他对赵太太说：西北大学来请他，他还不很愿意去。我意，你可来信劝他去，那边生活程度比重庆低，你借此可脱去赘瘤。因这人作事太不上紧，一定不能帮你的忙。社中又寄给王壹千元，又用完了。去渝旅费又要向你们要了。不知道怎样用去的？奇怪。用人要用得得力，不得力的，宁可不要。你的朋友虽多，但多是要依附你的，真切实能帮得一臂之力的，实在太少。

香港失守，商务书馆一定损失很大。《文史》能移至重庆印吗？上海沦陷，齐大原托开明印的文稿谅不能续印了。在此地印，恐怕是不能够的。将如何？

日来报纸上，老说要紧缩预算，不必要的事血与抗战不很有关的事，一概不许再行多办。谅边疆文协事，不能开办了。不办，在你是可以少一些事，甚好。密司郭既做社中文牍，你接了一百多封信，为什么不叫她慢慢覆呢？

辛先生要同你同来，有什么事吗？他来不带被褥，只好住在旅馆。住在青莲巷，我们来了，没有地方了，住在赖院，虽有地方而需被褥，有客被一条太薄了。你回来了，被也要发生问题，但我有一条留在乡下，赵太太也有一条留在乡下，可以借用。因你回来时，适在严冬，一条薄被决不能御寒。倘然他真要来，如预备住旅馆，则被褥不带是可以，否则非带不可。他此地再有别的朋友家可住吗？

沦陷区英美的产业，都被日本侵占，我想起来你的寿险费也损失了，因四海是英商办的。托章式之的儿子存在天津租界的二箱稿子等，也损失了。不过阅报，法租界还未侵占。不知道存在天津什么租界，我记不起了。燕京的书，不知怎样？当事变初起，惟恐不是外国人保护，是不得安全的。岂知四年半以后，也遭此一大浩劫呢！日本侵占英美产业，将来他失败时要他赔偿吗？中法工商银行谅现在不怕日人侵占，将来维琪政府不中立，要加入同盟国了，则存物一定也要被占了吗？

　　我甚好，勿念。

　　　　　　　　　　　　　　　　　　履安。十二，廿二。

此通原有标点。

文史杂志社在小龙坎所租房因房东欲卖出，乃往江北县柏溪寻屋。

孙次舟（？—2000）：山东即墨人。北京大学毕业，1940年父亲聘其至齐大国学研究所任职。

密司张：张蓉初（1915—1999），江苏苏州人。国学研究所研究生。

《文史杂志》是时因商务印书馆印刷困难而脱期。

上年父亲因成都印刷业质量不佳，便将齐大"研究所专著汇编"及《齐鲁学报》出版事托付上海开明书店，并贴付其印刷费。是时日军侵入上海租界，出版之事遂停顿。

密司郭：郭锦蕙，在文史杂志社任职。

辛先生：辛树帜，是时在重庆经济部任职。

章式之：章钰（1864—1937），字式之，江苏苏州人。逝后其藏书捐入燕京大学图书馆，由起潜公编为《章氏四当斋藏书目》。其子章元善为父亲小学同学，元善弟元群在天津任职。七七事变后章氏兄弟将其父遗稿存入天津英美租界之中国银行仓库，起潜公与母亲亦将父亲二箱手稿随同存至该处。

第一七〇通　　1941年12月29日

颉刚：

廿一日一信接到，你事情太忙，幸身体还好，闻之甚慰。不识近来血压能降低一些否？去医生处检查过否？你的血压还高，对于身体还不能算好。望你节劳，每日有一定时间休息为要。现在我觉得身体不好，是人生最大的苦痛！我病，热度仍反覆不常。所以等你回来，即去施行手术。董大夫是有名的手术家，谅无危险。你能于阴历十二月初十左右回来，很好。届时赵太太也满月了，自珍也放寒假了，我进医院，人手多一点，可以常来看看我。我想不过年去，因开春以后，说不定有警报，是太麻烦的。据刘大夫说，身体好，二星期就可出院的。不要再晚了，你回来，我即去割，倘使我身体好，不到年就可以出院了，则你住家一个月，也可回渝了。否则过了年割，你回去也要迟一些日子了。现在太平洋战事起，西药来路没有，去割恐怕更贵了。董大夫手术费很贵的，起码要一千，谅托熟人去说说，未知能便宜一些否？手术费我可在银行去取，可以够用。

赵太太小产，真使我们惊慌，幸在城内，有医院可去。幸有自明、自珍二人在此，可以帮忙。我们一定要常去看她的，请赵先生放心。大约她一星期后就可出院了。

我现在什么都好，就是热度时升时退，不能多动和有刺激。有人说我进城以后胖一些了。

履安。十二，廿九晨。

此通原有标点。

第一七一通　1941年12月31日—1942年1月1日

颉刚：

廿四日一信，走了一个星期，才收到。自和你通信以来，最慢的一封信了。平常差不多总是四天，这几天《大公报》还看到廿四号的，也隔一星期。谅汽车行走的关系吧。

你城中事情忙，虽是累，比较容易睡，则多去也未始不可。我意，你索性把伏案的工作放弃，专门办事，也是一得。省得又要办事，又要作文，弄得心里老不安定。朱先生既要拉持你，你决定往事业的路上走吧。不过不要做官，我觉得做官太无意思，做了官，交际必广，用费必大，虽收入也多，然终必走上要钱的一条路上去。虽你我都不是这种人，然事到其间，自有非不可之势，地位也有关系。如孔某人本来也是一个平民吧，有这许多的箱笼，化这许多的钱包一个飞机，他的钱哪儿来的呢？岂非是民膏民脂呢！我是不尚虚荣的，决不想做官太太，望你也不要做官。

你要向朱先生建议，筑草屋于歌乐山，是否连文史社一起搬去吗？十几间房屋，假使我们一家是太多了，最好同社一起去，比较热闹。我很想日本早打败，则不必再搬家了。但这几天看报，它是占上风了。苏联为什么不宣战？不肯加入同盟国一起作战呢？我天天看报，愿意大炸日本，但老不看见，真使我焦急！可惜我们中国海岸线都被敌占，也没有很多飞机，否则真可于大战中出一把力。本来南洋与香港的人民，很舒服，很富庶，现在比任何地方遭难得多。香港的要人们，出不来怎么办？朱先生的太太，来到重庆吗？我们的朋友，不知有否死伤？将来谅能知道，但在炮火中死，是死得太惨了！

你在中大，开的什么课？学生竟有这许多，足见你名号召之力了。中大一共有多少学生，男生多抑女生多？你班上有几个女生？如有好的学生，你也该替自珍物色一人。自珍太老实，决不会交男友。她年纪到年已中国岁数廿六，外国岁数廿五了，不能算小。女子一到卅岁，就觉得婚姻有些为难，再不赶紧，要搁僵的。在大学毕业，真是结婚的时期了。请你随时留意。如明后年能嫁，则为父母者也可安心了。我老替她耽心，然现在的婚姻，实在太难，父母看中，她本人不中。我常对她说，不要眼界太高，能够过得去就是。要知女子的婚姻，是年龄最要紧，学问倒还在其次，一过年龄，年轻的不要你，年老的自己不肯。老密司脾气不好，就是不嫁的缘故。最好不要在卅岁以外结婚。你看我说的话对吗？自明能嫁最好，她反比自珍会交朋友，不过同病人结婚，组织一个家庭，对内对外的一切麻烦事，均要去请求人帮忙，是事实所不可能，而又别人所不愿的。父母呢，要老的，并且我身体不好，也不能再分精神去管她的家。自珍呢，有了家，势必也不能兼顾。倘若她不嫁，则一个人是好办的。然而不嫁，也个是办法。我们虽可将来给她一些钱，但精神太无安慰了。不同病者，这机会实在难得。况且她年纪到年已卅了。你能替她想出一个办法吗？女子与男子太不平等，男子到四十岁，再有二十多岁的青年女子嫁给她，还可重婚，娶妾，男子太占便宜了。女参政员应当出来说说话，然而吕云章即是女中之可怜虫！

自明，自珍的命，你也请算命的推算一下（就请朋友会算的算一算好了）。看自明是否确乎要犯暗疾的？自明生日是正月十七寅时，自珍是正月廿五午时，时辰我有些模糊，你能记得对吗？父亲葬期也要拣日子的吗？她姊妹俩不喜欢算命，说你腐化了。自明、自珍说，写给你好几封信，问你问题，你老不答她们，她们生气了。明知你忙，然而问你的，是应该答覆的，希望你给她们信。

家内有自明同叶嫂，自珍也天天来看我们，可以对付过去。这会自珍太忙了，跑医院，跑家里，好得明天放年假，再隔一天就礼拜，可以回来照看一下。董秉奇大夫处，等你回来再去吧，因我去，同他不熟，看了也不会就去割的。

庞春第已辞职，去灌县做事了。研究所情形，我们进城了不知道。钱先生是一上课，明天就回去的。职员薪已改变发放，自明一个月倒可拿到一百八十元，也可一用了。

听说赵先生替你买棉毯及袜子等，每天吃的鸡蛋也是他买的，你需同他算账，还他钱，不要事多忘了。

履安。十二，卅一。

颉刚：

昨日一信未发，晚上又接读廿七日一信，知道你已于廿八号回乡。朱先生既要你住城，你也只得住城。不过在轰炸期间，警报频来，不无讨厌。如能柏溪租到房子，则你也可于无事时去住的。不过没有车，要坐滑竿，太麻烦，价钱太贵了。中大上课，可坐校内滑竿，比较方便一些。但你长住城，我们若移家在乡下，亦太寂寞，若也住城内，空袭太讨厌。自珍明夏毕业，她继续进研究院，还是做事？若进研究院，还进中大的好。做事的话，也需你代谋。如康良均能在蓉，则我仍想不移家了。李金声搬书事，上月十七日我曾致信王姨丈，问起他了。皮袍不要带吧，带来带去，很麻烦。英美不表现出力量，若日本胜利，英美本国，决不会损失，仅牺牲一些属地罢了。然而我们中国是完了。到那时也像香港一样，我们将逃何所呢！此次大战恐为有史以来所未有，生命不值一文钱，想起来真害怕。香港这班要人，真想不到如此结局，陶希圣投海，是咎由自取，可叹！相面算命的，竟有这样的准，真奇怪！莫怪你要相信了。你命里要娶姨太太，假使我不让你娶，而你又自己不娶，岂非不准了呢！有儿子，也不准了呢！算命的算你的以后的话，等着瞧吧。我以为一个人的命运，确乎有好坏，但全信恐怕不可能。算命相面的说你几岁有儿子，该有几个？是说我命中没有儿女不会生的吗？望告我。假若我命中注定的，我的命岂能说好？恐怕老来要苦的吧！

履安又及。元旦日。

此通原有标点。

是时朱家骅在中央组织部内成立边疆语文编译委员会，自任主任委员，拉父亲任副主任委员，父亲虽热心于边疆工作，却不懂边疆语文，遂推荐韩儒林担任。因韩患肺病一时不能来，父亲暂为代理，自1942年3月始筹划工作，聘请蒙、藏、阿拉伯、暹罗、越语专家多人，翻译《三民主义》等。

此通所言父亲学生多，父亲1941年12月15日日记有记："在中大师范学院国文系上课，学生约八十人，在文学院史学系上课，学生约六十人。十馀年来，予从未有开班得学生如此之多者。"

一九四二年

第一七二通　　1942年2月11日

颉刚：

　　这几天天公不美，风雨交作，又是寒冷得很，我们原拟返乡度岁，只得作为罢论。离年底只剩三天，我们想在城过年，一定要预备买些东西，恐怕到廿九那天更贵，就是大除夕天气放晴，我们也不想下乡了。请你向所中诸位先生和小姐代为道歉罢！你呢，能进城最好，如因风雨，即在所过年也可，不过不要白吃人家，可叫老叶买一只鸡，作为添一个菜，请请所中同人，略尽微意，为要。

　　我的小便，经公立医院检查，内中尚有些少红血球。云：膀胱炎还未十分痊愈，再要检查一天一夜的小便，以定究竟。厨房屋内大木桶旁边，有一个去春曾放过小便的坛，你去一找，来时务需带来，勿忘。自珍要格子抄写论文，大书桌抽屉内，有你用剩的，可带来一些。你要著皮鞋，在靠墙大橱上层，鞋子一堆中一找。阳伞一柄，在钱先生处，要用时可向他一取。棉鞋已带在城内，如脚冷要穿厚袜，大棕箱内有，可找出穿。在乡过年的话，年初二你就要进城吗？

　　　　　　　　　　　　　　　　　　　履安。二月十一日。

此通原有标点。

据父亲日记，知其是年1月23日由重庆飞抵成都，去赖家院处理齐大国学研究所事务。是时母亲仍住城内。

第一七三通 1942年3月18日

颉刚:

　　寄青莲巷一信于上星期日接到,知道你安抵重庆,其慰。这飞机载重过量,太不应当,以致到渝已至三时半,你这天真饿得慌了! 安眠药一瓶,我们于你走后,才发见你没有带走,想起汤先生十三号飞渝,即交自珍送去,已收到吗? 我们于十六号晨离青莲巷,我坐的滑竿,他们坐的鸡公车,我于十二点到家,他们迟半小时也到了。久居城中,一到郊外,觉春色宜人,非常可爱。昨天接到自珍的信,知道你因要看中研究论文,还未到柏溪。见过朱、顾二先生后,事情进行得如何? 能放你走吗? 千万请你勿骑两头马,此层务必坚持,因两方跑,精神与经济实在太不值得,请你听我的话。如能还蓉的话,则所租房子,可即出租,家具有人要,也可卖去。否则损失太大。如能在蓉不动,最为上策。你也安定。如不放你走,则我们移家费,你须提出要校方担任,看他们肯允出否? 你此次带去的书,种类太杂,又是零碎,如关于文史的,卖与社中。馀外杂色的勿卖,以免后来者物议。如别处需要,可以卖去。否则齐大允你出旅费、运费,不妨运归。抄去书目,及赵太太的书目,均需你亲一看为要。运书费壹千元,请赵先生方便时汇来。你此次赴渝,办公费最好开公账,这蚀本的买卖,是不能永久做下去的。望你切勿马虎,能少进城还是少进城的好。我此次进城四月,费用之大,真使我可怕,城内虽有好吃好玩,我实不想再去了。存款事,校长没有来问过。我本来不想托人(托人事,大约是不很可靠的),他不来问,我也不去问他的。重庆天气较热,你带去的新染的蓝布大褂,切勿单穿,因恐脱色，染在内边白色小衫裤上，是洗不去怪难看的。当罩袍穿是可以的。又与白色衣服不要同时洗，以免被染，请你注意。我日来日服金石斛，但嘴唇仍燥得出血，谅系天燥风干之故。你到渝后，睡眠如何？能休息时务请休息，饭后能小睡片刻为要。

你给所中的公信，佟君拿进来给我看的，系今天接到的。

周春元已谋得事否？钱事，你务需与他分清。否则又是一笔债，你切勿再上人当了。据钱先生说，周这个人，喜生是非，所中人都同他不好。现在你招留他去，社中未免也要多事，倘能打发他往别处更好。

玻璃厂收据仍未交来，你去信时可一问。

郭已他往，借款事如何处理？

仰光失守，但不知时局演变如何？

履安。十八日。

此通原有标点。

此通所言父亲由成都飞抵重庆，据日记可知系1942年3月11日之事，则此通时间应为该年3月。

汤先生：汤吉禾。

信中所言"勿骑两头马"，据父亲日记1942年3月4日："宾四与书铭竭力拉我回校，……我与重庆之关系已深，必须将各方面关系摆脱，然后可答应回校也。"

信中所言"办公费最好开公账"，因是时物价飞涨，而文史杂志社经费却难增加，"较之规定之办公费月亏二万七千元"，父亲"乃一切自为，到党部领经费，到银行领津贴，到民食供应处领食米，归后虽开一单报账，而实不取分文。"（见父亲日记1945年4月6日所记文史杂志社工作）母亲认为"这蚀本的买卖，是不能永久做下去的"。

周春元：原在齐大国学研究所任职，是时父亲招其去文史杂志社。

郭：郭锦蕙。是时已离文史杂志社。

第一七四通　　1942年3月22日

颉刚：

十八日曾寄一信至柏溪，收到否？我回乡后，未曾接到你一信，不知道你已回柏溪否？初到忙得怎样？中大课仍继续去上否？辞职事商量得如何？甚念。柏溪租房所买家具等，不知用去多少钱？便时可一询赵先生。如有人要，房子与家具可一起租与卖，以免较多损失。望你留意托人为要。

今天接到陈中凡先生一信，曾先生要我们投资牛棚，我意此项较有利息，已去信允许加入（壹千元）。不过我在乡下，去银行取款不大方便。等文史社借我的运书费一千元寄来，即交自珍送去，我约他们四月十号左右送去。请你接信后，速即通知赵先生寄来为要，寄与自珍可也。陈中凡信，附奉一阅。你意要加入否？曾省之人可靠否？

精诚股票一张，乃于今午收到，可勿去信了。

我唇燥已好。

履安。三月廿二日。

此通原有标点。

曾省之：生物学家。是时在四川大学昆虫系任教。

第一七五通　　1942年3月28日

颉刚：

　　来信接到，我们已准备动身，就是飞机票一时不易买到。我昨日已写信与自珍，叫她定十号左右的票（大约要十号以后十五号以前），不知定的着否？

　　吃饭间内书架上的东西，均是零碎纸张，你走时已理过，是均不要的吗？我们走时拟烧去，不过我略为看看，内中尚有稿子等，是否已发表过吗？望速来信告知，以决取舍。因带走无用，化的运费是冤的。

　　自明因手头工作不完，要与自珍同行。那么我和赵太太想一起走了。推托她要去渝，我送她一同进城。此计又可多带一些东西，倘我一人先走，多带东西，别人要起疑的。你说此计好吗？

　　文史社欠的运费，如尚未寄出，可勿寄来。陈款，我进城时，可到银行去取付缴。

　　　　　　　　　　　　　　　　　　　履安。廿八日早。

此通原有标点。

母亲由成都飞抵重庆，据父亲日记可知系1942年4月15日之事，则此通时间应为该年3月。

母亲担心自己去重庆使"别人要起疑"，"别人"主要是指钱穆，因其竭力拉父亲回齐大，而家眷搬渝即表明父亲将脱离齐大。

第一七六通　1942年5月3日

颉刚：

　　木器账单写奉四张，一寄陈中凡，一寄郑德坤，一寄梅贻宝，一寄洪谨载，你去信时，务须说明，必要全部买，不可零碎买，如有人要，可至赖院，请魏洪桢先生领看。钱先生你不必托他，因你走，他已不满意，又他不喜欢管闲事的。这四张单子，请你拨冗寄去，因暑假快到，愈早托人愈好，久放赖院，占人一屋，实不好意思也。又想起黎光明，你也可寄一张去，因他是四川人，认识人多，故我又抄一张寄上。这五张单子随你要寄什么人？不必照我所说的。

　　今天天又热，你在沙坪坝及城内，最好能在屋中做事，切勿多往外跑，则热气比较好得多。每星期的来往，以后天更热，实不胜其苦也。

　　自珍要的书，你有空去一买为要。

　　下星期能提早一天回来吗？

履安。三日下午。

附木器账单

大床壹张（藤垫，有草褥）	贰百伍拾元
小床贰张（木板，有草褥）	壹百元
大书桌壹张（五屉连小柜）	叁百廿元
三屉桌三张、方桌壹张、圆桌壹张	贰百廿伍元
长方形凳子拾只	壹百元
衣架二个	陆拾元

藤椅贰只、藤榻一只	壹百廿元
洗脸架贰个	拾伍元
厨房桌一张	廿元
洗衣盆二个（大小各一）	叁拾伍元
大木桶三个（二新一旧）	陆拾元
竹书架伍个	壹百七十伍元
椅子四张、茶几二张	壹百廿元
床前柜一个（有锁）	肆拾伍元
火盆一个连架	卅元
大小水桶二只	拾元

所开均系实价，不再折扣。此外尚有碗碟及厨房用具，系卖者奉送。但运费则请买客自理。

此通原有标点。

是时父亲将文史杂志社及家迁至重庆江北县柏溪，又兼中央大学及中央组织部边疆语文编译委员会等处职，平日在城内工作，周末方返柏溪。

此通信封邮戳是1942年5月4日柏溪寄出。柏溪住屋条件甚差，母亲曾在致自珍姐信中述及"住室的跳蚤多阴暗"。自珍姐回覆见附录1942年5月17日之函。

郑德坤：是时在华西协和大学任教。

梅贻宝：是时任成都燕京大学代校长。

母亲抵渝后，父亲即致信刘世传校长，辞齐大国学研究所主任职，该职由钱穆接任。由此通可知，钱先生对父亲离齐大"不满意"。

第一七七通　1942年10月21日

履安：

　　我已到城三天了，我告你一件险事：

　　你知道的，童教务长和马洗繁先生及我坐汽车进城，这车是顾校长的小车。我因他们二人都有行李，车中容量小，就把两个包裹交给轿夫抬空轿进城。这是十九日上午十一时半的事。我们在童家吃了午饭，下午二时到城，先到参政会报了到，经过填表、照相、领钱等手续，又到国库局将支票换成了现钱。我回到考试院时，没有见这两个包，问江矣，说轿夫未来，我想他们也许走得慢一点。到组织部后，叫工人去找轿夫，说没有来，那时已是五点多了。我想，糟了，他们怕要觊觎我这包衣服，卷逃了罢。到总务处看汪处长，他说他们都有保人，不要紧。我心虽放宽些，究竟放不下，因为衣服失了可以重做，别人和自己的稿子失了怎样赔补？吃了夜饭，回考试院，依然不得消息。我决定穿了青布袍子出席参政会了。那知到了晚上八时，接到电话，说两个轿夫给汽车压伤了。赶至组织部工人宿舍，则贺银清白布包头，满脸血迹，伤的是眉心，汪树全不能说话，伤的是嘴巴，两人在床上呻吟不绝。苏海泉告我，他们下午一时走到化龙桥北口，正值一辆汽车来，一辆汽车去，两车相让，一车在路边擦过，把轿子撞倒了。他自己正值卸肩的时候，所以他没有伤。那辆闯祸的汽车是军用车，巡警追上，虽然未经捕人，把号码记下了。苏海泉只得叫了两辆黄包车，把受伤的送到武汉疗养院医治，另雇人抬了轿子回部。我两个包没有损失，但都染了污泥。倘使我那天不坐汽车而坐轿子，我的伤一定比他们更重，因为他们从平地跌下去，我从高头跌下去呀！说不定我就再见不到你们了。从迷信说来，好像有天意的，否则为什么那天我偏坐了汽车呢？

现在两轿夫已进了医院，一人壹千五百元，一人壹千元，都由总务处付了。我为哀怜他们，给了他们壹百伍拾元，作在院的零用。

以后从沙坪坝进城，要从小龙坎上山了，在马路上走总是危险的。军用车的开车者最随便，据人说，一百回出事，八十回是军用车。

昨天参政会开茶话会，我去了。穿长袍子的固然有，但都是留了须子的。

马曼青先生昨天来组织部看我，我邀组织部边疆党务处同人四位一起吃饭，吃了壹百柒拾叁元。马太太在西安做律师很好，每月可收入三四千元，不过地方法院离城三十里，出进不方便耳。

参政会自明日开幕，要开到卅一号，我至早要十一月一日归家。那时我当乘轮船归来。苏海泉无恙，或叫他提包裹跟从。汪、贺两人不知道半月内可好否，想来这一个月中我不能坐轿了。

今天组织部中开两个会，一是边疆语文编译会的全体会议，因为部长无暇出席，我做主席；一是部长召集边疆人士谈话，即是我上月草的那篇讲演稿。会毕，就在部中吃饭。

自明天起，我就整天在参政会了，早晨七时就在上清寺坐会中汽车前往，中午就在会吃饭，不要钱的，晚上或在会吃了饭归考试院，或归了再吃，均无不可。在会期中，蒋委员长请一次客，吃夜饭，林主席请一次茶点，如是而已。

英国国会参观团要到参政会参观，这自然更要整齐严肃了。

烦告赵先生，如陈隽杰来，可即住张先生室，包饭在校或在我们处可随其便，他的职务我已替他弄好（桂林建文书店嘱我编一部《史记选读》，由他帮我做，每月酬约五百元），十一月份起薪。

我日来睡眠甚好，勿念。我已向中大请假两星期。齐大伍玉仙寄给自珍的信，兹转寄。钱因寄在沙坪坝，只得稍缓去取。自珍谅已痊愈。即问你们安好！

颉刚。卅一、十、廿一。

父亲是年被选为国民参政会第三届参政员，此时进城出席参政会第三届大会。信中所言"轿夫"，缘于边疆语文编译会分为城乡两部，乡间会址在悦来场，离城60里，故朱家骅给父亲配一乘滑竿，借便交通。父亲在城内留宿时住上清寺考试院，周末回柏溪。偶有不及返家，即作书相告。

童教务长：童冠贤（1894—1981），河北宣化人。马洗繁（1894—1945），河北昌黎人。二人均是父亲中央大学同人，亦同为参政员。

第一七八通 1942年10月21日

颉刚：

明天趁赵先生进城之便，有信十封，托其带上。明知你这几天也没有工夫写信的，但要隔半个月回家，来信恐越积越多，看起来是很讨厌的，是吗？自珍热还没有退，不过不高100度多，望勿念。编译馆需得去一履历，请你代她一填，并去一信，最好在本月内寄去，则十月薪可以取到，请你抽暇一写为要。这几天开会忙得怎样？失眠好些吗？中药煎服吗？均念。

履安。十，廿一。

此通原有标点。

自珍姐是时在国立编译馆谋职。

第一七九通　1942年10月27日

颉刚：

　　前几天接到你的信，知道轿夫被汽车撞伤，你真运气，想起来此事实在可怕！现在轿夫经医治后，能就好吗？参政会连日开会，自朝到晚，累得怎样？卅一号闭会，一号系星期，二号中大就要上课，省得跋涉，不必回家，等三号回来多休息几天吧。这几天又收到几封信，多不重要的，等你回来看吧。这几天天冷甚，衣服有大衣，谅可不冷了。来信说：两个衣包均被泥污，衣服均弄脏吗？盖包的油布一块，轿夫给你收好吗？赵太太进城，我托她买一块小的，她说没有，均是大的，要一百八十元一块，故未买。我想起城内有一块破油布，系包铺盖的，搬到考试院时，铺在你褥子底下吗？你便时掀起来看一看，如有，带回来，我把它改成小的，遮遮包裹。这回带去一块大的，一点不破，带进城来来往往用，恐被轿夫弄破，是太可惜的，并且太大，也不适用。再中大的褥单一条，嫌狭，可带回来拼一块，被单一条，不钉被上，也可带回，恐防遗失。如这次东西多，不能带，等下次也可。草菇一包，添了香肠，已送去狄家吗？回家时自珍请你买盐梅二斤，勿忘。我们均好，勿念。

　　　　　　　　　　　　　　　　履安。十月廿七日。

此通原有标点。

第一八〇通　　1942年11月17日

履安：

我上星期来城，将朱先生讲演稿改好，适以边疆学会于星期六开理事会，遂不克归。星期日到校，本想星期三回柏溪，而到校时即接考试院信，史地组阅卷定于星期一起，因此即偕沈刚伯、程仰之、贺昌群诸君在昨日雨中赶到歌乐山。曾托孔祥嘉夫妇带话给你，想已知道。此次考卷有二千本，他们分阅，我再总阅，大概须费一星期功夫，所以这星期中又不归家了。今天早晨，从歌乐山接组织部电话，悉朱先生定于今晚宴别拉替摩尔，而拉君甚欲和我一谈，因此朱先生必要我陪宴，打电话到沙坪坝找我不得，又派工人到柏溪找我，结果知道我在歌乐山。为了这事，今日下午我又赶回城中来了。住一夜，明晨仍回歌乐山。几个襄试委员看完即可走，但我须统统覆阅一过，恐须独留一二天。下星期一，又回沙坪坝，星期三又到城。如无要事，星期三下午可归，因中午有一处饭局也。那天赶不归，星期四（十一月廿六日）上午必归。这次想不到，一别竟如此久。你们都好吗？赵先生不来，是否疟疾又作了？如有要紧事，可寄函中大，星期日当可见到，匆告，即颂安好！

颉刚启。卅一、十一、十七。

沈刚伯（1896—1977），湖北宜昌人。贺昌群（1903—1973），四川马边人。程仰之：程憬。是时三人均在中央大学任教。

拉替摩尔：拉铁摩尔，美国著名汉学家，关注中国西北边疆问题。1937年父亲曾邀其至燕京大学演讲新疆旅行观感，并请侯仁之翻译其相关著述刊于《禹贡半月刊》。

第一八一通 1942年11月30日

履安：

  顷到孙媛贞女士处，悉黑布可有，但尚未到，每匹是五十尺。你们如决不要，可写一信去，信寄龙隐镇杨公桥申庐赵介文夫人。轿夫汪树泉如足疾不愈，即可去柏溪休养，因后日苏海泉来沙坪坝送我往歌乐山，下星期三又可自沙坪坐汽车进城，惟下星期五回柏溪则较难耳。到下星期五还有十二天，想来彼时他足疾当好。匆上，即颂刻好。

颉刚手启。卅一、十一、卅。

孙媛贞：北京大学毕业，父亲学生。禹贡学会会员。其夫赵介文。

第一八二通　1942年12月10日

履安：

　　你寄中大的信我已接到。本想这星期回家，所以没有写覆信。不料昨天到部，又有许多事逼着，开会咧，宴会咧，看讲习会的卷子咧，使得我没法走。我决定本星期不回家了，索性待下星期三由沙坪坝回家多住几天罢。歌乐山去了四天，看了四百本卷子，还有八百本未看。索性等下下星期去上八九天（中大只得请假一星期，因阅卷事须于本月内结束）看完了。这几时我的胃很好，又恢复了常态。因为忙，疲倦得很，晚上睡亦甚好。可勿念。你们想来都好。赵太太已还乡否？柏溪有何事情？念念。明天朱先生请客，身上一件蓝布袍子实在太脏了，见不得人，所以要换一件干净的。近日天寒，部中已有穿长袍的，中山装可不用。兹嘱轿夫回家，取青布袍等，乞检交。如有信件，亦可交带。

　　沙坪坝的帐子卜次带归。两张稿费单交赵先生。一封信，交陈剑薪君。

　　匆此，即问安好。

颉刚手启。十二月十日。

　　制酸二斤十九元

　　腊肠二斤七十二元

　　酥糖五包十元

陈剑薪：是时为父亲整理文稿。

第一八三通　　1942年12月11日

履安鉴：

今晨交轿夫贺银清带回包裹一个，想已收到。其中有《文史杂志》二十册，我信上未说明，请你检出交张克宽君为要。我后天径从上清寺到沙坪坝，星期三即可回家，此次回来可住五天。兹乘汪叔棣君到柏溪之便，托其带去此函，馀容面谈。此致即颂刻好。

颉刚手启。卅一、十二、十一。

张克宽、汪叔棣（华）：俱文史杂志社职员。

第一八四通　　1942年12月13日

颉刚：

　　今天轿夫来，带到各物。木图章和杂志，已交张先生，勿念。你说星期三归家，要步行回来，请你不要如是，因路途不近，你年纪究属不小，不能太累，还是坐木船为妥。这几天分校出了一件事，因有一个偷羊的给警卫队打死了，今日开棺相验，未知结果如何。

履安。十二，十三。

此通原有标点。

张先生：张克宽。

分校：中央大学在柏溪之分校。

第一八五通　1942年12月26日

履安：

　　昨晨交贺银清带归一函并书籍包裹等，想已收到。昨日午后，我趁公共汽车到歌乐山，在车上站了两点钟，其挤可知。此间容许我在放假期内阅卷，所以我决定不回家过年了。一月四日，我从此间到沙坪坝上课，六日到城。如八日早上能回柏溪，最好，否则只得待十三日由沙回柏了。试卷看毕后，我的生活可上轨道，不至如此忙于奔走。将来再阅卷时，我已有办法，不致一个人苦干了。自珍想已赴北碚？陈可忠先生近日在城开会，我苦于无暇往访。汤先生已见过，渠云刘校长仍须下台，教部已不支持他，以后仍是汤代理。本月底陈剑薪君应领肆百元，尚有杨建恒君为我钞稿，应问剑薪该给予多少钱，也请你照付。请你寄一张空白支票（邮储局）给我，寄至中大出版部，因新买石印机一架，须付八千五百元，而近日校中经济甚窘，只能拿出五千馀元，尚有三千元不得不由我垫付。好在此数不多，学校中亦不会久欠也。事关信用，望你勿迟疑。我于一月四日或三日到沙坪坝，此支票最好十二月三十一日寄出，则我到彼时即可收到。空白支票未盖图章，他人得之亦无用也。为妥当计，你可寄陈芰香女士转交。又请你同赵、张二君说一下，以后转寄给顾梁的信，请勿作印刷品寄，以免被罚，他已罚过几次了。我在此一人阅卷，而考选会供给四菜一汤，每顿当须五十元，来此十日，须费一千馀元，实在太奢侈了。此间甚静，让我把动乱的心平静下去，亦是乐事。韩儒林兄不久来渝，家眷暂不同来。他来后我想准两星期进城一次，如此则半个月中必有归家四天的希望矣。每到歌乐山必下雨，奇甚。昨夜狂风，你们睡得好否？赵太太已否到中央医院，念念。匆此，即颂你们安好。

颉刚手启。卅一、十二、廿六。

如有信给我，可寄歌乐山考选委员会陈委员长转交。

陈可忠（1898—1992）：福建闽县人。清华学校毕业，留美博士。是时任国立编译馆副
　　馆长。
顾梁：顾献梁。是时任文史杂志社编辑。

第一八六通　1942年12月28日

颉刚：

　　昨日寄一信至歌乐山，写的是考试院，未知能收到否？事情没有什么，仅请你有空去看看赵太太，并带些熟小菜（如香肠之类）去罢了。今午接到你信，知道你年底不归，要八日或十三日返家，那么是日子隔得太久了，希望你能于八日回家最好。因天气在九里必冷，你身上穿的薄棉袍，要换厚的了。不归，可叫轿夫来取。赵先生因旅馆被太薄，已于昨日返乡，明日赵太太要动手术，要再去医院探视。你要的支票，兹托其带给你，比较邮寄可靠。不过学校还钱不爽气，前垫文具费三百元，及宴会费二百元，迄今未还。今又借三千元，不知要于何日可还，你借出又不好意思去要，此是我所不放心的。虽学校借也得要一借据，望你照办。丁山借款，已向他索还吗？叫他工作，及索款，二事请勿混在一起。借款务必要他先行还清。陈君薪，及杨君钞稿费，当遵嘱照付。前交轿夫带来之洋装书五本，是黄如今向分校图书馆借的吗？你来信未提起，故尚存我家未送去，能叫陈玉春送还图书馆吗？再黄君有箱一只，存在文史社。前几天接到陈澹如的信，说起刘校长，因教育部发给齐大的令，他油印散发，以致陈部长大怒，他因此卧病，得而复失，这亦太可怜了。自珍于明日去北碚，大约三号可归。你于十三号或八号返家，须买香肠二斤，仍在以前买过的一家买，送于魏青铿，勿忘。因吃她好几次物，太不好意思也。家内有物，添些鸡蛋一并送去。中大领米贴及生活津贴时，需叫他们写一写系何月的，及数目多少？好让我们知道究竟收到多少，及在何月为止，因日子太久，以后要弄不清楚的。

家内均好，勿念。

十二，廿八，履安。

此通原有标点。

此通所言学校借钱，缘于中央大学经费困难。父亲是时又任学校出版部主任，他说："我主持了出版部，只买了一架石印机，印些有插图的讲义，勉强出了三册季刊。校中已付给我十万元设备费，但过不了几天，因为穷得无奈，又索还了。"（1950年所作《自传》）

丁山（1901—1952）：号山父，安徽和县人。父亲在北京大学研究所国学门、厦门大学、中山大学之同人。是时由父亲介绍在中央大学任教。

黄如今：父亲重庆友人。

陈澹如：父亲成都友人。所言刘校长即刘世传，陈部长即陈立夫。

魏青铓：河南卫辉人。金陵女子大学毕业，所撰《汲县今志》1935年出版，1940年与父亲之学术通信刊于《责善》半月刊。是时亦住柏溪。

一九四三年

第一八七通　1943年3月24日

履安：

　　叔棣来，带到表及信件等。我本当早日归来，无奈此间的会一个又一个，开个不了，而各处朋友——青海的，甘肃的，昆明的，贵州的，嘉定的——来得很多，不得不照呼，一照呼便又费时伤财，这真是无可奈何的事。因此，大约须下星期一回来了。兹托叔棣带去书四包，请检收。孝淑处款已汇。小锁随函送上。储蓄券面交。初来时极热，现在又冷了，这天气真讨厌。匆此，即祝近好。

　　　　　　　　　　　　颉刚手启。卅二、三、廿四。

孝淑：蒋孝淑。殷氏母亲之甥。是时在渝任职于中央林业试验所。

第一八八通 1943年3月27日

履安：

　　我想早日回来，无如种种牵掣，竟不能办到。明日（廿八日）一早，我就乘中央银行车到北碚去了。这是史学会的团体行动。我想待孝淑结婚后再走，应送礼贰百元我当送他。他四日结婚，史学会的常务理事会即于五日在渝开，所以五日我就要赶回重庆。六日的早上我即想返柏溪，不知能做到否？本想出来几天，那里知道竟一走半个月，做人之不自由如此。我衣服须换，黎东方君已允借给我。储蓄券一纸寄上。祝你们都好。

　　　　　　　　　　　　　　　　　颉刚启。卅二、三、廿七。

黎东方（1907—1998）：河南正阳人。留学法国，归国在北京大学、清华大学任教。是
　　时与父亲在教育部史地教育委员会及中国史学会同事。

第一八九通　　1943年3月21日

颉刚：

　　昨日你走后，检视抽屉，看见怀表一只，忘未带去。明天汪先生进城，托其带上，出门人表是少不了的。再有七封信，顺便带给你一看。

　　生南瓜子已托摇线的去买了。款已汇出吗？如取不到钱，能设法向人一借吗？因要用，不能再缓汇去了。小锁一把，别忘买。廿六号准能归吗？

履安。三，廿一。

此通原有标点。

第一九〇通 1943年4月2日

颉刚：

你一去又是不回来，开会和交际，弄得你分身不开，真没有办法。但是钱，一定是用得一塌糊涂了。希望你于五号开完会，不要再在城耽搁了。

半个月来，除交汪先生带给你十信外，陆续收到的，又有六十馀封信了。其中最要紧的，是区党部的论文竞赛，急待结束，要你赶快评判，已来二信来催了。馀外次要的也有。你非得快回来清理一下不可，再社事，也应当来管一下了。你能够早日回来吗？

齐大的钱，已寄来了。连自珍的八个月薪，并柴贴，都一并寄来。自珍，看来信，似不肯来家，见你面时，她怎样说？这笔钱，我已暂存银行，等你回来再定去取。

朱择璞君已于昨天来社，你也得早日回来，支配工作。这月份伙食我管，各人付的钱，暂由我收。

天气多雨，孝淑结婚，我是不想去了。

履安。阴历三月廿八日。

此通原有标点。

此通所署时间"阴历三月廿八日"是阳历5月2日，据父亲日记是日在家，显然时间有误。信末言"孝淑结婚，我是不想去了"，据父亲日记，蒋孝淑婚礼在4月4日，则此通应写于该日之前，查日历，阴历二月廿八日是阳历4月2日。又父亲3月20日进城，4月8日方归家，其间出席中国史学会成立大会及教育部史地教育委员会第三次大会，并与史学会同仁游北碚，4月5日又出席该会理事会，与信首所言均符。可知信末"三月"应更正为"二月"。

齐大寄自珍姐薪，据父亲日记1942年11月6日："齐大来函，已将自珍补助理员，管标点廿四史事。"

第一九一通　1943年5月5日

颉刚：

　　今午接到金先生来信，云及车票已定于九号，日子只有三天，太匆促了。而你又于今晨进城，不凑巧甚。金先生已于四日离渝，车票放在方云鹤先生处。我们恐你不接头，要两歧的，所以特请张先生进城去看你。如你能于明日回来最好，否则见到张先生，可以知道一切，于后天回家还来得及。出境证调换事，未知能办到否？行期匆促，望你速归。

　　　　　　　　　　　　　　　　　　履安。五月五日。

此通原有标点。

金先生：金振宇，原任亚光舆地学社总经理，是年4月该社扩为中国史地图表编纂社，推父亲任社长。是时自明姐将赴贵阳结婚，由自珍姐伴往，父亲托金先生代购车票。

第一九二通　　1943年5月9日

履安：

　　昨日别后，直至下午一时船始到。二时半抵城，即由方云鹤君伴至海棠溪，将车票及行李结票事办妥。当晚住车站旁交通旅馆，臭虫甚多，三人均未得好眠。今早我送她们上站，待至八时半车开。车身已旧，不免沿途抛锚也。行李四件，结票费共三百四十馀元，可谓甚贵。票价每人五百八十六元。她们的号码是第一第二位，近汽锅，较热，然颤动较轻。我买布底鞋一双，价九十八元，可骇。如商务书馆有信及纸包，望即交魏先生拆阅。我大约星期五（十四日）归来。你近日独自在家，不免寂寞，奈何！匆此，即问近祉。

　　　　　　　　　　　　　　　　颉刚手启。卅二、五、九。

魏先生：魏建猷（1919—1988），字守谟，安徽巢县人。无锡国学专修学校毕业。是时
　　在文史杂志社任职。

第一九三通　　1943年5月26日

履安：

　　今天到码头后，不久船就来，快得很，十一点就到牛角沱。到考试院，休息一下，出来吃饭后天才下雨。小镜子已在抽屉内找到。我出门匆匆，忘记了失眠药。这药放在房内沿窗抽屉中，请寄三四粒给我，以备不虞。又防空洞证亦未带来。如你能在我书房大桌抽屉内找出，亦请寄我。不是在最大的屉，就是在左边第一屉内。近日大致不会有空袭，然亦以小心为宜也。如有信来，不必转我，告我一个大概就是了。

　　　　　　　　　　颉刚手启。卅二、五、廿六、午后。

　　此为我与履安之最后一书，廿七日渠接此书尚到予办公室寻觅防空证，至廿八日而疾作，三十日而长逝矣，痛哉！颉刚记。卅二、六、五。

第一九四通　　1943年5月27日

颉刚：

今天张先生来，带到的信，知道一切。明天谷蕊女士进城，失眠药三粒和防空洞证，均托其带给你，谅能快一些到。两天来收到十馀封信，边疆学会于六月一日上午九时假重庆过街楼民众教育馆开会。任映苍著作《大小凉山彝区考察研究》，有四十五万馀言，寄来目录，他问边疆学会有无出版可能？赵肖甫已到成都，他想在那边找事，因未接到你信，尚未决定，现在你已去信，他大约可以不来了。王冰洋来信，他已在四川省训练团做事，刚去三个月，不便即辞，又身体不好，不愿跋涉，社事托他太太一人不能够，他举出好几条理由，他也去信金先生了。谭其骧月底月初要回遵义，他要到重庆，未知你见着否？馀信多无甚紧要，等你回来再看。边疆一号开会，二号无事，希即回来为要。

　　　　　　　　　　　　　　　　　履安。五月廿七日。

防空洞证找不着，未带。

此通原有标点。

此通信封正面："上清寺考试院　顾颉刚先生台启　柏溪顾缄"。信封背面父亲题曰："此为履安给我之最后一信，渠没十日乃由克宽带归，予始得读。颉刚记。"

任映苍：边疆学会会员，对凉山彝族有深入考察。

王冰洋：通俗读物编刊社成员。1940年该社自重庆迁至成都，至年底因生活书店被封，通货膨胀，该社工作实难维持，成员只得各奔前程，仅留王冰洋一人。该社名义上仍存在，教育部和行政院之补助费领至1944年春。

附：殷履安致殷绥平书　　1943年5月27日

绥平侄：

我寄给你的两封信，均收到吗？近况若何？念念。六月份的三百元，兹由邮汇给你，五月份的够用否？可告我，当多寄一些给你，因近来物价又涨得多了。今天接到王君来信，兹附寄，此人是昆山人吗？你校合作社有平价毛巾，牙刷，洗衣皂，灰布，乌花布，出售吗？如有，望代购一些。士林布，蓝布，及粗白布不要买。之文回去，你最好请你母亲做两件蓝布罩袍来，因你的二件，穿不到抗战结束了。现在士林布同蓝布市面上缺货，而且要买到八十多元一尺，真惊人。馀外单薄的，叫之文再带一些来，厚的不好带，不必说，此地衣服实在做不起，往后物价日涨一日，更难了。自珍已于廿五号返柏，此行两方车子凑巧，仅来回半个月，路上又未抛锚，真幸气。自明十九号结婚的，那天很热闹，宾客有八九桌，我家无一客也。然而非常省俭，我们方面连路费也用去一万三千元光景。自珍到筑，食住还由他们招待的。现在年头，钱不值钱，真没有办法。孝淑结婚照片已寄来，照得很好。你在校，望一切当心，已上课吗？钱收到，望来一信。

　　　　　　　　　　　　姑母履安手白。五月廿七日。

母亲于昨晨发烧吐泻，今晨尤甚，据说是恶性疟疾，把我们吓坏了。

　　　　　　　　　　　　　　　　自珍上。廿九日

殷绥平（1918—2008）：殷氏母亲之侄（其父殷履鳌系父亲中学同学，已去世多年），是时肄业于上海医学院，该校当时迁于重庆歌乐山。母亲此信尚未寄出即患重病，由自珍姐附言后寄出。

殷绥平致顾颉刚书　　1943年6月7日

姑夫大人：

　　日前拜别，抵校已傍晚，当时，即有同学交侄姑母二十七日遗笔，侄因中心痛苦之至，故不忍再睹，迟至今日，方启封而视，爱护之情，充满于字里行间，抚心自问，无一能副姑母之厚望，愧悔之极。侄在校一切非常杂乱，恐有遗失，故特呈与大人代为保留，以作纪念，感激之至。大人所嘱向吴鼎先生交涉宿舍事，孝淑昨日从新店子回来，今日当已去过。近日本校内科主任在患恙，痊后当再禀明大人其诊治日期也。即此，叩问

福安。

侄殷绥平谨上。

此通未署日期，据信封邮戳定为6月7日。

顾颉刚致殷绥平书　　1943年11月27日

绥平内侄惠鉴：

　　别又数月，想一切安善。刚等于本月初迁至北碚，刚住黑龙江路八号图表社，文史社则在牌坊湾廿二号内，相去不过一里，惟下雨之后不易行耳。柏溪方面惟魏先生及汪华兄尚住在内，赵先生已赴成都，赵太太则至南岸土桥中国汽车公司暂住，张先生已入石马河之花纱布统制局，此间旧人惟一朱先生耳。住柏溪未及两年，惨遭汝姑母之变，恻恻于心，无可派遣，北碚环境固好，而离墓太远，不克常往祭扫，又未能自安；甚望抗战胜利之后办一履安小学于甪直，灵柩即移葬彼处，俾得长留纪念，一扫我内心之痛也。吾侄假期有暇可来碚一游。匆此，即祝学祺。孝淑夫妇均此。

姑婿期颉刚拜启。卅二、十一、廿七。

朱先生：朱择璞。是时在文史杂志社任职。

附　录

殷履安致顾自珍书

第一通　1939年1月上旬

自珍：

两信均接，读悉。你要配眼镜，可于星期四五至云大，向父亲取钱。不过眼镜店要选择好的，配光可以准确，我看见正义路上有新开的亨得利，这店牌子最老，各处都有分店，较为可靠认可，价钱贵一些不要紧，免得上当。

罩袍我当改做，不过这星期来不及了。

你身体弱，吃饭需当心，不要杂吃而不吃饭，有新开的饭馆，以后可去吃，不要省钱而害了身体。钱不够用，可带给你。再回家切不要走来，因为雇了车来，当日回去是合算的；倘走回来，进城是没有车了，一天来回走，你决走不动的，你千万不要省钱为要。

前天接到祖父来信，说吃了张医的药，已好一些了，不过他很想我们回去。但在此时局，如何可以呢？

母字。

此通无日期，据其中所言"前天接到祖父来信……他很想我们回去"，1939年1月5日父亲日记中记有此事，可知此通写于1月上旬。

顾自珍：父亲次女。

第二通 　1939年1月30日

自珍：

　　昨日父亲同我游黑龙潭，归路走田岸，一不小心竟致跌伤了左足，痛极不能举步，大约是曲了筋的缘故；今日卧床未起身，借此休息休息也是好的。此间没有医生，又没有药店，由乡人采了几种草药涂上，觉得痛好一些，惟仍不能行走，故星期四、五的课想来不可去上了，已写信去请假，谅下星期定能入城，勿念。告李埏君，请他通知联大几位同学，勿到云大上课，以免白跑一趟。

　　自明给你一信附寄。祖父也有一信寄给我们，他老人家四号还是好好的，而八号晨即逝世，真奇怪，大约是吃坏的，你说是吗？

　　你配眼镜，最好到好的铺子里去配，因验光真确，切勿要贪便宜，反而不适用。

　　你脾弱，肚子容易不好，万勿吃凉而不消化的东西，至要。

廿八年一月卅日，母字。

李埏：李幼舟。是时在西南联大肄业。

祖父于1月8日逝世，10日父亲得鲁叔电，此日日记写道："我既不能侍疾，又不能奔丧，父大人既抱憾九原，我亦负疚没世矣。因与鲁弟一电，文云：'痛不能归，在此成服，诸烦主持。'"

第三通　　1939年2月9日

自珍：

　　两封信均收到，读悉。

　　父亲的脚，自敷草药后，疼痛虽止，但仍酸而无力，是以不克进城，本星期课又只得请假矣。希望下星期能去上课。烦告李埏兄，本星期又不到校上课。乡间真不便，一有病痛，苦无医生，正是没办法。

　　恐怕你去看父亲，现乘有人进城，特寄此信。

　　上星期接到自明来信，说祖父七号晚上仍照旧吃饭，于清晨四时许还开电灯吃枣泥糕，及至过了六时多不起床，来根去看，已遍体冰冷，气息全无了。所以祖父死时，是一个人也没有知道的，真惨极！隔天还自己亲写遗嘱，死得这样快，大约是一时痰塞的缘故。

　　旧历年你能回乡过年吗？

母字。

此通原有标点。此通无日期，据内容应在上通之后，下通之前；由下通末所言"上星期四托宓先生寄给你一信"，可知是2月9日。

第四通　　1939年2月13日

自珍：

今晚接到十二日的信，知道你要于星期五随父亲回家过年。但是父亲本星期还不能到校上课，因为脚虽渐愈，还觉无力，恐怕进城走十七里路走伤；上星期五钱先生到我家，父亲已请他代课二星期，已蒙他允许，那么可以俟完全痊愈后再进城了。

你如星期五一定要回来，务必坐洋车（时间也要早一点），因一人走在年近岁底的时候，不放心的。星期一可请假，那天由春嫂送你进城如何？

你若回来，我要托你买一些东西，因大除夕中饭有人来吃饭（请王振铎等），不得不备一些菜，但乡下是买不到的。再有风炉，乡下买不着，我下乡时一个是破了没有带，只带一个，现在向宓太太老借是不好意思的。我想你坐车来时，买两个来，一个大点，一个小点，均要有铁箍的，从前买二毛一个，现在恐怕不肯。风炉店在威远街，一出兴宁巷对过就是。馀外买咸果肉一斤、牛奶一罐（鹰牌的，我买时一元半，现在一定涨了），再父亲要买胡桃糖一斤；小菜要买炸豆腐一斤、豆腐干（白的）十块、千张十张、菜花二个、猪腰一对又猪肝一斤、猪脑子四个（好拿则买，因压易烂）、白鱼二斤（有大的最好，如无小的也可，鲤鱼不要，鲫鱼死的不好吃，活的拿回来也死了），白鱼本来是死的，所以买回来是无妨的；如白鱼没有，就买一条一斤多重的鲤鱼算了。你若不会买菜，可请吴家小妹妹一同去，她很会买的。饭后去菜市，也许有的菜没有了，但你可拣有的买，如有蚕豆可买一、二斤，馀外有可买的也买一些，乡下除青菜、菠菜、山芋、蘑菇以外，别的没有的。再托吴家小妹妹买一元钱香烟，她是知道的。你带一个包袱去，一包就好了，买好了再雇车。车子雇到落梭坡，那就是桥边，向车夫说，过了黑龙潭还有三里，如车夫要走龙头村亦可，惟那条路上须下车三次，带了许多东西不便，还是走黑龙潭好。你带了许多东西，到了村口是拿不了的，可把风炉留在车上，你到家再叫春嫂去取可也。车钱慢付，拿了风炉再付，钱不够暂向吴家一借。

你如一人怕回来，则不必为了买物而归，我可将就烧几样就算了。

上星期四托宓先生寄给你一信，并附李同学一信，收到吗？

母字。十三日灯下。

是年大除夕是2月18日。据父亲日记，是日邀午饭者为史语所王振铎、陈槃、王崇武、张政烺。是时史语所迁昆明龙头村，与浪口村相距不远，父母与史语所友人多来往。
吴家小妹妹：吴晗之妹吴浦星。
宓先生：宓贤璋。是时居浪口村，在北平研究院史学研究所任职。

第五通 1939年3月

自珍：

那天春嫂回来时带来钱及东西均收到。

牛乳吴宅已托汤先生送来了。

绿格纸等父亲不急用，你可买好，等下礼拜五送至云大可也。

现天气将热，你的白布操衣可将布买好，并借一样子来，放春假时带回来让我做，如何？

我再要买物话下次信再告。路太远，我实在不想进城。

自明日来没有信来。

母字。

此通无日期，据其中所言"放春假"，似为3月。

第六通　1939年3月

自珍：

你十四日回乡，可到吴宅及闻先生处看有没有信带来。

我再要托你买一些物：小钉一角，洋樟脑三角（放在棉衣内用的），先施牙膏一管；送给宓太太小孩的东西（约三四元）及董彦堂女小孩东西（约二元），你到国货公司去看有没有小孩盖的绒毯等，如买衣料，绸的太贵，布的不好看，送不出去；再看别的公司有小孩用的东西否？再家内的洋灯罩有一盏好的，近几天上半节因着了水爆破了，下半节还勉强可用，你可到金碧路洋灯铺去配一个，大小如图样，中间阔而上端小的。钱不够可到闻先生处去取，因父亲托他代领薪水，你要用多少取多少，不要全数带回乡，等父亲进城时向他取好了。不过你要见闻先生，预先写一信去通知，可让他等你。信封（小的）绿格纸等务必带回，棉被棉衣用不着也可带回。父亲回来时，竟有车索价三元，结果一元九角，你若回来，还是上半天坐车回来比较便宜一些。你说叫春嫂进城负东西也不方便，还是坐车回来的好。

父亲还要买图画钉一匣。还有扫帚等春嫂送她女儿进城时叫她买了。

母字。三月（下缺）

是时父亲托吴晗、闻宥代收信件。

第七通　1939年10月6日

自珍：

　　接到你的好几封信，我一封也没有回给你，但你于父亲信中可以知道一切了。我们因了护照签字，失了闻先生同行机会（汤先生七号也要走了），现在还找不着人，真是焦急。我此次来上海，因为各方面的事跑来跑去，没有功夫游玩，仅去看了电影三回（苏一次，申二次）。现在不走，空一些了，拟去游玩一下。但日来上海物价日涨，较去年涨得多了，白相也白相不起。成都好玩吗？东西又较昆明更贵，住蓉也无意味。我前信开一单，寄给你们，你看有再要买的东西吗？蓝墨水我当买。你们脚上湿气好些吗？饭量增加吗？均念。我到蓉后，你住在家内吗？带蓉的被头可够吗？我要再带吗？热水瓶要带吗？馀外要别的东西吗？望告我。你们一路辛苦，现在已复原吗？

　　母字。

殷履安致顾自明书

第一通　　1941年3月5日

自明：

我自廿一号进城，一住医院就十多天，至今尚说不定哪天出院，真是心焦。不过我的病是不要紧的，实在医院做事太慢，今天检查了，明天又不检查了，过一天再检，弄得人家心急也没有法子。现在就要用X光线照肾子了，但是照费的贵真是惊人，要二百六十元，然而要知道他的病源，也得照。人生了病，又化钱又痛苦，真是倒霉。

父亲今天下乡，我要一只小白铁锅子（旧的）及洋磁碗一只、粗碗一只（小的）、铜勺一把，褥单一条，白色的边上有红字的（不很大的，在竹篓内放在上面的就是），因医院的被只有一个套，没有单子，又是太脏，成都的医院二等病房远比不上北平协和医院的三等房，设备真太差了。又竹篓内找一件紫色的短袖小衫及白布衬裤一条。上物统交父亲带来。

医院吃菜太苦，还不如饭团。你把腊肠二条切丁，蛋二个炒了切丁，少加些黄花木耳切丁（在橱内洋点心匣里有黄花木耳），炒一洋磁碗酱已够多了，我吃不完，放在白铁锅子内带来；炒酱时不要放酱油及盐了，可加些糖。又橱内有纸卷上没有字的挂面（不是咸的），拿二卷来。在小木橱内有未吃完的火腿带来，医院有烧水的煤火，我可以自己去下面吃。再包两三勺盐来。

父亲要的皮鞋，在橱最上一层内有一双旧的，是雨天穿的。夹袍在橱内有一件蓝呢的。

你千万勿进城，裤子布，我交父亲带回的袋内有布，你做裤好了。袜子要几双，叫自珍买了带给你，因现在天气说不定落雨，一落雨车钱要贵到十多元，太不上算了。我大约俟痛稍好血不流，即回家，勿念。

母字。五日。

据父亲日记，母亲因小便有血，且酸痛不能起立，1941年2月21日进城，入三大学联合
　医院（仁济），则此通写于3月。

顾自明：父亲长女。

饭团：指国学研究所同仁的伙食团。

第二通　　1941年4月末

（上缺）你存邮局的钱，我已向你借用了，因为买了二瓶鱼肝油精，每瓶一百卅元，可吃两个月，恐将来更贵，又多买一瓶。这年头东西贵到这样，穿衣吃饭多困难，而我再要生病，这次进城两月多，医药费住院费照X光线费及一切杂用，已用去一千五百元了，真使我焦急。但不去医，膀胱炎利害，血变成浓，小便排泄不出是要死的。我反过来想想，生命究比金钱重要啊！父亲常解譬我："我们的境地还不是窘到连医药都不能，用去了一些钱，算得了什么，何况现在的一千多元就是从前的一百多元啊！"说虽如此说，然而我们的收入仍是从前的数，不是一百变成一千！所以我终觉得舍不得，只好譬如死了，死了有钱也没有用了。总之，人生在世健康第一，有健全的身体，生活暂得快乐。从前我太不注意身体了，然而后悔也来不及了。希望我医好后，我们一家四人都健康快乐，多吃一些好的，终比医药便宜得多。现在的时局是更不能生病的，你伤风不愈，可进城来医。

母又字。

此通日期据其中所言"进城两月多"而定。

第三通　1941年5月5日

自明：

　　昨天看见你给自珍的信，知道已蒙胡太太找得一个老妈了，很感；至于要十五元一月的，似嫌太贵，可不必谈。要十元一月的（倘能八、九元最好），如脚不十分小及年纪不十分大而做得事的，则请胡太太代为雇定可也。因城中的老妈大都不喜欢乡居，化了五、六元车钱，做不到一个月就走，未免太冤。在乡下雇的，到解雇时双方方便得多。

　　今天天晴，路上恐怕还湿，父亲大约明天要进城吧？我在星期五、六一定可归，接此信后，你可请胡太太即日说好，如讲不好的话，你速来信告我，我可在城中找一个带乡，做做再说。

　　我的病比初起时是好得多了，上星期检查尿液，结果并无细菌，不过我觉得还有血滴下，还有些痛。医生嘱我注意调养，俟身体好后再去施行手术。但是我总有些害怕，假使不去割，则带病延年，终身的痛苦是受不了的；去割，虽不能说定无危险，倘然安全，则健康有希望了。现在我的意思，回家调养几个月，看能如肺病者之静养而得愈一样，再去诊治时，医生说不要开刀了，则我大大的快乐了，这是我所日日冀求的。至于家事，希望你分一些时间管理，我能起来是不要侍奉了。

　　返乡时你要买什么东西吗？可告我。

母字。五月五日。

胡太太：朱俊英，胡厚宣夫人。是时胡家亦住赖家院。

自明姐是时在国学研究所编写《史记》索引及"中国民族史材料集"中《史记》、《汉书》部分。

第四通　1941年5月8日

自明：

　　我决定于下星期三同父亲返乡，女仆事请胡太太说妥为要（小脚的一个），如不成望即来信告知，俾得在城雇用，以免两歧也。

　　你给自珍的信已收到，核桃糖甚好吃，她说谢谢你。

母字。

　　北郊崇义桥赖家新院子

　　　顾自明小姐收

指挥街六十六号顾寄。八日下午。

顾自明来书

第一通　　1932年2月10日

父亲：

你去了一礼拜后，那严重的足以说第二次世界大战的导线的上海事情就暴发出来了，我们大家都以为你在上海，都把我们急坏了，母亲更是急得了不得，差不多整整的十多天没有一刻一分钟安心的度过去了，直到你的快信来了之后。

现在强国都增兵上海了，他们的口供虽是保护本国侨民，但心里不怕没有包藏着大战的思想吧？我不相信他们出兵上海于中国有益的，帝国主义哪有真正保护弱小的国的心意呢？在这重大的国难临来，我们，似乎只有坐着等戴亡国奴的荆冠吧？中国人——自然不是完全的——的血似乎都凉了，把凉了的血重又激热起来，大概不是少时期所能够成的；再"各扫自己门前雪，莫管他人屋上霜"这两句话好像是阴历的新年一样，大家的心上都被它占上了一个根深蒂结的地位了。像上海闸北一带，人民大受帝国主义的苦，而租界的电影院仍旧挂得起客满了的布告牌，上海一地尚且如此，何况他地？这不是明证吗……你想我说的对不对？请你告诉我，并且请你向我说如何才能使我们将冰冷的血又复热起来？

现在的杭州，不知还是从前的杭州吗？可惜现在是初春天，春来的比北平早，也么现在也许是鲜草出土、新叶出芽的时候了，还有梅花，也该是大放特放了。祖父处有梅花吗？

祖父母现在想都安好，还有和弟现在大到怎样高了？现在他在学校的几年级？

　　这信写得太乱，请恕罪。敬请

福安。

祖父母大人安。

女自明。1932，2，10。

顾自珍来书

第一通　　1932年2月10日

父亲：

　　别离至今已有三星期了。在这三星期中，无时无刻不思念你。别离的滋味，真是难尝啊！

　　这回你回家真不巧啊！碰巧正是日人作乱的时期。在接到你从苏来的信，更知你这个时期正在上海。母亲和等等人都为你着急，于是就打电去杭州，但盼你能早回电。直到七号才收到你从杭寄来的一封快信，到这时大家的心才算安定。这回真算你的幸运了。

　　这次日本人真是太暴恶了。他把中国经济中心的上海人密繁盛的闸北，弄成灰烬了。几乎把中国人看作动物了，这真太瞧不起人了。中国人到这个地步，也无别法可想，只有一战了。其实中国的兵力也不在其下，只是战器不如他们罢。现在这么一战，至少也要使他们知觉些。他们这样的以强欺弱，以后也许要变作第二个德意志罢。

　　商务印书馆被轰炸，真是不幸。这书局在中国是最大的了罢。这回损失真不小啊！

　　现在中国这样乱，但在一般人，似无事一般，仍忘不了他们的年节啊！仍然是放小炮仗。学生们呢？仍然进城看电影，逛大钟寺，到处找乐，似乎无事一般，真可称欢心唱乐。想从前日人刚侵入东三省时，他们是多么热心，多么悲愤。现在呢？日人侵略是越利害了，但他们的热心早已变冷了，真可谓五分钟的热心啊！现在不多说了。敬请福安。

祖父母大人安好。

　　　　　　　　　　女自珍手启。1932，2，10。

第二通　1932年3月27日

父亲：

离别至今，已有两个多月了。在这二个月中，真可说是恐怖的日子；不是怕日本北上，就是担心杭州近沪的危险。幸时常得你来信慰问，心里就稍安些。现在因国际调查团来沪，暂停战争；但以后这事怎样解决呢？现在还不能知道。在我理想中，必定还要发生战争。你看怎样？

你问我秋季考的功课怎样，说起来是很惭愧的。不能说好，也不能说很坏；只是很平常罢了。又因为告了两天的假，扣除了半分；就此落了第二名。这一定使你不高兴吧？

现在我的眼很坏，每晚不能多看书；多看之后眼就模糊不清了。因此我每晚不常看书了。且你去杭后，我们睡的很早；差不多九点就要睡；至多不过九点半。所以现在一到时间就困了。

自你去后，家里就很冷静。冯先生进城时，前院只有我和母亲。现在小黑又死了，每到晚上，真是寂静无声呢！

你大约几时可以回平，有个预约吗？我盼你能早日回来。

自明姐她有信给你吗？和弟他现在在几年级了，长得高些了吧？敬请福安。

祖父母大人请安。

女自珍谨上。三，二七。

此通原有标点。

第三通　　1937年12月20日

父亲：

　　接到您的来信，给我们带来了许多忧愁，因为您的失眠症又发了。关于这病症，我要负多少责任的，这病是由于我出世而累及您的。我真不知如何惩罚自己，为什么上帝要出我这样无能的人，害您患了此症。现在害得母亲也不安心。您要母亲到甘肃，并不是母亲不肯去，也不是我们不放她去，实在是时局变化得太利害了。如果在太平时候，母亲会早已在您的身旁，您得原谅母亲的苦衷。现在您总已接到我们发给您的电报了吧？祖父原是希望您能来的，既可赚钱又可相聚一处，所以不能不发一电，来不来，自然是在您。当今汉口已在恐慌中，安贞来信说她们准备迁居到成都。恐怕您也来不了，母亲自是不能去了。而且广东香港也随时可发生战事。您定能谅解我们吧，这是件怎样冒险的事。假如现在还是在上海打，我愿意陪母亲到兰州。我们知道您孤独，孤客的生活是最苦痛的，然而现在我们中间隔着重重战场，没有法子亲身来慰问您，只好凭此一纸来表示我的热诚，我忠诚的希望您每天少做些工作，多运动一点，尤其是晚上，最好不要多用脑力，看些闲书或散散步，这样对您的失眠症，也许稍有补助。所苦的现在是寒冬，室外运动有相当的难处。父亲，我看您的健康比我自己更甚，母亲也和我一样焦虑。希望在下次信上，能看到您近日睡眠安舒的话。我的笔下太滞了，心中有千言万语，不会借它传达。您会体谅母亲和我吧？现在更盼春天早日到来，您能继续旅行的生活。到那时候如果战事还完不了，而您不能去旅行的话，只要有路线通，随时我都愿与母亲到您处去，只要您一下令。这几个月中，您自己想法做些不用脑力的工作吧。母亲身体素弱，在这样寒冬而又战事紧急当中，您决不忍她为您遭受苦痛的。您的心最仁慈，我真没有看见第二个像您这样的好人。您定能体贴到我们的苦衷，实在并不是我们不顾您，请您写几句体谅我们的话，我们才能安心。

苏州还未见来信，但并不只我们一家接不到来信，凡认识的亲戚朋友们，都没接到过来信，可见是信件不通，而上海到此间的信，最快的只消一星期。自然我们是焦虑，但这不是焦虑所能解决的事。希望您也不要太着急，愁思，只会增高您的失眠症，最好您多交些朋友，抽出些时间来谈谈，心中也许能愉快些。

这个时局，读书也真不容易，心老是不安。今年没考上燕大，自是我的程度太坏，可是明夏，我是决心不再考燕大了。如果哪里有国立大学，我都肯去。我觉得，切实地感到我与燕大的缘分已绝，没有脸再去考了。希望您介绍一、二个地位较安全的大学给我。如果真是没有，那我真不念大学了。真的，许多在大学毕业的人，只得了一个名，我觉得灰心。可惜我不在您的身旁，不然也许能得些中文的学识。英文，在女青年会真没得到什么长进，而今却忙着要预备圣诞会，实在太没劲了。如果明春真不能离平的话，也许到男青年会去补习，那里听说也收女生。

热诚的祝
您睡眠安舒。

女自珍谨上。十二月廿日。

自珍姐怪罪自己的出生害父亲患失眠症，缘于吴氏母亲生自珍姐后，受凉患干咳症，家人延误治疗，遂发展为肺结核，次年病逝。是时父亲在北大上学，因时时忧虑母亲病情而失眠之疾大作，终生难愈。

第四通　　1938年1月2日

父亲：

　　好些天没有收到您的信了（十一月三号的信已接到，您给王公公的信亦已见到），很是挂念，想您近日必定很安康吧？日子是过得真快，又到新春了。在前次您的信上曾提我们都到云南去的话，这件事本是很好，近日来我们天天商议，可是商量的结果：祖父是一定不肯去，以路途辛苦吃不消的话推辞，而他一心尚只想回故乡，俟春暖后或居平或移居上海租界。这种必经跋涉的辛苦，实在是不能太勉强，万一生起病来，他不骂我们吗？而且您也知祖父的习性，在此已有许许多多打牌朋友了。现在只有母亲和我两人能去云。本拟叫我留平照应，但是您知道我是真不惯和祖父这种冷心肠人一同过活，真会把我气闷死，所以只好借着读书为名求母亲带我去。春暖后同去的有三、四家，现在一切事都由伟长先生在探听。到时香港平静的话，我们一定能去。但是话又说回来了，希望您一定要与我们先后到该地，假若您不去的话，那我们去也一无意思，反而一家拆成三家，三地悬念了。所以我们最后去否的问题，还在您去不去的问题上，如知您准能到该地，那我们也准去，除非路不通，那是真没办法的事。再者钱太太嘱笔，请您再写一信给钱先生，最好是您同钱先生能同到云南。不知您俩可能同路行否？钱家大约是准与我们同去。希望您能早日来信，使我们能早日预备。祖父当可迁至离王祖姨母附近，能得照应。依我们的意思祖父还是住在北平好，因在故乡及上海难免没有人借钱等事。祖父在此生活费不成问题，他的气喘病甚厉害，一换穿衣的时候也要气喘，这长期的路程也难怪他不能走。祖父过了冬季气喘病一定会稍好，这是他的老例。不知您以为他是在此地好呢？还是上海好？希望您来信时把您的意见写来。因为我们可以同他一同上船，路过上海即可托鲁叔照应，到码头接，这种种也是要预先准备的。

您所担任的两小时功课是义务的，不必一定要等到暑假辞去，万一那时您的一条路又不通，那不是又糟了吗。

敬祝

安康。

女自珍谨上。一月二日。

第五通 　1938年4月20日

父亲：

好久没有给您去信了，您不怪我吗？前两天接到三月十三日的来信，见到您的像片，真像见到您一样使我们高兴。别离已有九个月了，无日无夜不在盼着相聚的来临，但是到了现今，还是不知哪年月日可能真真相会。全家合影的像片没有，等过些时照了，一定寄给您。

前次我曾告诉您关于割鼻的事，现今已开过刀了，只住了四天医院，以后又陆陆续续的去了好多次，近日创口已收了，只是呼吸还不算太好，大夫说最好再开一次刀，我不愿意再多破费了，因早晨醒来口内已不像以前那样干涩了。小小的手术费要十块不说，在院内又不能看闲书，真要闷死。

再投考燕大，真是没有把握，这次再落第，不是更丢脸吗？而且眼见着几位老同学比我高上一班，自己心里也真不受用，真不愿去考。近两月来，常常说着要走，一会到云南，到上海，忽然又说到香港，或者竟不走了，真使我心神不定。说到哪里，心先想着那边有何学校，程度又怎样？总是决不定到哪里，这不能说不影响我的读书。这似乎是太傻了，何必管什么学校，只要准备功课就得了，然而我确是不安定。朱贞美来信说上海倒有沪江、之江、东吴、金陵四个学校可考，一定也不会太难，可是不赴上海，又有何法呢？想着实是心烦，北平只有燕大是好的，听说中国大学还不错，万一无处可去，还是去碰碰，这校以前很坏，现在虽说好，也不能使我心服，然而在家耽着更坏，没有人逼着做，总是懒。高级补习班除英文外，别科对于不入理学院的人，终觉深些。现在我只念英文，一小时英文，往返也须一小时，住在后门一带真是不便。母亲及伏生都有信给您，我不多写了，怕装不下信封。敬祝

福安。

　　　　　　　　　女自珍手上。四月廿日晚。

此通原有标点。

第六通　1938年9月23日

父亲：

来沪已两月有馀，但尚未接到您的片纸只字，总在想念盼望与失望下过日子，间接从谭女士或他人信中知道一些关于您的近况。父亲，您是不是想我们已动身赴滇了吧？所以久久的接不到您的信。现在已是九月底了，此信到时我想您一定已到渝了，不是吗？我们从七月底就盼望您由巩赴滇途中来信，故未去信至兰州，您渴望我们的信，一定也很深吧？当您从各处倦游返兰时。

祖父与明姊两人居苏，早料不是安全之计，但因碍于祖父的决心，只得由其作主。果然现在苏州老家中已出事了，事情是不大，但不能不令人胆寒。事实是这样：有一天傍晚有三不相识者以访张姓佣人为由，闯进宅内，继以言欲租房，告以房已租出，再以借钱要挟。在此时代中，这种无赖真不能惹，心既生恐惧，只得拿钱牺牲，给廿元而去，不料一星期后又来，出口讨价就是一百六十元。第一次是松林叔用软语招待的，第二次又要见松林叔，适值其出外，来根见其袋内有物，恐极，出门觅松林叔，返以六十二元七角打发这班无赖去了。如果常此一次次的骚扰下去，所付的代价一次比一次多，怎么得了。一丝也不敢冒犯，这班人也愈胆大如天。祖父尚不肯迁居，因祖父迁出，松林叔也要搬出，祖父恐家屋失人照管。在这时代还要怜惜一些房屋，真是眼太小了。为了祖父、明姊的安全，为了使我们这在外省安心起见，已写信力劝祖父迁居沪地，不知能否发生效力？真是令人心焦，如祖父不肯，我们也永不能安心，不是吗？希望您接到此信后，也写封信去解劝解劝。

去滇的护照，虽托吴春晗代办，但至今尚未寄来，已一月有馀。去滇的旅侣，也找不到，使我们万分焦虑。母亲说非等您来信指示如何走法，决不离沪。我在沪闲荡，终日无所事，只想早日上旅途。希望您立即来信，指示我们。再者王以中先生现在沪地，是特地接其夫人赴广西柳州去。您以为我们与王先生同行可以吗？到广西后，再转滇，比较由安南转滇，哪方面方便，望您给我们一个正确的答案，并且是愈快愈好。

　　沪地各校均已开学，云大据说在十一月初开学，不知我能否赶上考期，若过考期，能入学吗？这是我唯一虑心的事，因为我已荒废一年，若再此下去，如何是好。若早去，则心早安。总之，盼望您能早日到滇，为我们安排安排。您要知道我们无时无刻不在盼望您的来信。

　　馀言后谈，即请

福安。

女自珍谨上。九月廿三日。

王庸（以中）是时任浙大教授，将接夫人殷绥贞赴柳州。
母亲与自珍姐于11月4日抵昆明。

第七通　1939年1月2日

父、母亲：

昨天在我的归途中，深感惭愧，对此次迁居，事前既不曾帮助整理行装，事后又不尝动手整理安置家具等，对此只好请您们谅解了。晚五时许始抵城，股部坐车都坐疼了，就厌恶洋车了。吴老太太托我带了一大包衣服给浦月，又加上我自己的大衣书包毛衣等，徒步携到学校，我已精疲力倦了，比上次爬西山似乎更疲倦，但想到您们一定比我更劳苦，就感到非常不安，对此次迁居，几乎成为旁观者一样的罪人了，现在家中想必一切都安置妥了。

乡间的生活如何？一定是很恬静的吧？我以极热诚的心希望父亲能从事于预定的著作，能达到不吃药而能酣睡，母亲能逐渐健康起来，不要常常生气懊恼，那么我虽不能侍奉左右也安心了。现在我身虽在校而心常挂念您们，同学们也有笑我过于思家，这也许因为我从小至大未离过家的缘故。现在两地距离很远，在我更感惆怅，不能常回家宿一夜或二夜。家庭的生活无论如何较学校安舒多了。寒假中我一定要回家享受几天乡村的生活。现在我计划各月回家一次，不知您们以为如何？车资过高，希望父亲能把小路的行径告诉我，那虽有十五里之远，我想手不携物，总可以徒步到家的。

在这两天内我还要进城买些食物，因为早上有时无早饭，实在是饿得受不住。昨天是因为拿不了的缘故。自您们搬走后，城里对我似乎太空虚了，除了买买东西，我也不会像以前那样高兴的一次次到城里了。以后母亲如要买什么东西，可写信告诉我，买了可托父亲带回去。母亲怕不会常进城了吧？若进城也不能痛快的玩了，这其间路程实在太远了，如仅隔十里，那又是何等的方便。

我这里尚存一个父亲的墨匣，不知父亲等用否？下次进城，当带往云大。星期五下午我没课，或可进城。

一星期来上课的结果，我觉得我的眼睛太坏了，戴了眼镜，尚不能坐在远处，而学生是这样多，不易抢到前面的坐位，于是就无法札笔记，这对我是太不利了。我想重新再配一副眼镜，不知您们以为如何？希望见示。现我尚存有六、七元，如配眼镜恐怕不够。在其他方面，不过是饭费及零食方面用些钱而已，倒够维持个半月。

希望常赐信。敬请

福安。

女自珍谨上。一月二日。

是时父亲为清净生活以便读书写作，迁家至昆明北郊浪口村。自珍姐在西南联大求学。

吴老太太：吴晗之母。浦月：吴浦月，吴晗之妹，时在西南联大求学。

附：顾颉刚致顾自珍书　1939年1月9日

自珍：

　　今日宓先生进城，因寄此信。我本星期内，想住城两天。星期五上午十时后如有暇，当到联大看你，给你用钱，并一块吃饭。你在校觉得不如家里好，那是一定的。但家里的生活太无变化了，把身体也容易弄坏，倒不如在学校里可以锻炼一下。你课馀应当多运动，如有跑路同志，可以一块走走，否则一个人亦不妨按定时散步四、五里。我的身体所以比鲁叔、龙叔好，就为肯劳动，肯离家。你将来如要到社会服务，尤不可不在这几年大学生活中把身体打好了基础。

　　　　　　　　　　　　　　　　　　　　父字。一月九日。

———————————————

此通原有标点。

第八通　1939年2月1日

父、母亲：

下课回寝室，立刻看到母亲给我的信，真是高兴。但一望到父亲跌伤了腿，又使我万分难受，恨不能马上回家，但远隔这许多路，事实上是绝不可能，唯有祈望快些恢复。若是现在尚未好，父亲能否乘车到城里来医治。卧于床上，是父亲唯一的休息，但望腿不疼，那就多睡些日也不妨事。希望父亲不要心焦，忙于著作事业，静静的休养。我远在联大，只能写信来慰问您们，想您们总能原谅我的。

前天发出一信，想必已收到了。信来信往是这样慢真是烦人，明姐处最近也还没有来信，真是急煞了。祖父在上月四日尚能执笔写一封泪痕斑迹的信，这样看来，人在将死前，一定是预料得到的，可是终不能怪您们远离，这是他老人家吝啬的结果。请您们于此也放开些胸怀，事情已是过去了，也无可奈何了。

李埏处，我一定去通知他。并且决定再写一信给明姐。

敬请

福安。

女自珍上。二月一日午。

第九通　1939年4月14日

母亲：

今晨进城访父，本当给您买些您所需要的东西，但苦于身体不适，因恐父亲等我，才勉强进城。请您原谅我吧。下星期我一定给您买全您所要的东西。

自上星期起到现在已来了四次警报，每次都要跑到离校较远的田野或与墓为侣，弄得晚上疲倦极了。念书也不能安心，因为警报来时不定，学校已将上课时间改了，早晨七点上课，十一点中餐，午后两时半起上课，六时半下班，七点才得进晚餐。这一来午餐与晚餐间竟相隔有八小时，未免太长了。而最感烦恼的是心神不定，读书的寿命不知能维持多久，学校不是轰炸的目标之一吗？

明姐处有信来吗？随此信后我就要给她去信了。

星期五的一班经济讨论班已改到由四点半至五点半了，以后我可以在该日给您办货。如果您要再买些什么东西，来信告我也好，或许我能早一、二日进城买物。不知父亲上课的时间改了不曾？若来信，请随信告我。

敬请

福安。

女自珍谨上。十四日。

本市信箱四十二号　农林植物研究所
蔡希陶先生转顾太太收

此通年月据明片邮戳。

蔡希陶（1911—1981）：浙江东阳人。是时在北平研究院云南省农林植物研究所任职，该所与父亲住处相邻。

第一〇通　1939年4月21日

父、母亲：

　　因为父亲要看明姐的信，所以在我一写完回她的信，马上我就将此信寄上。

　　炉子托吴家买，钱也未给，请母亲还吧。以前买的海盐，想必吴先生早已带去了，化了两块钱。现在一切东西都在猛长，还要买什么东西，下星期五我再进城去办，最坏，有许多店非在五点后才开门。请父亲下次进城来时，不要忘了把母亲的鞋带进城。

　　听同学说鹿茸精火气很大，应在九月时服用，今气候太干燥不宜服用，过雨季服用，不知您们以为然否？

　　明姐处我已给她去了封长信，她那样受苦，真令我气愤。让她到上海去好吧。请您们写信给松林，托他代为安置我家。并写信给鲁叔，请他汇钱给姊用，因为没有钱用，是最苦痛的事。

　　敬请
福安。

　　　　　　　　　　　　　女自珍谨上。廿一日晚。

据父亲日记1939年5月5日"服鹿茸精已近一月"，而此通言"今气候太干燥不宜服用"，
　　知其写于4、5月间；又此通建议父母"写信给鲁叔，请他汇钱给姊用"，5月6日信中
　　询及鲁叔是否已汇钱，则此通写于4月。
是时为避轰炸，吴晗之母自城内移住浪口村父亲家。

第一一通　1939年5月6日

父、母亲：

前天父亲来校，知母亲病了三天，现在谅必已痊愈了，此地交通不便，传达消息真是困难。这要请您们原谅我不能略尽儿女之情。因为我自己也患病，所以事情（购物）也不能办。现在已经好了，请您们不必挂念。在星期一、二日着了凉，肚子也不适，校医给我吃泻药，真把我害苦，二天一夜直跑厕所，住校不比住家舒服，什么事大致全得自己下手，当时真想坐辆车回家去，幸而仅仅病了二天，昨天已能起床了，但是浑身无力，风力似乎也会把我吹倒。所以没有进城去看父亲，今天想来父亲必已下乡了。

明姐处没有信来吗？我很想念她，不知鲁叔已将钱汇给她了不曾？吴老太太搬走了没有？今晨浦月有电报在工校，想来袁小姐们在一、二大内必已抵达昆明了。（方才知道袁小姐等已于昨天下午来了，电报来晚了。）

重庆连日被炸，损失死伤极惨，想来此地恐也不免，现在的念书真是读一日算一日。如果学校一旦被炸，那也许要回家住好些日子了。

敬请
福安。

女自珍谨上。五月六日。

吴晗为袁震等来，已租落梭坡唐家祠堂，是时其家人迁往。

第一二通 　1939年6月3日

母亲：

　　女本定今午进城，想您们一定会怪我临时又变卜吧。但事情是料不到的，这两天连日阴雨天气突寒，我又来了例假，身体非常不适，肚子又痛，所以只得失约。想您们总会原谅我吧？您们是今午后返乡的吗？

　　这些天您在城中玩得痛快吗？实在城中也没有什么可玩的。只是吃菜比较好一点，买买东西而已。不知要买的东西都买了不曾？盐鱼，在广东店内有几种，不知您喜欢哪种，所以以前没给您买，不知这次进城，您买了不曾？要买的布，不知买了不曾？

　　暑期返沪，护照又要另办吗？去年的护照不能用两年吗？不知您又照了像不曾？这暑期我是同去还是不必去呢？请您们决定好了。如果假期后父亲到四川，那我倒想转学到四川。现在都还没有决定吧，我也没有向别人说。

　　这里气候时寒时热，希望父亲下次进城，把我那大衣带来。我的被，我想不必换薄的了。褥单等下次进城交给父亲，叫用人洗好吗？《申报》及《益世报》均已满期，不知要否续订？

　　明姐处近日有信来吗？很为想念。

　　本月底就要大考了，这期间不回家，考后再回。您什么时候再进城？要买东西，我当代办。敬请

福安。

　　　　　　　　　　　　　　　　　女自珍谨上。六月三日。

是时齐鲁大学流亡成都，校长刘世传来昆明邀父亲任该校国学研究所主任。

第一三通　　1939年6月6日

父、母亲：

适才接到母亲的来信，知道父亲病了，不知现在已痊愈否？念念。请医生看了不曾？中研有医生吧。程嫂还未到家，家内没有用人，母亲一定非常辛苦，女在此又不能稍尽侍奉，真是问心不同。只祈父病早日痊愈，女仆速归。本星期四，父亲还是在家休养休养吧，上课是很累人的事。

母亲既决定与钱先生同归沪，那我恐怕不能成行了。据说七月初七、八才考，不到十几似完不了。好在我到沪也没有什么事。我决定住在校中了。家内苍蝇多我怕，而且这用人什么也不会，白添麻烦。父亲不回沪吧，那么我看似乎住在登华街北研所比较清洁些。

连日阴雨，气候非常的坏，想来父亲新病，一定不进城吧。我在星期五午饭后就不一定进城了。我的雨伞还在登华街呢，或许我要去看看。

《申报》是不订了，而《益世报》我没有续订，他却每日送来，就暂再订一月吧，到月底我再回绝好吧？

卢御钗家又搬回香港了，母亲此次返沪，要在港耽留吗？如果在港耽留，可以写信给她，照顾照顾。

不写了。父亲病好了，望函告。敬请
福安。

女自珍谨上。六月六日。

因父亲不能去沦陷区，只能由母亲东归处理祖父后事。鉴于母亲身体状况，旅途须有人
　　照应，遂待学校放暑假，与钱穆先生等人同行。
城内登华街有北平研究院史学研究所宿舍。

第一四通　　1939年6月12日

父、母亲：

上星期六接到母亲来信，知父亲病已愈，女心甚快慰。想本星期四父必可进城，星期五午一时后，我到登华街去。上星期女曾寄上一信不知收到否？

连阴雨，女的伞大约是在吴宅，吴先生未给我拿来，真是不便之极。本星期女当自去取。上星期四、六晚上通史，真是苦事，夹衣下身由外湿到内，大衣希望本星期父亲勿忘带来。黑鞋油也请带给女一匣。

下月五日开始大考。母亲的行期不知已决定否？女拟趁假期随学校组织之旅行团赴大理一游，想您们不会反对吧？听说要徒步旅行，这样沿途也可玩玩。

《苔丝姑娘》及巴金的《爱情三部曲》，她们还了不曾？这二部小说女极喜爱，希望她们不太破坏它。母亲离此时，希望去要回。

重庆、成都昨晚又遭轰炸，真是惨！看来成都似乎不能去了，还是此地比较安宁。

昨天女着了凉，今天头非常沉重而痛，希望不会病，真恨身体是这等弱。

吴家的礼，我进城时再去买。程嫂回来了吧，我的褥单长袍带回去叫她洗吧。敬请
福安。

女自珍谨上。六月十二日。

第一五通　1939年6月14日

父、母亲：

接到母亲十二日的来信，知父亲身体尚未复原，女心思念之极，恨不能飞归家中。日夜思念，心极不安。不知近两日已稍痊否？有未请医？

于乡间生病，一定万分不便，女本当于星期六、日返家，稍尽女儿侍奉之事，怎奈连日阴雨，乡间地道一定十分泥泞，且往返途中时多而耽留时不多。如您们要买东西，可以把要买诸物开条交与吴先生，托吴先生带回去不致太不便吧，女可借钱去买。不过现在吴先生恐亦不常往返于途中，若您们认为不便的话，女当亲自返家一次。您们以为如何？望来信示知。

现在看来居乡既是万分不便，而又极不卫生。母亲返沪时，希望父亲移居城中，不知父意如何。假期之中父亲预备努力于写作呢，抑是要出去游山玩水。假如父亲有游大理之心愿，女愿与父同往。因为许多同学认为女不宜徒步而往。女心极烦闷，欲以美景一散心头之郁郁，所以对父亲暑期的计划愿预闻。

本星期五如天稍晴，女仍拟进城赴吴宅送礼，钱暂向同学借用。如您们要女购物返家的话，望速来函或托人转告。住在此地真是太不便，来往一信需四、五日。下星期，要大考体育，又似不能脱课。

现女心别无所思，只盼父亲静静休养，不必为事业焦虑。并望母亲常来信告女父亲之近况，女在盼您们的来信！敬请
福安。

女自珍谨上。六月十四日。

第一六通　　1939年6月19日

父、母亲：

昨夜容琬带来您们的信，知父病尚未痊愈，女心甚为悬念。若早知昨天容先生去，那女一定也随之而往。在乡间医治艰难，女盼父亲促来城医治，在吴家借住一、二天想不生问题。女拟于星期五再进城。

端午节将到，街上之物更倍于前。父亲病中思食，在此要买些盐的东西真是艰难，走完一条正义路及绥靖路，糕饼店虽多，然苦于全是油而甜之物，梳打饼干零买的又不松脆。别的更没什么盐物，买了一小匣陈皮梅（六毛）橄榄（四角五），想着东西太少，然后买了些糕（四角）。如果父母于星期四进城的话，母亲可以买多些归去。如不进城的话，那请将要买些什么开个账给我好吗？糖类父亲不喜欢吃吧，女想来吃食之中也许肉松比较可口些，不知家中尚有否？

昨午袁三小姐请我们吃了一餐饭，袁大小姐特地进城来烧菜，真是不便。

七月就在眼前了，大考完后农校即将出让，迁移到工校去。

这里真是太不便了。女心急欲归去，如果星期四进城，可否设法通知女一声。

敬请

福安。

女自珍谨上。六月十九日。

容琬：容庚之女，容肇祖侄女。容先生：容肇祖，是时在联大任教。前一日叔侄二人去看望病中的父亲。

袁三小姐：袁熙之，袁溥之、袁震堂妹，与两位堂姐同来昆明。

第一七通　　1941年11月22日

父亲：

前上一函谅已收到，想来您一定很忙吧？听说您已在中大兼课，如此您决不会比在蓉空闲的，惟望您不要劳苦过度，以免精神紧张不能安眠。

母亲已于十六号进城了。但是母亲的病况依然不见有起色，每日仍是有些热度。日来此地阴雨连绵，拟俟天放晴后至四圣祠医院视察一下。我于十六号下午发热头痛，一直睡了四天，到今日才好。其间有三天是睡在青莲巷养的，故此迟迟未能给您去信。唯因在家睡了三天，才更晓得母亲近日之心境，母亲很恨您的离她而去渝，尤其是在中大担任课后，寒假又不能归来，您别以为她写信给您叫您不必归来，实际她心中是愿意您归来的，尤其是最近她认为您在渝地个人的开支实在太大了，不如回来为是。我也知道事实上您也不会回来了，但是病人的病固然有赖医药治，然而心境的好坏实在是一个重要的枢纽。近日之天天有热度，实在是心境太不快活了。尤其是王树民将您已在中大担课的事告诉后，母亲一夜没有睡好，热度也一夜没退。我们虽然是常在她的身边，然而终不如您的效力大。她心目中唯您是念，这点您大概也不能否认吧。现在我们简直无法可以安慰她，事实已是如此。不知您在中大担任的是什么课？至于您在中大担课的缘因我已间接的由赵太太处知道了，当然是瞒了母亲。母亲的心境太坏，简直受不着任何打击了，所以凡是我们认为有刺激性的消息都一概不告诉她。日来百物昂贵，这也时时刺激她，但这是无法瞒的。母亲自进城后因为鸡蛋太贵（八元五角十个），所以拒绝吃鸡蛋，每天只吃一磅牛奶。鱼肝油精已涨到三百六十元一瓶了，不知渝地价格如何？您既不归，也无人带来，但希望您或托人打听一下，我们想这两样滋养品总不让她不吃了，同时母亲自己也并不拒绝吃这两样东西。说到玩，那在母亲简直谈不到，病根之深使她自己也不想起来了，怎么能玩，也无怪乎她悲观！常说"不如去院开刀，好就好，死就死痛快一点"的话，就是我们在她身旁也觉得她太可怜了，月月的睡着不能动，但是又有什么办法呢？没有什么可使她快活的事。她对自己的病已陷入绝望中，真是可怜。母亲的病又纯是抗战间接的牺牲。而且她又非常看不开，她已说了决不拿祖父的钱来治病，简括的说就是不用祖父心血换来的一文。愈劝是愈不入她的耳，怎么办呢，只好是不说了。无论您多次来信解说，也等于虚话，她非常固执，决不会听的。我们只希望您归来使母亲心境快乐，但这唯一的希望也消失了，每次看到母亲，我心中说不出的凄惨，不知她要睡到何年何月呢？！睡了半年多，病况是毫无人佳境，瘦得很，想来您在渝地一定也常思念母亲，能不能设法回来看望她呢？虽说我们不能怨您远离母亲，但旁观者都认为当母亲如此卧眠床笫之上而您竟忍心他去，亦不免有点太惨酷了。男儿志在四方，当然您更是不例外，我们又能说什么呢，还是不说吧。

因为自己睡了四天，这星期只上了二天的课，脱落了不少笔记，至今未能补竣，所以《明史》一页也没看，下星期沈鉴先生的近代史又要举行季中考了，我简直嫌时间不够分配。寒假您又不能回来帮我一下，真是使我万分的发愁。沈鉴先生虽可领教，然而实在是太生疏了。沈先生是王栻先生的好朋友，这您恐怕不晓得吧，初来时两人往往同出同进，因为同是清华大学研究所毕业的，两人并合编了一部《国耻史讲话》，是用通俗语体编的。

明姐随母亲进城来，但后天就要返所了，虽然钱先生答应她可在家工作，但她自己不肯，也不能勉强她。孔毓芳到医院检查，说她是神经性的心脏病，所以她自己也非常悲伤。这个年月生如此的病也实在是可怜。

敬祝

福安。

女自珍谨上。十一月廿二日晨。

沈鉴（1910—1971）：字镜如，浙江安吉人。清华大学毕业。是时在齐鲁大学任教。

王栻（1912—1983）：字抱冲，浙江温州人。清华大学毕业。是时似在金陵女子文理学院任教，参与边疆学会活动。

孔毓芳：即孔玉芳。

第一八通　　1941年11月25日

父亲：

　　前上一函谅已收到，日来您的工作忙吗？今日返家见您致母亲的信，知您本年寒假已决定不返，不胜怅然。您大概不会晓得您的一封信使母亲郁郁不乐整日夜吧？事实上是母亲太想念您了，兹知您不归，真伤透了她的心。真的，母亲于最近廿多天病体不但不见减，反似更重一些，整天恹恹的毫无精神，不但是热度丝毫不见退而精神也十分的不振。据外表及其自己都说对此病已抱了绝望的态度了，现在对于什么都不感兴趣，即是小说也不看了，我在华大借了一部小说，结果她至今未翻一页。这的确使我们十分不安，这种情况任何人见了都觉郁然。怎么办呢？天好当去医院一诊，然病根已深，再加以无足使其快感之事，令赵太太不敢在外多耽搁。母亲的床前是不能无人，因无人与谈则更易浸入沉思之中，结果或更长热度。即今日午后因赵太太要到北门访友订牛奶，所以我不得不牺牲我一部分的时间来尽一点侍奉之责，结果因无话谈，母亲依然时时叹气。父亲，这些情形，您不会想像到的吧？如您在此比较的能安慰她一些。母亲一则是无精神写信，再者是恨您甚亟，故不写信给您。我实不忍看母亲长此下去，赵太太亦认为您不归是十分不该的。这个年月好人相离尚无大感，但是病人却不堪此久别呢，所以我再度请求您，若是可能的话千万千万回来一次。如果您决定了可以返来，则快写一封信给母亲以使她高兴，一个人活着总应有一种希望，一种盼望，尤其是病人若毫无所希望，则病况必更恹然了。若是您现在在家见母亲如是消瘦无神，一定也会惊心的，实在的需要您归来兴奋一下呢。归来吧，父亲，我们请求您无论如何设法回来一次吧，即使是回来一月，半月也是好的。希望您能体察到母亲的衷心。据赵太太说，母亲昨晚接您信后夜间哭了一场！

明姐已于星期日返去了。在母亲赵太太及我都不愿她走，因为家中人太少了，她走更形冷寂，尤其是卧病不起之人是忍受不了十分的冷寂的。可是明姐是太固执了，专为所欲为，一点也不体谅人。病人的心理，只要身旁有人，不说话倒是无关的。一个人枯卧着实难受。如果她在此，赵太太之行动当不致太受拘束了。而今赵太太欲行至稍远处必要我返去，这在我是义不容辞的责任。但是如此一来我的时间空化太多了。若在往年我决不在乎，而且这是十二万分应尽的义务。可怜的是我此时适当各门均要举行季中考试及作课后报告，即使每一秒全不荒废尚嫌不足，何况现在总是半天半天的牺牲。母亲虽也体谅我的苦衷叫我少归，但我于心何忍呢！大后天要考，可是后天下午还得陪母亲，因赵太太要去东门外买柴煤等物。现在，我自病后已有十日不曾理论文事了。沈先生偶尔问我，我实在是惭愧之至。日前钱先生在纪念周上讲"理想之大学生"要有一个理想，要有广博的知识，然而现在我连本分内的课程尚不能应付自如，何能再猎涉。今年今月我真是悔恨过去三年的荒唐不振，以致将大好时光糟蹋殆尽。而今多事之秋不能"事母与攻读"两全，而且两方面均不得其宜，真是惭恨交集，却又没有一个人能体谅我。

最近赵太太给母亲买到一瓶鱼肝油精，价值三百元，重庆药价不知如何？如稍贱请必为母购数瓶，为母尽购药的能事吧。傅成镛先生还了母亲四百元。母亲自迁入城后已化了八百多元了。盼望着您的钱速速汇来呢。不多谈，敬请

福安。

女自珍谨上。十一月二十五日晚。

第一九通　1941年12月12日

父亲：

几天没有去信问候您，想来您近日一定很忙而且很兴奋吧？世界的国际变化是这样惊人的展开，这样迅速的转变，而且转变得与我国有利，我想您一定非常兴奋，而且您在重庆，消息也得的快，无疑的您一定要玩悦几天的。

壹佰元的汇条已于前天收到了，请勿念。近日的物价飞涨，照情况看来，依各方面的推测，物价是不会再低落下来的了。如是物价当属可怕之至，母亲尤时时为物价的高昂及平沪的东西不安，病况虽有起色，然而各方面的刺激亦颇够她受呢。再明姐已于前日搬进城了。我拿这百元，当陆续为母购食物，并不告诉她，但是母亲似颇不满于我的浪费呢。可能之下我决计不告诉母亲此钱之由来。

至于母亲的病况，母亲已亲自写告诉您了。想来您日来的情绪一定好得多了。现在的问题是在动手术不动上，刘荣耀大夫说最好是开刀，否则即不能劳作。而母亲自己是怕开刀，同时明姊等亦认为四圣祠医院开刀是冒险的事，如斯设备，如是大夫，不能不令人存戒心。为将来方便起见，最好自然是动手术，母亲自己不敢做主，不知您认为如何？尤其是现在南海风云紧张之下，敌机是否会来光临，开刀一事是须要相当的考虑。母亲的病须要休养，但是在城内除了有牛奶吃外，精神上丝毫不得休息，寒假您归来搬到乡间也好。母亲一点都不想居在城中，明姐亦极不愿，只是赵太太非常喜欢居城中，将来物价再涨，母亲一定是不肯居城的，现在您也不必劝她。事实上只有处处使她顺心，精神才能安乐。您来信只要慰问及报告一些您的生活好了。不知您准备何日归来？想来您的工作一定很忙，但是此间诸先生对于您去渝已数月而所主办之《文史杂志》尚未见到颇为惊讶，尤其是姜蕴刚先生曾经当面问过我，我亦不会回答，希望不久即能见到，现在想必正在排印中吧？

美日一战华西坝的空气显然是紧张了不少，一时此间的外国人亦大事收无线电的新闻，每天在各校的布告栏以及图书馆门口均有数张英文的广播新闻，真是轰动一时。南洋华侨学生们有的相当着急，但是喜悦的成分居多。前日此间四大学均派代表赴渝，本校的代表是汤吉禾教务长，不知去渝何干，有说要迁移，这恐是妄想吧。但四校确因此事而召开一次会议，自然对于空袭问题当更为著意。

论文一事我进行得很缓慢，一部《明史》尚未翻完，希望在此寒假中能将草稿打好，这恐怕也难。还有一个多月就要举行季考了，而在这期间还要作读书报告（李安宅先生指定的几本书），作得太马虎不是又要丢人吗？而且他那班上四年级的只是我一人，我本为凑学分而选，但在他认识我后我又不便于马虎了，他本不识我，但赴渝后您告诉了他才晓得。

不说了，敬请

福安。

女自珍谨上。十二月十二日。

姜蕴刚：是时在华西协和大学任教，并任边疆学会理事。

李安宅：是时在华西协和大学社会学系任教。成都四所教会大学之内，学生可跨校选课。

第二〇通　1942年5月17日

母亲：

接到您的来信，知道行李已抵渝，但是为什么还要交一千二百元呢？这个数目真是骇人。此信到时行李想必已取回了，东西如何，没遗失吧？是不是箱中的布、牙膏等上了税？

每次收到您的信，总是使女赴渝的心下馁，生活真是太不安适了。东西贵还不打紧，而住室的跳蚤多阴暗却是最有打击于精神了，早知如此您真不应该去。但现在父亲与您既在渝，女当然不甘留蓉。看您最近的来信似有不要女赴渝之情，但是女在此，没有父亲的力量帮助，怎能谋到职业糊口呢？一个无所专长、一个才迈出学校门的人谋生也实在困难，情势是逼得女非赴渝不可。女自认是一个尚不能独立的人，女的为人，您当然最清楚不过了，因为从小未离过家，所以依赖性也特别重。现在正应该迈上独立之路，不是吗？

放在拍卖行的东西，小提灯卖去了（伍拾元），青油灯（叁拾元）也卖了一个。赵太太的小奶瓶也卖了（肆拾元，因为是吃货，价目未标过高），而赵太太的一身旧衣虽降了价格尚未卖去，恐怕不容易卖。肥皂重庆既贵，女尚未售出，放在宿舍门房，而同学们尽用太平洋肥皂，故未有买主。此间小太平洋皂也买到八元一条了。这次我们想坐公路车去渝，准备多带些东西去，只不知查出来了，会不会上税。如不上税则必多多带些去。

说到走公车，最好乘银行车比较舒服些。最好托午婆婆，您认为如何？

昨天下午女又赴国学研究所查书，知《近代中国外交史资料辑要》中卷，在张西山先生处，并未遗失，是门房交错了。如未购，无须再购。如已买，则亦无须寄来。就怪我太粗心了，请恕我。

米柴炭等费魏先生已交下了，共伍百多元。那么在最近是不愁没有钱化了，但请您放心，我决不会乱化。鞋线等当必代置。

现在的家具实在贵得很，您开的价单其实不算贵，但可惜这些家具是在乡间，如在城内，则早就卖出去了。现在的车钱真是高得不得了，从华西坝到北门就得六元，鸡公车六、七元，所以回崇义桥一次就得化卅元左右的车资。真怪，多子巷赵太太尚未至乡间取东西，我亦懒得给她送去，由她去吧。

小小的纪念册，请钱先生、蒙先生及胡先生落款了，再想请沈先生、韩先生写字。

花夏布也很贵，要七、八元一尺，而且送了御钗，倩钗不送也不大好。送一送就化百多元。现在做主妇的也真苦，御钗来信说她做了奶妈兼老妈，什么都自己做。抗战时期生活真是人人艰苦。最近战况似极坏，人心又为之动摇，更是苦恼。即此，敬请

福安。

女自珍谨上。五月十七日。

午婆婆：父亲之午姑母，是时其家寓成都，其子张子丰在中央银行任职。